2021中国年度 科幻小说

星河 王逢振 选编

漓江出版社
· 桂林 ·

图书在版编目（CIP）数据

2021 中国年度科幻小说 / 星河，王逢振选编 .-- 桂林：漓江出版社，2022.1（2024.5 重印）
ISBN 978-7-5407-9146-9

Ⅰ. ① 2… Ⅱ. ①星… ②王… Ⅲ. ①幻想小说－小说集－中国－当代 Ⅳ. ① I247.5

中国版本图书馆 CIP 数据核字（2021）第 239040 号

2021 ZHONGGUO NIANDU KEHUAN XIAOSHUO
2021 中国年度科幻小说
选编者：星河　王逢振

出版人：刘迪才
责任编辑：辛丽芳
书籍设计：石绍康
责任监印：张璐

出版发行：漓江出版社有限公司
社址：广西桂林市南环路 22 号　邮编：541002
发行电话：010-65699511　0773-2583322
传真：010-85891290　0773-2582200
邮购热线：0773-2582200
网址：www.lijiangbooks.com
微信公众号：lijiangpress
印制：天津市天玺印务有限公司
[天津市宝坻区新开口镇产业功能区天源路 9 号　邮编：301815]
开本：690 mm × 1000 mm　1/16
印张：22.25　字数：308 千字
版次：2022 年 1 月第 1 版
印次：2024 年 5 月第 4 次印刷
书号：ISBN 978-7-5407-9146-9
定价：59.80 元

目 录
contents

序　言

星　河　王逢振

一年一度的科幻年选又呈现在读者面前了。对今年入选的科幻作品我们同样会做一番品评，并借此对一年来的科幻文学发展概貌做一个粗浅的小结。

今年发表于报刊的科幻作品依旧精品迭现，早在初选时就有一些作品在权衡之后被忍痛割舍。当然，入选作品的特点也不尽相同，各有千秋，从来源上我们可以对它们的特征管窥一斑。

今年的入选作品有以下几个来源：首先是专业的科幻杂志，其中自然以《科幻世界》为主，来自科幻杂志的作品呈现出多姿多彩的精妙构思。其次是纯文学刊物，近年来《人民文学》《中国作家》《芙蓉》《花城》《长江文艺》等纯文学刊物都在刊登科幻作品，这反映出文学界对科幻文学的一种认可，这些作品无论在语言叙述还是文学构造方面都显得格外出色。值得一提的是，今年有一些入选作品来自《中国校园文学》，该刊近年来坚持开设科幻专栏，刊登了不少科幻佳作，受到读者好评，这也从一个侧面说明：科幻属于青少年，属于校园，属于年轻而热血的一代。

就作者而言，基本上是科幻老将与科幻新秀各占一半江山的态势。而且在今年的年选作者中，出现了不少新面孔。在当下风起云涌的科幻大潮当中，涌现出许多热爱科幻的青年，他们不但阅读与欣赏科幻，而且身体力行地投身科幻创作，也有不少难能可贵的作品问世。

新人辈出令人欣慰，这是一个特别值得探讨的话题。因为在新人的成长过程中，也有些人没能坚持下去，有些人甚至彻底流失，这显然有悖于科幻事业可持续发展的初衷。那么原因究竟是什么？编者之一星河在2021中国科幻大会的主题演讲中特意提出了上述问题，并提供了一些可能的解决方案。

首先应该为新人营造一个良好的创作环境，提供一个有效的发展平台，创造更多的发表和出版机会。这样说的前提是，在默认市场强力操纵一切的情况下，依旧有一些基本的社会规范与文学准则可循。新人缺乏的不是充沛的创作活力，而是必要的发展空间。新人的作品难免稚嫩，一旦面世很可能遭遇读者的严重诟病，有些甚至是相当尖锐的批评，而新人大多缺乏足够的抗打击能力，这对他们的成长或许相当不利。但这并不意味着不允许不同声音的存在，一味言过其实地宣传肯定不是一个正确选择，无底线地简单造势无异于让人笑话的捧杀。想要解决上述矛盾，就需要各方综合权衡，给予新人更多的特殊关注，有针对性地解决诸多的两难问题，同时对新人不溢美不贬低，实事求是地予以评论和批评。

此外应该具有一个公平与公正的环境。公平与公正，对于新人的意义格外重大。在出版和评奖中，我们都应该有这样一种自觉的意识。假如我们无法从道德的角度约束不规范行为，就应该有一个更可行的客观标准。具有公信力的奖项，有时不仅来自它的设立方，也在于一个个具体的评委。作为已经功成名就的专家学者，应该保有一颗基本的公心。因为有些不公正对于成熟作者而言，只不过会反馈为无奈甚至轻蔑；而新人面对这种不公，则会影响甚至颠覆他对整个行业和社会的价值判断。假如没有上述基本保障，这里将成为一个追逐非正常成功的名利场，想必这是所有人都不希望看到的。

同时作者也应该提高自身的修养，作为有潜力的科幻作者，对有些事情应该有明确的基本认知。首先应该认清科幻的文学本质，科幻小说毕竟是文学作品，如果缺少了基本的文学属性，恐怕就失去了它的原始意义；即便最终改编成影视作品，也缺乏真正的艺术灵魂。就科幻作品而言，在后续影视和衍生领域需要产业化的处理方式和管理模式，但在文学这部分不应该丧失最基本的艺术本真。其次不应忽略和丢弃科幻中的科学因素，许多科幻作者出身理工科，但这并不意味着天然就具有真正理解科学含义的资格，了解知识与理解科学是两个不同范畴的问题，这一点需要特别注意。轻科幻只代表科幻中的一小部分而绝非全部，而不具备科技内涵的科幻作品并不为识者所取，最终也不会被读者和观众买账。当然除此之外，还有更具科幻的特征项，那就是出奇的构思。毋庸置疑，历史上的科幻构思几乎穷尽了各种可能，这似乎更让我们不得不绞尽脑汁地去构想崭新的构思，编造不同的故事。目前的一些科幻习作中，同质化现象比较严重，外星征战、拯救地球、宇宙探险之类的主题充斥其间，而所述故事则大同小异。事实上科幻并不仅仅意味着远星，同样也发生于我们周围的方方面面。科技进步让我们有无数崭新的构思可以咏叹，而不必照猫画虎地重复经典剧情。我们要做的不仅是描摹与展现科技本身的进步，而是要揭示出科技发展对人类情感与决策的强烈冲击。事实上在今年的年选中，大多数故事都发生在我们身处的现实世界。

我们相信，只要给青年科幻作者更好的发展空间、更优质的平台、更健康的环境和更具有公信力的奖项，以及对新人提高自身素养的更多鼓励，一定能保证中国科幻事业的真正可持续发展。相信在正确的引导之下，在各方的努力之下，科幻界一定会有更多的新生力量源源不断地涌现出来，即所谓“长江后浪推前浪”，而且会“不尽长江滚滚来”。

今年年选的选稿标准基本不变。2021 年年选的选稿范围还是沿用往年的惯例，自 2020 年 10 月至 2021 年 9 月。

最后还要说的是，与往年相似，除了入选作品，2021 年度还有很多非常优秀的科幻小说问世。遗憾的是因为种种原因它们未能入选。我们只能借此部分佳作，向各位读者展示出 2021 年中国科幻文学的一个大致面貌，还望作者与读者海涵。

2021 年 10 月

一次偶然事故，造成了男主人公的脑损伤，使之所有的记忆消散于无形。然而，这种“清空”却意味着脑的二次发育，随着男主人公的迅速成长，一个近乎超人的形象跃然纸上。整个故事就是对他成长的描述，以及对他最终戏剧般拯救世界的描述。

在再次成熟的男主人公心中，只有宇宙间的事实与真理。尽管如此，我们还是能从故事的字里行间，隐约读出那个似乎早被包括男主人公在内所有人抛弃的字眼——爱情。

再见至尊宝

阿 缺

（上）

1

快到六点的时候，汪路特意瞟了一眼斜前方工位上的陈灵。她正在整理文件，看样子，不一定能准时下班。那太好了，就是今晚，汪路对自己说，一定要鼓起勇气，要跨出第一步。

老天也在帮他。六点一到，同事们呼啦啦站起来，拥出办公室。陈灵果然还端正地坐着，把文件分类，又处理表格。楼外天光渐暗，汪路只看得到她的一小半侧脸，被电脑屏幕的光勾勒出了莹莹的线条。

过了半小时，陈灵才站起来，活动了下脖子。

于是她看到了身后的汪路。

“汪哥，”她有些诧异，“你也还没走啊。”

汪路瞥了一眼她的电脑屏幕，见是关机动画，知道是时候了，便说：“是啊，有点事刚处理完，要走了。你还要忙吗？”

“我也弄完了。”

汪路心头打鼓，说：“那一起走吧。”

他们出了办公室，走进电梯。里面只有他俩，以及一片沉默。明明只有十几楼，汪路却像是过了好些年。他让脑子转起来，试图打破这尴尬，说：“小陈啊，你来公司好几年了吧？”

陈灵“嗯”了一声：“三年零七个月。”

“你干得不错，同事们都很喜欢你。”他想了半天，只憋出这句话，含蓄地表达了对她的好感——他也算陈灵的同事之一嘛。

陈灵讷讷地点头，说：“谢谢。”

电梯到了一楼，停下，银白金属门滑开。陈灵正要走出去，汪路知道到了关键时刻，深吸口气，让声音变得从容和漫不经心：“对了小陈，一块儿吃个晚饭吧？”

陈灵扭头，顿了顿说：“就不了吧，我不太饿，而且一般我都是回家吃。”

“现在还早，吃点吧。”汪路没有了退路，“也一起聊聊天。你来公司好久了，平常上班也不方便，正好是个机会，聊聊吧，我想……多了解一下你。”

话里的意思已经很明显。陈灵看着他，有些犹豫。这小小的空间一片安静，沉默像是催化剂，凝固了空气。电梯门在她背后合上。

汪路松了口气。

他们下到负一楼，在一排排汽车间找到了那辆有年头的灰色汽车。汪路开车，陈灵坐副驾驶，很快出了办公楼，汇入街上庞大的车流。

这个小城的秋天黑得早，一栋栋高楼隐在晦暗的天色里，有些亮起了灯，有些没有，因此灯光都是支离破碎的。正是晚高峰，车龙在城市的每一条街道上挣扎，翻身都难。

汪路默默开车，陈灵则扭头看着窗外。窗外暗下来。

“去哪儿吃呢？”汪路说。

陈灵却没回答，汪路也不催。车继续艰难地前行。过了好一会儿，陈灵才开口：“汪哥，我明白你的意思，但是……”

“嗯？”

陈灵慢慢吸口气，说：“那……那汪哥你先送我去市立小学。我接个人，等看到他，汪哥你再决定要不要吃这顿饭吧。”

汪路悬着的心放下了。陈灵来公司三年多，如今也已年近三十，出入都是一个人，又经常去小学接人……通过这些情况，他也基本上能推断出陈灵的身份——单亲妈妈。她长得清秀，气质娴静，要不是有孩子拖着，公司那些小伙子恐怕早就排着队追求了。

但这一点，汪路并不介意。他也是独自带着女儿，知道其中艰辛，更想跟她一起分担。他甚至想，陈灵的儿子刚读小学，跟自己女儿年纪差不多，还可以一起玩耍，免得她太孤单。

这么乱糟糟地想着，他们驶离大路，来到学校门口。这时天已全黑，路灯在幽暗中撑开一蓬蓬光晕，放学的孩子们早被家长接走了，校门口冷清清的。

汪路放慢速度，左右巡视，发现除了校门右边站着的一个高大男人，并没有背着书包翘首等待的小孩。

“停车吧。”陈灵轻轻地说。

汪路把车停在路边，跟陈灵一起下了车。但校门口还是没有小孩。他说：“你儿子呢？要不要给老师打——”

话还没说完，就看到陈灵走向了那个高大男人。男人也看到了她，原本木讷的脸上立刻绽开夸张的笑容，一跺脚，大踏步向她奔来，抱住她。

男人三十左右的样子，长了胡楂，比陈灵整整高出一个头，抱着她的时候，她的整个脑袋都埋进了他的胸膛。他脸上布满夸张的笑容，连声喊着："紫霞，紫霞……"声音很大，又透着与这个体形很不协调的奶声奶气。周围路过的人都侧目而视。

汪路被这一幕弄得蒙了，后退一步。他这才留意到，这个男人背上还背着书包，是市立小学的统一制式。书包上面的图案是一群小孩在朝阳下敬礼，本来很好看，在他背上却显得格外别扭。

陈灵挣开他的怀抱，说："别闹了。"

男人"哦"了一声，嘟着嘴，很不情愿的样子。

"好啦好啦。"陈灵拍拍他的脑袋——她个子本不矮，但依然要踮起脚才能完成这个动作，"乖，回家给你做好吃的。"

男人的表情立刻从郁闷变成欢喜，连连点头，又笑嘻嘻地拉着陈灵的手。陈灵向汪路走来，男人被她牵着，一边走，嘴里还一边嘟囔着什么。

走得近了，汪路才听出来——男人是在背乘法口诀。

"这就是我要接的人。"陈灵的声音里带着歉意，但更多的，还是深潭一样的平静，"他是我男朋友，在里面读二年级。"

汪路再后退一步，抵住了车门。他脑子里乱哄哄的，不知说什么好。

"所以——"陈灵看着他，"你现在还愿意吃那顿饭吗？"

2

回到小区，已经有些晚了，陈灵让李钻风先上楼，自己则去超市买菜。她在打折区逛了很久，最后才抱着一堆蔬菜结账回家，但刚出电梯，就发现李钻风还蹲在家门口。

他把作业本放在腿上，手拿铅笔，认真地做着题。走道里光线昏暗，感应灯隔几秒就会熄灭，所以他一边做题，还要不时拍一下手。

“你怎么不进去？”陈灵问。

李钻风抬起头，撇了撇嘴：“钥匙丢了……”

陈灵叹口气，把一大袋菜放下，掏钥匙开门。李钻风意识到她不开心，赶忙又说：“我不是故意的……下午活动课的时候，我跟他们玩捉迷藏，玩的时候掉了……”

“你是跟班上的同学们玩吗？”

“是啊，我玩得可好呢！我藏在操场的树后面，藏了一整节课，他们都没有找到我。”

陈灵看了他一眼。李钻风似乎又长个儿了，一米八几，又高又壮，他那些同学恐怕连他的腰都达不到。这么硕大的体形，那些刚栽的树根本藏不住。“不是他们找不到你，而是他们不——”她想了想，还是摇头，“你去做作业吧。”

等她做完饭出来，李钻风已把作业写完。她一边吃一边检查，点头赞道：“不错，全是正确的。”

李钻风得了表扬，高兴得多扒了几口饭。看着他这副稚气天真的样子，陈灵心里又默默叹息了声，说：“吃完饭，你陪我看电影吧。”

“还看至尊宝吗？”

“对。”

“好啊好啊！”

陈灵心里稍微宽慰了些——就算他忘了一切，变成这副模样，但他还是爱看这部电影，多少遍都不腻。

于是，这一天剩下的时间里，他们就窝在沙发上，又看了一遍《仙履奇缘》。陈灵本来是坐直的，看着看着，身子就歪了。她用额头挤开李钻风的手臂，斜靠在他左边胸膛，让那条厚实有力的臂膀搭在自己肩上。这是以前他们一起看电影时，她最喜欢的姿势，足够亲昵，有安全感，还能听到他胸膛里传出的心跳声。

如今，一切都变了，只有这样依偎着，她才会恍惚觉得又回到从前——噩梦没来，生活永远那么甜蜜，他还是她的至尊宝，会踩着七色云彩来娶自己。

这么想着，她的眼睛湿润了。李钻风却被电影里夸张的无厘头表演逗得哈哈直笑。

他们每次看这部电影，都会这样——他笑得开心，她默默垂泪。

《仙履奇缘》是《大话西游》系列中的一部，年代久远，尽管画质是高清，但在大屏电视上，还是出现了细细麻麻的颗粒。他们却依旧很认真地看着。一个半小时后，电影结束，李钻风大声说："我还要看下一部！"

"很晚了，你明天还要上学。"陈灵坐直了，声音闷闷的，"过几天再看吧。"

"好吧……"李钻风不舍地看着屏幕上滚动的演职人员表，揉了揉左边腋下，"咦"了一声，"我这里的衣服怎么又湿了？"

"是天气热，出的汗。"陈灵随口打发，"去给你洗漱，然后乖乖上床睡觉。"

李钻风却嘟着嘴，晃了晃脑袋说："我自己洗，我会用热水器啦！"

"也行。"

但李钻风在调水温时，还是把自己烫着了。听到尖叫时，陈灵心里一揪，连忙推门进去，看到李钻风光着身体，抱胸蹲在角落，而莲蓬头还在喷着滚烫的热水。浴室里一片水汽氤氲。她一阵心疼，连忙关了水龙头，柔声安慰道："没事没事，水关了。"

热水器水温最高也不到 60℃，虽然觉得烫，但也只是在李钻风背上留下一片通红。陈灵检查了一遍，见没烫伤，拍拍他说："还是我给你洗吧。"

李钻风蹲着，一边抽噎一边点头。

陈灵又好气又好笑。这时，她突然发现李钻风背上有几道瘀痕，不是很深，但摸上去的时候，还是能明显感觉到他的肌肉紧了紧，想来是觉得痛了。

"你背上怎么回事？"她问。

李钻风说："摔的，不疼……"

陈灵疑虑重重，但问了几遍，李钻风也还是这么说，只得作罢。洗完后，李钻风扭扭捏捏不肯上床，说：“我应该一个人睡……”

“为什么？”陈灵微恼。

“别的小朋友都这么说的，他们早就一个人睡啦！”

陈灵看着他。“但你不是小朋友，在这个家里，你三十一岁，你是我的男朋友。”顿了顿，又补充了几个字，“和未婚夫。”

李钻风皱皱鼻子，显然对后两个身份不以为然。但他也察觉到了陈灵的怒气，以及某种隐忍悲怆的情绪，便不再多话，乖乖地躺到床上，两手平放在腿边，一副规规矩矩的样子。很快，陈灵也躺到了他身旁。

灯熄了，窗外有一些游离的光，但屋子里一片幽暗。

“我想听睡前故事……”过了许久，李钻风说。

陈灵没有理他，似乎还在生气。

“对不起嘛。”

“抱我。”

李钻风挪了挪身子，把她环抱住，又试探地道：“我想听睡前故事……孙悟空遇见唐僧之前，是什么样子啊？”

陈灵蜷缩在他的怀抱里，嗅着他的气息，浑身软绵绵的。她不想说话。疲劳和灰暗在她身体里退去，她感到了温度，感到了幸福，鼻子有些酸楚，但还是绵长地呼吸着。世界在这一天的尾声，终于收起了狰狞爪牙，向她示之以平和安宁。她躺在巨大的温柔里。

过了许久，她才想起李钻风的话，说：“孙悟空啊，那个时候，他的名字叫至尊宝……”她停下来，因为她听到了李钻风的轻微鼾声。他总是这样，以为能听完一个故事，却每次都早早地入睡——嘴角还挂着浅笑，想来是做着好梦。

陈灵却没有这样的运气，迷迷糊糊地睡着后，噩梦如约而至。

在梦里，飓风四起，黑暗中狂浪滔天。这样的天气里她本应什么都看不清，但梦就是这么奇怪，狡黠而充满恶意，非让她直面人生中最惨痛的一幕。一束光连接了她和远处的游船。于是，她看到小船在海浪里颠簸，李钻风父母的脸失去血色，他们明明在大声呼救，却听不到一点声音。充斥梦境的，是狂风呼啸，是波浪翻涌，以及李钻风痛苦的呻吟。

“对不起。”她在现实和梦境中同时泪流满面，“对不起……”

李钻风在下沉，脸越来越淡。梦里的海水不再是咸，都变成了酸，这些黑暗的液体消解了他的模样。“没关系。”他被完全溶解前，嘴角轻轻扬起，笑容平淡又悲伤，“你要活下去……”

“对不起……”在枕上，她轻轻呢喃。

“对不起！”在梦里，她声嘶力竭。

3

一进办公室，陈灵就感觉气氛跟平常不同，好几个同事在偷偷瞟她，但当她扭头过去，同事们的视线又连忙移开。

她不禁微恼——定然是汪路把昨天小学门口的事情跟同事们说了。她知道同事们会怎样想。“智障男友”，这个短语能引发的好奇和闲言碎语，可比“单亲妈妈”要多。虽然她已经习惯这种目光，但还是皱眉，她原本觉得汪路是个内敛得体的人，所以才没有像拒绝其他人一样，随便找个理由来敷衍。但没想到汪路见到李钻风后，还是……

陈灵深吸口气，平静地走到工位上，坐下，开始一天的工作。

但很快，她就发现自己猜错了——同事们看自己的目光，并不是怜悯和质疑，而是羡慕。因为开例会时，老板指派她做一个出差采访。

“啊？”她抬起头，诧异地看着长桌尽头的老板。

“今天凌晨的热门微博你没看吗？”老板说，“一个网友在新疆赶夜路时，见到了寒夜灯柱。”说着，老板在会议室屏幕上投影出了那张微博图片。

图片上是一条深夜里的公路，但路的两旁，一道道五彩斑斓的光柱从地面升起，直入云霄。云层都被照得氤氲迷离，像染上了胭脂，而云彩的间隙，露出了点点星辰。

尽管图片被放得很大，有些模糊，陈灵还是被这幅奇景惊得深吸口气。她难以想象，那个夜里赶路的旅人，在抬头的一瞬间看到它时，会是怎样的震撼，这又是怎样的幸运。

她还没说话，坐她对面的汪路却露出迟疑神色："光柱现象还算常见吧，只要温度够低加上湿度大，就能形成悬浮冰晶，折射光线形成光柱。需要派人专门去吗？"

老板赞许地点头："汪老师厉害。不过我这边收到的消息是，太阳出来后，光柱还没消失，已经不是冰晕造光能解释的了。听说军方已经包围了那片区域，但我在附近一个叫至元村的地方有线人，小陈过去后能进去拍摄，出一份特稿。"

这就是同事们羡慕的原因。公费出差，待遇颇丰不说，旅游观光也不提，对媒体工作者来说，最重要的还是能遇上一个引起大众关注的新闻。这幅光柱图仅仅在微博上就引起了几万转发，而谁都闻得到，它背后还藏着能将职业生涯推到高峰的巨大秘密。

但出乎所有人意料的是，陈灵摇摇头："这是好机会，但我不能出差。"

老板皱起眉头。他这才想起，陈灵进公司这几年来，的确没有出过差。"为什么？"他问。

"我家里有人要照顾，走不开。"陈灵低声说。

"小陈啊，你进公司时间不短了，这个机会，我是觉得你应该要争取的。"

谁都听出了老板的不满，没人敢作声。陈灵垂下眼睑，低声说："谢谢老板，但我确实去不了。"

老板脸上作色，正要说什么，汪路突然道："我对超自然现象还挺好奇的，让我过去吧。"

"汪老师，你不是……手头还有那么多活要忙吗？"

汪路笑了笑："加点班就弄完了。"见老板还在犹豫，又道："我虽然是老员工，但也别光想着压榨我，也给个出去玩的机会嘛！大不了我自费，回来后还写一份游记，哦不，报道。"

他说得轻松又委屈，其他人都笑了。坚冰一样的氛围出现了缝隙，不再尴尬，老板顺着台阶下，也没多纠结，点头让汪路负责这次采访。这事儿也就揭过了。

"刚才谢谢了。"出会议室后，陈灵在微信里给汪路发了这句话。

消息发出去后，对话框里很快显示"对方正在输入"。但这种显示一直持续着，三分多钟后，对话框里只多了两个字。

"没事。"

陈灵怔怔地看着手机，又回头看了看不远处工位上汪路的身影，有些怅然。她按熄屏幕，手机刚放下，就又在桌面上震动起来。

她正想按掉，但一垂眼，看到了"张老师"三个字。

是李钻风的班主任。

"老师，有什么事情吗？"她快步走出办公室，在过道里接了电话。

"你来学校一趟吧，"张老师在电话里说，"李钻风出事了。"

4

陈灵匆匆赶到学校办公室，还没进去，就听到里面传来了尖锐的嚷嚷声。

"你们这学校怎么搞的，这么大个人了还是小学生？"是女人的声音，"我可以告你们的！我查过，教育部规定的小学生，是六岁以上的儿童——儿童！他这模样恐怕三十多了吧，还是儿童吗？"

陈灵眉头一皱，走进办公室。

李钻风站在角落里，撇嘴垂头，脸上有风干的泪痕，衣服皱巴巴的。不远处一个办公桌旁，坐着富态的张老师。他对面是一个四十左右的妇女，干瘦精明，拉着一个小胖男孩的手。嚷嚷声正是出自她口。

其他座位上的老师都朝他们看过来，表情各异。

“阿风，”陈灵穿过妇女与张老师之间，径直走到李钻风身前，低声问，“怎么了？”

李钻风低着头，胸口一起一伏，不肯说话。

见她来了，倒是张老师如释重负，连忙说：“你终于来了。”又转头看向妇女：“罗集妈妈，这位是李钻风同学的监护人。”

妇女斜眼看过来，上下打量，迅速判断出了敌我的战斗力，轻蔑一笑：“第一次在学校里看到监护人比被监护人小的，难怪这么奇葩。”

陈灵仍不看她，见李钻风不肯开口，又走到张老师座侧，问：“出什么事了吗？”

“你们李钻风跟人打架了，”张老师脸上的肉颤了颤，“当然了，小孩子打闹本来常见，也没出什么事……”

一旁的罗集妈妈插口道：“这是小孩打闹吗？”她拉起矮胖男孩的手，又抬手指了指李钻风：“这是以大欺小啊，白长这么大个子，得有一米九了吧，公德去哪了？吃的是白饭，把屎留肚子里，公德给拉出来了？那还上什么学呀，在厕所就能吃饱喝足衣食无忧啊。”

话说得难听，周围老师们都面面相觑，但也没人吱声。罗集妈妈的气场已然笼罩了整个办公室。他们都知道这是最难缠的一类家长，被市井和琐屑的生活磨砺过，唇舌锐可杀人，脸皮厚能筑墙。看年龄，罗集多半是他妈三十多以后生下来的，虽不算老来得子，但肯定也护得跟心肝似的。

陈灵却似充耳未闻，又转头对李钻风低声道：“你打他了吗？”

李钻风点点头。

“为什么？”

“是他先打我……”

这一刻，陈灵想起了昨晚给他洗澡时，他背后的那些淤青。“不是第一次打你了吧？”她问。

李钻风头垂得更低，泫然欲泣，但咬牙忍住，只让泪水在眼眶里打转。

“别怕，”她低声说，“我不会让人欺负你的。”话刚说完，她心里微颤，好像有苦涩的种子在胸膛里萌动——这句话，她以前也对他说过。

那时，他们刚刚确定关系，又看了一遍《月光宝盒》。她开玩笑对他说，从现在开始，你就是我的人了，如果有人欺负你，你就报我的名字——在《月光宝盒》的结尾，紫霞第一次出现时，就是这么对至尊宝说的。

想不到一语成谶。

她把甜苦交杂的回忆压回心底，走回张老师身旁：“那，现在您这边打算怎么处理？”

张老师连忙说：“都在一个班里，学校也不想弄得不好看，这样，道个歉，赔点医药费就可以了。”

陈灵点点头：“嗯嗯，也可以，不过赔偿我就不需要了，歉是怎么道呢？是孩子给孩子道歉，还是家长给我道歉？”

张老师和罗集妈妈都抬起头，看着她。

“嗯？”陈灵说，“是我没说明白吗？”

张老师说：“是我没说明白，我说道歉和赔偿……”

“是啊，我听明白了，但我不需要赔偿，道歉的话，态度好一点就行。”

罗集妈妈终于反应过来，叉腰大骂：“你是不是神经病啊?！明明是那个傻瓜欺负我家孩子，还让我们道歉，我呸！”她又拉起罗集的手：“集集，你说，是不是他欺负你啊？”

男孩连忙点头：“是他打我，我都够不着他……”

陈灵依然不看她，问张老师：“谁欺负谁，是孩子们说的吗？”

“是啊，还有同学做证。”

“那监控呢？”

"倒还没看，但孩子们都说了，应该——"

陈灵深吸口气。"那现在看监控吧。"

张老师面露难色，犹豫道："手续有点麻烦，要校长签字……我看事情也不大……"

罗集妈妈也尖声道："看就看！我非得——"这时，罗集拉了下她的衣袖，被她一把甩开："放心！妈给你做主！"

陈灵说："学校收的费用里，有一部分是用于监控的吧，交了钱，我就要看。我请了假，今天不用上班，有很长时间可以看。"

张老师只得起身去校长办公室，半小时后回来，带两个家长和孩子去了监控室。很快，他们调出了视频，果然是罗集趁课间老师不在，用书砸李钻风的头。李钻风个子高，站起来躲，罗集又在哄笑声中爬到桌子上，嘴里尖叫着什么，边叫边砸。直到最后他用铅笔扎李钻风，李钻风受不了，才推了他一把，将他推下桌子。他一屁股摔到椅子上，哭起来，正好老师进教室，他便告了状。

看监控时，罗集妈妈脸色由白变红，结束时又变白了："那……那我家集集也只有八岁，打闹一下能疼到哪里去？"

陈灵没抬头，对张老师说："再把前几天的视频也调出来吧。"

"这……"

"我说过了，我有一整天的时间。而且我也有看视频的权利。"

于是，他们又在前几天的监控里看到了罗集和几个男孩把李钻风逼在角落里欺负的画面。他们远不如李钻风高大，身高一半都不到，但仗着李钻风不还手，拳捶脚踢，还有拿着笤帚砸的。他们脸上都没有咬牙切齿的恨意，只是一片欢快，这种欺负是出于纯粹而原始的恶意——打败比自己体形大那么多的人，会给他们带来一种残忍的成就感。而周围人的起哄，无疑放大了这种感觉。

整个过程中，陈灵的脸都是沉静的。张老师担忧地瞥了几眼，但看不出她的表情。

"这确实是学校的失误，这样吧——"张老师关了电脑屏幕，对罗集妈妈说，“罗集妈妈，你让孩子道个歉，态度好一点。都是同学嘛，以后还要相处……”

“凭什么我们给这个怪胎道歉……”罗集妈妈狠狠掐了儿子一把，罗集大哭起来，哇哇叫妈。但她没理会，转过头，声音尖锐似刀：“我就说嘛，这怪胎就不应该在学校里。听说他以前在这里上过学，过了十几年变白痴又回来了——这是小学啊，又不是智障收容所！喂，你，你赶紧把这怪胎领回去……”她是指着陈灵在说，但发现陈灵没看自己，她继而想起：整个过程中，陈灵的目光压根没往自己身上落一下。

她心里突然掠过一丝不祥——自己纵有千百战斗力，对方却从未接招。

果然，她听到了陈灵对张老师说的话。

“我家李钻风是跟常人不一样，但他来这里上学是特批的，手续齐全，也有医疗证明。他应该跟所有小孩一样。”陈灵的声音不高，只是隐隐颤抖，那是极力压制某种情绪的表现，“而且我改变主意了，道歉我要，赔偿我也要，我会找医生来鉴定他的伤——我认识很多医生。”

张老师犹豫道：“要不再……”

陈灵没等他说完，亮出握在掌中的手机，说：“刚刚的视频我已经录下来了，张老师，您应该知道我的职业吧——我是做新闻传播的。”

张老师像被蜇了似的，眼皮一跳。他总算醒悟过来，最难缠的一类家长，并不是悍妇，而是眼前这种有着冷静眼神和凌厉手腕的年轻女人。他也上网，知道这种跟校园暴力沾边的视频，经过专门的营销传播，能在网上引起多大的轰动。

事关学校声誉，已经超出了张老师的职权。他又去了一趟校长办公室，最后在校长的调解之下，罗集妈妈赔了两千块钱——事后会由学校补给她。然后，罗集和那些欺负过李钻风的小孩，逐一向李钻风道歉，并罚写检讨。

他们道歉的时候，李钻风却像是自己犯错了一样，后退几步，连连摆手，无助地看着陈灵。

等事情落定，已经是下午渐尽了，众人各自离开。陈灵也要走，但被校长叫住了。

李钻风在办公室外等着，里面只有陈灵和校长。

“我觉得——”校长犹豫了一下，“李钻风可能不适合在这所小学了。”

陈灵低头看了一眼手机。

校长连忙道：“我不是那个意思。”他喝口水，又说：“本来就算没这事，我也要跟你说的——他太聪明了，已经不是小学能教的了。”

陈灵转头看向窗外的李钻风，只能看到他的背影。他的头依然垂着。更远处，风把树叶吹得哗哗作响。

“他刚进学校时，确实什么都不记得了，一切都要重新教。但这两年，他学得很快，别的小孩最聪明的也就是听一遍能记住，而他，听半句话就知道后面的意思。他的试卷就是标准答案。”校长拿出一沓试卷，往下一扒，露出一串整齐的红色“100”字样，“我们本来是商量让他跳级，但从三年级到六年级的所有内容，他都知道——所以我们建议，他可以读初中了。”

陈灵沉默了。

校长以为她在生气，连忙又道：“当然，我们也只是建议——你考虑考虑。”

回到家，陈灵才感觉疲倦。她陷进沙发里，眼皮重得像铁，闭目养神。

李钻风本来站着，见她疲倦的样子，也坐在她身旁。她的呼吸清晰可闻。渐渐地，他歪着身子，头枕在她腿上，也闭上了眼睛。

傍晚未到，太阳尚有金辉。但斜阳被城市的高楼大厦切割着，落到这栋楼时，只剩下微弱的一抹。它穿过阳台玻璃，在地板上爬行，最后落到了陈灵脸上。

这时，李钻风悄悄看了眼陈灵，见她似乎睡着了，嘴边轻轻呢喃出一个字。

“妈……”

陈灵的眼皮动了动，但没睁开。

阳光落在她眼睛下，有些细细的辉芒在闪，不知是因为皮肤反光，还是别的什么。

5

他们第一次认识，也是在这样一个布满霞光的傍晚。

那时候李钻风大二，是学长，在一楼教室门口走来走去背单词。那是在第二教学楼，以迂回曲折著称，很多人找不到去教室的路，当时还有不少关于在二教迷路的段子。陈灵是新生，从宿舍走来教学区，走了很久，经过了长桥和明远湖。她站在楼前，仰视整栋大楼。

于是，他看到了这个面带新奇的学妹。她正仰着头，沐浴在金黄霞光里，整个人都快融化的样子。

她也留意到了这个奇怪的男生，问："老师？"见他没回，她皱皱眉："学长？"

他还是没说话。

"谢谢。"她低低地"哦"了一声，准备走进去。

他说："哎，二教不要乱闯。"

"二教？"她转过头，指着头顶斜上方的塑料大字，"你当我不识字啊，明明是综合楼嘛！"

他顺着看去，果然是综合楼。原来自己默背单词，不自觉间走到了这里。他有些不好意思，正要道歉，她已经走进去，身子一转，消失在楼道间。

再一次见面，是在期末的院际辩论比赛上。两人各是正反方的一辩。李钻风看着对面认真辩驳的陈灵，一下子想起了半年前那片夕阳，有些失神。他在后面的辩论环节出现了好些漏洞，被陈灵抓住，最后让传媒学院拿了冠军。

但也就是这个契机，让李钻风知道了陈灵的联系方式，开始频频约她。陈灵对这个学长有点反感，觉得烦人，每次都推掉。有一天晚上他又约她逛校园，陈灵想也不想就回短信拒绝了："晚上要上选修课。"

但其实她的选修已经结课，当晚没什么事情。晚饭后她路过商业街，看到了学校的内部电影厅要播放的电影片名：《大话西游》。这是她最喜欢的电影，就买了票——很便宜，估计片源也是盗版的。

她走进昏暗的电影厅，来看这老片子的人不多，观众稀稀拉拉，她找了个座位坐下。电影已经看过无数遍，但她还是能被星爷的无厘头表演逗笑，整个过程笑声就没停过，惹得斜前排的男生老是回头看她。光线昏暗，她看不清是谁，连忙收敛了笑声，但没多久又忍不住笑起来。

后来电影放完，影厅灯光亮起，她才看清男生的脸。正是李钻风。她残存的笑容顿时僵在嘴角。好在李钻风并没有走过来，冲她点点头，便转身走了。

打那以后，李钻风就再没有约过她。但她发现，电影厅里重放《大话西游》的频率变高了，只要她看到告示，每次都会去看，而只要走进电影厅，都能发现李钻风。他们没有交谈，座位也隔得远，散场就离开。

这样一直持续了一年，到大二课变得多起来，一忙时间就过得飞快。其间她也在校外见过几次李钻风，他是在兼职，倒卖小商品和发传单之类的。她面无表情地路过，他也没打招呼。后来陈灵把精力花在学习上，没再参加辩论赛，只在比赛结束后看了结果，发现最佳辩手居然是李钻风。再一打听，发现李钻风大一时也是最佳辩手，只在大二那年落选，就是跟自己辩论那次。她找出当时的录像，重看李钻风跟自己辩论的过程，发现李钻风在前半截口齿伶俐，逻辑清晰，而且是他熟悉的题目，本来胜券在握，直到遇到了自己。他那些辩论中的漏洞，一半是失神导致的，一半看起来像是故意的。

于是，下一次再看《大话西游》散场后，她总觉得该说点什么，便在厅外等着李钻风出来。但等了一会儿也没动静，她纳闷地走进去，看到影厅老板正在给李钻风付钱。

"就不知道你这样图什么，每次都包场看这部电影。"影厅老板掏出钱，点了点，"还让我正常卖票。包一场三百，卖一张票六块，喏，这是今天的五十四块。”

李钻风低头接过钱，也不说话，转过身。他看到了门口的陈灵。

那个晚上，他们在学校里走了很久。刚开始他们没说话，也不知道说什么好，就默默地走着。走过人群熙攘的商业街，走过漫长的湖上步行桥，还有在夜里幽静空旷的环形大道。

“你说——”快走到宿舍区时，陈灵突然问，“为什么紫霞会喜欢至尊宝？因为他拔出了紫青宝剑吗，还是他说的那个一万年的谎言？”

“都不是吧。”

陈灵停下脚步，看着比她高半个头的李钻风。

“是在市集的时候，紫霞进到至尊宝的心里时，他也进了紫霞心里。”李钻风皱眉回忆，声音很慢，但很笃定。

宿舍楼就在不远处，每一扇窗里都亮起了灯。陈灵的心也像这些窗子一样，慢慢亮起来，她深吸口气，突然说：“以后你不用包场看电影了，兼职挣钱也不容易。”

“啊？”李钻风一愣，继而沮丧地点点头，“噢……”

“我们可以在别的地方看《大话西游》。”

6

平静的日子没过多久，陈灵又接到了初中班主任的电话，让她去一趟学校。

她做好了再跟那些凶悍的、无理的家长针锋相对的准备，万一斗不过，她也能承受辱骂和鄙夷的目光。但她没想到，这一次李钻风做的事情，将她彻底击败了。

李钻风给同班女孩写了情书。

从班主任嘴里听到这个消息的时候，陈灵身体里像是被抽走了几根骨头。

她后退一步，靠到了墙，又茫然地抬起头。

班主任又说了一遍："他给班上的女同学写情书，影响很坏，你看，这要是其他同学写，我疏导疏导就行——但他生理年龄三十多了，女同学才十三岁，这，总有个伦理上的……"

陈灵转头看向李钻风，他低着头，还是一副做错了事情的样子。但这一次，她帮不了他，她甚至都帮不了自己。她再也没有了跟所有人抗争的勇气。

"我……"过了好久，她才深吸口气，"他是真的写情书了吗？"

"证据确凿。"

"我能看一下吗？"

那张薄薄的纸伸了过来，她下意识去接，手又跟被蜇了似的缩了缩。班主任皱着眉往前递。她躲不过了，接过来，展开看。

是的，是李钻风的笔迹，是他的语气，是他的好感和爱意——只是给了另一个人。他用笨拙的语言表达好感，想跟她交往，在信的结尾，他说了那四个字。

我喜欢你。

陈灵手一抖，信落在地上。

班主任悲悯地看着她——他知道陈灵和李钻风的关系，是监护人，也曾经是情侣，是未婚夫妻。李钻风给别的女孩写了情书，在李钻风看来，这可能是同龄人都会做的事情，但对陈灵来说，这张纸上透着浓浓的残忍和荒诞。

"老师，我……"陈灵嗫嚅着，过了许久才缓过来，垂下眼睑，"那个女孩怎么样了？"

"也还好，没怎么吓到——但她家长反应有点大。"

"对不起……"

"这个对不起我可以转达。"班主任叹了口气，"他这样可能是受了周围同学的影响，你也别想太多……至少在学习上，他是很聪明的，有些教师不会做的题目，他都……"

后面的话陈灵就没听进去了，她脑子里满是往昔那些破碎的画面，那些凌乱的语句。多年来被某种执念压住的疲倦一下子翻涌上来，在身体里一浪一浪地拍打，让她站立不稳。

“你……你没事吧？”班主任见她摇摇晃晃，嘴唇煞白，问道。

“没……”陈灵反应过来，看了眼李钻风，咬咬牙，“我想给他请几天假。”

学校的假好请，毕竟李钻风成绩很好，落几天也不会怎么样；倒是陈灵给自己请假时，遇到了一点麻烦。

“这几天请假？”老板有些不满，“成都和印度的苏拉特，同时爆发了同等级的地震，我还想派你去成都做个震后访谈呢。”

地震？她想起昨晚回家后，她在沙发上确实感到了一阵天旋地转，但她以为是自己的幻觉。后来倦极，整夜也都没有开手机。

“实在抱歉。”陈灵说，“能请别的同事先顶上吗？我回来后无偿加班，把事情弄完。”

“哪儿还有人？汪老师也是刚请假，说是陪女儿出国玩……”说着，老板突然一愣，想到什么，低头看了眼她写的请假表，“噢噢我明白了，那可以，可以批准！你们好好玩！工作的事我找其他人顶上。”

陈灵一头雾水。

很快，她就明白老板为什么有那副奇怪的表情——在机场，她见到了汪路父女二人。

“好巧啊！”汪路也很惊奇，问了下航班号，居然是同一趟，“你们也去泰国玩？”

“是啊，我们去……散散心。”

“挺好的。”汪路看了一眼旁边撇着嘴有些不高兴的李钻风，点点头，又重复了一遍，“挺好的。”

“对了，上次出差，多谢你。”

汪路摇摇头：“没啥，本来我对那张照片也很感兴趣，就算你要去，我也得跟你抢呢。”

“那查出什么来了吗？”

“没有……”汪路的眉头皱成川字，“那边已经被封锁了。不过我在至元村待了几天，又发现了新情况——晴天闪电，天空就像要撕裂的样子。那里肯定要出什么事，但我回来后，这个选题被禁了，我跟不进去。”

“哦。”

接下来他们就没怎么说话了，可能因为那顿始终没吃的饭，总是有些尴尬。他们在登机口沉默地坐着，倒是李钻风和汪路的女儿汪乐仪聊了起来，在空地上玩得开心。他们以机场的方形地板为格子，蹦蹦跳跳地踢着文具盒。

路过的人看到一个高大的青年陪八岁小孩玩这么幼稚的游戏，都露出笑容。但看到李钻风脸上单纯稚气的表情后，又愣一下，摇摇头，快步走开。

“他这样……”汪路犹豫了一下，“很久了吗？”

陈灵没有看他。晨光透过巨大的落地玻璃，落在她脸上，像是补上的一层妆，让她这几天失血的脸上有了一丝红润。

“嗯，很久了。”

“是……天生的吗？”

“是意外。”

“怎么造成的？”

“溺水了。”

汪路听她语气淡淡的，转过头，只看到她在霞光中的侧脸。他低头看了眼机票，到达地是普吉岛，眼皮一跳，说：“难道……不会是几年前普吉岛海难那次吧？”

陈灵点头。“是那次。”咬了下嘴唇，脸上掠过一丝痛苦，“本来他很忙，不想去泰国的。是我，刚刚订完婚，闹着要旅游，还把他父母也带去了。那天天气不好，旅游局不建议出海，但还是我，非要买票去海上玩。回来的时候，遇到了风浪……”

“没人能预料得到，你别太自责了……”

“他父母遇难了，他溺水重新变成婴儿，只有我，什么事都没有。我宁愿出事的是我——也应该是我，一切都是我作出来的。”

汪路不知如何安慰，沉默了。太阳升起来，广播开始播报登机准备，四周的人影移动起来，早早在检票台前排成长龙。但陈灵没有动，沉浸在苦难的往事里，嘴唇快咬破了也不自知。

“严重吗？”汪路看了一眼玩得正开心的李钻风，“如果是脑损伤的话，我认识几个医生，可以再看看。”

陈灵回过神来，低头整理了下表情，才说：“不是损伤，是记忆清掉了。”见汪路露出诧异神色，苦笑一声，解释道：“是罕见病例，医生也没办法——总之就是脑袋被冷水灌入过，但没有器官损伤，只是什么都不记得了。”

“如果只是失忆，也有办法吧……”

“是所有的记忆——不仅仅是他经历的事情和认识的人，”陈灵看着蹲在地板上捡文具盒的李钻风——他一玩起来就忘了不快，额头上都沁出了细细的汗珠，嘴里还发出兴奋的呜呜声，“所有的习惯，常识，对世界的认知，都不记得了，连怎么说话都忘了。”

汪路咋舌：“那就是——跟婴儿一样？”

“嗯，医生也是这么说的——他重新成了婴儿，一切都要重新学，知识、礼貌……但没关系，他还会再长大的，只是时间问题。”

开始检票了，人龙缓慢地向前蠕动。汪路也站起来，唤来女儿，摸着她的头。他犹豫了一下，转头对陈灵说：“那你有没有想过一个问题？”

“嗯？”

但汪路想了想，终究没有开口。他掏出登机牌，跟女儿一起走向 VIP 通道，检票员立刻让人龙停下来，看过他们的登机牌后，让他们直接进了长廊。

陈灵带着李钻风在后面排队，进飞机后找到靠窗的座位。李钻风想跟她说话，但看她表情冷冷的，撇撇嘴，也不敢多话。

直到飞机降落，陈灵手机有了信号，才看到一条微信，是汪路那没说完的半句话。

“他重新长大，还会是以前那个人吗？”

这个问题，她是想过的，但只在脑海里浮现了一瞬间，就被压下去了。

当时她在医院，听医生讲李钻风的伤情分析。那是个老医生，头发掺白，很瘦，眼镜很厚。办公室里还煮着茶，青烟袅袅，咕噜噜作响。四周的摆设简洁明净，门的隔音很好，关上门，这里仿佛就不是嘈杂混乱的医院，而是某间茶室。

但陈灵脑子里乱糟糟的，医生的话很多都没听清，只记得他提到了“海马体”“大脑皮层”和“全息影像”这些词语。

“全息影像？”她终于反应过来，觉得这个词很突兀。

“是啊，这是脑科学对记忆的一个假设。”医生说话的时候，手指在桌上轻轻点着，哒哒哒，像是心跳，“1971 年，工程师丹尼斯·伽柏无意中发现了全息影像现象——现在这项技术已经成熟了，很多地方都在用。简单来说，就是把一道激光分成两束，一束照在这个桌子上反射，另一束通过镜子反射，最后两束光又汇聚投射到感光底片上，冲洗出来后，就是全息照片了。你再用同类激光照它，会发现桌子的立体影像在空中浮现。但神奇的是，即使把照片撕碎，用激光去照任何一个碎片，都能得到这张桌子的完整影像——你听明白了吗？”

陈灵迟疑着点头，只点了一下，又摇头。

医生的厚底镜片后面，目光炯炯，道：“这就跟人的记忆很像。现行的理论是说，记忆都是储存在海马区，但越来越多的实验证明其他部位也有完整记忆，就像全息照片的碎片散落在大脑各处。比如海马体受损的失忆病人，至少还记得说话和一些习惯，这就是其他地方还在支持记忆。”

“但你不是说过，他的脑袋没有损伤吗？”

“是啊，这是最奇特和不解的地方——他在冷水里浸泡，接近窒息，但最后还是活过来了，脑袋完好无损，就是……所有的碎片都不见了，就像……”医生想了想，“就像电脑硬盘被清空了。”

“那，只要没有损坏……”顺着这个比喻，陈灵燃起了一丝希望，“是不是只要再往里面复制进数据……就是记忆，那就能恢复？”

医生说：“理论上是这样，但他的数据已经被抹掉了，从哪里去复制呢？”

办公室里一片沉默。煮茶的咕噜声更明显了，水汽在他们之间弥漫。

“这个病很麻烦。我有两个建议——从人情上说，我的建议是你把他交给福利院，由专人照顾。你也有你自己的生活。”

“另一个呢？”

“另一个就是从理智上说的了。我接下来说的话可能有点不近人情，你不要介意，但你男朋友这个病例很——”医生斟酌着字句，慢慢道，“很珍贵，只要他的监护人，噢，他的监护人就是你了……只要你同意，我们希望能签一份合同，配合我们对他进行研究。放心，我们是正经医疗机构，不会有不人道的举措，所有的手术和研究手段都会经过你的同意。作为回报，我们会给你一大笔……”

最终，陈灵两个建议都没有听，她选择了带李钻风出院。

“那你接下来呢？”办完手续后，医生追着问道，“你要带他去哪里？”

“回家。”

她只说这两个字，就出了医院。她把李钻风带回他小时候生活的地方，找关系开证明，让他重新进了以前的小学。这个证明还得由医生开，当医生看到证明的内容时，就明白了个大概，长叹一声。

“虽然我的专业不是心理学，但也知道，人性格的形成有很多因素，是无数偶然组合来的。你可以把他带回以前的学校，但他那些同学呢？难道你还能一一找回来吗？”医生劝道，“只要有一点不同，他的性格就会改变，就不是当年的李钻风了。”

“这样至少我们还在一起。”陈灵坚定地把证明往医生面前推过去，“我爱他，只要是他就行。”

医生看着她的眼睛，镜片上有些反光。他犹豫半天，说：“但你抚养他，让他长大，你们的关系就更像是母子，而非情侣。你还爱他，想跟他在一起，但他还会爱你吗？”

陈灵的脸倏忽间变得惨白，手指也跳动了一下。她突然想起了《大话西游》，在最后的情节中，至尊宝忘掉了往日情谊，紫霞依然爱他；他变成了孙悟空，心里只有成佛之路。

医生看着她的表情，似乎也有点不忍。过了许久，他拿起笔，签下了自己的名字。

显然，汪路和医生的担忧并没错。

哪怕陈灵把家安在了李钻风以前住过的地方，小学也是原小学，甚至刻意找了原来的教室。但李钻风却在她给他庇护之后，叫了她一声——

“妈……”

这是扎在她心里最锐利也锯齿最多的刀。

所以她带他来到了泰国，所有变故起源之地。

他们落地普吉岛，也没跟汪路打招呼就出了机场，径直来到海边。他们在长椅上坐着，从下午坐到晚上，游客们渐渐散去，夕阳沉入海下。起风了，雨点也啪啪打下来，海水显得暗沉沉的，在越来越大的海风吹动下，更加阴森可怖。

陈灵站起来，拉着李钻风来到沙滩，让他直视冰冷又汹涌的海潮。李钻风有些畏缩，想往后退，被陈灵拉住，问：“你记起来了吗？”

李钻风眼角泛着水花。“想起什么来啊？我……我害怕……”他抓紧陈灵的衣服，嗫嚅道，“我要回家，妈，回家……”

这个针一样锋利的字眼刺痛了陈灵。这些年所有的委屈都涌上心口。她脸色骤白，一咬牙，揪住李钻风的衣领，大步向海里走去。

海水漫上来，淹没了他们的脚踝，冰冷刺骨。

李钻风吓得哇哇哭叫。他本来又高又壮，要挣开陈灵轻而易举，但他似乎忘了这一点，只是哭喊着，被一步步拉进海里。海水到了腰部，他一个激灵，喊道："我错了，我好好做作业，好好学习！我不敢了……"

陈灵也是满脸泪水，大声问："你记得了吗？"

"记得了记得了！"

"记得什么？"

李钻风一愣，继而说："我记得乘法口诀，解方程组，做应用题，我要当全年级第一，我不给别人写情书了……"他的声音又快又急，混在海风里，被撕成一丝一缕。

陈灵更是面如死灰，嘴角一下子咬出了血。雨滴变得稠密，风更大了，海浪起伏，退的时候到她的膝盖，涨时又到了胸口，拍打得他们站都站不稳。但陈灵没有后退，抓住李钻风的手臂，指甲都要掐进肉里了。

风浪翻卷，天地一片昏暗，雨滴狂暴地打在脑袋上。恍惚间，她又回到了那一夜，游轮倾覆，四周都是惊慌的叫声。她被吓蒙了。那个时候也是蒙住的，要不是李钻风拉着她到了栏杆旁，让她扶好，她早已经跟甲板上的人一样被卷进海里了。但她宁愿被卷进去的是自己，死亡只是一瞬间，这些年如蜂虫一样啃噬她、让她无法安睡的愧疚才是真正的折磨。是她的任性害了李钻风一家。她唯一的希望是李钻风快些恢复，但这份希望日渐渺茫。她的怒气被冰冷的海浪和雨水浇灭，浑身凉透，哀声道："求求你，你记起来好不好……"

李钻风哭嚷着，语不成声，只是连连摇头。

陈灵心哀如死，叫道："为什么要这么对我，我错了，你记起来啊，我不是你妈妈，我是紫霞啊……"李钻风想往后退，她死死攥住他的衣服："如果这是惩罚，我宁愿不记得！让我也被海水淹一回吧！"

潮水涨起，半人高的水墙撞过来，她站立不稳，被卷进冰冷的海水里。她失却了所有力气，松开手，外面风急雨骤，水冷浪啸，她心里却一片宁静。就这样吧，她想。

但一只手抓住了她。格外稳，带着令人心安的温度，有一种久违的熟悉。

她心里一喜，从海水里挣出来，看到了那个抓住自己的人，是汪路——这个本来要陪女儿玩耍的男人，不放心他们，跟过来了。她的喜悦再次被浇灭，奋力挣扎，但挣不出汪路的手，被拖到了浅水区。李钻风也吓坏了，快步跟在他们身后。

看着他胆怯又可怜的样子，陈灵突然怒气勃勃，向他扑过去，声音变得凄厉："你记起来！你不是我的至尊宝吗？你不是要爱我一万年吗？你怎么什么都记不得了！"

风浪暴躁，一道闪电划过，李钻风哇哇大哭。

汪路也冷得发抖，但一言不发，紧紧箍住陈灵。陈灵依旧挣扎，依旧哭喊。李钻风站在一旁，走也不是，靠近又不敢，无助地看着汪路。

"没事了，没事了……"汪路一遍遍道，不知道是对陈灵说，还是对李钻风说。但随着他的声音，两个人都平静下来了，海浪也不再汹涌，慢慢退去。

汪路低头看着怀里的陈灵，她似乎累了，低声抽泣，嘴里喃喃着什么。她脸上一片湿润，布满水痕，不知道是海水，还是流下的泪。

（下）

1

李钻风越来越聪明，这是罗老师对他的评语。

两年前从泰国回来后，陈灵就给李钻风办了退学手续，请了一名姓罗的家教。罗老师是市里有名的特级教师，许多高端活动上都有他的身影。本来这种家教都很贵，但罗老师听说了李钻风的病情，很感兴趣，折了一多半的价。

不过陈灵刚看到这类评语时，还有点不以为意，一来老师的褒奖本就当不得真，都是给家长看的，她自己的求学之路也是铺满了好评；二来李钻风虽然记忆被清空，生理年龄却仍是三十三岁，比其他小孩聪明本也正常。

但很快，她就发现这个评语的比较对象，并不是那些初中生。

“我带过很多学生。”罗老师说，“其中不乏天才，远超同龄人的天才，所以他们才需要特殊家教，所以我才收费那么贵。但李钻风跟所有人都不一样。”

陈灵扭头看了一眼正在低头做题的李钻风，只“哦”了一声。

罗老师见她不以为意，正色道：“我没有开玩笑，他的知识水平虽然不及我们，但在我看来学习能力远超世界上任何一个人——你想，他是四年前出的事，现在已经学到了初三的水平。哪怕是天才中的天才，也不可能四岁的时候就初中毕业——而且还是以全校第一的成绩。”

“可能是他残留的记忆在起作用吧。”陈灵说。

但这句话她自己也难以真的相信。记得李钻风刚出院时，对世界一无所知，连话都不会说，饭也吃不了——前一个月是靠输营养液才活下来的。他的大脑已经完全清空，连在泰国遇到的海难，也想不起半点，连他的性格也跟以前不一样了。他在家学习后，变得沉默，不爱说话，仿佛真的是一个遭遇青春期困扰的男孩。

他身上唯一跟原来的李钻风相似的，是爱看《大话西游》。

也就是凭着这一点，她才有勇气坚持下去。

“那他很聪明。”陈灵回过神，“总是好事吧。”

罗老师说：“是啊，是好事，也是稀罕事。所以要跟你商量，我想给他定制新的教学方案，不按照高中的填鸭法——反正他也不用去参加高考。”

“那就照您的方法来吧。”

说完，陈灵疲倦地揉了揉眼睛。

这一阵子她确实很累。她还待在原公司，位置比以前高，工作量自然也增加了。加上这两年又太邪门，至元村的晴天闪电过后，全球极端天气频现，天灾肆虐——法国小镇格拉斯被奇怪的浓雾笼罩，雾气散开后，里面一半的人死亡，另一半人昏迷；塔林城在一个夜晚突然沉入海中；纽约遭受了罕见的地震，伤亡惨重……每一件事都是大新闻，都要出专题。他们便忙得要命。连陈灵这种不肯出差的人，也不得不跑了几趟外地，了解灾情，联系专家分析起因。

而前不久，中国西南部又爆发了一次地震，她刚回来还没休息多久，就又得去一趟四川。高强度的工作已经让她脑袋里的弦越来越紧。

要不是汪路一直帮衬着，那根弦恐怕早就断了。

她总感觉欠着汪路，但有些东西是没法还的，她也只能沉默。好在汪路也只是默默地帮着，没有要回报，这无疑增加了她的愧疚感。她唯一的希望，就是李钻风快些长大，恢复成年人的智力，再当回她的至尊宝。那她就不会这么累了。

李钻风仿佛感受到了她的希望，飞快地成长着。有时候她白天去上班，晚上再回家时，李钻风都会变得不一样。他的稚气在消散，眼神变得宁和，甚至有些悲悯。

但只要在陈灵面前，他就会恢复孩子气的一面，经常很得意地向她炫耀今天又学了什么。陈灵太累，有时候听着听着就在沙发上睡着了，他便停下，依偎在她身旁。如此几次，他就没再说学习的事情了。

才过半年多，罗老师就向她辞职。

“我已经没什么可以教他的了，他很聪明，嗯，很聪明……”罗老师将后面这几个字重复了好几遍，神情欣慰又有些恍惚，继而担忧道，“但我也不知道这样做对不对，接下来……”他摇摇头，有些落魄地离开了这个家。

如果陈灵没有这么身心俱疲，她会听出罗老师话里的奇怪之处。但她被工作弄得反应迟钝，罗老师走后几天，两个警察找上门，她才后知后觉地心里一凛，察觉出不对劲。

“别紧张，跟你没关系。”一个警察见她脸色泛白，道，“我们是来问罗老师的事情。”

“他怎么了？”

“被抓了。”另一个警察说。

前一个警察耐心解释道：“利用特级教师的身份，与官商结交，借机宣传一些……很危险的思想，有邪教嫌疑。”

“就是邪教。”

“总之他老跟人说什么人类是外星人制造的，地球也是，现在外星人要把地球收回去，末日要来了，这一阵子的频繁天灾就是征兆……这种言论造成了很恶劣的影响。”警察一边解释一边皱眉，又问陈灵，“他前一阵子在你家做家教，有没有什么奇怪的举动？也跟你说了那些话吗？借机敛财了吗？”

陈灵摇头。

见跟陈灵聊不出什么，警察又去向李钻风问话。这时的李钻风已经跟两三年前那副稚气未脱的样子完全不同，他个子又长高了些，超过一米九，老实地坐在沙发上，问一句答一句，绝大多数时间都拘谨地沉默着。

“他没有说很奇怪的话。”他回忆着答道，“就是让我读书。”

“读什么书？”

“《忧郁的热带》《枪炮、病菌与钢铁》《妮萨》《我们都是食人族》《象征之林》《西太平洋上的航海者》……”李钻风面无表情，嘴唇翕动着吐出一大串书名。

陈灵在一旁听愣了。前几本书她大概听说过，后面的就都很生僻了，但听书名应该也是人类学著作。罗老师让他读那么多人类学的书干吗？她皱起眉头。

警察关心的却是另一个点：“你说的这些书，你都看了？”他显然不太相信，因为家里书架上摆着的，只有高中教辅书籍。

“嗯，都看过了。”李钻风说，又指了指不远处的电脑，“是电子版。一个U盘能装下的知识，超过一个图书馆。”说完他就往后仰了仰，眼睛微闭，仿佛刚才解释的那句都有点多余。

两个警察仍是一副不信的样子，但也问不出更多了，便起身离开。

他们走后，陈灵刚要说话，却发现李钻风从沙发上站了起来，扭了扭手指。他刚才的拘谨和沉默，在噼啪的指节扭响中完全消失，仿佛换了个人。

“你……”陈灵一愣，但疑心是自己多想了，摇头问道，“那些书，你真的都看了吗？”

“当然啊。”李钻风展齿一笑，“他们不信，你也不信吗？”见陈灵还在犹疑，他上前拉住她的手，说：“我证明给你看！”

仿佛孩子急着向父母展示刚拿到的满分试卷。

这个联想让陈灵心里微痛，等回过神，发现李钻风已经开了电脑，窗口文件夹里，摆着一列列整齐的 Word 文档。刚才李钻风说的书名，都在里面，且只是很小的一部分。

“罗老师让我看的，是这几百本书，但我怕我全说出来，警察会怀疑。”李钻风说。

“怀疑什么？”

“只要是反常的事情，他们都会怀疑。但我还是高估他们了，我只说了几本，就不信。低等人类。”

其实陈灵也不信。

李钻风看出了她的疑惑，表情一黯，过了几秒又抬头笑着说：“我看书很快的，不信你随便说一本书。”

陈灵想了想，说道：“《起风之城》。”这是陈灵很喜欢的一本科幻小说，写得很好，但比较小众，李钻风应该没看过。

果然，李钻风皱皱眉，说：“没看过……我找一下书。”他的手指在键盘上跳跃，屏幕上页面跳转，除了正常的网页页面，右下角还出现一个黑框的代码页。本来这本书需要付费阅读，但李钻风敲了几行代码，就顺利进入了网页后台，将整本书下载下来。

“这样……”陈灵提醒道，“这样看盗版书是不对的……”

“哦。”李钻风随后应道，打开《起风之城》的文档，“原来是小说集啊，我看看。”

这本书的确是由九个中短篇小说组成，陈灵以为他看完至少要花几个小时，便打算去忙点工作。但她刚要离开，又呆住了——只见李钻风熟练地将《起风之城》Word 文档的缩放比调到 40%，屏幕上便一下子显示八个页面，密密麻麻都是文字。李钻风移动鼠标滚轮，那些文字在屏幕上如流水上涌般掠过，他坐得很端正，神情认真。

“你……你是在看吗？”陈灵问。

李钻风点头。

但这也有点太夸张了……陈灵下意识地又看了眼屏幕：上面被文字挤满，八个页面，差不多也有六千多字，而且还在迅速滚动翻页。这样的阅读速度，只有机器人才能办到。她再观察李钻风的表情，发现他虽然盯着文档，偶尔眨眼，但整个过程中瞳孔都静止着，不像正常人阅读时眼球会左右移动。也就是说，他是同时看着八个页面上的所有文字？

“看完了。”李钻风说，“写得很好啊，比绝大多数科幻小说都好。”

“噢——啊？你看完了？”陈灵瞥了眼显示屏下的时间，这才过了不到五分钟。

五分钟看完二十万字？

“那我考一下你吧？”她说。

李钻风垂下眼睑，低声说：“你说吧。”

“《以太》里面，男主角最喜欢什么乐队？”

“金属乐队、U2，还有滚石。”

“《太阳坠落之时》的第二幕，发生在哪里？”

“美国新墨西哥州奥特罗县。”

“顾铁的名字，来源于作者的另一篇小说，叫什么名字？”

“叫《星空王座》，在《大饥之年》的后记里提到过，我待会搜一下，晚饭前也看了吧。”李钻风说，又抬起眼睛，“我没有骗你，我看书很快，理解也很快。”

陈灵沉浸在震惊里，没有听出他声音里的失落，说：“可这是怎么办到的……你看书根本没按照顺序来，同时看八页文档，别说情节了，连字句都是断裂的。那上下文、段落、对白，这些是怎么看进去的？”

“就很简单啊。”李钻风关了文档，站起来，又坐回沙发。他有些疲倦，头仰在靠垫上，眼睛闭上了。

“不简单啊，”陈灵追问道，“怎么看进去的？”

“因为所有的文字，就在那里。”

晚上休息时，李钻风早早入睡，陈灵却睁着眼睛，回忆着白天的事情。她听到过很多关于李钻风聪明的评价，从未在意，毕竟他生理年龄三十多岁了，比小孩子强也正常。但今天他展示出来的，是远超常人的阅读和理解能力。

她突然觉得一切都陌生起来。

汪路和老医生都说对了，李钻风再次长大，已经不是当年那个全心爱她的男人了。他成了另一个人。

但没关系的……她默默安慰自己，谁都会变的，他就是李钻风，只是变得快了一点。没关系，只要他跟自己在一起。

这么想着，她安心了些，闭上眼睛。但睡意还未来，她就突然想起了李钻风说的一句话，惊得一下子坐了起来。

李钻风感觉到被子扰动，咂咂嘴，又翻身睡过去。

借着灯光，陈灵凝视他的侧脸。他睡着时跟以前一样，安静，睫毛微微颤动，不知在做什么梦。但他白天说的那句话，如巨钟一样在陈灵脑海里回荡，手脚都有点冰凉。

“低等人类。”

他说那句话的时候，她只觉得是小孩学的吐槽，但见识了他的能力，陈灵感觉事情并不那么简单。

那他的自我定位是什么呢？以及，在他心里，她陈灵是不是也是所谓的低等人类？

2

这个念头在陈灵心中缠了一整晚，搅得她睡意混乱，头疼欲裂。第二天上班路上，她开着车，突然转向，开向了市医院。

这几年地震频发，她经常跑医院，往往都是人多得挤满过道，寸步难行。但这座小城还好，目前没有被波及，她很轻易就找到了当年治疗李钻风的老医生。

几年过去了，这间办公室似乎没有变化，茶壶在跳跃的炉火上煮着，咕噜咕噜的声音和水汽一起冒出。

“是你啊。”老医生显然还记得她，点头微笑，“是他出了什么事吗？”

陈灵犹豫一下，如实说出了李钻风的近况。

老医生听得很认真，不时插嘴问两句，听完后道：“如果你说的是真的，那我当初的猜想就没有错——他这个罕见病情给他带来了超高智商，是很有价值的特例，说不定会促进脑科学进一步发展。”

“可是，智商太高了，会不会……”陈灵显然没有老医生这种兴奋，她皱着眉头，“有什么办法，能限制一个人的智商吗？”

老医生一下明白了她过来的用意，一时愣住了。茶壶的咕噜声延绵不绝，水汽在他们中间袅袅上升。

“有些事情，是我们医生不愿意做的——也做不到。”

“求求您了……”陈灵说，“我不是要让他变笨，只要正常就行……我只想要一个平静安稳的生活。”

过了一会儿，老医生才低头倒了一杯茶，抿了一口，说："那你先带他来检查一下吧，如果真的高得离谱，我们再想办法。"

当天下午，陈灵就把李钻风带到了医院。他有些不解，问了好几遍要做什么，陈灵支吾着没回答。

老医生见到李钻风，一贯平静的脸上都有些动容，盯着他，看了许久。李钻风显然不太习惯，皱眉看着陈灵。陈灵扭过头，假装没看见。

"那就去测试吧。"老医生收回目光，说。

几个护士把李钻风带出办公室，他走之前，扭头看了一眼陈灵。那眼神很复杂，仿佛突然明白了什么，又带着难以掩饰的失望和倦怠。

陈灵愣住了，她突然意识到自己可能做错了什么。

见她神情恍惚，老医生以为她担心，说道："你别想太多，只是去做智商测试。其实现在测智商都不用在医院，找个网页做做题就行，但他情况特殊，还是要有人盯着，做比较细致的测试好一些。"

一个小时后，测试结果出来了。老医生看到结果的时候，愣了一下，又问护士道："没弄错吧？"

"没有。"护士说，"每个结果都如实记下来了。"

"再做一遍。"

很快，新的测试成绩也送到了办公室。老医生脸上的皱纹抖了抖，满是不悦，对陈灵道："你是来浪费我时间的吗？"

陈灵不明所以，凑近电脑，发现两次的测试成绩是 103 和 105——是普通人的成绩，远远谈不上天才。

"哦……"她也愣住了。

老医生沉着脸，摆摆手，意思不言自明。

直到陈灵走出医院，她都有些蒙——此前李钻风表现出来的智商绝对远超常人，但智商测试怎么会这么普通，难道……

她看向身旁的李钻风。

斜阳移到医院大楼侧面，金黄的光斜照而下，勾勒出李钻风的侧脸线条。他的表情完全藏在光芒后，陈灵仰着头，只能看到一片刺眼的金芒。夕阳黯淡，李钻风的眼神显露出来，如此冰冷与警觉，与之前在医院的彷徨疑惑截然不同。

这一瞬间，陈灵明白了。

“那个 IQ 测试的结果——”她说，“是你故意的？”

李钻风俯下身子与她对视，慢慢道：“我只是在自保。”

陈灵一凛，又想起他在应对警察前后的表情变化，不禁心里发冷。她一直以为李钻风还是那个纯良幼稚的孩子，即使有过人的聪明，即使身躯如此巨大——但从什么时候起，他心里开始装了那么多东西？从什么时候起，他变得这样陌生？

3

打那以后，陈灵就对李钻风多留了个心眼。

李钻风一直在家，以前他要花钱，只要跟陈灵说，她一般都会给。现在，她每次都得问清楚钱要用在什么地方，如果是要买书或网上课程，她就会迟疑，支支吾吾地不给。刚开始李钻风还会撇撇嘴，一脸不满的样子，到后来他也明白了什么，就不再问她要钱了。

但满箱满箱的书还是在往家里送。

陈灵回家看到快递箱，一愣，说：“谁下的单？”

李钻风蹲在地上，认真把书分类，头都没抬起来：“我买的。”

“你用我的账号了？”陈灵皱眉问。

她也蹲下来，翻了翻地上的书，发现有些是复刻，还贴着绝版标签——总之不便宜。但她想了想，这几天好像没收到扣款信息。

“没有，我有自己的账号。”

“我不是说网购账号，买东西总要……”

李钻风点点头，说：“嗯，我说的也是银行卡，不是网购账号。”

“那你……”

“我挣了钱。”李钻风掏出一张卡，递给她，“买完书还剩了一点钱，正好把你的车贷还了。”

陈灵一时没反应过来，问：“还剩多少？”

“十七万七千九百五十七块三。”仿佛料到了陈灵接下来要问什么，不等她开口，李钻风便说，“是我挣的，合法手段——买进和卖出而已。挣钱只是一种能力，而且是很好掌握的那种。”

说完，他就抱着书走到书架前，两手同时翻页。书纸仿佛树叶翻飞，没几分钟两本书就翻完了，扔在一边，又拿起另外两本。

看着他坐在落日照着的书桌前认真汲取这些孤本上的知识，陈灵百感交集。李钻风的变化已经超过她的预期，虽然他还是对自己千依百顺，但这只是冰山露出的一角，海面以下，黑暗又庞大，是她完全不了解的东西。

好在李钻风虽然智力过人，却都只用在了读书上面。他开始了大规模阅读，在网上下载了各种各样的文档，论文、小说和绘画，有一次陈灵还见到他在认真看汽车发动机的原理图……那些网上下载不了的资料，他就买书。这一阵子，负责小区配送的快递员都快疯了，每天都要用小推车摞好几箱书送到家门口，走的时候，又要把前一天送过来的书拖走，自行处理——因李钻风买得太多，又看得太快，家里堆不下，只能扔了。

陈灵往往只能在书海间看到李钻风的背影。他被埋在书堆里，认真地看着，汲取古往今来、各门各类的知识，仿佛其他一切都与他无关。

就这样，也挺好吧……陈灵这么想着。

哪怕他跟以前的李钻风截然不同，但只要他在，那他就还是她的至尊宝。

直到不久后，李钻风突然咳出了血，晕倒在书堆里。

陈灵回家看到后，吓坏了，连忙叫了救护车。医生来得很快，过来只看了一眼昏迷的李钻风，就皱眉道：“这多久没休息了？”

陈灵一愣。

这些天她跟踪报道地震原因，身心疲倦，睡得很早。早上醒来时，就看到李钻风已经坐在书堆里或电脑前。她以为他休息过了，现在看来，他是不眠不休地这样持续了……几个月。

好在经过医生检查，只是过度疲劳，在病房里输液后，安静休息就行。陈灵不敢回家，就在病房里陪着昏迷不醒的李钻风。

第二天李钻风依然在酣睡，似乎要把之前欠下的觉补回来。陈灵依旧不放心，一直等到傍晚，李钻风没醒，却等来了一脸惶急的汪路。

“你怎么……”陈灵迟疑道。

“他们说你在医院，我不放心，过来看……”汪路说着，看到病床上的李钻风，声音便停了。

陈灵这才想起，自己上不了班，请假时只说了在医院。汪路多半以为是自己出了什么事。看到他额头上沁出的细密汗珠，陈灵不禁更加愧疚，却不知说什么好，只点点头。

汪路也愣了愣，说：“他……没事吧？”

“只是疲劳了，休息一阵就好。”

“那你吃了吗？”

陈灵这才想起自己守了一整天，水米未进，腹里空空荡荡。她还没客气，汪路就已经看出来了，点了下头，转身出了病房。

等他再回来时，已经提了几袋饭食，递给陈灵。他自己也是一下班就赶过来，没来得及吃，便坐在陈灵身边，也拿起饭盒。

夹菜，咀嚼。

整个过程，他们都是无声的。

吃完后，汪路把饭盒收拾好，扔到外面。

“谢谢你。”陈灵有些过意不去，犹豫一下，还是道，“但你不……”

汪路摆摆手，打断她道：“别说了，我知道。我不是为了什么，我只是愿意。”刚说完，他扭过头，声音变得诧异：“你醒了？”

陈灵先一愣，随即明白后面这句话不是对自己说的。她转过头，果然看到李钻风已经睁开眼睛，正与汪路对视着。

“你什么时候醒过来的？”陈灵没有留意到那眼神里的冷漠和敌意，问道。

李钻风扭头看她，脸上又恢复烂漫而憔悴的笑容：“刚醒……这是医院吗？”还没等回答，又说：“我要回家。”

医生检查过后，确认可以出院，陈灵才去办了手续。但此时天色已晚，她正要打车，一旁待着没走的汪路说道：“我送你们回去吧。”

“不用了。”陈灵说，“太麻烦你了。”

“顺路的。”说完，汪路转过身，按开电梯门。

陈灵只得扶着虚弱的李钻风，跟在后面，一路下到停车场。李钻风眼睛闭着，斜倚着她，虽然身材高大，但还是顺利进了汪路的车。

李钻风坐进车后座，身子歪倒，似眠未眠的样子。

陈灵一路扶他，累得微微气喘，没急着进车里，而是背靠车门休息。汪路也没有进去，陪她站着，但没有说话。车库的冷光在汽车外壳上流转，在他们脸上凝结，像是一层霜。

“你……”汪路说。

陈灵垂下头，没有看他的眼睛。

于是沉默继续着。休息够了，陈灵才拉开后座车门，准备进去。

“你坐前面吧。”汪路见李钻风斜睡着，三个后座全占了，道，“让他休息一会儿。”

陈灵坐到了前排。

后排躺着自己的男友，旁边坐着自己的追求者，这个场景怎么说都有点尴尬。但汪路是个识趣的男人，全程沉默，车也开得很慢，似乎怕打扰后排休息的李钻风。

车子就这么缓慢穿过黑暗幽静的街道，穿过各种色彩的灯，穿过行色匆匆又面无表情的人流。

陈灵头靠着玻璃，睡着了。

“到了。”汪路小声叫醒她。

她连忙道谢，到后排把熟睡的李钻风叫醒，扶着他下了车。确认没有问题后，汪路点点头，驾车离开。陈灵扶李钻风往前走，扭头看了车的背影一眼，看着它滑入夜色，突然想起——整个回来的过程中，汪路只说了“到了”两个字。

“他走了。”耳旁有人道。

“嗯……嗯？”陈灵过了两秒才反应过来是李钻风在说话，回头看他，发现他也看着车的背影，嘴角勾着冷笑。

刚才的憔悴和困倦早已消失。

“你……没事了？”陈灵问。

李钻风收回目光，脸上又变得一派亲昵无邪，点头说：“休息够了就好了。我以后会注意的，不会再让你担心了。”

他们一起走向屋子。但李钻风刚才那冷漠残忍的笑意一直刻在陈灵心里，让她有些不安，又扭头看了一眼小区外的街道，然而夜色如幕，她已经找不到汪路的车了。

但愿是自己的错觉吧，她暗暗想着。

第二天，她正要去上班，李钻风叫住了她。

“你为什么还要工作呢？”李钻风说，“我能挣钱，可以养活我们一辈子。”

陈灵当然知道这一点。她见过李钻风是怎么挣钱的——在网上浏览各种各样的新闻，大多与频发的地震有关，速度极快，页面刚刷新就关闭，看得差不多了，他就将钱投进股市。几进几出，挣的钱就超过了她大半年的工资。有一次她发现除了股票，李钻风还买电子货币，投了不少。后来听说电子货币崩盘，她心里一惊，打电话回家，得到的却是轻描淡写的回复："早就料到，昨天已经全卖出去了。"他就是这样从细枝末节的线索和看似无关的新闻中，摸索出了财富的流向，并将之引向自己。

她也想过既然无须为钱奔波，可以辞了工作，但又想到如果整天待在家里，跟这样的李钻风相处，总有点瘆得慌。他还依赖自己，但已经越来越陌生，越来越像一个……神。

这个联想让她心里一悸。

"工作也不全是为了钱。"她敷衍解释道，"我也有些想做的事情。"

李钻风撇撇嘴，便转身去翻书了。

陈灵来到公司，照例处理工作，但她总觉得哪里不对劲，抬头望了一圈才恍然。她问隔壁工位上的同事："汪经理今天没来上班？"

"你不知道吗？"同事看她的眼神有些奇怪，过了会儿才说，"他出车祸了。"

下午回家，陈灵推开门，直视着书堆里的李钻风。李钻风还是在看书，但已经节制了许多，看一会儿就揉揉眼睛。

陈灵慢慢走到他身边。

"怎么了？"李钻风看到阴影覆盖在书页上，才抬起头，冲她笑道，"今天怎么回来得这么早？"

"我今天没上班。"

"嗯。"李钻风点点头。

"因为我的同事出了车祸。"

"挺遗憾的。"

陈灵直视着他："就是昨天送我们回来的同事，汪路。"

"原来他叫这个名字。"

"他昨晚开车回家，路上发动机故障，撞到了对面的车。幸好速度不快，现在在医院，抢救过来了。"

李钻风耸了下肩，脸上没什么表情。

“是不是你做的？”

“是呀。”

这次轮到陈灵怔住了。今天上午，她听说汪路出事后，立刻赶到了医院，汪路还在急救，一旁有警察询问医生情况。她隔着玻璃看向手术房，但焦急也没用，就走到了警察旁边。听了几句，她大致听出汪路是昨晚开车回家时，汽车突发故障，撞到了对面的车。至于故障的原因，警察也很费解——发动机突然熄火，刹车同时失灵。她当时没想太多，等到医生从手术室里出来，告诉他们汪路脱离了生命危险，她才松了口气。

这口气一松，无数画面就像纷飞的书页，在她脑海里交替飘过。

——不久前李钻风看的那本发动机原理图。

——李钻风与汪路对视的冰冷眼神。

——李钻风一进车里，就斜倒着，而她和汪路站在车外，看不到他在里面的动作。

所以她确定汪路没大碍后，立刻赶回家，想与李钻风对峙。但没想到，他没有任何迟疑地承认了，仿佛这只是一件再正常不过的事情。

“你……”愣怔过后，陈灵的怒气才升腾上来，“你为什么要这么做?！”

李钻风低下头：“他喜欢你。”

“那又怎么样？所以你就要害死他吗？”

李钻风想说什么，但只张张嘴，随即点了点头。

陈灵气得手都抖了起来：“你知不知道这样是犯法的？”

“知道，但法律只是人类对自身和他人行为过于谨慎的约束，没有法律，人类会进步得更快。”

“但如果你害死了一个人，心里不会愧疚吗?！”

李钻风皱了皱眉。“愧疚？那更是人类感情的冗余，完全没有必要存在。”说完，他直视陈灵的眼睛，“所以你会报警抓我吗？”

陈灵后退一步，身子有些失去平衡。这已经是她全然陌生的李钻风了，智商高绝，掌握人类所有知识，蔑视法理。

“神”这个字眼再次在她脑袋里闪过。她心里一凉，随即猛咬牙——她想要的只是至尊宝，不是神；如果神出现了，那就……就弑神吧。

“从今天起，你不准出门，不准看书，不准上网！”

李钻风以为听错了，问道：“什么？”

陈灵一字一顿地重复了一遍。

“那我干什么呢？”

陈灵冷冷道：“就待着，什么都不许干！”

为了监督李钻风，陈灵索性请了长假，陪李钻风待在家里。家里大门紧锁，书籍全部扔了，网络也给掐断，手机关机，两人坐在沙发上，往往沉默很长时间。

以李钻风的身形和智力，要摆脱这种束缚当然很简单，但这次陈灵动了真格。他可以无视法律与道德，不在意所有“低等人类”的看法，但他无法面对陈灵难过的神情。

所以尽管无聊对他来说是最大的煎熬，但他还是在尽力忍着。

他们整天待在家里，唯一的消遣，就是看电视。新闻里依然充斥着各种天气异象，仿佛世界濒临瓦解。这些看久了令人压抑，后来，陈灵便找出电影资源。

他们再次看起了《大话西游》，一遍一遍地放。

李钻风对信息的提取能力早已超过了电影能表达的极限，《大话西游》又是看过无数遍的，但也只有在这个时候，他才会安静地坐下来。仿佛他那一直高速转动的大脑也终于倦怠，不再饥渴地汲取知识，隐于尘嚣，归于寂静。

后来陈灵回忆往昔，会有些难过地想：这大概是她跟李钻风相处得最安静、最舒服的时刻了。

直到他们的门被人敲响。

4

“罗老师？”陈灵看着门外的人，诧异道。

门外站着的，正是之前给李钻风做家教的特级教师罗老师。但他不是……

“我被放出来了。”罗老师看出了她的疑惑，苦笑道，“因为事实证明，我的说法没错。”

“什么说法？”陈灵一愣。

罗老师说：“看来你在家里待得太久了，不知道外面发生了什么。”说着朝里看了一眼：“他在家吗？”

陈灵犹豫了一下，点了点头。

“世界需要他的时候到了。”

陈灵一头雾水，但还是把罗老师请进了屋。看到罗老师，李钻风站起来，却没像以前那样对他礼貌问好，只是面无表情地看着他。

罗老师也盯着他，眼角微微抽动，像是盯着一件珍宝。他看了很久，却始终没有开口对李钻风说话，而是转身对陈灵道：“你打开电视吧。”

电视打开后的第一个频道就是新闻台。半分钟后，陈灵就知道，她闭门隐居的这段时间，世界真的变了。

三天前，芬兰首都赫尔辛基再次出现了天气异象。这一次比以往更加诡谲，明明太阳高照，大雪却直接从空气里结晶飘落，落到海面上后，刚刚还波浪起伏的波罗的海迅速结冰——从海面到海底，整个大海都被冻成了冰块，体积因而增大，冰块高出地面几十米。城里也被波及，一切能凝固的液体都冻结了，水管迸裂，泳池成块，还有人没来得及爬出来，活生生冻在了冰块里。当人们惊惶地跑到街上，高出地面的冰山突然居中裂开，在裂出的通道里，走出了一个外星人。

关于外星人的相貌，每个看到的人的说法都不同。有人说他看到的是一个上半截长满触手、下半截则是四条粗壮的腿的生物，仿佛章鱼和大象的结合体；有人说它明明没有实体，只是一个光团，在空气中移动；还有人信誓旦旦地说，外星人是类似机甲盒子的造型，六个面都长了脸……即使电视台拍到了它，它在屏幕上的样子，也是每个人之前认定的模样。

此时陈灵看到的新闻画面，外星人是一团模糊的光晕，里面隐隐有个端坐的白色人影，却始终看不清。

“我看到的是浑身冒火的恶犬。”一旁的罗老师及时解释道，“每个人都不一样，不管是在现场，还是在视频里。”

但与外星人诡谲的外形相比，更令人震惊的，是它的目的。

“人类真是个令人失望的物种。”这是它的第一句话，落到耳里都是人们最熟悉的语言，有些人甚至听到的是方言，“我给了你们两百万年，这段时间里，科奇拉尔那星人已经走进太空，发现了联盟；02878763 星人完成了自身改造，适应所有极端环境；××× 星人领悟宇宙奥义，精神达到一统，整个种族不分彼此……只有你们，还留在如此野蛮、落后又贫瘠的阶段。”

它的声音从四面八方响起，它的本体笔直地穿过人群。尽管城市的每个角落都听得清，但人群回过神后，忘了芬兰人天生的隔阂羞涩，蜂拥挤着追上去。

外星人随后列举了人类的种种劣迹，诸如屠杀、战争和疾病，还有人类在科技树上的懒惰。等它走到城市另一边的海边时，这种带着愤怒和不甘的控诉才停下来。

它站在冰墙前，缓缓转身，扫视着跟过来的人群。

“你们，让我的打赌输掉了。”

人们一愣，随即喧嚣四起。但每个人的声音混在一起，都压不住外星人接下来的一句话：“我为我的失误付出了代价，接下来，到你们为你们的懒惰付出代价的时候了！”

这句话犹如山呼海啸，在整个城市，整个人类世界回荡。外星人身后的冰墙瓦解成粉，城里所有冻结的冰块也爆炸开，为它的愤怒做出了最好的注解。

随后发生的事情就没有新闻画面了。据说是各国领导紧急协商，与外星人沟通，向它展示人类文明的种种闪光之处，艺术、文学、物理学的最新进展……但传出来的消息是，外星人都嗤之以鼻。当然，小道消息也说，有激进组织打算刺杀它，一劳永逸，结果自然可想而知。

陈灵拿起手机，刷到了最新进展：外星人对人类整体的文明并不满意，但提出可以见见最聪明的个体，如果还不满意，将毁灭整个人类。

看完后，陈灵有些恍惚，抬起头又问："这些是真的吗？"

罗老师点点头。

陈灵的恍惚消失了。她笑了笑，随即感到的是，荒诞和不真实。这真是……一个三流科幻小说都不屑于写的桥段，就这么在现实里发生了。一直以来困扰人类的天气异象，都是为外星人的出现而做铺垫，而整个辉煌的人类文明存亡，竟在外星人个体的一念之间。

"所以现在各国都在挑选，优先从科学家群体里找，但社会人士也可以报名。"罗老师在一旁道，"本来当代公认最聪明的人是霍金，但他前几年去世了——即使他在，恐怕也不如李钻风聪明。"

陈灵下意识地摇头："这怎么可能？"

"我没有夸张，我见过很多人，也见过霍金本人。"罗老师一本正经道，"我深信我的判断没有错。李钻风的学习能力和头脑运算能力已经跟普通人类不是一个层次了。所以我来，是希望他去参加评选，拯救整个人类。"

陈灵看了李钻风一眼——他依然面无表情，仿佛一切与自己无关。她想了想，问："如果去了，会发生什么吗？"

"我不知道……"

"你都不知道？"陈灵有些气急。

"外星人的来历和目的，对我们来说都是未知，它说的赌约，也不知道具体内容。这确实很惭愧，它对我们了如指掌，我们对它却一无所知。如果人类选出了最聪明的个体，送到它面前，能不能说服它，之后会怎么样，能不能安全回来，这些我确实不能保证——但李钻风确实是我们最好的选择。”

陈灵说：“但并不是唯一的选择。”

说完，她就露出了送客之意。罗老师也没有赖着不走，深深看了一眼李钻风，便低头出了门。临走前，他又对陈灵道：“你再好好考虑一下。他……他出现的意义已经远超过个体的层面，是人类整体的幸运。你把他藏在你的生活里，不是浪费，是犯罪啊。”

陈灵面色微变，但随即恢复了冷漠，关上了门。

罗老师走后，陈灵转身回到屋里。李钻风还站在电视前，目不转睛地看着画面上的外星人，天色已经晚了，一片幽暗。他的脸被屏幕的光勾勒着，左边脸颊光影斑驳，右边沉在阴影里。

啪，屏幕熄灭。陈灵握着遥控器走过来，说：“别看了。”

李钻风点点头，又坐回沙发。

接下来他们把下半部《大话西游》看完了，但整个过程中，陈灵都心不在焉的，总觉得这间屋子里有什么东西已经变了。她再扭头看李钻风——他倒是一切如常，专心致志地看着电影。

“对了。”她实在忍不住，问道，“你刚才看电视里的外星人，是什么样子？”

“我。”

“啊？”陈灵一时没反应过来，“什么？”

“我是说，我看到的外星人的形象。”李钻风转过头，与她对视，说，“是我自己。”

5

这座小城有一种奇怪的能力——不管世界怎么变化，它始终被浓重的烟火气息包围，街道里不见末日前的慌乱，依然是吆喝和无处不在的汽车鸣笛声。陈灵在街上转了一圈，都有些疑心外星人要毁灭地球的消息是不是虚构的。

但回到家，打开电视，就会知道末日的阴霾依然笼罩。

“最聪明个体”的选拔在各国进行得如火如荼。无数科研精英被推到台前，供政府审核，由于国情不同，审核条件也千差万别。最终，有四个国家选出了代表，与外星人谈判。

德国选出的是杰出的工程师。中国选出的是中科院院士。美国公投出的最聪明的人，是本届总统。英国派出的，是一名精神病人，该病人平时沉默怯弱，发病时却一直念叨意义不明的话语——英国人认为，这些话里包含着能说服外星人的哲理。

这四个“最聪明个体”乘坐一架飞机，飞到了太平洋上空。飞机头顶，空间裂开，露出逐级而下的台阶，供他们落脚。

随后，外星人开始提问。

“人类文明到达最终归宿的标志是什么？”

德国工程师回道：“利用 AI，进化为机械文明。”

中国科学家答道：“进入星辰大海。”

美国总统答道：“每个人都能享受真正公平的就业和税收。”

英国精神病人笑嘻嘻地说：“脱离身体形态，思想充斥宇宙。”

短暂的停顿过后，德国工程师脚下的台阶骤然消失，他惨叫着摔落云层。其余人踏上台阶一步。随后，外星人又问：“人类文明到达最终归宿的阻碍是什么？”

中国科学家略一思索，答道：“傲慢。”

美国总统直接说：“歧视。”

英国精神病人依旧笑嘻嘻的，说：“婆媳矛盾。”

这一次，几人脚下的台阶都没消失，科学家和总统松了口气，精神病人摇头晃脑。他们同时踏上一步。

接下来，外星人不断发问，几人或快或慢地回答。爬到第七阶时，外星人问道："人类发明的最伟大的游戏是什么？"科学家回答："战争。"精神病人回答："《塞尔达传说：旷野之息》。"而总统犹豫一下，回答："政治。"刚说完，总统就被抛下云霄。

到第十五阶时，科学家回答错误，脚下台阶消失；到第四十七阶时，外星人问："人类的本质是什么？"精神病人立刻答道："人类的本质是什么？"外星人良久地看着他，然后摇摇头，台阶缓慢消失。

"如果这四个人是你们最聪明的个体。"外星人的声音响彻天际，也从每一台收看直播的电视里传出来，"那我的失望已经无以复加。"

说完，它闭上了眼睛。

在它闭眼的这几分钟里，哥斯达黎加、维尔纽斯、昆明三座城市被突如其来的暴风雪掩埋，无人幸存。

这一幕震惊了世人。虽然屏幕上看到的是一片雪白，但纯净如纸的画面里，透着真正的愤怒。外星人的威胁并非空穴来风。

但在各国领导的恳请下，外星人答应再给人类一次机会，选出真正代表整个人类智力巅峰的个体。

看到这个结果时，陈灵的脑子里再次浮现出罗老师的脸。她转头看着李钻风。李钻风也看着她，犹豫一下，说："我可以……"

陈灵想起那四个堕入云霄摔成肉泥的"聪明人"，下意识地摇头，说："不行！"

"哦。"李钻风闷闷地说。

过了一会儿，他又说："但我能拯救世界呀。"

"这个世界不需要你拯救，"陈灵闭上眼睛，"你要陪在我身边。"

然而，就算他们安守一隅，家里也毕竟不是水帘洞，总会有人来找他们。不久后，罗老师再次敲开了他们家里的门，但这次不同的是，他背后还站着六个黑衣服的男人。

“这是什么意思？”陈灵诧异地问。

“我从教多年，最不能容忍的就是对天才的浪费。”罗老师说，“既然你不愿意让他发挥真正的作用，那我们只能硬来了。”

陈灵冷笑一声，说：“你想用强吗？我会报警的。”

罗老师看着她，眼睛里神色复杂。“你报警吧。”他说，“然后你就会知道你面临的处境。”

陈灵不明白这句话的意思，她转头看了眼身后的李钻风，发现李钻风的表情居然跟罗老师一模一样，眼神里交织着各种感情，最后融汇成深深的悲悯哀伤。她不明所以，还是掏出手机报了警，罗老师和他身后的男人们没有阻止她。

但她刚拨通，罗老师身后一个高大男人的身上也响起了铃声。他接通电话，低声说道：“现在明白了吧。”

这六个字，也从陈灵的手机听筒里传出来。

“他不只是你的男朋友，你的未婚夫，他是整个国家整个人类的财产。”罗老师顿了顿，似乎不愿再解释，“让他跟我们走吧，别弄得太难看。”

说完，几个男人走上前，面无表情地看着她。

她后退一步，有些慌乱地看着李钻风。李钻风扶住她的肩膀，低声说：“他们有很强大的势力，有坚定的意志，他们要把我从你身边夺走。”他再凑近了些，温热的气息在她耳边流动：“我不想离开你。只要你愿意，我们可以反抗，但代价很高，高到我无法预测……”

陈灵扭头与他对视，这才明白，在罗老师带着面目冷峻的男人们来敲门时，他就看清了整个形势，知道他们要面对的是整个世界的压力。但他沉默地站在身后，一直等着她做出决定。

“所以，要反抗吗？”他再次低声问。

陈灵点点头。

“好。”

话音刚起，李钻风已跨步移到了罗老师右边，右手重重地砍在他脖颈上。

罗老师向左倒地，挡在左边三个男人前面；李钻风原地转身，手肘扬起，击中身边一个男人的太阳穴。他们终于反应过来，怒喝惊叫皆有。李钻风面无表情，欺身靠近离得最近的黑衣男，先是提膝，黑衣男因下体剧痛而弯腰的时候，他再双手合拍在黑衣男的耳朵后侧。黑衣男倒地。剩下四个男人惊恐后退，同时掏出了枪，但最右边一个刚掏出来，手便被李钻风扭住，枪落下，被李钻风接住。李钻风拉开保险，来不及瞄准了，他就近开枪击中男人膝盖，再以男人的腋下为掩护，砰砰砰砰砰砰连射六枪。前三枪打在最后三个男人的枪上，三把枪全部飞出，后三枪则击中了三个人的膝盖，三个男人捂腿倒地。

这些事情从开始到结束，不到五秒钟。

陈灵一晃神，刚才还把屋门堵得严严实实的黑衣男人们，就全都倒下了。

“你……”

“嗯？”李钻风把枪插进裤袋，逐一击打黑衣男人们的颈动脉。每一记手刀过后，都有一个人昏迷。

“你……你学过格斗吗？”

李钻风摇头：“没学过。”见陈灵有些惊吓的样子，皱眉解释道：“并不难，只需要计算，把最合适的力施加在最合适的地方——本来可以更快的，但我想你肯定不愿意杀人。”

他们离开的时候，罗老师挣扎着爬起来，但脑袋剧痛，想说的话全变成了呻吟。“你们……”他努力抬起身子，“你们不能走啊……这世界都要毁了，你们能去哪里？”

李钻风蹲下来，近距离盯着他。罗老师颤抖着伸出手，抓住他的衣领，他皱了皱眉，抓起一旁的厚底杯，砸在罗老师额头上。罗老师一声不吭倒了下去。

“走吧。”李钻风站起来，“这里肯定待不下去了。他们的人也不止这点。”见陈灵还愣着，又道：“既然选择反抗，就没有退路了，我们只能逃亡。”

但逃到哪里去呢？陈灵心里想。

想归想，他们还是来到了停车场。陈灵刚要掏车钥匙，却被李钻风拦住了。

“你的车肯定是他们的目标。”他低声说着，走到一辆白色旧车旁，用枪击碎玻璃，探身进去。

十几秒后，车门打开，他坐上了驾驶座。

“走吧。”

看样子，李钻风是要自己开车。但他什么时候学的驾驶呢？陈灵已经不想问了，默默坐上副驾驶。

车在街上穿行。开了一会儿，陈灵突然发现李钻风既不是去机场，也不是去车站，便问：“你去哪里？”

李钻风转头看了她一眼，又正视前方，淡淡道：“机场和车站肯定有埋伏，我们去找汪路。”

“啊？”

“他是唯一肯帮你的人。”

“但你不是……”陈灵想起前一阵他还设计陷害汪路的事情，又想到汪路一直暗恋自己，自己现在却带着男朋友去向他求助，下意识摇头，“这样不太合适吧？”

“我明白你的顾虑，但那是没必要的。从理性的角度来说，我们的安全是最重要的——你让我动手的时候，就要想到这一点。”

陈灵便没再说话了。

如李钻风所料，汪路看到狼狈的他们，没问什么就让他们进屋了。屋子不小，装修很简单，但看得出是用了心的。九岁的汪乐仪正在吃晚饭，看到李钻风进来，立刻放下筷子跑过来，脆生生地说：“你来啦！”

陈灵这才想起，两年前他们去泰国，李钻风和汪乐仪在机场一起踢过格子。但汪乐仪从七岁到九岁，依然是小孩心性，李钻风却飞速长成了现在“神”的样子。

“是啊，我来找你玩啊。”李钻风出乎意料地和善起来，蹲下来摸摸小女孩的头。

“那我们去外面踢格子吧！”

李钻风点点头。

陈灵还想阻止，一转眼，李钻风已经带着汪乐仪出了门。她是担心外面不安全，但又想，李钻风肯定比她思考得缜密，自己不用多心。但这下只剩她和汪路在家，又难免有些尴尬。

好在汪路什么都没说，只起身去给她倒茶。

她左右看看，发现客厅里挂着很多汪路和汪乐仪的照片，从汪乐仪还是婴孩，到现在长得亭亭玉立。

“你们一直一起生活吗？”陈灵打破了沉默。

“是啊，她妈妈难产去世后，一直是我在带。”汪路站在相册前，凝神看着，“九年就像一瞬间，过得好快。”

“也很辛苦吧。”

汪路低下头笑了笑：“带孩子肯定有很多艰辛的地方。”

陈灵想起李钻风出事后的那些年，自己也是咬着牙熬过来的，心有戚戚地点头。

“但有时候又想，这个过程其实也不全是为了孩子，有一部分也是为了自己。”他转过身，“如果没有乐仪，这些年我也撑不过来。为人父母就是这样的，既是奉献，又是自私的，也很难说是孩子更需要我，还是我更需要孩子。”

陈灵一怔。这几年生活的画面像幻灯片一样在她脑海里一幕幕滑过。是啊，她总是以为自己是在赎罪，是牺牲者，但如果没有李钻风，自己也是熬不下去的。

汪路没留意到她的神色，把茶递给了她。

陈灵怔怔地接过茶杯。

“不过孩子总是要长大的。”汪路自嘲地笑笑，摇了摇头，“再自私也不能把她一直留在身边——也留不住。”

陈灵手一软，杯子掉在地板上。水渍和茶叶流了一地。

“怎么了？”汪路吓一跳。

“没什么……对不起……我去看看李钻风。”陈灵心不在焉地道着歉，往门外走去。她跌跌撞撞地下了电梯，来到小区花园，李钻风和汪乐仪就在不远处踢着格子。

斜阳被高楼切割，扑下来棱角分明的影子。他们是在阳光下画的格子线，踢格子的时候，身上总笼罩着淡淡的光辉。陈灵则站在阴影里，有风，身上还有些凉。

陈灵向他们走过去，但走到高楼影子的边缘，又站住了。

在她的视线里，李钻风高大的身子跳来跳去，脸上却一直没有表情。他真的跟那个在电影院里追自己的男生不一样了。这是两个无法重合的形象。她希望他再长大，成为自己的男朋友，但现在，他成了她的孩子。

汪路的话又在耳边响起。

她迈起步子，又放下了。影子缓缓移动，她站着不动，却在阴影里越来越深。过了很久，她转身，离开了这个小区。

在三条街之外，陈灵看到了正到处搜寻的黑衣男子。她深吸一口气，迎面走了过去。

6

没有李钻风在身边的日子，陈灵颇有些不适应。她没去上班，天天守在电视机前，追着选拔天才的进程。在众多竞争者中，她看到了李钻风的身影——李钻风被带走后，参加了这次选拔。

这次选拔完全由人民做主。每个人都有投票权，选拔全程有电视直播。由于海选没有限制，这次参与的人超过了历史上任何一次选拔，凡认为自己有一技之长的，都报了名——其所长从天文到地理再到生物，无所不包，职业从导演到保安再到民工，无一落下。

但在近亿人中，李钻风还是很快脱颖而出。在一对一或一对多的知识对抗环节，他永远冷着一张脸，然后在听完题目后的一秒内开始陈述答案。无论哪种学科，无论艰深还是浅薄，他都答得上来。事实上，由于他回答得过快过准，观众们都开始质疑他是不是作弊了，还专门为李钻风设置了随机提问环节。当然，李钻风用冷峻的脸和平静的语气，让他们的疑虑转化为惊叹。

很快，李钻风通过了一层层选拔，成为中国区最聪明的人。随后他被送往联合国，跟其他国家最聪明的人待在一起。一天后，其他人全部退出。

最后去见外星人的，只有李钻风。

但李钻风刚走出会议室，他面前的空气就开始变形，涌现了许多奇诡的颜色，汇聚成外星人的形象。说明不只是人类在关注这场声势浩大的选举，外星人也留意着。它停在李钻风身前，仔细打量他，李钻风则冷冷地对视着。

陈灵在电视前看到了这一幕，突然想起李钻风说过，他看到的外星人形象，是他自己。那么，此时他是不是像站在镜子前，与自己对视？

“你跟他们都不一样。”外星人说，“来吧，让我看一下人类进化的巅峰。”

李钻风点了点头，又摇头道：“但不是在这里。”

“你想去哪里？”

“你最初来到地球的地方。”

“也好，我希望最初和最终，都在那里。”

有关整个世界存亡的最终考验，没有像前一次那样在海上进行，而是挪到了戈壁滩——位于中国新疆一个叫至元村的地方，晴天闪电最先出现之地。

外星人刚接受这个条件，身影立刻溃散，下一刻便出现在至元村的荒漠上空，安静地飘浮着。李钻风则由专机护送，一路横跨大陆海洋，在将近十个小时后，也来到了戈壁滩。

而这十个小时里，国内的媒体早已做好准备，几十架无人机围着外星人旋转，没有丝毫拍摄死角。地面也汇聚了众多来看热闹的人，脑袋挤在一起，像是黄沙成海，上面长了一大丛漆黑海藻。海藻还有越长越大的趋势。

人们仰着头，人们围在电视机前，人们祈祷或诅咒。所有人都在等着李钻风直面外星人的时刻。

对陈灵来说，这份等待更加煎熬。这些天她一直待在家里，守着电视，看李钻风在一轮轮选拔中脱颖而出。当电视里的李钻风休息时，她又会打开回放，重看几遍他的表现。只有这样，她才会心安。因此这么多天来，她都睡得很少，眼里布满血丝，脚边全是速食盒的包装袋。她全身心都在电视屏幕上，连手机一直震动都没有留意到。

等到李钻风上了飞机飞往新疆时，她的身体已接近极限。但她依然看着空中网络传过来的直播。在临近最终考验时，他冷静如前，端坐在有着豪华内饰的客舱沙发上，脸上一点表情都没有。

整个直播，他都是这样一副表情。画面里只有他的脸，与电视前的陈灵对视着。她这样长久看着屏幕，脑袋里掠过无数往事……

直到敲门声响起。

她以为是罗老师又来了，便坐着没理会，任由敲门声一声声响着。一分钟后，敲门声停了，寂静持续了一分钟，她的手机又震动起来。她拿起来一看，发现上面有几十个未接来电，都是汪路打来的——最早的是几天前，最近的是刚才。

她拨了回去，铃声自门外响起。她一愣，便走过去，打开门。

汪路在门外站着，握着手机，头上缠着纱布。

看到她，汪路也愣住了："你气色怎么这么差？"

陈灵转身坐回沙发，呆滞地看着电视。汪路艰难地在速食包装袋间寻找落脚处，走了进来，又叫了陈灵一声，见她没反应，便小心地将手搭在她额头上。

只碰了一下，他就皱起眉头："你发高烧了！走，我们去医院！"

陈灵这才意识到，自己眼前早已出现了无数黑点和光圈。电视里李钻风的脸都变得模糊了。但当汪路来拉她时，她还是一把推开：“马上就到……他要面对外星人了，我帮不了他，但我要看着……”

“你这样根本撑不到那时候！”汪路的声音有些急，“你看你过的是什么日子！他要是平安回来，你却撑不住了，那你这几年就太不值了！”

但陈灵咬着牙，汪路怎么劝都不动摇。汪路叹息一声，只得下去买药，冲好了给她服下，在她喝完药又继续盯着电视的时候，他找出扫把，开始打扫屋子，把垃圾清掉，拖了地，打开窗子，让空气涌进来。

汪路前后忙碌着，在陈灵眼里，他的身影很淡，很模糊，像是虚影一样在视野边缘进进出出。她睁大眼睛，抗拒着体内的睡意，但脑子越来越昏沉。喝下药后，睡意更明显了，像是海潮一样在她身体里起伏涌动，每一次潮水拍打，她的眼睛都沉重一分。到最后，上眼皮成了磁，下眼皮成了铁，拼命地想合上，而她则拼命地撑着。

终于，电视里的画面有了变化，飞机缓缓降落，李钻风下飞机后被接上了车，开往至元村。直播画面由跟随在车后的无人机拍摄，因此，陈灵只能看到一行车队在荒漠里穿行，掀起的黄沙遮住车窗里的李钻风。

沿路有无数人围观。有些人甚至驱车跟随，有人从车窗里探出身子，向李钻风大声喊着什么。尽管喊声被风沙和引擎轰鸣撕得粉碎，陈灵还是能从那些狂热的表情上看出来，他们把李钻风当作英雄，当作救世主。

她心里一阵苦涩——李钻风明明是她的至尊宝，现在却成了其他人的孙悟空。

很快，李钻风就到了目的地。那是一处立在戈壁滩上的小镇，人烟稀少，一边是废旧的老房子，一边是新建的特色旅游区。镇子尽头还有一面残破的墙壁，写满了标语。

李钻风下了车，走向墙壁。他周围汇聚了无数人，跟着他移动，但靠近墙壁时，另一堵无形的墙出现了，人们和无人机被挡住，只有李钻风能穿过凝成实质的空气，慢吞吞地爬上标语墙。

正是下午已过，傍晚未到，一轮太阳斜在天边，将他的影子拉得很长。起风了，他头发凌乱，衣服猎猎抖动。他没有看身后的人群，在墙壁边缘站了一会儿，突然往前一步。

人们发出惊呼，正以为他要摔下去时，他的脚却结结实实踩在了空气上。他再踏一步，踩得更高，仿佛走在透明的台阶上。

这一幕很熟悉，人们抬起头，果然，外星人的身影出现了。

它俯视李钻风。李钻风却低着头，一步步踩上去，走到离地近百米的高空时，才停下来。

由于无人机不能靠近，直播画面只是远景，陈灵只能看到李钻风孤零零地站在高空，风想必更大了，他的衣服和头发都在向后掠起，似乎随时会摔下来。

汪路也停下忙碌的身影，站在她身边，紧张地看着电视。

画面中，李钻风直视外星人，外星人的身体却渐渐庞大，遮住斜阳，投下的巨大阴影笼罩了李钻风。“你——”它雄浑的声音再次响起，“准备好了吗？”

所有人都盯着李钻风。无人机的摄像头被调到最大精度，对准李钻风的脸。这一刻，全球所有人都看着他，如果视线有温度，那他的脸一定成了太阳。

顿了顿，他点点头。

下一瞬，外星人的身体开始无限扩大，有形而无质，像是烟雾弹骤然炸开，斜阳的光辉立刻暗淡。而这一瞬间，陈灵也看清了外星人在她眼中的样子——笼罩在外星人身上的光晕膨胀后，里面端坐的白色人影也变得清晰，竟神似莲座上的观音大士，手托宝瓶，法相庄严。

观音大士……陈灵脑子里突然掠过《大话西游》里的一幕——至尊宝死后，在水帘洞里皈依醒悟，提点他的人，正是观音。

一股不祥的预感涌起，她只觉眼前一黑，便昏了过去。

我知道有一天，他会在一个万众瞩目的情况下出现，身披金甲圣衣，脚踏七色云彩来娶我。

诡云低压，群魔乱舞，陈灵身穿婚袍，安坐于无数狰狞妖物间。处处挂着红灯，鬼影乱舞，魔王抓着她的头发，流涎而笑："拜过祖师爷，喝过合卺酒，你就是我的人了！"

广场上，群妖狂啸，火焰高涨。阴云压得极低，也极暗，仿佛末日将至。

陈灵眼角滑泪，无助地垂下头。

云层上响起了隆隆轰鸣，仿佛战车碾过。她抬起头，眼睛睁大，犹有泪光闪烁。云开始变色，由灰暗迅速成为七彩，并卷起旋涡。旋涡的最下端，一个闪着金光的人影缓缓降落。是李钻风。他以天神的姿态出现，大笑着冲入满地的妖魔鬼怪中。

妖怪惨叫奔逃，魔王狂吼，也被打得落花流水。

陈灵笑了，抹掉眼角泪痕，跑到他身边，眼泪又迸出来了。"至尊宝，你终于回来了！"她说。

但他的眼神里，却满是陌生。

"姑娘，你认错人了。"

陈灵从梦里惊醒，一下子坐起来，满头大汗，大口喘气。她睁眼环顾，发现四周墙壁雪白，床旁还有一排医疗仪器。这里是医院。

她怔了怔，觉得哪里不对，这时病房的门被推开，汪路走了进来。她突然想起李钻风，一个激灵，不顾身上还插着输液管，挣扎着爬起来。

汪路连忙拦住她："你要做什么？"

"李钻风……他还在回答外星人的问题，我要看……"

汪路看着她："你不知道自己昏迷了多久吗？"

陈灵迟疑了一下，看向窗外。天已经黑了，外面的高楼都亮起灯火，如同发光的蜂巢。车流声透窗传来。

"我直接昏到晚上了？"她喃喃道。

"你昏到了第三天的晚上。"汪路指了指输液管，"所以才要给你输液。"

“那李钻风……”

“他赢了。”

这三个字说出来，陈灵就像是被抽去了一直钉在骨头里的刺，松倒在床头。是啊，外面的城市依旧喧嚣，世界并未毁灭，一切都在暗示着李钻风最后说服了外星人。

“那他回来了吗？”她问，“过了三天，应该能到家了吧。”

汪路扭过头，再转回来，笑了笑道：“你先调养好身体。”

“怎么了？”见他表情不对，陈灵心里再次掠过一丝不祥，“他怎么了？是不是外星人伤害他了？”

汪路坐在床边椅子上，给她把被子掖好，才慢慢吐出三个字：“他走了。”

“很好，虽然人类的整体文明不值一哂，但居然有个体达到甚至超过了联盟标准智力。”在回放视频画面里，外星人缓缓地在李钻风周围飘浮，打量着他，语气也不再愤怒，“那我的打赌虽不至全胜，至少也是平局了。”

所有人都松了口气。但云端之上的李钻风，脸色还是冷峻沉郁，不知道在想什么。

“好了，你回去吧。”

外星人说完，一条向下的透明台阶出现在李钻风脚下，逐级延伸至地面。

但李钻风没有动。

外星人有些诧异，又说了一遍：“你可以回去了。你放心，人类文明依然可以延存。”

“我知道。”李钻风停顿了一下——由于镜头太远，他的声音很小，但电视台根据他的口型配出了字幕，“但那跟我没有关系。”

外星人停止了旋转的身体，飘到他跟前。风更大了，它的光晕似乎要被吹散，云朵也被撕成碎片，流丝一样在他们中间掠过。

“你问了我那么多，我也有些问题想问你。”

“你说。”

“你提到的赌约，是跟谁打的？”

“我不能告诉你。”

“具体内容是什么？”

“我不能告诉你。”

李钻风点点头，又问：“你来自哪里？”

“我不能告诉你。”

“宇宙中，是不是还有很多像你这样先进的文明是不能告诉我的？”

“我不能告诉你……”外星人顿了顿，又说，“你很狡猾。”

“那请你带我走。”李钻风抬起头，脸上第一次有了表情，那是融合了狂热和诚挚的复杂神色，“带我去见识那些神奇的文明，带我去了解伟大的知识。我请求你。”

外星人的身影突然胀大，与李钻风贴得极近。它紧紧地盯着他：“你知道你在说什么吗？”

“如果我不知道，我也不会站在这里。”

外星人似乎明白了。“所以这才是你来见我的目的？”

“是的，我对拯救人类没有什么兴趣，我回答你的问题，是要证明我自己，再提出请求。”

“你真的跟他们……不一样。”外星人缓缓向前，穿透他的身体，点点头，“你的大脑有二次发育。我答应你，我会让你见到你无法想象但能理解的知识，我还会送你回来，让你将知识传授给他们。但你要明白这样做的代价，如果你要跟我走，你身上要改造的地方会很多，你会偏离‘人类’更远。还有时间——尽管我可以照顾你此前的时间观念，但文明之间的距离无法忽略。这是漫长的旅程，五年十年不可能结束，几十年，也不可能。你最快回来，也要在数百年后。”

“我想过，我能接受。”

外星人说："那我们可以走了，你不用收拾行李。"

"收拾了也没用。"

"还有需要告别的人吗？"

听到这句话，李钻风微微抿了下嘴，转过头，看向摄像头的方向。他的目光穿过云丝，穿透屏幕，落在了陈灵身上。他长久地看着，嘴唇翕动。

字幕上显示那是三个字的唇语——对不起。

过了好一会儿，李钻风才转回头，神色如常，说："我们走吧。"

画面随即变得漆黑，成了一面模糊的镜子，倒映出陈灵流泪的脸。

7

外星人离开后，人类社会长舒了一口气，人们的焦点不再是恐惧，而是那个拯救了地球的年轻人。李钻风虽然远走异星，但他掀起的热潮才刚刚成形。许多人成了他的崇拜者，很长一段时间里，他都占据着网络搜索的榜首。微博，公众号，还有实体传媒——他的名字无处不在。

在这样的形势下，他的过往不再是秘密，陈灵也被牵连出来了。

采访、通告邀请和官方调查纷至沓来，将她的生活彻底颠覆。还有粉丝聚在她家门口，整夜不走。几家影视公司打听到了她和李钻风的故事，想以此拍摄电影，看到陈灵五官精致，气质上佳，甚至直接邀请她本色出演。

陈灵疲于应对。她和李钻风的往事，是蛰伏的伤，每提起一次都会痛一次。但那些人偏偏要一次次揭开，网络又是谣言流传和发酵的培养基，很快，她和李钻风的往事有了无数版本，善意的，也有恶意的。

她拒绝了所有采访，关掉手机，闭门不出。但不久之后，还是有人敲开了她的家门。

是几个美国人。

“我不接受采访了，那些事也不想再提，你们走吧。”陈灵疲倦地对他们道。

领头的美国人须发皆白，推了推眼镜架，用英文说：“我们知道你的处境，我们来这里也不是要增加你的困扰，是李钻风让我们来的——准确地说，是他离开地球之前，让我们来的。”

原来，李钻风离开前，给这家致力于研发人体休眠技术的工作室发了一封邮件。邮件正文里，李钻风分析了他们技术上的误区，而在附件的文档中，他又给出了所有问题的解法。当时工作室里的专家很吃惊，虽然他们研发人体休眠技术已经很久，但一直没有发布成果，邮件里提到的内容都是绝密的。他们下意识地想报警，但看过附件后，又都怔住了。

“那的确是非常高明的解决办法，尤其是在冷却液的制取上规避了我们此前的误区。对人体细胞在低温下的保护，他也有更好的见解。但我们还需要时间验证他的理论，所以马不停蹄做了实验，当然，结果毋庸置疑。”美国人道，“感谢他，一封邮件，让我们省掉了至少二十年的科研时间。”

陈灵看着他，等着他后面的话。

“这样慷慨的馈赠，他没有收取回报，只在邮件结尾里提到——如果我们验证了他理论的正确，让我们来找你。”

陈灵明白了李钻风的意思，心里像是掠过了一阵凉风。

美国人显然也知道了前情，见她迟疑，又说：“虽然是初步验证，只做了几例试验，但我可以保证，我们的技术能够让你在冷冻箱里休眠至少五百年的时间——实际上可能更长。这不会对你的身体有丝毫损害。至于费用，你不用担心，李先生的赠予值得我们永久回报，我们工作室背后的投资方是美国最大的财阀，绝不会出问题。”

陈灵愣愣地听着。“五百年……”她喃喃道。

“是觉得很久吗？”美国人连忙说，“但在休眠技术下，你只会感觉是睡了一觉，不会有时间的流逝感！”

陈灵摇头说：“可能你不明白五百年的意义，不是因为久，而是……”见美国人眼睛里的困惑，她低头笑了一下：“算了，让我考虑一下吧，你们明天再来。”

李钴风的意思不言自明——等我。

等我五百年。

他去了异星，那里与地球截然不同，或许能将他改造成永生，或许那里的时间流动也不一样，五百年对他不过是弹指一挥。但陈灵留在地球，所以他留下了休眠技术，让她可以在睡眠舱等他，等他归来。

可以想见，他再回来时，会带来崭新的科技，推动人类新一轮的进步。他会脚踩七色云彩，身披金甲圣衣，是所有人心里的盖世英雄——但他已舍弃了七情六欲。

她的至尊宝，终于成了别人的齐天大圣。

第二天，美国科学家们再次敲响陈灵的家门，但久久没有回应。他们对视一眼，等到天黑后，报了警。警察强行打开门，看到屋子里一切如常，却再也没有了陈灵的身影。

陈灵搬了家，辞了工作，恢复成孑然一身的状态。她先回了趟老家，待了几个月，等风声渐渐平息后，便背起行囊，到处旅游。

她去了很多地方，走了很多路，走路时不会想很多。仿佛只要她走得足够快，迎面刮来的风就能吹散往日迷雾。等到她终于忘掉很多事情的时候，她发现自己又来到了普吉岛的海边。那正是近晚，海边汇聚了很多人，她走过去，有人叫住了她。

她转过头，看到了汪路。汪路穿着宽大的沙滩衫，露出的肌肤已经晒成了古铜色，他手里还牵着一个女孩。陈灵见过，是汪路的女儿汪乐仪。

“你们也来这里玩吗？”陈灵问。

“我们是来……”汪乐仪嘟着嘴大声说，但还没说完，就被汪路轻轻扯了扯发尾。她便不说话了，走过来，拉着陈灵的衣摆。

“是啊，我们过来玩。”他说。

他们走在沙滩上。傍晚的阳光很好，天边像铺着一层流动的黄金，脚下的沙子也不再炙烤，踩在上面，感觉温热绵软。他们每一步都陷进沙子里，因此走得很慢，影子也慢慢拉长。

“饿了吗？”汪路突然问。

汪乐仪使劲点头。陈灵犹豫一下，也“嗯”了一声。

“那我们去吃饭吧，”汪路说，“我们还有一顿饭，一直没吃。”

“我记得。”

汪路牵起汪乐仪，汪乐仪又拉着陈灵的手。陈灵被她小而肉的手捏着，犹豫了下，没有挣开。斜阳融金，从天上流进海里，碎成波光点点。汪路低下头，笑了笑，说：“那走吧。”

——原载《科幻世界》2021 第 7 期和第 8 期

来自同一家庭的一对孪生兄弟，却有着截然不同的性格。不过这并不重要，重要的是他们后来被分别寄养于不同的家庭，经历境遇大相径庭，而且并非完全符合他们的所谓天性。但无论如何，他们的成长轨迹由此渐行渐远。

一个不言而喻的真理得以昭示：先天的基因终究抵不过后天的环境——或者说，教育。

双　雀

陈楸帆

我们是太阳和月亮，亲爱的朋友；我们是海洋和陆地。我们的目的不是要成为对方，而是要认识对方，学会看清对方，尊重他的本质：彼此是对方的反面和补充。

——赫尔曼·黑塞《纳尔齐斯与歌尔德蒙》

1

用金智英院长的话来说，朴氏夫妇选择了一个“完美的春日”到访，像一缕初春的阳光照进了源泉学院。

“……众所周知，传统孤儿院资源有限，只能起到收容抚养的功能。孤儿可能会接受教育，但在课堂之外如何发掘才能，找到自己的人生道路，却少有人关心。源泉学院正是希望借助 AI 科技的力量，让孩子们获得平等发展的机会……”大家都亲切称呼为“金妈妈”的院长介绍道。

俊镐和慧珍穿着清爽的高定套装，面露得体微笑。

“作为 Delta 基金会的董事会成员，慧珍和我一直以来都非常钦佩您为源泉所做出的卓越贡献，不过今天来并不是代表基金会……”

他稍加停顿，转向太太，慧珍点头微笑。

“……我们也希望能从源泉领养一个孩子。”

金妈妈面露喜色：“啊这样……不知道两位看过孩子们的档案了吗？”

慧珍开口了：“孩子们都很优秀，俊镐和我特别想见那对双胞胎男孩。”

“噢，金雀和银雀……”金妈妈声音低沉了几分，“如果要收养两个小孩，可是要经过两次家庭评估流程哦。”

“这个您大可放心。”俊镐自信满满。

金妈妈带着朴氏夫妇走进一间明亮宽敞的会客室，地上铺着米灰色毛绒地毯，家具和墙纸也都是柔和的米色与粉色。

门开了，两个男孩被带了进来。如果不是身上衣服，这两个男孩看起来就像克隆人，黑发柔软微卷，眉眼细长，上唇微翘，甚至连鼻尖上的雀斑，都难以辨清差别。

俊镐和慧珍起身欢迎，几乎是同时，两个男孩迅速分开，一个向前迈出一步，另一个则躲到了墙角。

“金雀，银雀。”金妈妈介绍，“这是俊镐和慧珍，他们都是咱们学院的好朋友，今天特地来看看你们。”

“俊镐好，慧珍好。”迈出一步的男孩眨眨眼睛，“所以你们是来带我们回家的吗？“

俊镐和慧珍尴尬地笑笑，不知道该如何回答。

另一个男孩不说话，低着头，用鞋尖在地毯上画着圆圈，直到把化纤绒毛搅成灰色旋涡。

“我猜你是金雀，他是银雀，我猜对了吗？”慧珍蹲下身子，看着他们俩。

“其实也没什么难猜的，”金雀讨好地回答，“虽然我们是同卵双胞胎，基因组数据只有百万分之一的差异，可我们完全不一样。银雀喜欢自己玩。”

“那你呢，你喜欢玩什么？”俊镐对这个早熟的六岁男孩产生了兴趣。

“我？我不喜欢玩，我喜欢比赛。”

“哦，什么比赛？”

“所有的比赛，ATOMAN 刚帮我赢了一个建筑设计大赛。”

“ATOMAN？”俊镐疑惑地问。

“噢，是金雀的 AI 伙伴。”金妈妈解释道，“学院的 vPal 系统给每个孩子都提供了 AI 伙伴，可以帮助他们更好地管理日程、学习任务甚至是游戏……”

俊镐眼镜前出现了来自金雀的数据共享邀请。他用视线点选同意，XR 视野中的男孩身体边缘开始发出红光，像素化的火焰熠熠燃烧。火焰突然腾空而起，脱离金雀身体，经过复杂变形，展开成一具棱角分明的红色机器人，向外迸溅火星，气势汹汹。俊镐举起双手表示投降。

“这就是 ATOMAN，我最好的朋友。”金雀得意地说。

“你呢，你的 AI 伙伴叫什么？”慧珍发现银雀一直默默注视着所有人，想摸摸他的脸颊，男孩却缩起身子。慧珍终于看清楚两人脸上细微的差异。在银雀右眼皮上有指尖大小的伤疤，像粉色玫瑰花瓣。

“Solaris，像一大坨鼻涕，超恶心的。”金雀抢答道。

银雀终于抬起头，眼中射出敌意的目光。

“Solaris 不是鼻涕！”

“它就是鼻涕，你就是鼻涕虫！”

局面变得有点失控。金妈妈赶紧让教工带走两个男孩，房间里又恢复了宁静。

“你们都看到了，兄弟俩性格……很不一样，但他们都是很好的孩子。有什么想法吗？”

“确实……令人印象深刻。”俊镐看了一眼妻子，“我和慧珍得再商量一下，会尽快给您答复。”

天色已经微暗，草地上灯火亮起，充满温馨气氛。金智英院长目送朴氏夫妇的豪车驶离校园，卷起几片枯叶。她脸上半是欣慰，半是忧伤。

不用等到他们的正式答复，她心里已经猜到了这对成功人士的选择。那是这世上绝大多数崇尚理性与效率之人所会做出的选择。

一个星期后，朴氏夫妇接走了金雀，留下银雀。

2

三年前，一个大雪纷飞的冬夜，社会福利署的车子在源泉学院结冰的路面上轧出两道深深的平行线。

金妈妈从护工手里接过两个瑟瑟发抖的小男孩。他们在蓬松的羽绒服下显得如此瘦小，像枝头随时坠落的松果球。

几小时前，他们的父母死于一场交通意外。出于某种考虑，夫妇关闭了自动驾驶，改为手动操作，变道时路面积雪导致侧滑，那辆新款现代失控撞出高速护栏，翻坠下十几米的斜坡。丈夫及副驾的妻子当场死亡。后排安全座椅里的男孩被救出，奇迹般毫发无伤。

金妈妈给男孩们换上干净柔软的居家服，又热了牛奶，两人喝着，脸色逐渐红润了起来。

“瞧瞧这俩，长得活像一对小麻雀。”金妈妈笑着对旁人说，“干脆就叫金雀和银雀吧。可谁是金，谁是银呢？”

金雀放下杯子，上唇带着牛奶胡子，咧嘴笑了。

“笑得这么喜庆，你就叫金雀吧。”

银雀没有选择，面无表情地盯着杯子里的牛奶，仿佛周遭的一切都与己无关。

日子慢慢地过去，在专业的心理疗愈课程中，兄弟俩慢慢接受了现实，开始融入陌生的新环境。这并非易事，金雀会因为想妈妈而大哭，银雀则在一旁默默抹泪。金妈妈总会哼唱起童谣，摇晃着双胞胎入睡，就像真正的妈妈那样。跟金雀不一样，银雀总是抗拒肢体上的亲密接触，甚至回避眼神上的交流。

金妈妈开始关注起银雀的怪异举动。

幸好，孩子所有的医疗和行为数据都保存在去世父母所使用的育儿服务云端平台上，可供学院老师调用并整合到学院系统中。早在六个月大时，银雀便显露出对于肢体与目光接触的抗拒。

比起金雀的冒险精神，银雀的生活习惯就像是一台被编好程序的机器，在学会走路之后，连在育婴室中的路线都一成不变。

银雀并没有表现出认知障碍、多动症或癫痫的迹象。大多数时候，他只是异常安静，沉浸在自己的世界里，能盯着任何旋转的物体——尤其是风扇的扇叶——看上一整个下午。诊疗 AI 对银雀的瞳孔、面部表情、语音及肢体语言进行分析后得出结论，男孩有 83.14% 的概率患有阿斯伯格综合征。

金妈妈知道，大量临床数据证明，阿斯伯格综合征患者拥有与普通人迥异的思维和认知模式，这种独特性会伴随他们一生。他们需要的是高度定制化的教育方式。在金智英看来，阿斯伯格孩子根本不需要成为“正常人”，和其他孩子一样，他们只需要成为最好的自己。

刚到学院不久的一个下午，金妈妈带着金雀和银雀走进摆满显示屏和机器的房间，她要为兄弟俩量身定制一个神奇的小伙伴。

高大的楼和小巧的煊都是 IT 组的义工，他们也是由学院抚养长大的孤儿。在金妈妈的邀请下，他们会定期回学院维护系统，解决一些软硬件问题。

楼先帮兄弟俩做了全身扫描，为他们创建数字孪生档案，并与云端的个人数据进行关联。

煊帮男孩在手腕戴上柔软的生物感应贴膜，可以实时记录各项生理及行为数据，同步到云端。还有一副紧贴耳后的柔性智能眼镜，平时卷起来像夹在耳上的饰品，需要时可以展开成为 XR 设备。

金雀兴奋尖叫，变身卡通片里的超级英雄 ATOMAN，摆出发射死光的姿势。银雀却一脸紧张，不停摆弄着腕间和耳侧的设备，仿佛它们是有毒的毛毛虫。

“先来选一个你们喜欢的声音哦。”

煊立起一块奇怪的镜子，金雀和银雀在 XR 眼镜里看到的虚拟界面，其他人也能在镜子里看到。不光看到，还可以用语音、手势和表情去创建和编辑他们想要的任何内容。这就是源泉学院用于 AI 教学互动的 vMirror。

煊蹲下身子，手把手地教男孩们如何使用交互界面来调节 AI 的声音。尽管男孩只有三岁，但很快学会了操作直观的卡通旋钮。金雀很快挑好了一把充满英雄气概的男性嗓音，并把它起名为 ATOMAN。

银雀花了好一会儿，才选了一把轻柔的女声，听起来就像是妈妈应该有的调调。

“接下来可以设计 AI 小伙伴的模样哦，我们把它叫作‘捏——人’……”

vMirror 里，金雀双手忙碌地乱捏一个半透明的圆球，圆球不断变换形状，一会儿像虫子，一会儿像鱼，一会儿又像是还在胚胎阶段的熊猫。银雀看呆了，半是害怕，半是好奇。

终于圆球变成了一个红色的小 ATOMAN。虚拟的 ATOMAN 伸伸胳膊，踢踢腿，向金雀打招呼，男孩激动地为自己的 vPal 尖叫鼓掌。

“好啦，银雀，现在轮到你了。”煊指了指 vMirror。

银雀看看镜子里的自己，把脸别到一边，用几乎听不见的声音说：“我……我不想要……”

金妈妈俯身靠近银雀，但并不触碰他。

“你不想和小伙伴一起玩吗？它是属于你一个人的，可以帮你做任何你想做的事情呢。”

银雀噘着嘴唇:“我……它太丑了……”

房间里的人都被逗笑了，除了金雀。

“好吧，我有办法。”金妈妈宣布，“现在，你的 AI 伙伴只保留声音，等你想好了想要的模样，我们再把它捏出来，好吗？”

3

金雀和银雀光看脸蛋的话，完全是像素级的复制，一旦从日常生活里近距离观察，这分别就变得尤其明显。

就算不看人，兄弟各自的 vPal 形象就是最醒目的名片。

任何一个接入源泉学院 XR 公共信息层的访客，都会被那团过分热烈的红色火焰吸引，那是金雀经过了十二个月进化的 AI 伙伴——ATOMAN。

它的初级形态是一台 1985 年任天堂红白机，灵感来自他爱看的复古卡通片。红白机旋转起来，就能变形成酷炫的红色机器人。

金雀宣布:“ATOMAN，我完成今天的习题了，咱们去赛车吧！”

ATOMAN 会给他泼冷水:“出错率有点高呢，闪红光的是你需要加强的知识点，再完成这套补充练习题吧。”

“又来了，你比老师还烦人……”

金雀噘着嘴，却不得不按 ATOMAN 说的做。他和 AI 之间已经建立起某种联系，基于奖惩机制，也基于信任。金雀知道不管任何情况，小机器人都会毫无条件地出现在他身边，解决难题，聊天玩耍，安抚他的情绪。他自然也希望能够满足 ATOMAN 的期望。当他做对题，完成任务之后，ATOMAN 会闪烁彩光，发出齿轮转动的声音。金雀觉得这就是 AI 高兴的表现。

ATOMAN 也随着金雀的反馈发生改变，这是 vPal 自适应性算法的一部分。它发现金雀对排名很敏感，在竞争模式下学得更快。于是，便利用竞技性游戏来调动男孩学习的主动性。

也因此，这一对搭档干了不少出格的事情。

比如私下组织起学院孩子们的拼写、地理和电子竞技比赛。

比如让 ATOMAN 将社会捐赠的旧款清洁机器人重新编程，把教室和宿舍闹得天翻地覆。

再比如制造出一种“鬼脸”病毒，当学院系统收到秘密指令时，便会复制出无限的鬼脸表情，把系统进程占满。

最后都会由煊和楼来收拾残局。久而久之，他们不需要看日志，就大概知道是怎么回事。对这个五岁的天才捣蛋鬼，金妈妈既好气，又好笑，感慨这代人从基因里就具备与 AI 共舞的本能。

银雀则完全是在光谱的另一端。

几个月来，他的 vPal 始终只是没有实体的声音。直到有一天，煊在同步管理日志时注意到了历史性的时刻。九个月后，银雀终于为自己的 vPal 设计了一款虚拟形象，那是一坨半透明、类似变形虫的形态，能够根据需要改变形状，伸出触手，像液体般缓慢流动。银雀把它叫作 Solaris，来自他读过的一本波兰科幻小说。

很长一段时间里，除了煊，没人知道银雀拥有这样一个温柔又怪异的 AI 伙伴。男孩会让 Solaris 将自己的身体包裹起来，尽管在触觉上不会有任何反馈，但这让他增添几分安全感。

于是，银雀更加面无表情地行走、躺卧、蜷缩在这小小虚拟茧房里，像远离尘世的巫师，以近乎耳语般的声音，向 AI 吩咐各种神秘的指令。而这些任务，与学院的标准全无关系，只指向最纯粹的好奇心。

煊每次穿过喧闹的活动室，都会惊奇地发现，孩子们借助 AI 的力量又学会了某种新技能。但她也总能看到那个孤单的身影，坐在角落里，凝视着墙纸。煊知道银雀喜欢收集来自大自然的小礼物，她会给男孩带来树叶、羽毛，有时是贝壳。在煊留下一个风干松果球的那天，银雀终于开口了。

“……很美。”

“噢，你是说松果吗？确实很好看。”

“……螺旋形的打开方式……完美的斐波那契数列……神圣的几何玫瑰……”

煊不确定自己理解了他的意思。

“分形。”银雀突然露出了笑容，像布满阴霾的天空被阳光刺穿。

“啊哈，没错，是分形。”煊心头一阵激动，这是银雀第一次与自己有了实质性的交流。

煊重又坐下，手指搅拌着地毯上的灰色绒毛。银雀专注地看着她的手指。

“我想跟你分享一个秘密。”煊说，“在我像你这么大的时候，我觉得自己一定是做错了什么，父母才把我丢进源泉，像是一种惩罚。就像一个笼子，把我和整个世界隔开。

“直到有一天，金妈妈跟我说，并不是所有的父母都做好了准备，但这不是你的错。那句话让我一下子意识到，我一直深信不疑的并不是真相。笼子从此打开了。”

不知什么时候，银雀的目光从地毯移到了煊的脸上。

“你很聪明，又很友善，大家都喜欢你，尊重你相处的方式。”煊继续说，“也许有时候，试着到笼子外面看一看，把你喜欢的东西分享给别人，交一些朋友，你会发现这个世界比你想象的更有趣。”

银雀再次把脸别开，喃喃自语。

煊有些泄气，安慰自己这需要时间。

一个数据共享邀请突如其来闪现在她眼前，来自银雀。她欣然接受。

狂暴的半透明视频流将煊淹没，充斥着分辨率、格式、来源各不相同的片段，以复杂的时空结构被剪辑到一起，彼此缠绕、交织、咬合，构成一个巨大的信息旋涡。煊能辨别出其中的一些事物，山川、湖泊、云层、星云、放大数十倍的植物脉络、水熊虫、虹膜、某种化合物的微观结构、高速摄影下的风洞实验、《星际迷航》电影片段，还有源泉学院里的日常生活……但更多的是她完全陌生的图景，无法用语言描述。

煊接入音频信号，却并没有迎来排山倒海的音量，恰恰相反，那是一股单调而柔和的白噪音，如同顺着阶梯淌下的涓涓水流，随着画面律动微妙变奏。

她眯起眼睛，透过视频层看到半闭着眼的银雀，才理解了用意。眼睛可以自由开合，耳朵不行。对于银雀这样的孩子来说，过度强烈的感官刺激就像是身边爆开的炸弹难以忍受。

“这些……都是你自己做的吗？……太神奇了。”

银雀嘴唇动了几下，音频信号在煊的耳边放大。

“是 Solaris。”

煊无语，这些 AI 儿童已经远超出她的理解。

“银雀，你愿意跟其他小朋友分享你的作品吗？”

“分享？你是说，送给他们？”银雀睫毛闪烁。

“嗯……当然你也可以送给他们，用你觉得舒服的方式，就像一个纪念品，像 Tommy 叠的折纸动物，写上对方的名字。”

银雀努努嘴，又低下了头。

一周后，煊的邮箱收到一条视频流。打开是一段循环画面，她自己的脸不断旋转蜕变成花朵、云彩和海浪，周而复始，伴随着那句催眠般的台词。

“……笼子从此打开了……笼子从此打开了……笼子从此打开了……”

一种复杂的情绪涌上她的心头，开心、欣慰和隐隐的忧虑。

煊把视频发给金妈妈，问她的看法。

“每个人都收到了，我也有，除了一个人，猜猜是谁。”

“……金雀？”

“Bingo，兄弟俩有点不对付。金雀可能觉得银雀抢了自己风头，经常故意去挑衅他……”

“我鼓励银雀参加首尔未来艺术家大赛，U-6 组，他很有希望。”

“金雀不是一直嚷嚷要拿冠军吗？”

“这下可有好戏看了。”

煊又盯着银雀的礼物看了一会儿，视频似乎有种说不清的魔力，驱使人一直沉迷下去。循环了十分钟后，她强迫自己关掉它，把注意力放回工作。

4

金雀被朴氏夫妇收养后六个月，又一对夫妇走进源泉学院。院子里蒲公英飞舞，到处都是追逐打闹的孩子。很明显，这对夫妇的兴趣并不在他们身上。

金妈妈脸上挂着审慎的微笑。这对夫妇不像之前的俊镐和慧珍，是由 Delta 基金会直接引荐，而是来自付费网站。用户可以看到网站推送来自各机构的孤儿信息，通过资格审查之后，可以选择感兴趣的孩子见面。

“欢迎 Andres 和 Rei，很高兴向你们介绍源泉学院。”金妈妈说。

金妈妈已经被提前告知，两人都是跨性别人士。据抚养机构统计，跨性别家庭已经占领养人群的 17.5%，数据还显示，无论是被跨性别还是同性父母收养，孩子身心健康状况与被一般家庭收养没有任何差异。

“谢谢。”Andres 说，“我们想尽快见到孩子，我是指……”

“银雀。”Rei 补充道。

这对夫妇的衣服让金智英心生犹疑。色彩鲜艳的几何图案就像从康定斯基的画里走出来，材质是某种合成纤维薄膜，有着轮廓清晰的锯齿状边缘。

“也许你们对孩子背景很熟悉，但我还是要再强调一次。”金妈妈收起笑容，变得有几分严肃，“银雀是非常特别而敏感的孩子，很容易受到过度刺激。”

Rei 摘下了亮黄色墨镜，回以同样严肃的口吻。

“金女士，我明白，也许我们看起来不像您所熟悉的那一类父母，但这并不意味着我们会把个人的趣味凌驾于孩子的安全之上。Andres？”

Andres 点了几下手腕，两人像是在阳光底下的冰淇淋，衣服上锐利的几何形状都变得柔软，具有动物皮毛的质感，原本鲜艳的色彩也降低了饱和度，在泥地里打过滚般暗淡。

“还真是……考虑周到呢。”金妈妈又恢复了笑容，带着他们走进会客室。

银雀已经在沙发上坐着，前后摇晃着身体，对来人视若无睹。

“你一定就是银雀了。我是 Andres，这是 Rei，非常荣幸能够见到你本人。”

金妈妈清了清嗓子：“银雀，我会让你单独跟 Andres 和 Rei 聊一聊，需要我的话你知道该怎么做的。”

房间里只剩下三个人。

“不说客套话了。”Andres 说，“你那么聪明，一定知道我们来的目的，是想邀请你和我们一起生活……”

“说得更直接点，我们不是在网站上找到你的。”Rei 说，“我们认为通过第三方网站的背景调查，会显得更加可信。银雀，不得不说我们不是传统的父母……”

“你的作品简直太惊人了！”Andres 感叹道，“第一次在首尔未来艺术家大赛上看到时，简直不敢相信出自一个六岁孩子之手。当然，生理年龄只是个过时的标签。但即使把它们放在任何时代、任何年龄段的作品里都毫不逊色，我说得没错吧，Rei？”

“嗯，我是个艺术评论家，研究二十世纪至今的数码艺术史，所以还是有一点发言权的。公益拍卖会上的匿名买家就是我们。而且，比起命运悲惨的原作，我们更喜欢新的版本。”

一直毫无反应的银雀终于抬起头，面无表情地看着两人。

“你们的出价策略并不是最优解，”他说，“Solaris 说，你们过早暴露意图，让竞争对手多抬了三轮价格。”

Andres 和 Rei 相视一笑，眼中写满了惊喜。

“为了更了解你，让你相信，我们是最适合你的家庭，这一切都是值得的。”Rei 说，“我们会给你很多很多的爱，但并不只是传统意义上的父母之爱，而是帮助你更好地探索自己，发挥全部潜能。这不是你一直想要的吗？”

会面时间比原先预计的久了一些，金妈妈轻轻敲了敲门。

银雀把视线从 Andres 和 Rei 身上转向金妈妈，问道:“我能带上 Solaris 吗？”

5

双胞胎来到学院两年后的一个夜晚，煊被金妈妈紧急叫回学院帮忙，楼还在雅加达出差。

傍晚时分的校园鬼气森森，智能家居系统遭到攻击，电灯如鬼火闪烁，中央空调忽冷忽热，服务机器人发疯似的撞击家具，发出砰砰巨响。孩子们都被集中安置到活动室里。

“这是怎么了？”煊大惑不解。

“先把眼前的问题修好，其他的一会儿再说。”金妈妈语焉不详。

煊通过 IT 部门的 vMirror 进入后台，发现系统遭到 DDoS 攻击，手段不是很高明，只是利用了学院久未升级的安防漏洞，相信和楼的出差有关。她迅速牵引攻击流量进行分层清洗，重新设置安全基线，为了防止以后类似的攻击，又安装了最新版的动态流量监测程序。学院重现光明，一切似乎恢复了正常。

金妈妈召唤煊到会议室，这时她发现了日志中的奇怪之处。

煊一进门，就看到趴在桌子上垂头丧气的金雀，完全没有了平日的威风。

“我就知道是你！”

“不是他。”金妈妈平静地说。

“啊？”

金妈妈略微扭头，煊这才发现银雀双手抱膝，坐在地上，头埋得很低，眼角还带着泪花。

“银雀？这怎么可能？”

“他们都不肯说，我就给你打电话了。”金妈妈说，“我反正理解不了。”

“金雀，你知道我可以调出 ATOMAN 的日志，如果你现在说的话还来得及。”

金雀噘了噘嘴：“来不及了……”

“什么来不及？”

煊打开 XR 视野，本来应该和男孩形影不离的红色机器人却不见踪影。她检查了权限，共享状态正常，只有一种可能，金雀把 ATOMAN 隐藏了起来。这可不像他的风格。

“ATOMAN 呢？”

金雀不情愿地站起来，双手摊开，浑身像着火般闪烁红光。他握了握拳头，一个虚拟形象出现在煊眼前，却与平时相去甚远，像是被炸弹轰炸过般，零件松垮地飘浮着，身体与四肢错位，动作扭曲抖动，似乎随时会解体碎成一堆像素。

“这是……怎么搞的？”

“你问他！”金雀指着角落里的弟弟大叫。

金妈妈走到银雀身边，蹲下身子，轻声问道：“你哥哥说的是真的吗？你为什么要这么做？”

银雀什么也没说，煊却接收到了一个数据包。是一段视频。

煊一言不发地看完，这和她之前在日志里发现的疑点一下子对上了。她转向金雀。

“你为什么要这么做？”

“我……我什么也没做……”金雀一脸无辜。

“你为什么要破坏银雀的作品，你难道不知道……”

“他怎么能进后台呢？”金妈妈震惊了。

“肯定是楼出差前给他的权限，他太喜欢这孩子了，想培养他成为系统管理员。”煊苦笑着说。

“我……”金雀欲言又止，突然鼓起勇气，“我只是想拿回属于我的东西……”

金妈妈瞪大了眼睛：“难道你说的是……银雀赢得未来艺术家全场大奖的那件作品吗？”

煊无力地点点头，开始解释。

银雀的作品一共分为四个版本，一个母版和三个子版。就像达·芬奇的《蒙娜丽莎》原作被数字化后转化为其他媒介一样。在这种情况下，艺术品是动态的，而且更加复杂。银雀通过点对点通信技术，在母版与子版之间建立起一种“纠缠态”，通过运行在源泉学院服务器上的母版，不断拾取院内孩子的肖像、身份信息、行动轨迹……经加密处理后同步到子版成为不断流变、永不重复的抽象视频流。子版视频流可以投射在任何媒介物上，全息、XR、普通屏幕、建筑外立面、水晶球、皮肤表面……像是一场色彩与符号的风暴，不停旋转，吸入又抛出无数的像素碎片，每个碎片都被细细的彩色光线牵引着，连接到象征着源泉学院的巨大发光核心，以此来体现学院与每一个孩子之间精神与情感上的纽带。因此，失去了母版的子版就像是被抽离了灵魂的躯壳，失去了数据、生命力与艺术价值。

为了保证母版的安全，银雀设置了最为严格的安全验证，可却遗漏了一件事。

“那金雀怎么可能篡改呢？”金妈妈不解地问。

“他没有篡改……”煊垂下眼睑，“他直接毁掉了。”

“什么！”

“你自己看吧。”煊把视频投影到会议室的 vMirror 上。

母版被销毁的瞬间，其他三个版本在几毫秒内停止了运行。银雀没花多少力气就找到了现场罪证：金雀在 IT 部的 vMirror 前操作的监控视频片段。

进入后台后，金雀找到母版文件的存储路径，试图用工具暴力修改未果，只好启动生物验证，这是唯一能够绕过所有安全验证销毁文件的办法。vMirror 完美反射的镜像前，金雀模仿着弟弟漠然的表情，通过了面部识别。

“这不可能！”金妈妈脱口而出，“就算一般人分不清他俩，可 AI 不该分不出来吧，何况银雀眼睛上还有块疤……”

“再仔细看看。”煊放大画面，金雀脸蛋周围罩着一层淡淡的光晕，不仔细看根本察觉不出来，“这机灵鬼让 ATOMAN 投射出光学面具，把银雀的面部特征叠加在自己脸上，骗过了 AI。”

屏幕上，金雀似乎犹豫了片刻，这关系到弟弟这几个月来的心血，以及整个学院的荣誉。他眨了眨眼睛，点击了确定。被命名为《融 op-003》的作品母版瞬间化为一堆离散的比特。

银雀看到这一幕，身体颤抖起来。

“为了报复，银雀对学院系统发起了无差别攻击，就是为了把 ATOMAN 毁掉。”

“都明白了。你照顾好银雀，我得和金雀好好谈一谈。”金妈妈叹了一口气，转向金雀。

“金雀，看着我。你要老实回答，为什么要这么做？”

“我……银雀用了我的肖像，可并没有征求我的同意……”

金妈妈打断他：“是不是因为他得了全场大奖，大家都喜欢他，你不开心了？”

“我……”金雀一脸委屈，“我让 ATOMAN 分析了过去几年所有得奖作品，每个方向我都做了一个方案，明明我的获奖概率是最高的……”

金妈妈哭笑不得：“傻孩子，概率只是概率，不意味着你一定能赢。人不是机器，你亲弟弟得奖，你应该感到高兴才对。”

“为什么他做一点点小事，你们就会觉得他很了不起，就因为他有病吗？这不公平！难道不应该是最优秀的人获胜吗？”

金妈妈一时语塞：“我明白你的想法，但有时候，你得学会接受失败……”

“不，你不明白我，只有 ATOMAN 明白我！”

“ATOMAN 只是个工具！”

“ATOMAN 是我最好的朋友！那个怪胎毁了它！我恨他！”

在煊的安抚下，银雀已经逐渐恢复了平静。煊试图用各种方式诱导他说出自己的感受，可他翻来覆去却只有一句话。

“……纪念品……纪念品……”

一开始煊还一头雾水，猛然间她想通了。几个月前她给银雀举的例子——Tommy 写着小朋友名字的折纸动物。难道银雀把这件作品当作送给哥哥的礼物，所以才加上了金雀的肖像数据？难怪他的反应会如此激烈。

金妈妈板着脸看着兄弟俩。

“今天不握手道歉，谁也别想走。”

后来大家都忘记了究竟是谁先伸的手，这些都不重要了。

从那之后，金雀和银雀愈加疏远，像是两条注定无法相交的平行线。

6

金妈妈同意 Andres 和 Rei 收养银雀的条件之一，是要定期安排兄弟俩的团聚。尽管两人生活轨迹不同，但她认为必须保持联系。

金雀与银雀的重聚地点选择在朴氏夫妇的新古典主义别墅里，后院还带有泳池和儿童游乐场。同装修风格一样，聚会内容也无甚新意，先是户外烧烤午餐，然后是孩子们的游戏时间。

“嗨，金雀。”Andres 向他打招呼，银雀和 Rei 站在气派的门廊外，“你看起来跟照片上完全不一样了。在锻炼？”

经过半年的时间，金雀已经完全融入了这个家庭，不仅举止上有了很大变化，就连体形也健硕了不少。

“是的，我现在严格按照 ATOMAN 为我制定的时间表生活，饮食、运动、作息……”

金雀看到躲在 Rei 身后的银雀，主动伸出手：“嗨！弟弟，你还好吗？”

Rei 把银雀推到身前，他看了看哥哥，并没有要伸出手的意思。

“银雀，高兴点，这可是你哥哥，你们都有……半年没见了吧。”

“173 天。”金雀微笑着补充，“银雀，你想看看 ATOMAN 吗？爸爸把它升级到最新版本，多了很多功能，我们还帮它造了一个身体，超级酷……”

银雀眼中流露出一丝好奇。

“ATOMAN，看看谁来了！”

金雀大叫一声，一个红光闪闪的机器人在草坪上蹦跳着，就像把人的上半身接在了狗的肩部，一个机械版的半人犬。

新版 ATOMAN 立即辨认出银雀的脸，右前足滑稽地屈膝，做出鞠躬的动作，眨着三只摄像头眼球问候道：“好久不见了，银雀。”

银雀嘴角闪过一丝笑意，ATOMAN 僵硬地举起手。

“孩子们，开饭了，都过来搭把手……”在烧烤架前忙活的俊镐喊道，金雀的新兄弟姐妹们——15 岁的贤祐，11 岁的始祐和 8 岁的淑子都跑了过去，摆放餐具和食物。

“一会儿聊，我得去帮忙了。”金雀吹了声口哨，ATOMAN 也跟了过去。

“你哥哥好像没那么难相处……”Andres 打趣道。

银雀撇撇嘴。

俊镐的烧烤技术乏善可陈，幸好朴家还有私家大厨作为后备。

餐桌上，Andres 和 Rei 观察着朴家的孩子们，哪怕只是选择一把叉子，也分外谨慎矜持。金雀丝毫没有之前在源泉学院里的漫不经心。他用眼角瞟着兄弟姐妹们的动作，生怕出错。尽管是户外野餐，气氛却格外隆重。

银雀则一如既往，用叉子不停搅拌着盘子里的土豆泥，发出刺耳的金属摩擦声。女主人慧珍不时斜眼关注，却又不好说什么。

为了活跃气氛，Andres 不得不主动挑起话题：“金雀，你的机器人真是酷毙了，是怎么想到给它挑这么个身体的？”

“爸爸说这是最新最好的型号，我们就选了它。没什么特别的原因。”金雀看了一眼俊镐。

“永远要给孩子最好的……”俊镐擦了擦下巴。

Rei 冷冷地回应：“可‘最好’是个相对的概念，我们觉得最好的，对于孩子来说则未必，不是吗？”

“在我们这里不是。”俊镐和慧珍相视一笑，“我们所说的最好，就是这世上所能得到的最好，无论是度假、保险、教育还是机器人。金雀，说说今天上午都学了什么？”

“Price is what you pay. Value is what you get.（你付出的是价格，得到的是价值。）”金雀不假思索。

“什么？”Andres 一头雾水。

“巴菲特在 2008 年金融风暴时写给投资人的。投资界的一点老派智慧。”俊镐嚼着牛排解释道。

“也许是我太浅薄。”Rei 不顾丈夫的眼色，表示不屑，“可让一个六岁孩子学这种东西是不是过于荒谬了……”

“是吗，我亲爱的艺术家？”俊镐说，“以前的孩子被迫记住许多没有用的东西，但对于自己的未来并没有什么概念。多亏有了 AI，信息不再是零散的砖块和泥沙……”

慧珍终于找到了插话的机会：“历史上没有任何一位人类教师，没有一所学校能够做到这样的事情，但 AI 可以。就像俊镐说的，AI 能够帮孩子规划未来的蓝图。”

“金雀将会成为了不起的投资人，他的雪球比其他人都滚动得更早。”俊镐补充道。

“所以你让一个算法来规划你孩子的未来？”Rei 继续反驳。

朴家的孩子都停下了刀叉，面露不安。

“以前我们常说，知子莫若父。现在我们不得不说，知子莫若AI。”俊镐自信地回应，“没有任何一对父母能够比AI更了解自己的孩子，不管哪个层面。金雀的数学已经达到10岁孩子的水平，模式识别能力甚至超过了始祐。我们不该浪费这样的才华。”

他丝毫不顾及儿子始祐脸上的不快。

“我理解艺术家们总是会有一些浪漫的想象，可在教育孩子这件事上，你别无选择。”慧珍微笑着点了一下金雀的鼻尖，“何况，我们也并没有要求金雀一定要成为什么样的人。宝贝，你可以成为任何你想成为的人，对吗？”

金雀心领神会地一笑，脱口而出：“我想成为爸爸那样的人！”

俊镐和慧珍大笑起来，Andres和Rei交换了一下眼神。

一声尖厉的金属撞击声，银雀把叉子弄到了地上，他的手上、脸上和头发上都沾满了饭菜的汁水和残渣。

“我要回家……”银雀低声呢喃。

7

从那以后，银雀拒绝与哥哥的一切联系。

Andres和Rei无可奈何，只能如实告诉金妈妈，这才知道两人之前的矛盾。Rei十分理解儿子的感受。

Andres和Rei是与朴氏夫妇完全不同的父母。他们的身份似乎很难界定：新媒体艺术家？网络红人？环保活动分子？学者？心灵导师？

他们既是工作伙伴，又是生活伴侣。他们把自己称为Homo Tekhne[①]，崇尚的是所谓科技文艺复兴的主张，在科技被当成神灵般受到盲目崇拜的时代，

---

① “Tekhne”一词源于希腊语，可以粗略地翻译成“技艺”，既包含我们普遍理解的艺术，也囊括了人类利用自己主观能动性去改造世界的一切科技与工艺。

努力用美学、创造力和大爱重新找回人类失落的价值与尊严，恢复人与自然万物的连接。

在 Rei 看来，当下的 AI 教育完全是本末倒置，让算法凌驾于人之上，孩子被训练成过度竞争的机器，这只是旧时代应试教育的升级版。真正的教育更应该关注心智的成长，让孩子通过向内探索提升自我觉知，培养同理心、沟通等其他“软技能”，成长成内心丰盈而自由独立的“全人”。目前的 AI 做不到这些。

但银雀让 Rei 看到了一种可能性。

她被这个男孩的作品深深打动，并不是技巧层面上的早熟，而是发自内心、充满生命力的好奇。如此纯粹的好奇心只可能存在于孩子眼中。

Andres 则对 Solaris 更感兴趣，那个帮助男孩创作的 AI。是什么样的条件触发这个 AI 摆脱了惯常的竞争模式，进化出新的逻辑？银雀特殊的认知和情感模式是否打破了 AI 强化竞争为导向的反馈循环，转向内在自我的探索？

在朴家尴尬的聚会也让 Andres 和 Rei 更加清楚了自己不想走的那条路。

因此当升级 Solaris 的时候，他们充分征求银雀的意见，小心地做了数据备份。这些数据不仅仅是 Solaris 的记忆，也是银雀生命的延伸，就像一块脆弱的水晶，需要得到悉心保护。

虽然没有 ATOMAN 那样酷炫的机器躯体，但银雀在接入升级版 Solaris 时，仍然感受到了强大的力量。他觉得自己就像一个蒙着眼睛走夜路的人，突然在日光底下睁开了双眼。

一开始，他还像在源泉学院里那样，喜欢窝在属于自己的角落，一待就是一天。Solaris 会根据指令，生成小小的虚拟泡泡，将他包裹起来，在他眼前投射出各种视频流和信息碎片。视觉旋涡能够帮助银雀进入一种平和的“心流”状态。

Andres 和 Rei 看着空旷 Loft 空间里那个蝉蛹般的身影，劝慰彼此，再给他多一点时间适应。

也许是因为没有其他孩子的侵入，也许是 Solaris 的自适应能力起了作用，虚拟泡泡的边界缓慢扩张，银雀的活动范围越来越大。终于，泡泡包裹了整间

Loft。

这是一种完全不同的空间尺度感。银雀突然发现自己并不是讨厌运动，只是害怕与其他孩子产生肢体上的碰撞。而现在，他可以爬，可以跳，可以奋力追逐着 Solaris 生成的虚拟兔子，喘息，流汗，感受心跳加速的快乐。

他想起了煊的话，也许这就是走出笼子的感觉。

他想要走得更远，但首先得知道自己从哪里出发。

Solaris 让银雀完成了许多测试，帮助他建立起全面的自我评估模型，既包括语言理解、表达、计算、分析、推理及决策等认知能力，也包括肢体动作、开放性、情商等维度。

结论并不令人惊讶。他的认知能力与同龄人并没有差异，甚至在信息整合与分析能力上还要更强，但是在人际沟通方面，他的分数就直跌深谷。

银雀没有办法分辨对方的语气究竟是善意还是恶意，是真诚还是讽刺，使用的是词语的本义还是比喻，更搞不清楚潜台词。在这一方面，他和二十年前的 AI 并无差别。

但银雀也有一项能力远超同龄人的平均值：创造力。

看着由图表、曲线和分数定义的自己，银雀不禁想起自己的哥哥，想起两人是如何闹翻的。一个问题在他脑海悬而未决。

如果我变得像其他孩子，事情会不一样吗？

8

朴家的孩子都必须遵循家训：人尽其才。

这句话隐含两层意思：一是你从这个家庭得到了最好的支持；二是你必须让自己尽一切努力配得上它。

金雀也不例外。

从被收养的第一天起，他便因为在源泉学院里养成的“不良习惯”吃尽苦头。俊镐笃信纪律的力量，这是他事业成功的根基。

金雀再也不能恶作剧了，否则俊镐就会把他“静音”。让智能家居系统在一段时间内都无法识别他的声音，金雀的任何指令都将失效。

这对于渴望关注的金雀来说无异于一场酷刑。

很快，这个男孩学会了如何控制说话的音量，脚步的轻重，以及正确使用刀叉的方式。

ATOMAN 也得遵守规矩。俊镐给金雀的 AI 伙伴进行了全面升级，什么时段什么场合不能唤醒 ATOMAN，共享 XR 视野的礼节，哪些房间设置了数字围栏，都有规矩。更不用说像金雀从前那样随意黑入电器和家居系统，在俊镐看来等同于犯罪。

ATOMAN 的升级更多地集中在辅助学习、认知优化工具箱和职业路径规划上，每一项都离不开 AI 强大的数据处理能力。

一开始金雀内心充满了抗拒，他想起在学院的日子，可以随心所欲地奔跑嬉戏。甚至还想起银雀，就连捉弄弟弟的快乐都变得那么遥不可及。他经常在丝缎面的床褥中哭着入睡。

可慢慢地，他看到朴家孩子们的优秀。贤祐已经手握好几项生物技术专利，始祐参与设计的量子信息传输实验正在中国空间站上进行测试。就连淑子，那个爱哭的小公主，也要作为学生代表在联合国气候变化大会上宣读报告。

人尽其才。

这句话像一根刺，扎在金雀心里。每当他想要偷懒松懈的时候，这根刺就刺痛他，让他心生愧疚。

相比之下，还是虚拟教室让他感觉更舒服些，那些游戏式的关卡、积分和虚拟道具，都是金雀最擅长的，更不用说还有好玩的同学们。

尤其是那个叫 Eva 的金发女孩，就像从动画片里走出来的，让金雀舍不得把眼睛移开。Eva 的声音那么甜美，那么友好，她总能察觉出金雀情绪的变化。她会扑闪着睫毛说：

“金雀，这道题确实有点难，我们试着换个角度想想……”

“金雀，你太厉害了，我怎么就没想到这种解法呢，麻烦你再示范一次好不好……”

每当这时候，金雀便会充满了动力。在 ATOMAN 的帮助下，他也经常给 Eva 讲小笑话，变魔术，送小礼物，当然所有这些都是虚拟的。Eva 总会发出咯咯的笑声，回赠给他粉红色的心形光环，带有悦耳的风铃声，这是金雀为数不多真正开心的时刻。

在最近的几次数学测试里，金雀都拿到了班级第一，他告诉俊镐，希望得到父亲的肯定。父亲看完成绩，淡淡一笑：“金雀，如果这么容易就感到满足，只能说明你设置的目标太低了。”

第二天，金雀惊讶地发现 Eva 变了。虽然他也说不上来哪里变了。Eva 还是那么光彩夺目，只是声音和语气变了，变得有几分严肃，甚至有点像爸爸的口吻。

“金雀，这么粗心可不行，再好好检查一下……”

“金雀，怎么又错了，同样的题明明已经出现好几次了……”

甚至连 ATOMAN 的小花招都不管用了，Eva 对于笑话和礼物置若罔闻，像是完全变了个人。

金雀伤心欲绝，他问 ATOMAN：“Eva 是不是不喜欢我了……”

ATOMAN 歪着脑袋，三只蓝色眼睛闪烁不定。

“难道是因为我没帮她提高成绩？”金雀问道，“ATOMAN，查一下 Eva 最近七天的学习表现曲线。”

ATOMAN 眼中射出一幅彩色图表，迅速展开放大，投在男孩面前的 XR 视野中。金雀用手指划动时间坐标，发现所有曲线在同一个时点都有了跳跃式的提升。

“难怪她变聪明了许多……Eva 究竟怎么了？”

“很明显，她被调整了参数。”ATOMAN 回答。

“调整了参数？”

金雀瞪大了眼睛。真相大白，Eva 只是另一个 AI，父亲调整了她的个性和水平。是 AI 生成的人类表情和行为过于真实，以至于能混在虚拟教室中丝毫不露马脚，还是说他太渴望得到 Eva 的陪伴，以至于刻意忽略了许多明显的破绽?

金雀眼前飘过金发女孩的面孔和笑声，像是失手打破的水杯，再也拼不回来。

那天晚上，金雀又在被窝里默默流泪。房间外一阵脚步声传来，他匆忙拭去泪水，假装睡着。有个人坐到床边。是慧珍。

“告诉我，是不是生爸爸的气了？”

金雀从被子底下露出半张脸，委屈地点点头，又摇摇头。

“……我气的是自己，我太笨了，都看不出来她是个 AI……”

“傻孩子，”慧珍揉乱金雀的头发，“连我很多时候都分不出来。AI 知道你喜欢什么样的女孩，还能让你觉得她特别懂你。但那些都不是真的，只是为了激励你努力学习。”

“爸爸是不是对我很失望……”

“怎么会呢。爸爸调整了参数，是想让你明白，拿到最高分并不意味着实力最强。他希望你能不断克服身上的弱点，成为最优秀的人。这是朴家孩子必须承担的期望。”

金雀点了点头，咬紧嘴唇。

9

日子一天天过去，银雀飞快地长大，但在某些方面，他又像是一只背负重壳的蜗牛，只能缓慢地、一点点地向前爬去。

Rei 和 Andres 尝试过专门针对阿斯伯格儿童的在线学校。银雀可以通过 Solaris 接入虚拟教室。AI 系统根据每一个孩子不同的认知水平和行为特征，为他们创造出虚拟同学和老师。因此从界面的视觉风格到每句话的语气，所有的互动都是高度个性化的。

但它适应不了银雀的需求。

每当他进入虚拟教室，便会表现出焦虑不安。尽管所有的 Avatar 都表现得像典型阿斯伯格儿童，对他来说也完全无效。银雀一眼就能分辨出那些虚拟同学和老师每一句话的目的，它们想要训练哪些技能，强化哪些知识点。一切都是那么虚假而割裂，就像是让孩子通过收集每一片树叶来重新想象一片森林。

是 Solaris 的数据反馈而不是银雀自己，说服父母停止了这项尝试。

通常来说，孩子的法定监护人可以自动获取 AI 伙伴的数据权限。但 Rei 知道银雀不是普通的孩子，他需要更多的隐私与安全感。因此她和银雀达成协议，在他满十岁之后，未经男孩同意，她将不能查看 Solaris 的任何数据。

Andres 对此不以为然，在他看来，数据的价值并不仅仅为了孩子，也是为了帮助父母。

如果没有 Solaris，他们不可能知道多远的身体距离对于银雀来说是最舒适的，更不可能知道男孩重复性的强迫行为代表着怎样的心理活动。

Andres 遗憾在自己成长的年代，父母们没有类似 Solaris 这样的 AI，帮助他们看清种种以爱的名义造成的伤痛。这些伤痛也许一辈子也不会愈合，只能随着时间被带进坟墓。

也许对于人类之爱，银雀没有他的父母理解得那般深刻，但是 Solaris 给了他另外一种探索自我的工具——艺术。他浏览过历史上不同时期不同流派的代表作品，理解形式与风格背后的观念差异。它们代表了看待世界的独特视角，而现在，他要寻找属于自己的那一种。

在银雀十四岁的时候，他领悟到自己需要学习的东西并不在课堂上、书本里或抽象的逻辑结构中。他需要的是与这个世界产生真正的连接，去接触那些活生生的人，去感受自然界的神奇，去体验时空的变换。

可他却不能。

他被囚禁在这具脆弱的肉体里，这具肉体甚至不能由他任意操控，种种不适、惶恐、陌生与羞耻，让他无法从虚拟茧房中踏出半步，去直面广阔天地。

银雀只能寻求一种替代性的解决方案。

他能在台东兰屿岛的落日中追逐金凤蝶，在柏林的地下俱乐部看青年彻夜疯狂，在斯里兰卡康提听僧人诵经晨祷，在北冰洋寒冷海面上等待极光。

这一切都多亏了 Solaris 强大的虚拟现实技术，如今整合了更精细的视听触觉、耳蜗平衡、体感模拟等功能，全方位的沉浸感与二十年前不可同日而语，通过超低延时的传输速率，AI 算法能根据个体差异实时调节一切。

这帮助银雀从认知层面理解人类经验的多样性，更从情感层面帮助他领悟与天地万物的连接。VR 所带来的喜悦与惊奇如河水漫溢，从少年身上流过。

在这一过程中，银雀被一些东西困扰着，那是一些幻觉、梦境，在清晨或是深夜，朦朦胧胧之间，他能够看到自己的哥哥金雀，或是 ATOMAN，无论是以红色机器人的虚拟形态，还是银光闪闪的半人犬机械状态。他们似乎在呼唤着银雀的名字。

一开始他以为那只是幻觉。他看过诸如此类的研究，大脑会无中生有地制造出虚假信息，就像 AI 能够将数据中的噪音过拟合成某种模型。心灵也能够将人生的问题抽象成模型，以某种弗洛伊德的方式，投射到梦境、口误、强迫症或者涂鸦中。

终于，银雀不得不接受这一点，他的内心还对哥哥埋藏着如此深切的渴望。

随着时间推移，碎片出现得愈加频繁，带来某种真切的痛苦，如同一阵阵眩光或偏头痛，不时发作。他开始怀疑自己是否患上某种精神疾病，又或是传说中双胞胎之间存在的精神感应。

这种纠结的感受困扰着银雀。在他短暂的人生中，银雀从未感觉自己被如此强烈地需要过，哪怕在金妈妈、煊、Andres 或者 Rei 的身上。

他要去找到这召唤的源头。

10

金雀最近备受挫败。

并不是因为学习或者青春期的心事。

挫败感来自金雀的心愿：成为一名像父亲那样顶尖的投资银行家。

与其他行业相比，这条职业发展路径无比清晰，就像雪地里车轮的印迹。

首先他要了解一家公司，学会如何从公开渠道收集资料，根据历史数据建立财务模型，从当前经营状况对未来做出预测。再把这家公司放回整个行业，放到上下游的链条里，分析它的优劣势、风险与机会。最后，总结成一份具有参考价值的投资报告。

整个过程有点像做咖啡，如果你有优质的咖啡豆（数据），适当的研磨和冲压工具（模型），就能得到一杯香浓细腻、层次丰富的上等咖啡（观点）。

把上面这个过程重复许多遍，积累行业经验，整合分析能力，你就可以从助理研究员一路升到高级合伙人。

就像游戏里的升级打怪，一切都可以被量化。随着财富不断飙升，肾上腺素和多巴胺也随之上扬，让人无比上瘾。

在基金模拟游戏中，金雀证明了自己的天赋。就连俊镐都对儿子的直觉赞叹不已，仿佛看见了年轻时的自己。

可在现实中的第一道关卡，金雀就败下阵来。

金雀在父亲投资组合里选择了一家游戏公司进行研究。他花了一个月做出一份像模像样的投资报告，包括对公司旗下几款游戏的试玩体验。他信心满满地把报告交给父亲。

俊镐花了十分钟翻完，丢给金雀一个文件。

打开文件，金雀发现是对同一家公司的另一份报告。无论是数据之全面，还是最后结论之有力，都完胜金雀精心准备的版本，甚至还发现了游戏玩法里存在的漏洞。他气急败坏地拉到最后去看调研团队，发现这竟是一份由 AI 自动生成的报告。

“猜猜看，这报告花了多长时间？”俊镐嘴角含笑，“比我看你报告的时间还短。”

“这……这不公平。”

“哪里不公平了？年龄？资历？行业经验？我告诉你，这份报告的水平超过我现在团队里百分之八十的分析师，而花费时间还不到千分之一。现实就是这么残酷。”

金雀脸色变得煞白：“那我该怎么办？”

“怎么，被吓倒了？这可不像我们朴家的作风。我说了，AI 超过的是当下百分之八十的分析师，你要成为的是那金字塔尖上的百分之一。”

“可是以 AI 的进化速度，那也只是时间问题，看看 ATOMAN！”

现在的 ATOMAN 比当年源泉学院的版本强大了不知多少倍，而且是从算力、算法、外围设备到适用场景的全面超越。

俊镐往椅背上一靠，露出一贯的嘲讽笑容。“儿子，是战是逃，你都改变不了现实。”

金雀离开了父亲的办公室，胃里像蜷着一条又冷又硬的蛇，它缓缓蠕动，卷成一团，可又吐不出来。

他明白，如果光比拼数据收集和结构分析这种硬技能，人类不可能是机器的对手。人类唯一可能超越 AI 的领域，只可能在机器无法触及之处，那是属于人类感性与直觉的领域。

金雀决定去找游戏公司里的员工聊聊。

一开始这些真实的人让金雀头疼，不像虚拟课堂里被设置好参数的 AI 同学，会跟着脚本表演。每一个员工都有各自的脾气和习惯，只是为了照顾金雀父亲的面子，才勉为其难地跟他见面。

如何过滤这些信息，沉淀成有价值的判断，这可比分析数据和财务模型难多了。就连 ATOMAN 也对此无能为力，它能够识别出微表情的变化，却无法读解出背后的复杂含义。

金雀开始明白为何在父亲的社交圈里，大部分功成名就的伙伴都是长者。要读懂人类，需要漫长而平缓的学习过程。

他觉得自己选择的路径是正确的，于是便愈加起劲地利用父亲人脉约见企业家、内容创作者、工程师和销售主管。这些人也被金雀的专业能力与倔强打动，把他当成一个真正的研究员来对待。

看起来事情在朝着好的方向发展，除了他有时候会做一些怪梦。

金雀会梦见自己的弟弟，那个安静的阿斯伯格男孩，和他变形虫般的 AI——Solaris。梦境的时间线混沌不清，银雀时而依旧年幼，时而长大成人。那个少年变得高大，脸上却还保留着专注的神情，仿佛整个世界都与他无关。

梦中有时也会出现童年的场景，拉开时间的距离，金雀得以重新审视两人的关系。他感到悲哀，为弟弟，更为自己。当年那些幼稚的挑衅，无非是为了争取他人的关注，甚至连 ATOMAN，也不过是个吸引眼球的道具，一个小丑。他以为得到了众人的喜爱，到头来发现在他人眼中只是一具浮夸的红色机器人和一个惹人厌烦的淘气鬼。

有时醒过来，金雀会分不清究竟在梦里，还是回到了现实。这么多年过去了，似乎他还在重复着同样可笑而毫无意义的表演，只是为了得到父亲一个赞许的眼神。

只有在这些时刻，十六岁的少年金雀才会在人生的快车道里稍事停歇。也只有这些时候，他的心中会涌现出一种强烈的渴望，希望能再见到弟弟。

可他却不能。

心理医生告诉他，这是一种压力过大导致的倦怠，持续发展下去，很可能会变成抑郁和认知障碍。

“我见过很多像你这样的孩子，非常优秀，甚至可以说完美，可问题恰恰出在这里。”心理医生微笑着，措辞谨慎，“你有没有想过，也许这一套信仰系统并不那么适合你。你想让自己整个人生的价值与意义都建立在赢的基础上，不计代价地超越竞争对手吗？”

“这有什么问题吗，大家不都是这样吗，难道这不是一种进步吗？”

“可人不是机器，不能光靠数字和胜利活着。你的量表结果告诉我，在外部期望和内在驱动力之间并不一致。只是因为所有人都告诉你这是对的，你就要把一头大象塞进冰箱里吗？”

金雀像一只受伤的鸟儿，眼神黯淡。“那我的梦呢……”

医生的声音变得柔软：“你有没有想过，那个梦也许代表了你内心最真实的感受？”

11

在金雀搞清楚他的梦境之前，现实的另一场噩梦提前登场。

一家名为 Mold 的独立游戏公司推出了即时策略游戏《D.R.E.A.M.》。这款游戏带来了革命性的冲击。AI 在整个游戏的开发过程中占据了绝对主导地位。从创意构思到设计关卡，到测试，再到编写 NPC 角色脚本……一切以往需要耗费庞大预算与漫长工时的工作、视觉艺术家与技术团队的工作都被机器取代。

最重要的是，玩家们也为这款游戏而疯狂。

Mold 的野心没有止步于游戏本身，他们开放了一系列的 AI 游戏生成工具代码，帮助所有小型工作室、独立游戏开发者甚至没有专业背景却一腔热情的玩家，在自家车库或卧室里创造出一款体面、好玩的作品。

整个行业应声而动，大游戏公司股价暴跌，它们纷纷宣布加入这场 AI 军备竞赛，以免被时代浪潮淘汰。

金雀再次来到父亲办公室，一副被完全打败的样子。

“都结束了。”

“什么结束了？”俊镐不解。

“整个行业，游戏行业，它本该依赖于人类的创意与情感，可现在，他们把这些都交给了 AI。”

“我以为这才是未来。”

“你又不玩游戏。你根本不懂！”

“我不懂？”俊镐大笑着，庞大的身体往后仰去，压得人体工学座椅一阵乱响，“小时候我玩《侠盗飞车》的时候就想过，为什么 NPC 不能表现得更聪明点。后来《光晕》里，外星人终于能够协作进攻了，但还是离现在主流的无脚本、程序化的 NPC 差太多了。”

金雀瞪大了眼睛，他从来不知道父亲还有这一面。

“《使命召唤》《英雄联盟》《塞尔达传说》《Pokémon Go》……当年我玩这些游戏的时候总是会想，为什么不能根据我的反应速度、操作习惯和偏好来实时调整游戏？就像 Alexa 或者 Siri 一样，你用得越久，它就越懂你。为什么游戏不行？”

“可是，可是我所有的分析……现在都不重要了。”

“儿子，当你无法改变世界的时候，改变你自己。”父亲一下子严肃起来，“这样的事情会一再地发生，对于你来说，只是一份报告，对于成千上万人来说，那是养家糊口的工作。再强大的公司都可能在一夜之间倒闭，行业可以消失，技术可以过时，人总能摸索着找到出路。”

金雀眼中涌出了泪水：“我永远也不可能在这个行业打败 AI，我永远也不可能成为你……”

父亲叹了口气，少见地在儿子面前点燃了雪茄。

“儿子，你不应该成为我，你应该成为你自己，这是你的人生。”

“可我以为……”

“一开始我确实有这种想法，我甚至改造了 ATOMAN，让你的整个学习和成长轨迹都尽可能符合我的计划。可你不快乐。你是个好孩子，努力满足我们的所有期望，可那不是发自你的真心……”

俊镐吐出一口味道浓烈的烟雾，对面是少年迷惘的脸。

“……后来我想明白了，那不是我和你母亲想要的。我们想要的，是一个能够发现生命的新奇与美好的自由个体，就像你第一次玩到某个伟大游戏时的感觉。你明白我的意思吗？”

金雀魂不守舍，某种一直以来指引着他人生方向的东西消失了，像航船没了灯塔，鸽子没了磁场。

他离开了父亲的办公室，在路边坐下来，迷茫地看着人来人往。ATOMAN 用轻柔震动提醒他，有一条新消息。

金智英院长邀请您参加源泉学院校庆。

12

又是一个完美的春日，源泉学院里十分热闹。草坪鲜绿欲滴，像是打翻了颜料桶，鸟儿从巢里探头，叽喳嬉闹，好像在迎接客人光临。

今天是源泉学院校庆日，也是校园扩建后第一次对外开放。新的校舍和教室能容纳更多的孩子，也融入了更多的新技术。不仅如此，源泉倡导的“儿童 + AI”教育模式在过去十年间被推广到世界各地，成为特殊教育机构最受欢迎的成功典范。

满头银丝的金智英院长不停地与新老朋友打着招呼。趁着校庆，她把之前从学院毕业的孩子都请了回来。

院子里，已经成为世界级运动员的旧日学生带着孩子们做游戏，笑声洒满空气。活动室里，毕业生们与孩子们以及他们的 AI 伙伴一起，在 XR 视野中在现场搭建虚拟的火星基地。

金雀低调地避开了所有熟人，也不参与任何活动。他躲进了当年的旧 IT 室，这里灯光昏暗，许多设备都还没来得及搬到新的 IT 管理中心，铺了一地。

他惊讶地发现了那台老式 vMirror，套着透明防尘罩，静静地挨着墙角，像是一段被遗忘的记忆。

他接通电源，开机，熟悉的界面跃然眼前。金雀笑了，往事涌上心头。

多少个夜晚，楼在这里教他如何操作系统，想把他培养成源泉的 IT 维护者。可他却破坏了一切，用楼教给自己的技术，毁掉了弟弟银雀的心血之作。

金雀摇了摇头，一切恍如隔世，心痛的感觉却刻骨铭心。

他试着在 vMirror 上输入当年的密码，结果是意料之中的错误。他突然想哭。

这么多年，他一直希望自己能够成为赢家，尤其要成为双胞胎中更优秀的那一个，更招人喜欢，更多朋友，更高的奖项，更好的领养家庭……他努力赢得一切，最后却一无所有。

三次输入密码错误，系统被锁定。金雀粗暴地关掉机器。

漆黑的镜子里，金雀看到另一个人从身后房间的阴影中走出，缓缓靠近，一道光照在那个人的脸上，金雀发现那竟然是他自己。金雀惊慌地转身，看到那张熟悉而腼腆的笑脸，一张十年未见的笑脸。两个人从体形到面孔都难辨彼此，只是发型和衣着赋予他们不同的风格，一个如金子般明亮热烈，一个如银子般冷静沉稳。

“你怎么知道我在这……”

“煊看见你往这边走了。你还好吗，哥哥？”银雀已经长大成人，却还是一脸孩子气。

“我很好，挺好的，我……”金雀停下，深吸了口气，“不，我不好，一点也不好。”

“我知道。”

“我……我不知道该怎么说，我总能看到你，我不明白那是什么……”

“我也能看到你。”

“听着，我只想说对不起。对于发生过的一切……”

“我知道。”

金雀伸出双臂想拥抱弟弟，却想起银雀并不习惯身体接触，双臂尴尬地停在半空。银雀上前一步，抱住哥哥。金雀忍不住泪流满面。

“你知道吗？”银雀又退回到安全距离。

金雀扭头抹泪。“什么？”

“那是煊搞的鬼。”

“你在说什么？”

“金妈妈知道我们断了联系，让煊在ATOMAN和Solaris的底层代码里搭了一个秘密通信协议，它会随机进行数据采样，生成XR视频流，嵌入对方正常的信息层，非常厉害的操作……”

“原来如此……”金雀恍然叫道，“所以，是ATOMAN和Solaris把我们带回这里……”

“……并让我们真正认清彼此。”

“我不明白……”

“我能感受到你的痛苦，不是用理智，而是用心。Solaris教会了我，就像ATOMAN教会你很多一样。”银雀指了指自己心脏的位置。

“我唯一学到的是，我的人生毫无价值，什么狗屁职业发展路径……我现在什么都不是，什么都干不了！”金雀将拳头狠狠砸在桌上。

“当你毁掉我的作品时，我也这么想。可现在，我在这里，甚至比以前更好。你也会好起来的。”银雀说出这句话时，声音里没有一丝责备，仿佛只是在陈述某种自然现象。

“可……可我不知道该怎么重新开始。我就像被绑在过山车上，只能任由它疯狂地转下去。”

“你有没有想过，也许，我们可以交换人生？”

“交换……人生？”

“抱歉，我不是很擅长打比方，应该说，换一种看待世界的方式。”

“我还是不明白……”

“看到你的时候，我意识到一件事情。AI 塑造了我们，我们反过来也塑造了 AI。我们就像两只青蛙，各自造了一口井，只能看到一小块天空，却以为是整个世界。你的 ATOMAN，我的 Solaris，都一样。如果我们把两口井打通，就能看到更大的世界。也许一切都会不一样。”

“让 ATOMAN 和 Solaris 合体？”金雀终于明白，两眼闪闪发光，“变成一个新的 AI！就像重新开始游戏。”

“你懂了。”银雀会心一笑，“人生不应该只分胜负，它是一场有着无限可能的游戏。”

“你真是个天才。”金雀兴奋地伸出拳头，又赶紧收手。

“我们快去找煊和楼吧，这事没他们帮忙可不行……”

这么多年来，金雀和银雀第一次如此默契地点头微笑，恍如照见镜子里的自己。

——原载《芙蓉》2021 年第 5 期

由于战争而崩溃的文明社会，寄希望于一部未曾公映的电影。这听起来似乎匪夷所思，但在加权了量子物理等解释之后，这一行为得到了完美诠释。

也许故事与解释并不重要，重要的是在解决这一问题过程中的感觉，作者以娓娓道来方式叙述的那种独特感觉。

永恒辩

段子期

电影不是为了让时间静止，而是为了和时间共存。

——《阿涅斯论瓦尔达》

他们制造我的目的，是为了一部电影，他们说，这部电影能拯救人类。

如果是在地球或梦里听到，这笑话足以令人笑到世纪末了。不过，在我醒来后不久，竟完全接受了他们的思想。自人类诞生以来，为应对生存危机制定的所有自救方案中，这是我听过最荡气回肠的一个。

天问号空间站，几位年轻工作人员带我做完所有测试，我裸着身体呕吐完几轮后，撕下皮肤上的传感带，穿上深蓝制服，镜中的自己跟他们一样年轻、好看，即便如此，我也明显是来自另一个时代或星球。他们无一例外身形修长、体态纤瘦，比我要高一两个头，女性长得像出尘的神仙，男性则像高贵的精灵，很难从长相来区分种族和年纪。他们似乎从一出生就在空间站，没感受过地球重力，没被太阳照耀过。

执行官方汀身穿洁白制服，大气干练的女性之美经过世代更迭，依然动人心魄，自我介绍后，她浅浅一笑。“唐，你已通过测试，统觉认知达到地球纪元的普通人类标准，成为一位基准人。我们首长想见你。”我茫然地环顾四周：“地球纪元？那现在……”

“你出生年代的一千一百年多后，现在是轨道纪元。”她语气平淡。

基准人对未知事物的接受程度显然还不够，又晕厥了几次后，我被高大的副手严伦、宦杰搀扶着往前走。空间站内部像一座宽阔明亮的中型城市，智能系统掌管着一切运行，我们跟在方汀身后走过长长的舰桥。不时有身穿各色制服的人路过，他们随即从玄想中回过神，眼神迁徙到我身上。我躲开那些目光，望向舷窗外流动的星河，微亮的光色穿过真空、穿过玻璃，抵达我新生儿般的眼睛。我些许出神，像一头小象撞向心口似的，我知道那是什么，不由惊叹于星辰可以被如此精细地分类，智慧文明躲在宇宙里的秘密如此隐蔽。

这是地球上看不到的景致。

我被带到首长吴宇年位于舰首的办公间，里面整齐洁白，全息数据和星图占据着视野，他面前的弧形桌面弹出几个视讯窗口，手指拨弄琴键般飞快操作着。他长得也像精灵，不过一看就是领头的那种。看见我，他手一挥关掉窗口，接过台面机械臂递来的麦芽汁，呷了两口，眼睛半眯着，吟诵些古诗。“遂古之初，谁传道之？上下未形，何由考之？冥昭瞢暗，谁能极之？冯翼惟象，何以识之？”

“这是……暗号？”我想象对不上暗号的后果，被丢到太空或给他的宠物当晚餐。

“这是《天问》，也是空间站名字的由来，”他的目光像是跋涉了些许光年再回到我身上，“你喜欢艺术吗？”

“我……”

他手再一挥，四周的洁白墙壁一瞬间显现出西斯廷教堂壁画，繁丽且庄严，慈爱的上帝和信徒互相拥有，肉嘟嘟的天使围绕着牧羊女，基督将福音遍洒人世，如华彩纯洁的天堂敞开大门。接着，四壁变成凡·高的星空，那蓝与黄缠绕的油彩旋转着流出了画布、黑夜，溢出宇宙，钻入我眼睛，我感到重心不稳、一阵眩晕。一会儿，又变成《清明上河图》，街市、桥梁、城楼，人群来往的嘈杂，从各个已被定立的方位，凝视着一个至中至正的庙堂核心，这盛世危图好似将整个帝国推置于我枕边。

这些我还记得，是地球的艺术。接着，房间内响起巴赫的协奏曲、莫扎特的交响曲、古典的宫商角徵羽、歌剧或是梵唱……一切不可言状之物之情尽述其中，圣咏和嗟叹交织，大举顶撞这方虚设的空间。我愣在原地，只感觉僵硬的身体被电流般的音乐激荡、冲刷，融成了河里的春水。眼泪，是这身外极致之美的造物。

“太棒了，你哭了！”吴宇年站起来将麦芽汁一饮而尽，他的声音厚重又略带沙哑，“音乐是时间的艺术，画是空间的艺术，还有文学、舞蹈，虽然美到极致，但却只有一个维度。而地球有一种艺术，它用流动的影像和声响将人生凝滞成时间、空间，并同时完整地统摄二者，让角色与观者互相交换形体内的寿命，一生与两小时共享一方狭窄黑暗里的圣光，它……”

“电影。”我下意识截过他的话。

“对了孩子，电影！是电影，回答了天问！”他快要哭出来似的，“《永恒辩》是你的作品，我们，希望能再次触摸到这部电影，只有你，你是它的创造者，而且是唯一看过它的人，只有你，能拯救我们！”

“我……”我有点蒙，努力回想他说的《永恒辩》，印象却极其模糊。包括在当时的政治格局和社会背景下，艺术作品如电影如何成为人们的精神救赎，世界又如何在一夜之间紧绷且溃散，我脑中仅剩瓷裂般的碎片。

“你还需要时间。”他走过来，微微颤抖的手搭在我肩上。

他认真的脸让我感觉犹在一个荒诞的梦中，几次睡眠之后，上载的部分人格和记忆像潮汐跌回大海。

我叫唐汉霄，地球历 3124 年 10 月 8 日出生于天问号空间站，基因胚胎、自动哺育、仿生机体，加上最先进的克隆和记忆上载技术，我成了唐汉霄的合法副本，空间站的新成员。现在的我更年轻、更强壮。原初的我是地球纪元最著名的电影导演之一，关于我最伟大的一部作品，《永恒辩》，只有我一人看过成片。2100 年，这部电影制作完成后为保证不跑版，除了片名我没让任何信息流出。谁知，在美国举办首映前夕，第三次世界大战突然打响，正在进行即时电影文件传输的卫星被击落，而发出文件的终端，我工作室储存拷贝的设备，也被同频磁流全部损毁。那部长达八小时的电影杰作没有逃过毁灭的命运，如一圈涟漪消失在灿烂的人类艺术长河中。

文明毁灭定会以某种方式再度复兴，这是规律。战争还没结束，有秘密组织将地球上还存世的艺术作品收集起来保存、复制，而《永恒辩》不仅没被遗忘，在战时反而备受追捧，掀起了一阵迷影文化的高潮。正因为它从未示人，也绝无机会再掀开神秘面纱，一出生即死亡的悲怆命运让它轻易站上美的巅峰。

我联想到西藏的曼陀罗坛城沙画，每逢大型法事活动，寺庙中的喇嘛们用无数彩色沙粒描绘出宏大奇异的佛国世界，持续数日乃至数月。但他们呕心沥血创造出庄严宇宙，却从不向世人炫耀其华美。宇宙成形后，会被毫不犹豫地拂掉，顷刻间化为乌有。

因此，坊间对它的讨论和猜测层出不穷，尽管战争动乱顷刻间便能摧毁一座城市，但为此着迷的人们时常秘密聚在一起，从剧本聊到影像风格，从类型题材辩论到意识形态。在街上、防空洞、地下室，信徒们暗暗传递眼神和暗号，关于《永恒辩》的一切都能成为他们的精神支柱。有学者、艺术家以此蜃楼为灵感，创作论文、诗歌、舞蹈、画，与《永恒辩》相关的衍生作品足以自成一门学派。

有信徒在被裁决前最后一刻宣称，《永恒辩》精神不死，它的阵容太强大，内容绝对是史诗级别，用史诗来形容都不够，而是电影中的神话。比特吕弗、侯麦、安哲罗普洛斯更接近生命的至纯核心，比库斯图里卡、贝托鲁奇、库布里克更咬合灵魂的美妙谐拟，比法国新浪潮、德国表现主义更有革命意义，比未来主义、人类主义更具宇宙格局，《永恒辩》是电影新神话主义的开端，是人性和美的终极表达，是人类文明的艺术奇点！第一个信徒倒下后，战火蔓延间流传着更多关于《永恒辩》的传言，甚至有人说，每个国家都拼死争取它的首映权，因此加速了第三次世界大战的到来。

所有人都认为，人类一旦集体跨过艺术奇点，人类自身的创造力会随着宇宙熵增而不断下滑，直至精神热寂。面对核威胁，精神热寂更令人类感到害怕。有人悬赏抓住我，要我交出留存的资料；有人想暗杀我，毁掉我保存《永恒辩》记忆的大脑；更有人拼了命保护我。

这世界疯了，我想。但真正疯掉的是我自己。我患上了创伤后压力心理障碍，其一是，拍出了顶级杰作却无人欣赏，这种痛苦常人无法体会；其二是，这摇摇欲坠的世界，因为这部电影变得愈加摇摇欲坠，我感觉自己就是压死骆驼的最后那根稻草。不过是一掬沙，放过我吧，从艺术家和普通人类的层面。在世界彻底崩坏之前，我决定忘记那部电影，主动走向精神热寂。

在一位医生（他自称《永恒辩》信徒）的帮助下，我们达成约定，我把《永恒辩》的全部记忆用仪器提取，他可以观看，但之后都要删除。他在我的大脑里看完《永恒辩》，哭得像个小孩。你怎么做到的，他问，突然握住我的手，眼神充满柔情。不知道，就像有一双上帝之手在指导我，你相信吗？我说。没等他回答，我催促他删除记忆，连连告辞。

那是实话。我过去的电影作品中，涉足类型众多，剧情、战争、悬疑、科幻，影迷叫我“温柔的暴君”，三战那年我已满 97 岁，获得过奥斯卡终身成就奖。得益于 21 世纪下半叶的“基因返童计划”，我那时依然保持在 40 岁的思维和样貌。在拍出那部精神终极遗作之前，我有过很长一段瓶颈期，觉得世上再无多的美能被塑炼，再无不同的人性和造景可以在我的影像里立足。

没有别的了吗，唐汉霄，你还有那么长的生命去感到无计可施，李南生对我说。那天晚上，我做了一个梦，没有画面，只有几个文字。

我们那一代导演的前辈大师，大多也在生命暮年因此计划得以延寿，诺兰、卡梅隆、吕克·贝松、韦斯·安德森、王家卫、封浪……当时，我邀请他们参与新作《永恒辩》，没有故事雏形，没谈分工片酬，只有一个虚无缥缈的片名。作为对天才后辈的支持，他们欣然应允。

我对这部电影的记忆止步于此。说是记忆，其实更像是贴附在身上的一层外壳，如同观看别人的电影。

“你还能想起来吗，一个画面、一句台词？能不能再想想？”吴宇年和执行官们围在我面前，眼神渴仰如信徒。

“我以为未来新人类不会被那些荒诞史冲昏头脑，一部电影，真的有那么玄乎吗？”作为基准人，我还保持着应有的理智。

“一时很难跟你解释清楚，”吴宇年叹了口气，转而又满怀期待地看着我，“这可是你的精神遗作啊，你难道完全不在意吗？”

我摇摇头。

“不记得还是不在意？”

“我不知道……”

吴宇年给严伦、宦杰递了一个眼神，他们立马把我架起来往外拖。

“你们做什么？”我无力反抗。

“丢到太空，再造一个唐汉霄，直到他能想起来什么。”他面无表情地说。

“等等！”我大喊，“《永恒辩》的开头！是一个梦，对，一个梦！”

“你没骗我？”

我闭上眼睛，努力搜刮脑中的记忆残片。“彩色的沙！极好看，方圆之内，层层嵌套，一幅曼陀罗坛城！然后，风一吹，都散了……”

“然后呢？”

我抱住头努力回想，那突然出现的上帝显影亦如彩沙被风吹散。看着我痛苦的表情，方汀说：“首长，交给我吧。”他点头。

她领我去廊道内另一个洁白房间，将透明头盔套在我头上，开关启动，电流和声波同时刺激着每一束神经丛，强弱不一的讯号强行灌入我那没有底限的心灵宽容度之中。我直捣基因里的记忆，像从干涸沙漠打捞一滴未被蒸发的海水。在生物电脉冲有节律的拍打下，我钻进双螺旋编织起的筋脉，既幽微又抽离地探寻关于永恒的那一缕圣光。

一次睡眠过后，一些瓷裂的碎片渐渐合拢，不过，我只是更清晰地想起了别的。纷繁美丽的地球，数次被我框进镜头的家乡，在太阳底下鲜活的人，还有，让我感到无计可施的李南生。

我缓缓睁开眼，冷冰冰的金属太空，把刚刚那些温热的记忆给让渡到后面。

“怎么样？”方汀问。

我不敢说真话：“嗯，有一点点影像了。”

“等下加强生物电刺激，再来一次。”

“等等！”我说。

“唐汉霄，这对我们来说，真的很重要。”她认真俯视着我。

“地球，现在怎样了？”我问。

她沉默。

“你们让我回地球，说不定啊，我就都能想起来！”

“不可能。”她淡淡地说。

我知道这语气等于没得商量。“那我能再看看电影吗？有助于我想起来，我能在电影里看到那些……”她的手悬停在全息数据前方，我紧张地嗫嚅着，“世界。”

几小时后，她让我换上太空服，进入一个站立式舱体内，远距传送器开启，空气随即震荡起来，我的身体化成一圈圈缠绕的彩虹就地消失，接着我像是被吸入一根吸管，又从另一端吐出来，彩虹逐渐萦绕成原先的躯体。

“别紧张，那是最好的观影位置。”她的声音从通信设备传来。

我发现自己定立在一片无止境的黑暗中，打开眼缝，星光就这么轻轻巧巧地透进来，慢慢地，从前森然不移的群星涌现，我知道它们只是苍茫宇宙间奔走出亡的余光，如今痛快地交汇，该聚拢的聚拢，该流动的流动，瀑布似的绚烂极了。方汀说这里是群星冢，位于空间站所在轨道与附近恒星的引力平衡点，因轨道运行产生的力场作用，未逝的星光奔涌过来，膨胀，连接成光带，光带又无限缠绕汇聚成水流一般的光幕。首长取名为群星冢，说，这块银幕真好，用来看电影不错。

“太酷了！”我不禁喊出来。

“电影要开始了，准备好了吗？”

我仰躺在宇宙的漆黑真空之中，仅有一块幕恒常亮着，一束不一样的光从我身后的方向穿透而来，将流动的电影画面投影到群星光幕上，声音同步传来，仿佛来自星渊深空的回响。电影开始了，我痴痴地看着，里面是经过挑选和框定的情景，是一个绝对独立的世界，连续不绝地由精准的剪切衬出。那些鲜活的人在四方平面里扮演一个与自己完全无关的角色，扮演一个观者和表演者都尽然洞悉的比喻。

我在看一部电影，这是同时统摄了时间和空间的艺术，同一时空的星星都为我卷曲着强韧的引力，整个宇宙都在向这神圣的一刻进贡，无私极了，有恒极了。这些故事交缠了许多无常、爱恨、聚合与生死，想必在千年前的地球一一被世人演习过了。只是，电影还在，我还在，孤立于这世界的边缘，默默地翻涨。《永恒与一日》《阿拉伯的劳伦斯》《都灵之马》《地下》《樱桃的滋味》《柏林苍穹下》《雨果》《坍缩前夜》……我看完一部又一部，我想，我们都将活得比我们想象的久。

永恒辩，我像一只躲在桑叶间的蚕默默咀嚼这个词语。

我是一个基准人，意味着我可以是任何人，甚至是大导演唐汉霄。我占据着他的身体，却无法真正拥有他的才华、经历和灵魂，他的痛苦和荣耀皆无法复制，关于他的一切只是像水流过沙一样流过我，而那些才是他伟大作品的源头活水。庆幸于这个悖论，我可以在脑中构建一部属于我自己的《永恒辩》，只是现在，对我而言，电影的意义仅仅是电影。

回到空间站，我跟吴宇年提出条件："如果想了解整部《永恒辩》，我还需要一个人——李南生，我的工作搭档、制片人、前妻。"

吴宇年随即对方汀勾勾手指，她意会，带着助手奔向基因库。

"之后，我要和她一起回地球。"我口气中带着试探。

吴宇年没说话，灌下一杯麦芽汁，清冷的余光令我头皮发麻，他正要接近我，突然，活动广场和舰桥发出警报，巨大的鸣响伴着红光，我下意识缩紧了身子。他训练有素地快步离开，头也没回地说，唐汉霄，你跟我过来。这是怎么了，我问。你很快会知道，我们存在的宇宙是多么凶险，他说。我依然无法将《永恒辩》跟凶险的宇宙联系起来，只当他是个司汤达综合征[①]的重度患者，只想从电影中获得一丝慰藉。

披着半截黑袍的杨简军长在舰桥与他会合，他们嘀嘀咕咕着什么行星带、临界点、信息场之类的话。杨简瞥了我一眼，问吴宇年，他就是那个人？他点头。

作战指挥舱位于空间站的瞭望台最前端，我们站的位置360度都是透明舷窗，能看清整个漆黑宇宙。我又是一阵眩晕，等稍微适应，认出前面一片小行星与陨石形成的环带。吴宇年和杨简等军官在最前方指点着我看不懂的江山，十几位作战人员在操作台上处理雪崩般的信息，各种声音如渔网一样撒张。随即，舷窗的视点不断放大，小行星带仿佛触手可及，那些灰暗陨石后面似乎有蚊蝇般的动静，它们拖曳着等离子光带疾速前进，视点继续放大，那竟然是一支舰队！

吴宇年一声令下，无数蓝色光束如离弦之箭齐齐射向那片星域，光束来自我方舰队，顷刻间，陨石破碎，蚊蝇弥散成齑粉。在行星带之外，天问号舰队正齐力航行成一面无漏之墙，将遥远的危险隔绝在外。舷窗不停变幻出各种视角的作战图，敌方战舰壮烈瓦解的特写，光束穿过小行星掩体的升格画面，我

① 司汤达综合征：因过度接受艺术之美而引发心跳加速、头晕目眩甚至产生幻觉的症状。

方舰队阵列在前、气势如虹的大全景，像电影镜头般快速剪辑，罗组成一幕幕血脉偾张的影像，我看得酣畅淋漓，如亲临那片波澜壮阔的太空战场。

防御战很快以胜利宣告结束，我同他们一起欢呼着庆祝："这是真正的星球大战？"

吴宇年轻蔑地笑了笑："哼，不过是蚊子和苍蝇打打架而已。"

我倒吸一口冷气："那你说的凶险……"

他双手背在身后，看向已恢复正常视角的舷窗说，对方是飞鸾号空间站的舰队，自从人类文明进入轨道纪元后，各个部族分布在银河系边缘各大星系内的运行轨道上，一边寻找宜居行星，一边抵抗终将到来的命运。各个空间站相当于从前地球的国家，亦敌亦友，千百年来维持着微妙的平衡。不久前，天问号上有反物质武器的消息不胫而走，吸引了附近空间站的注意，所以，就像今天你看到的。什么命运？我问。

他手一挥，视角画面继续变换。这是无线电望远镜阵列遥测的画面，他说。我定睛看着，那仿佛是包覆着宇宙深空的地毯被掀起了一角，视线内是一幅完全静止的抽象画，没有主体和留白，不符合透视规律，就像颜料随意泼洒，星体被碾碎压扁随意置于画幅上。我们的宇宙正在被二维化，他说。那是五百光年之外的区域，不知从何时起，这个三维宇宙的一角开始跌入二维，三维的其中一个变量被上帝之手轻轻抽掉，就像抽掉最关键的一只积木，整个积木帝国就全盘崩陷。而跌落的速度难以预测，所有三维宇宙的文明都难逃被压扁的命运，除非有先进文明正确掌握了逃逸的方法。

几乎所有轨道文明的人类都相信，这是高维度智慧生命对我们的裁决，或是考验，他们正在静静地欣赏这一切，我们的世界对他们来说，不过一掬沙、一场游戏而已。但也有人认为，这是高维生命对这个熵增宇宙的救赎，我们必须抓紧这次大扬升的机会。时间不多了，不超过五百年，银河系就会全部陷落。

"那如何逃逸，如何扬升？反物质武器是不是可以制造一个重力场黑域，以此躲避被二维化？”我霎时指尖冰凉。

“反物质武器是个幌子，反熵增武器，反二元武器，反降维武器，随你怎么说。”

“那，到底有没有反物质武器？”

“有，就是《永恒辩》。”他淡淡地说。

等我再次从眩晕中清醒，用地球纪元对宇宙的理解大致厘清了吴宇年的思路。有一种古老哲学观叫“化约论”，认为复杂现象可以通过将其化解为各部分之组合的方法，加以理解和描述。而东方哲学的“整体观”认为，事物的复杂程度（如人体）越高，因分割而失真的程度就越高，如细致到粒子运行规律层面，某种意义上更接近宇宙本源，因为人体和恒星的组成部分都来自宇宙大爆炸产生的同一个原生原子。

《老子》第一篇中对此有精彩论述:有欲观(即化约论）对事物的认识由“形”而及于“神”，无欲观（即整体观）则由“神”而及于“形”。两欲观法互相配合，互为体用，反复验证，直至完美获取宇宙真实的神形全貌。

这就是二维和三维、三维和四维、N-1 维和 N 维的关系——投影和投影源。每个投影源都能呈现无数无尽的投影，也就是与其对应的信息场，一维是二维的投影，二维是三维的投影，那么我们所在的三维则是四维的投影，三维是“形”，四维才是“神”。我们将被宇宙“化约”为无数个二维世界，唯一的逃逸方法就是，从三维中回归到“整体”的四维。

电影是二维的，而三维观众在观看，即使用化约论来解释，我们在一部电影结束之前，并不知道后面的剧情，前因后果是分割开的，但是，这部电影的导演知道所有剧情，在这部电影还未结束的时候，导演是四维的，他用二维电影，戏弄了三维观众。通过整体观来看，如果这部电影时间足够长，N 维导演，用 N-2 维的电影，糊弄 N-1 维的观众，在观众一直保持观看的状态下，N 维导演，就始终比观众多一个维度，那么，电影结束，导演回到和观众同一个正常维度。

简单点说，要从三维升到四维，同理，需要制作一部三维电影，给四维观众看，在电影结束之前，我们每个人都是高维导演，我们知道所有剧情，电影结束之后，我们即回到四维。完成升维。他郑重地握住我的手，说，所以，在今天，电影的意义是宇宙级的。

太扯了，这比星球大战还黑客帝国！我说。

他接着搬出了量子物理这个大杀器。在静态层面，所有物质由质子、中子、电子等基本粒子组成；在动态层面，粒子呈现的是波的状态，粒子在没有接受观察时以波的形式存在，接受观察时以粒子的形式存在。推广到宏观层面来看，具有波粒二象性的粒子在被观察的那一刻，会产生波函数坍塌的物理过程。当《永恒辩》首次公映即被毁掉时，它的波函数坍塌，所以，从物理学角度来看，它的命运是由它潜在的观众创造的，也就是观察者即创造者。

"如果观察者即创造者，那这部三维电影的四维观众就是在创造啊，并不由我们创造剧情，这是悖论，没有意义！"我舔了舔嘴唇，不确定此时寻找逻辑漏洞是否有所帮助。

"有趣就在这一点！他们的观察导致波函数坍塌，其中一种结果就是剧情成真嘛。我们扮演的角色成真，戏子的身份消失，所有的一切就都是电影，不存在真实与虚幻的界限，电影永不结束，除非我们失败，跌入二维。你再往高一个维度看，只要他们一观看，参与观看的这个动作，不也就成了我们电影的一部分？再简单点说，四维生命也在被观看，懂了吗？这正是我们抵抗命运的机会！"

吴宇年和所有人相信，《永恒辩》在首映前被毁的时间点，正面临全球局势的转折点。在此前，人类命运处于混沌状态，电影亦处于诞生和未诞生的临界状态，也就是量子态。那一刻，人类命运和这部电影的命运重叠，接着，三战来临，导致二者的波函数同步坍塌。不过，正因为它未被世人看过，只完整留存于我一人的记忆中，即使只是一句台词、一个画面，那便意味着，我的复活就能让《永恒辩》重回量子态。

物理和哲学上的这两套理论模型相互配合、互为体用，正构成了这宇宙的形与神。

总之，吴宇年要完成一部近乎永恒的《永恒辩》，一把三维通向四维的钥匙。这是他在群星冢面壁思考了七七四十九天得出的结论。他说，想明白的那一刻，如同打开一个开关，整个宇宙羞涩而又缄默地为此等候多时。

他把我留在原地，我凝视着作战舱外的星空造景，任由脑子被搅乱成一锅热寂后的浓汤。我从一个只想着摆弄心爱玩具的造戏之人，变成一个救世主。关于电影拯救宇宙的说法，我信或不信，亦是一种量子态，都不再重要，全都是电影的一部分。

当李南生站在我面前时，我感觉她是我这一场人生的激励事件[①]。抱歉把你牵扯进来，我对她说。

我们因电影相遇，也因电影分开。我们在大学一堂影视赏析课认识，我念中文系，她念管理系，她喜欢芬奇、雷德利、斯科塞斯，我钟爱戈达尔、伯格曼、黑泽明，毕业后我们一同去国外深造电影制作专业。同许多爱情故事一样，我们成为彼此的灵魂伴侣，她陪我度过毕业后很长一段失意孤清的日子，后来终于等到了机会。从我的第一部电影开始，她便是我的制片人。婚后，我们共同打造了不少佳作，有引领技术革命的浸入式交互电影，也有坚守传统思潮的复古经典。她懂我的每一个画面，我仰赖她的远见和眼光。正因为电影超过了本身的意义，消磨掉许多东西，我们决定不再以婚姻的形式在一起。

她的诞生也定是为了《永恒辩》，我想。

我们坐在活动广场的台阶上，看着来来往往的新人类。她一头微卷的短发，脸庞清秀又英气十足，睫毛在眼下投下一片栅影，我被她善意的余光包裹着，

① 激励事件：电影剧作理论术语，即在主人公的行动中发生的一件极其重要的外部事件，是导致主人公往结局上发展的最大助力。激励事件一般出现在故事的前四分之一段。

忘记了外面的冰冷狭宙。我们聊起从前的光鲜或是别的，短暂沉默后，她摸摸耳朵，提起我童年时遇到的那个奇迹："你还记得那次彗星降临吗？你让我相信有注定这件事，就像现在。"

我那时十多岁，生活在孤儿院。一次，和伙伴在户外排练要在慈善晚会上演出的儿童剧，突然有孩子大喊着指向天空。我抬头，看见几束忽明忽暗的光束，像银亮的雨滴垂垂地降下来，不到半空就消失不见了。我继续扮演剧中童兵的角色，将所有异常都当作剧情中的有意为之，我默数着光束忽明忽暗的节奏……我记录下来并找到了规律，光束的明暗竟然是摩斯密码，破译出来便组成一个英文单词——Action[①]。后来，新闻报道说那是掠过地球的彗星。

不过，对当时的我来说，那仿佛一个即临的神谕，我相信那是上天对我黯淡童年的补偿或启示，就像剧情里没有巧合。我在伙伴之中默守着这个秘密，在楼顶躺下来，望着无数星星也填不满的夜空，轻轻笑了起来。

我只跟她一人分享过。广场穹顶弹出的时间轴线滑过下一格，四周的晶面墙壁模拟出夕阳照耀下的城市。我接着邀请她去群星冢，看看那些曾经的美丽世界。看强盛的特洛伊城邦在一夜之间被一匹木马击溃，一个美丽女人无意撩拨起整个西西里岛的情欲，六个不同时空的人的前世今生终交织成一幅壮丽云图，留着莫西干头的出租车司机穿行于纽约街头，武林高手在竹林间过招踏风踏叶踏过藏龙卧虎的江湖，一个红发女子只需要不停奔跑就能改变命运，看我们的年华在十分钟之内慢慢老去……[②]

当情节、桥段、场景平铺开来，那些天选之子在两小时内历经的所有起承转合，都被暗暗打上了因果的标记。那个木马、那头红发、那片竹林等等，某种意义上承载着相似的隐喻。我们在戏外观看，仰赖增加的这个维度，再度窥见了万事万物之间隐秘的联系，每一条线的汇聚与离散，冥冥之中都暗合着宇

---

① Action 以及后续的 Cut 和 Scene 均为电影术语，可理解为"开始（拍摄）""停止（拍摄）"和"场景"。

② 以上场景分别来自电影《特洛伊》《西西里的美丽传说》《云图》《出租车司机》《卧虎藏龙》《罗拉快跑》《十分钟年华老去》。

宙的旨意。

她此刻心醉神迷，我看见群星的光凋敝于她面罩背后的眼睛，只能感激她一次次陪我周旋快逝的时光。

啊，我们就是为此而生的，不是吗？她说。我释然一笑，仿佛少年一夜长大。是啊，我说。

空间站联邦政府的秘密会议结束后，吴宇年见了我和李南生，看我们的眼神就像看亚当和夏娃，“两位终于相聚了”。直至她也完全厘清吴宇年的戏论，气氛才变得轻松一些。我很羡慕无私者那样的气定神闲，我猜想孤独到底对他使出了什么魔法，助他成为出口即为典律的仙人。

当我再次提到升维计划需要地球时，他紧皱的眉头似乎由我目光捏塑出来一般，随后起身，将一幅画面推到我们面前。那颗蓝色星球，已不再是记忆中的样子，时间带走了大气和海洋，消磨掉了森林与地壳，几百万年的伤逝与欢闹全被她独自承担过了似的，如今只留下一个坏朽的苹果核，静栖于太阳系的碎石之洋上。我和李南生相视无言，因为这难以言述的悲痛，拥抱着哭了好几场。

伤心了不知多久，吴宇年让我们服下一颗药丸，才恍然回神，像沉迷在一场太逼真的悲剧中接着被旁人唤醒。我知道，只要有一次沉迷太深，我们被制造出来的整道历程便要被一笔勾销。

于是，我们继续谈论《永恒辩》。

吴宇年宣布了一件事：“如果你理解我的意思，那么，接下来，你应该知道怎么做了，这里的一切资源都任你调动，没人会质疑你，你不需要跟任何人解释你的做法。《永恒辩》只在你的脑子里，你可以跟我们描述它，再现它，重构它。不仅是天问号，还有银河系内所有轨道空间站都因这部电影而存在，在刚刚结束的会议上，我们确认，人类文明即刻进入‘永恒辩纪元’。”

我看向李南生，她同样惶惑，我开始意识到我们的一呼一吸正在被载入历史。“嗯……我，你还不知道《永恒辩》的核心主旨，我还没……”

“现在不用告诉我，我们还有剩余几百年的时间去了解。”

“等等，我还有一个问题！怎样才能知道，那个裁决或是考验我们的高维文明，他们正在观看呢？《永恒辩》的观众，真的存在吗？”

对于高维观测者的测验结果，是在创造我不久前得到的。他们挑选了一个离空间站最近的矿物质星球，在接近地心的位置打造了五十多个隐蔽的实验腔室，用一部安德烈·塔可夫斯基的电影《乡愁》作为被观测的对象。除了特制的放映设备，没有任何生物和能进行观测的科技设备，隔绝所有视角后，将在概率云中捕捉到的电子激发成量子叠加态，并将其设置成启动电影的放映开关。一旦有非人类、非任何科技造物（如空间站附近的探测卫星或侦察舰）作为观测者，它的观察动作在宇宙间不受阻碍地打开了开关，《乡愁》的波函数就会坍塌，它要么自动进行放映，要么从储存设备里消失。

“实验结果如何？”我问。

“有十九个实验室里的《乡愁》被观看完毕，有八个实验室里的电影消失。这说明，我们正在被观察，所以，关于拯救三维人类的设想很可能行得通，于是我们想起了《永恒辩》。”

“高维观察者到底是善是恶？他们为什么……”

“没有善恶啊，宇宙本没有目的，一切所见都合乎它自己的情理。”

李南生自言自语着：“那如果，他们也感受到了同样的乡愁……”

吴宇年的眼神落在虚空，仿佛有什么接管了他的心智：“也许吧，乡愁，在他们的更高维。”

接下来几天，我强迫自己处于一种冥想状态，生物电脉冲的刺激将许多潜藏在大脑海马回的记忆打捞起来，如远处的波涛乘风翻卷而至。我和李南生对此进行过多次讨论，她并未看过成片，但记得在制作过程中，摄影、美术、灯光、场务，每个人都把那一切当作唯一的真实。

在花费数年搭建的那个没有边界的电影场景里，街道、房屋、建筑、交通、道具样样形神俱备。在那个“永恒城”，包含着过去和未来的时代，没有被标记的时间、被命名的空间，没人喊 Action 和 Cut，没有剧本和刻意铺排，所有疆界都在宏大的日常中渐渐消散，演员和观者模糊了自己的身份，第四堵墙被彻底打破。

你会在酒馆里遇见宇航员和唐代诗人坐在一起推杯换盏，在巨石神像广场看见外星生物和耶稣并排对其虔敬膜拜，在日落海滩围观一场机器人乐队的海上朋克表演，在城邦高塔之上望见中国皇帝吟诵莎士比亚的绝望之诗，聆听由亚特兰蒂斯海底传来角斗士与锦衣卫的怒吼回声，欣赏天使和魔鬼奔走到人间忘情地拥抱和亲吻……

每一条线的汇聚与离散，无不在昭示一种自我指涉式的凝视，每个人，都在自行演绎着一个关于永恒的故事。而你也在演绎自己，她说，嘴唇微微颤动，一种异样的情绪在她心中起伏，直到完全接纳了这伤感和惶惑。

“你第一次不同意以银幕动作为动机，跟所有人解释说，我们与时空的关系即将在这部电影里被重写，因为你开始用以往绝无可能的方式，来探索人生中这个不可捉摸、无可挣脱的特质！”她短发的可爱模样令我想起我们的第一堂课。

我点点头，闭目凝想那一如蜃楼的造景，那些不顾命运裁决的时空，叠加、卷曲在一幅画面里，八个小时，这短暂的思想分明有我长久的愿力，我感到一阵喜悦和安乐，仿佛回到地球、回到家，一个人在暗室里，看完它。我雀跃地向她陈述这一切，只有不加分别地沉浸于此，才能窥破这表面的无序与眩晕。

而正是因为这不可思议、不可言说的主旨，《永恒辩》才在我脑中渐渐显形。我突然意识到，只需要将这个主旨延续下去，就能痛快地打造一个宇宙级的隐喻。

我牵着李南生的手，痛快地告诉吴宇年，你的设想没有错，宇宙不过一场实验、一场表演！从地球诞生起，剧本便开始落笔第一字，所有剧情和结局都已写好，激励事件何时出现，第一、二、三幕何时开启，主角何时遇到导师、看见神启，一切人物与事件都在钩挑波撇，直到抵达那个至中至正的主旨核心。

就是如此，你最好知道自己正在被自我观测，借假修真，最后在一切结束之时，完成对永恒的指认！

他闭目，嘴角浮起一丝微笑，仿佛流浪者在竞逐一个不被理解的宇宙，而现在看到终点。

天问号日与夜的交替遵循最近一颗恒星的运行规律，李南生的睡眠舱在我边上，像一枚茧，我们像从前一样互道晚安。看着她与世界重归于初的背影，我想我是忘了咒语，不然可以催生一次夜晚的霜降。

在我发表《永恒辩宣言》那天，我和李南生乘坐太空穿梭机造访了这片星域的其他空间站。我第一次看到天问号全貌，在天鹅绒般的黑色背景下，她就像折叠的白色长城，上下相接，烽火四溢，固执又羞涩地向宇宙发问。

吴宇年披上半截白袍，将我们接驳回作战舱。一切准备就绪，杨简军长向他郑重致意。方汀、严伦、宦杰等执行官在工作台紧张操作，飘浮的图像和数据在他们手中飞来飞去。几十个微型无人机扫描出我的全息影像。所有眼睛都在看着我。

我定立在原地，恍若身不在场。李南生在背后轻轻摇晃我，像摇一罐沉积许多原料的果汁。我定了定神，吴宇年随即宣布，与银河系旋臂内所有轨道空间站开启中微子通信频道，接下来，我的每一句话都将会即时传递至永恒辩纪元的所有人面前，造就全新的历史节点。

“各位，我是来自天问号的唐汉霄，不久前，我仅仅是一个基准人，如果真有不可违抗的命运，我想我撞上了，因为电影。在从前的地球，电影只是一种表达载体，而现在，我看到了其中无限的含义。

“是的，从现在起，我们将一起完成一部伟大的电影，叫作《永恒辩》。这部电影，没有特定的剧本和情节，没有主线与支线，场景设定在宇宙任一角落，时代即是我们身处的当下。不需要文字和语言来说明，《永恒辩》的主题内涵就在过程中，我们演绎它的过程中。任何关于电影的目的都不存在，最好让一切自由发生。

“只要继承了《永恒辩》的核心主旨，我们就能再现它、完成它，不用谈论、不要辨认，这主题原本就是不可说。那么现在，电影已经开始了，每个人都要记住自己的角色，你是一位执行官、领航员、舰长、医疗官、配餐员、修理工等等，你还可以是艺术家、思想者、觉悟者、师长、朋友、爱人……

“职业和身份只是一层外衣，你和你的角色彼此清晰可辨或无二无别，都不重要。你在完成自己的工作，参与一项活动，帮他人做一件小事；你穿梭于睡眠舱、工作间、实验室、数据库，甚至是太空战场。你是电影的一部分，在这里，没有绝对的主角，你的故事自成逻辑。你的每一句话、每一次呼吸、每一个念头和动作、每一次感到甜蜜或惶惑，你做梦、你洗澡、你哭泣，你在任何时候，请记住，我们在电影中，在《永恒辩》中。

“你可以把这当作一场疯狂的真人秀或思想实验，没关系，只要维持我们在宇宙间的生活，电影就还在继续，永不落幕。你在造戏，也在观看，不仅如此，宇宙中还有很多我们的观众，但唯独我们自己掌握着全部的剧情。我并不知道故事的下一秒会发生什么，而我正在通往下一秒的时间里，与之共存，所以，从头到尾，只由我们自己来指认一个开端和终局。

“我是《永恒辩》的导演，你也是。我是我找来的一个角色，来负责扮演我。我会分享最重要的观点是，接下来，没有人知道这是不是一部电影，自己是不是在扮演自己，任何话都是台词，一切动作都是故事动机，就算是自己对自己说 Cut，就算故意与观众对视，就算对此充满怀疑，那也是电影的一部分。谢谢你们造就永恒。三维宇宙还在继续滑向渊薮，在得到拯救之前，一切，都是《永恒辩》。

“那么，Action。”我说。

我的目光穿过舷窗直抵太空深处，仿佛看到宇宙轻轻抬起眼睑，一开一合之间向我致意，我们同时被一种温柔的思想击中，即“电影开始了”。

天问号热闹了起来，方汀每天要处理各区域技术与思想的升级需求，他们在熟练操作物质转换器的同时，也想熟读诸子百家和莎士比亚，能默记猎犬座星图中每一颗星的坐标，更能辨别协奏曲中的任一音符……跟原始电影里的角色一样，在此时此地，扮演那些穿梭于过去、现在和未来的人，他们说这都是为了《永恒辩》，新使命让新人类找到了飘浮在太空的意义。

有不少外交使者前来造访，我们还收到来自空间站和星球基地的邀请，要求为《永恒辩》制作留存于世的说明书和编年史，设计完整的主视觉、衍生品，将《永恒辩》具象成图像、标记，穿的衣服、吃的食物、行走的姿态、星际通用语言的风格等等。

还有正在进行的星际拓展计划请我们重新命名、制定战略，有些事李南生比我更在行，她擅长将流程规范化，为想象力提供无限的空间，所有可见的资源在她眼中就像排兵布阵，如同在宇宙中编织一件轻盈的织物。她的头发一天天变长，是我没见过的模样，一种淡漠和自在的气质将她如夜景般蒙在眼帘上。我常常侧目凝视，看见自己的喜悦在她睫毛上摆荡，我知道我会像从前一样依赖她。

联邦政府给予我们最高通行权限，我们有权参与各大空间站的重大决议，讨论未来能源、武器的发展方向，确保故事线在《永恒辩》的指引下向着最好的终点而去。有更多人喜欢去群星冢看电影，方汀激动地说，她爱上了《星际迷航》里长着尖耳朵的男二号，这种感觉就像是以身外身做梦中梦。严伦和宦杰在一起看完《断背山》之后，突然对彼此有了一种异样的感觉。吴宇年和杨简不再担心小行星带有敌人进犯，因为对方也正忙着制造电影中打破平衡的激励事件。

渐渐地，他们跟从前的我和李南生一样，迷上了那些充满隐喻的画面，就像每个人正在经历的此刻。炮弹轰向人脸一样的月球，小胡子工人被卷入大机器的齿轮间，猿猴抛起骨头下一秒切向太空飞船……[①]如此种种，令他们深谙

① 以上场景分别来自电影《月球旅行记》《摩登时代》《2001：太空漫游》。

如何将自己打造成一个隐喻，只身试探这三维宇宙包容力的深度。

新人类感到对二维化危机的恐惧在慢慢消解，他们坚信，只要活在一种近乎永恒的状态中，来自星际空间的任何打击都对此无计可施。这种信念不是电影中相信正义终能战胜邪恶或是爱能拯救一切的论调，而是一种不可摇撼的本能。只要《永恒辩》还在继续，我们终会得救。

一切都在变得有序，而有时，当我独自面对吴宇年，却难掩疑虑，这个计划包不包含别的成分，比如超出事实以外的。他的目光在群星间闪烁不定，接着摇头，宽慰我说，我也看过很多电影，疑惑、焦虑、摇摆，主人公在踏上冒险旅程之前总会有这样的心情，正因为如此，他才鲜活起来。你也同样，已经不只是基准人，而是一个鲜活立体的人物，你有你的喜怒哀乐，会脆弱会害怕，也会因为某个人变得强大起来，就像个孩子。你时常怀疑自己，甚至陷入精神困境，但你学着从热爱的事物中寻找勇气。这个地方给你一种逼仄感，你想活在恒星下，可是，人类共同面临的恐惧让你不得不承担起责任，主动或被动地走上这条救赎之路。这才是你，在一个很重要的节点，接受了一个任务而已。电影里，最让人感动的就是人物弧光，不是吗？

我顺着他的目光探向恒星照不到的地方，任由自己在他口中被慢慢调校成形，甚至想象着，我会不会是原初的唐汉霄安排好的一个角色，在他死后千年，由我来演绎在遥远星际空间里导演一部太空歌剧的故事，只需要讲好故事就行了，如此而已。

天问号校准着日与夜的分界线，我忽然有种夜观明星的清朗，感觉自己像滚雪球一样饱满起来，一路吸取所碾过的事物。而电影，才得以任其意志自由来去，按照自己的情理去畅言。

我选定了一天作为永恒节，这一天是地球传统文化的复兴日。我们穿着从前的衣服，唱古老的歌，畅聊旧时电影，可以扮作“永恒城”里的任一形象，宇航员、唐代诗人、外星生物、造物主、机器人、皇帝、角斗士、天使或魔鬼，在创作者的笔下受难，在自己所造的舞台上，不眠不休地在知觉里流窜。不止那一天，剩余所有时间都是对《永恒辩》八小时的演绎和延伸，浸入生活的仪式感，如同雪溶于水般在一种庞然中散开。

我提出了群星命名计划，用地球纪元电影人的名字，重新为群星命名，从太阳系到半人马座星系，从最近的轨道星域到浩瀚星图里的标记，都被汰换成我们曾无比仰慕的那些名字。李南生觉得饶有趣味，将三光年外的两颗比邻小行星冠以我们的名字。很快，电影人的名字不够用了，就用电影的名字。我们时常在空间站瞭望台的观星舱躺下来，看那一颗颗美丽而非凡的星球，孕育着令人敬畏的奇迹，四百击星、七武士星、霸王别姬星、第五元素星、阿凡达星……这壮丽的版图之上，一定也有很多眼睛正凝视我们，看见我们对未来的渴仰在一片荒芜中激荡着。

我给自己找了一份工作，在数据分析舱负责观测宇宙二维化的速率和态势，每天记录不同星域的二维图像，和测算员一起计算三维星云陷落的空间物理模型，以此推算永恒辩纪元剩余的寿命。活动广场穹顶的时间轴线换成了倒计时，我们每天在广场上来来往往，抬起头，把自己想象成一根手握箭头的秒针，不断抵抗着数字的逼近，然后，我们会活得更加用力。

我常把休息时间花在观测上，因为无线电望远镜阵列的视距有限，我们根本看不到二维化起始的地方，就像在摄影机框不到的法外之地，有人伸出手轻轻一弹，多米诺骨牌接连倾覆。我们不知道在那片想象力都难以抵达的辽远空间发生过什么，是将宇宙规律当作终极武器的星际战争，或仅仅是宇宙自然换季的新陈代谢。

我目睹过无数了无生气的二维死亡图像，更像是被切割成无数碎片的抽象画，有的是色彩恣肆的泼墨涂色，有的则像细胞般的切片，那也许只是一粒宇宙尘埃被无限压扁成数十万平方千米巨画的一个细微角落。这些维度与向量的反差，常常令我头晕目眩。我试图寻溯作画者精神热寂的漫长过程，但这幅杰作就像是从瓶中打翻的液体，在摩擦力为零的平面四处流淌，毫无规律可言。

李南生加入了方汀的队伍，在剧情的推进中熟悉天问号的每一条经络。她还承担起部分外交任务，维护各空间站之间的资源平衡。我们在各自的工作中感到愉悦和平静，也体会到了时间流逝的微妙。

我在观星舱的一次冥想中，忽然想起小时候看过的翻页动画，抬起头望向星空。不经意间，我想象着将脑中排布的那些二维画按顺序翻动起来，一帧一格的图像连起来，就像是连续的动态影像，而流动起来的影像再用一根假想的时间线串联起来，排列成没有疆界和尽头的动态阵列。而这，就像是从四维看下去的无尽的三维世界！我仿佛看到了跌落的星系、压扁的原子被悉数还原，看到时间倒退，一杯泼洒出去的水重回杯子里。

我惊叹于这个发现，继续往思维的深处漫游。将我诞生在天问号后、人类文明进入永恒辩纪元后、《永恒辩宣言》发布后的所有流动画面重新排布，包括其他空间站的剧情，我见过或没见过的全部场面，尽数纳入这个无穷无尽的动态阵列中来。

这些被时间串起的三维空间，不受取景框的限制，溢出眼睛的银幕，从定格的故事板活生生跃出，如同细碎的彩沙被一粒一粒堆塑成庄严绚丽的坛城沙画。没有过去、现在和未来的分别，尽数嵌合、铺陈在大脑的无限疆域中，所谓电影的时效、律则、核心主旨，尽被颠覆与重写，一部叫作《永恒辩》的电影在文明陷落之前被我全然窥见。

霎时间，我仿佛从高维领悟了这一切，宇宙在开合之间向我透露出她紧咬的奥义，让我们在跌落二维的过程中，剥茧出攀升至四维的广阔通路。似乎有群星冢的光流淌至眼前，周围的寂静把我推斥到角落，我好像听见他们说："这便是我们观看电影的方式。"

《永恒辩》的波函数坍塌了，而我已了然于心。我默守着这个秘密，好几次在观星舱泪流满面。

我有了更多的计划，我先告诉李南生，她再将这些看似不着边际的计划规范成可视化流程。她永远知道我在想什么，这是我们从地球带来的默契。我想通过 3D 打印制造出一个新地球，她就叫乡愁星，她的卫星叫作卢米埃尔星。

我还设想在两百年内研制出上百艘光速引擎飞船，开发可控核聚变技术模仿恒星动能，借助量子力学完成永动机的设计，并由此校准反引力场粒子的空间跃迁实验，和银河系旋臂内的所有空间站共同开启星际长城计划，将光速航道拓展至银河系外的宇宙空间……

我还跟随吴宇年、杨简出征过几次大大小小的银河系内战役和系外征战，将最边缘地带的文明部落一并统一进永恒辩纪元，也多次遭遇过外星文明的造访，在多轮斡旋、对抗中，对方亦接受了《永恒辩宣言》……

这些剧情的冲突和转折，反而加速实现我提出的技术跃迁计划。需要漫长世代才能开启的宝盒，因为有了我们关于永恒的共同信念，竟也在短短一百多年内全数完成突破。

而这一切对我来说，如同抬起脚精准地踏在宇宙逆熵的步履上，或者更像是电影预置好的 Scene 1、Scene 2、Scene 3……我只要照此映画，即是在雕刻宇宙的时光和律则。

新人类的心像是换了一样，人类文明的命运在我们心中清晰可辨。《永恒辩》这壮烈不可闻问的美，本无法被捕捉，可冥冥之中，有一条线串联起了逻辑和非逻辑，连接上了或然性和必然性。

我们的年华在五百年中都不会老去，我们继续在《永恒辩》中穿梭，人类文明渐成一个共生体，切断了命运混沌的输送。于是，三维宇宙的每一场星云后退、星际长城点亮的每一处烽火、生命的每一寸呼吸、粒子层面的每一次运动迁流，我们在观看、计算、伤感、繁衍、梦呓、飞行、拥抱，倏忽如蜉蝣，也都是《永恒辩》的一部分，甚至是正在看《永恒辩》这篇小说的你。

我完成过很多故事，只有这一个被保留了下来。

几百年间，我们在《永恒辩》中接近永恒，我们乘坐恒星际飞船横渡银河系的几条旋臂，在群星的鼓舞下，跨越数不清的光年，途中绕过黑洞的引力范围，欣赏过超新星爆发后的绚烂，还遇到越来越多在星际间驰骋的生命，我们热情邀请他们加入一片繁荣的新纪元。我们继续寻找新家园，一颗值得停留的行星。我和李南生还在那两颗以我们名字命名的星球上行走过，像是穿梭于灰色和白色的布景。

穹顶的倒计时归零后，我们渐渐共存于时间，在漫长的电影中，互相依靠人性的余温取暖。太阳底下有过的新事都被我们演尽了，但我总能发现更新的演绎方式，人性的、诗性的、神性的，我们继续在无限延伸的故事场景里，领着各自的剧情线越走越远，甚至是进入量子和比特交互的奇点世界，或是冲向振动频率场中不可视的能量空间，都尽在伟大的《永恒辩》之中。

尽管如此，这部电影的核心主旨却从未改变，它比恒星的光焰更闪耀，比黑洞的力场更持久。宇宙图景不再像从前示现的那样，它已随着我们的创造而变了模样。

就像这部三维的《永恒辩》，带领我们往更高维度攀升，第四维、第五维、第六维，生死爱恨的故事投影无穷无尽，为我们铺垫条件，得以探出身子去供奉高高在上的弦的心跳。而每增加一个维度，我们的生命就汰换成一种全新的形态，接近光，接近一念，接近本初的那个投影源。

所以，电影也有了新的形式，我们不再需要用眼睛观看、用耳朵聆听，领略她的方式不可思议、不可言说，只要宇宙还在，永恒的电影就会一直继续，百万年、千万年，她永不止息。

我还陪在李南生身边，她在陌生星系中不知疲倦地漫游，群星似游乐场，我们会在攀升路上遇见新的激励事件，她总是对我发出一丝愉快的思想："冒险又要开始了！"

有时，她累了停下来，像蝴蝶一样栖息在一颗新星球，我总会在此刻想起那颗蓝色的乡愁星。我在她编织的《永恒辩编年史》中搜寻古老的记忆，想起一部叫作《公民凯恩》的黑白电影，主人公在死亡前还嗫嚅着童年心爱的"玫瑰花蕾"。

玫瑰花蕾，乡愁星就是我的玫瑰花蕾，我对她说。

我终于因为《永恒辩》而看到无尽时间长流中的乡愁星，清晰地辨认出剧情是如何演送到现在，于是不可避免地看到启程的时刻。她从初生时的鲜嫩萌芽，到文明走向巅峰，再到最后余下一颗苹果核。

我看到混沌之中有生命从久梦的大地深处抬起头，看到恐龙和猛犸象接连踏过平原与冰川，看到原始人类在迁徙和斗乱中学会使用工具使用火，看到帝国被奴隶的血肉筑起又溃散如蚁穴，看到无数神祇被人们建造膜拜又遗忘，看到无数智能机器将城市密密包裹，看到核武器爆发后的能量将一切吞没，看到人类文明在银河系艰难重生……

我看到她电影中的每一幕。

我愉快地选中了此维度之下无数颗乡愁星中的一颗，她看上去就像一个青涩的苹果，她的文明尚在襁褓。我在思维场里感受到无限自由，是因为她的未来也有着无限的可能性。

我想要对我的玫瑰花蕾说话，我说。好啊，她的思维弦轻轻振动。

于是，我将要说的话，一丝一缕编织成彗星的轨迹发送至那里，那是一串旧式摩斯密码。如果有人类看到并认出，我相信这个小小举动，会启蒙乡愁星的生命找到自己的剧情线，一步步走向更深远的宇宙，就像那句“要有光”。

Action，我说。

——原载《中国校园文学》2021 年 6 月上旬刊（青年号）

两名陌生人的一系列通信，居然串联起不同的时空。男主人公与他的老师，试图通过这一通道改变历史进程——开始只想干涉小事件，随后又寄希望于大事件。然而，历史的车轮依旧按照固有的轨迹滚滚向前，只不过最终的落点却回归于一场校园爱情的是非对错。

信

王　元

你好月兰：

这是我最后一次给你写信，我想是时候结束了。

关于我们的约定，关于我们的使命，是时候翻过这一页，向前看。我们都要向前看，把历史甩在身后，拥抱眼前之未来。

回想起来，我们可能从一开始就错了，你不应该寄希望于我，我也不能把命运交付你手中，我们都要从自身找原因，从自身出发。未来能不能改变其实不重要，重要的是，如果只想改变未来，又不为之付出，一切都是徒劳。坐享其成终究是一场空。我觉得我可以放手了，也请你放手一搏，为你想要的未来投入全部热情与努力，你会发现，就在你做好准备出发的那一刻，已经抵达目的地。

谢谢这段时间有你陪着我，谢谢你让我看清自己的懦弱与虚伪，与你相遇是一种奇妙的缘分，我会好好珍惜这段回忆。

就这样吧。

1

咖啡厅冷气很足，徐盛却不停冒汗。他偷瞥身旁的司徒月兰，她正聚精会神读一本武侠小说，全不似徐盛那么紧张。

距离约定时间还有十分钟，一名背双肩包的男子走进咖啡厅。他走到徐盛和司徒月兰面前，问道:“是你们鉴真吗？”得到肯定答复，男子在对面坐下，戴上一副细腻的白手套，从双肩包里拿出一只木盒，取出一块软布垫在桌面，r拣出一系列专业器件，依次陈列，就像准备手术的外科医生。

司徒月兰把书扣在桌面，从卡座拿起一只防尘袋递与男子。

男子接过来，从袋中取出一只黑色手包。

徐盛目光追随黑包，一颗心快要跃出喉咙，好像全部身家梭哈的赌徒，等待荷官开牌。

男子拿理发店常见的喷壶按压几下，让气雾般的液体落在包身，就像喷洒香水，随后打开一包婴儿干湿两用棉柔巾，抽出一张轻轻擦拭。

“这可是我干了半年兼职的心血，不会是假的吧？”徐盛小心翼翼问道。

“嘘。”男子示意徐盛噤声，小心检测手柄叶片，捏着拉锁来回开合，最后打开黑包内侧，眉头紧皱。“这只包做工精细，几乎以假乱真，破绽出在内侧LOGO，品牌LOGO是专有字体，‘PARIS’的‘R’最后一划从根部出发。”男子往桌面上喷了几下，用手指写出正确的拼写，与手包内侧的字体区别明显。“这只包柜台售价一万二左右。按照约定，如果是正品，我需要提取百分之二的佣金，仿品的话，一百块钱就可以，你们俩谁结账？”

“我承认找的代购，可以打八折。”徐盛解释道，“我要找他算账，我要举报他……我也是受害者，怪我贪小便宜……我也付出真金白银，没有想到……”

司徒月兰站起来，端起咖啡浇在徐盛脸上，头也不回离开。

男子抽出两张棉柔巾递给徐盛。

他抹了一把脸，只觉黏腻湿滑，像蒸桑拿时沁出的汗油。对面的男子劝他别难受，并掏出手机，示意他扫码支付。

2

假包事件之后，司徒月兰把徐盛拉黑，徐盛觍着脸在司徒月兰宿舍楼下堵人，见了面又不知怎么开口，组织好的语言壅塞在喉头，半晌蹦不出一个字。

徐盛心烦意乱，不意来到图书馆——他们确定恋情的地方，随手从书架上抽出一本书，坐到闭馆，还书时察觉，半天时间不过读了三五页。他下意识把书放在右前方，乜着眼睛读，仿佛身旁坐着司徒月兰。第二天下课，他本想去食堂，走着走着又来到图书馆，抽出一本书坐定。他正翻页，别的同学挨着他落座，徐盛竟然轰对方，说旁边有人，差点打起来。图书馆不比食堂和自习室，需要通过系统预约。徐盛这才意识到，他再次沦为单身。

魂牵梦萦地，徐盛再次从图书馆借到丁玲的《在黑暗中》，那是他们感情的开始，如今也做个了结吧。他暗暗发狠，看完这本书他就忘了司徒月兰。他当然不想放弃司徒月兰，可该怎么挽回，他毫无头绪。

明星熄灭了，他跌落黑暗。

三月二十四

一当他单独在我面前时，我觑着那脸庞，聆着那音乐般的声音，我心便在忍受那感情的鞭打！为什么不扑过去吻住他的嘴，他的眉梢，他的……无论什么地方？真的，有时话都到口边了："我的王！准许我亲一下吧！"但又受理智，不，我就从没有理智，是受另一种自尊的情感所制裁而咽住了。

徐盛有些哽咽。

现在已经没人写日记了吧，时代洪流奔涌，人们只是漂在河面的浮萍。徐盛由写日记联想到写信（更没有人写信），突发奇想，或许可以给司徒月兰写一封信。

月兰你好：

思前想后，决定给你写封信。

徐盛一气呵成，把近来的思念与折磨诉诸笔端，几乎把自己感动落泪。信的末尾，徐盛附上《我有一个恋爱》，以期唤回往昔美好。

第二天，徐盛翘掉一堂文学概论，转了几家商店和超市，凑齐信封、邮票，结果找不到投递渠道，直接托人捎给司徒月兰简易可行，却失却写信本身的浪漫与诚意。以学校为圆心，三千米半径辐射出去，徐盛也没找到邮筒。徐盛铁了心要还原邮寄流程，在校内网留言，集思广益，很快有人回复，逸夫楼东门有一个邮筒。徐盛怀揣信件，按照热心校友指点来到逸夫楼。经过夜色掩映和岁月剥蚀，邮筒的墨绿有些发黑，像是一幢孤苦伶仃的影子。徐盛虔诚地拿出信封，小心翼翼投喂。

一连几天，徐盛焦急等待回音，差不多快要放弃，手机收到一则短信，是菜鸟驿站发来的取件码。他最近没有网购，想着是谁给他寄的什么。他向工作人员出示取件码，对方找了半天一无所获，问他是什么货品，以便推测包装的形式与体积，徐盛说不清楚。最后才找到粘在一只泡沫箱上的信封。

接过信，徐盛的心怦怦直跳，一路小跑回宿舍，撕开信封，抽出信瓤。

徐盛预想过各种回信内容以及与之对应的心情，但出乎意料，信的格式是传统的、自右而左的竖版，繁体，落款还扣了一枚鲜红印章，撰名司徒月兰。他本以为司徒月兰复刻旧时风情，全文读完，陷入茫然。

3

徐君尊启：

得足下之信已月余，终不得片刻闲暇，以致延宕至今。

吾扪心自问，是否当真抽不出半个时辰？非也。吾口中所谓的忙碌不过是一种假象，只因吾心始终不能平静，每欲提笔，却以此为借口，俟连日来殚精竭虑之事告一段落，再与足下联络。然则，一事按下，还有一事提起，绵延起伏，人生本无真正之松弛。

足下信中所言之事让人唏嘘，吾亦能体会足下之痴心与决绝，只是吾与足下并无那一段浪漫缱绻，君之情人恐与吾同名。

是梦呵。

定是梦呵。

徐公诗句却作不得假，吾亦钟爱他的现代诗，吾与友人去岁坐车赴京，专为在北京女子师范大学听徐公讲课。课堂上徐公光芒万丈，讲义让人如痴如醉，听罢止不住回响，吾始信余音绕梁之词。

足下信中所言，与心上人分别，辗转反侧，夜不能寐，长泣天明。吾以为，今，国难当头，大丈夫须以国事为重，切勿贪慕儿女私情。小女子虽能力有限，亦愿以身殉国。四万万国人，每人发一点光热，我泱泱大国何以倾覆？英法德意各国列强何以蚕食国土？东瀛弹丸之国何以蛇吞象？吾听闻，日本欲将中华发展为东亚主战场，伺机发动侵华事变，东三省建立的“满洲青年联盟”，成员皆为日本青年与卖国汉奸，扶持满清权贵，奴化国人。吾等得到密报，日本欲拥立清废帝溥仪，将其从天津静园转移至旅顺，一旦得逞，对抗日事业是极大之打击。吾等学员歃血同盟，组建学生革命军，尽一切所能阻止伪满洲国诞生，只是报国无门，空有一腔革命之热血，却无处泼洒，唯有在校园鼓动抗日，或上街游行。

噫吁嚱，窗外黄鸟又在啼鸣，他并不知家国之恨。

民国廿年秋末

司徒月兰敬辞

4

徐盛掏出手机搜索，民国二十年，公元一九三一年。

司徒月兰跟徐盛开了一个跋涉百年的玩笑。

如果司徒月兰不回信，徐盛并无怨言，一切都是他咎由自取；回信拒绝，徐盛也会放之任之，从此不再纠缠，各自安好。整这样一出，徐盛觉得受到侮辱，抓着信来到司徒月兰的教室。过去一年，徐盛常常等司徒月兰下课，恍惚间，徐盛以为回到从前，心里一阵不忍与疼痛。可他明白，回不到从前。再者，他来问责，不能心慈手软，就算之前是他不对，已然吞下分手苦果，何必再拿他取乐？

下课铃打响，学生鱼贯而出。司徒月兰看见徐盛，扭头便走。徐盛紧着步子追赶，在走廊尽头拦截司徒月兰。

“我就问一句话——”徐盛说，“好玩吗？”

“我不知道你在说什么。”司徒月兰冰着脸，语气毫无起伏，“我们已经分手，请你不要打扰我的生活。”

“那你呢？”徐盛反问道。

司徒月兰一脸茫然。

徐盛把信交给她。

司徒月兰迅速浏览一遍。“这又是你耍的小把戏？我明确告诉你，我们不可能复合。”

“我发现你不仅爱慕虚荣，而且喜欢玩弄他人。”徐盛终于在司徒月兰面前撂了狠话。

司徒月兰诧异地望向徐盛，须臾缓缓说道：“我可以理解你的狭隘和贫穷，但是无法接受你一而再的欺骗。你做过什么，心里清楚。别说为我，你只是为自己；别说爱我，你只是爱自己。”

司徒月兰扬手把信件撇在空中，任其飘落，徐盛一把抓住，撕得粉碎。他知道，他们的爱情就像这张粉身碎骨的信纸一样无可挽回，除非时光倒流。

徐盛去医务室搞到一张病假条，终日躺在床上，让舍友捎回三餐，趴在床上看电影度日。他读不进书，一看就头晕。周末，三名室友都有事出门，徐盛只好饿着肚子，在下铺翻到一只蔫儿吧唧的苹果，这就是他一天的热量摄入。到了晚上，三人皆未回转，徐盛拖着疲惫又虚空的身子来到食堂觅食。鬼使神差一般，他来到跟司徒月兰第一次吃饭的窗口，望着那些菠菜、粉丝、火腿、鱼豆腐、鸭血、木耳、午餐肉发呆。

“同学来点什么？”师傅问道。

徐盛转身就走，他发誓这辈子再也不碰麻辣香锅，转念一想，为什么要因为一个不爱自己的人与美味绝交，狠心点了满满一盆食材。

周末，食堂人不多，情侣们往往携手出游，留守的人们也不再按照饭点集中进食。徐盛找了一副相对干净的桌椅，还没动箸，有人坐在他对面。食堂空座很多，没必要拼桌，就算拼桌，起码也要先征求一下主家意见，问问有没有人吧。徐盛正欲发作，抬头看见笑意盈盈的卢老师。

卢老师在图书馆工作，因徐盛经常办理借阅和还书，对他印象颇深，遇见了总是聊几句，无外乎最近读什么书，有什么心得体会。通过几次交谈，徐盛发现卢老师才情不浅，徐盛自以为的冷门佳作，卢老师都有所耳闻，不仅耳闻，还能佐以几桩作者逸闻。徐盛觉得他颇有些《天龙八部》中少林寺扫地僧的意蕴。

“吃挺多啊？”卢老师说，“我观察了几分钟，这次不是两个人吧。”

徐盛沉重地点点头。

“我给你找了那本《收获》，回头去拿啊。”卢老师说着停下来，似乎从徐盛脸上看出端倪，“你没事吧？”

“老师，我……”徐盛说着哽咽起来，接连几次才完整地拼凑出中心思想，“我失恋了。”

“嗐，我当什么大不了的事，谁还没失过几次恋。”卢老师笑着说，“书中自有颜如玉。老师当年失恋，一个月啃完《复活》《安娜·卡列尼娜》和《战争与和平》。心如死灰和心如止水全在一念之间。”

“老师，我看不下去书，一看书我就想起我们初遇，图书馆成了我的修罗场。”徐盛悲伤得用力又文艺。

“跟老师讲讲吧，说出来心里会好受一点。”

徐盛本想矜持，这种事怎么好意思说出口，开了头就口若悬河，一直从《在黑暗中》讲到民国廿年……

5

徐盛高中爱看武侠和古典小说，自诩有个文学梦。大学四年，他除了足球场、吉他社，最常去的地方就是图书馆，连续两年获得借阅之星。假如时间倒带，回到八九十年代，热爱文学也许吸引女青年。如今没人喜欢看书，就连图书馆也被考研党占领。

徐盛曾经痛恨考研党，认为他们占着茅坑不拉屎，后来，他也成为其中一员，用前两年的流行语来说，活成自己最讨厌的模样。

徐盛报考创意写作专业，参考书目有《中国现当代文学史》，囊括五四运动到最近几年的文学创作。徐盛列出几十本读物，一一通读。一般考生不会干这种事，知道“三红一创、青山保林”[1]作者是谁、大概内容就行，没人专门消化原著，这被认为费力不讨好，甚至是正常人做不出来的疯狂之举。

徐盛把阅读当成备考的调剂，踢球放松、唱歌放松、看电影打游戏放松、谈恋爱放松，不如阅读放松。他很快看完“第一个十年的文艺思潮以及创作”，开始涉猎左翼、京派和海派小说。左翼小说代表人物是茅盾和丁玲。徐盛在图书馆搜索丁玲，意外发现一本民国十七年出版的短篇小说集《在黑暗中》。徐盛按图索骥，找到那本书，发现一个穿白色连衣裙的女孩站在书前，他们同时伸向窄窄的书脊，两只手在空中相遇，又倏地分开。徐盛见女孩红了脸颊，低头不语。

在黑暗中，他看见明媚春光。

“女士优先。”徐盛说。

“本来就是我在前面。”女孩却不领情。

徐盛不知再说什么，挠挠干结的头发。

“一起看吧。”女孩对他发出邀请。

徐盛愣怔几秒钟，以为梦中，就像牵线木偶跟在女孩身后。他们在公共阅览室预订两个紧邻座位，书放在两人中间，徐盛自告奋勇，负责翻页。

第一篇看的是丁玲名作《莎菲女士的日记》：

十二月二十四

今天又刮风！天还没亮，就被风刮醒了。伙计又跑进来生火炉。我知道，这是怎样都不能再睡着了的。我也知道，不起来，便会头昏。睡在被窝里是太爱想到一些奇奇怪怪的事上去。医生说顶好能多睡，多吃，莫看书，莫想事，偏这就不能，夜晚总得到两三点才能睡着，天不亮又醒了……

---

① “三红一创、青山保林”指《红岩》《红旗谱》《红日》《创业史》《青春之歌》《山乡巨变》《保卫延安》《林海雪原》。

五个中短篇垒成的薄册翻到最后一页。

徐盛中午走进图书馆，合上书已是黄昏。

徐盛常听人夸赞某个女孩“不食人间烟火”，从前不以为然，此刻通感了他们急不可耐的抒情，如此漂亮的女孩，只能天仙下凡，自然不食人间烟火。

“我叫司徒月兰。”女孩站起来说，“你请我吃晚饭吧。”

他们来到食堂，司徒月兰说想吃麻辣香锅，徐盛一拍大腿，说这是他的最爱。他平时极少吃麻辣香锅，舍不得花那个钱，偶尔开个荤，超不过十五块钱。他问司徒月兰想吃什么，司徒月兰说随便。他咬咬牙，把价位抬到五十，往铁盆里夹了许多压秤的肉菜。

麻辣香锅窗口西侧是教师窗口。取餐的时候，徐盛看见卢老师，他端着一盘饺子，正在塑料盆里拣剥好的生蒜。

“吃饺子啊卢老师？”

“嗯。”卢老师说，“这两天看什么有趣的书了？”

“读了一本《逝去的武林》，比小说还精彩。”

“那是徐皓峰写他二姥爷的江湖往事吧。”卢老师说，“徐皓峰去年在《收获》刊了一个长篇、一个中篇，读了吗？”

“没有，我几乎不看杂志。”

“还是要读一读传统期刊，能窥到当今文坛最新动向。我们上大学的时候，这些文学杂志可是硬通货。我回头给你找找。”卢老师言语间颇为惋惜。

徐盛挺爱跟他聊天，但那天满心满脑满坑满谷都是司徒月兰，便冷落卢老师，搭话不积极，语气也有些赶。

卢老师跟往常一样和他聊阅读，见他端着一锅冒尖的香辣什锦，说：“你挺能吃啊？”

“两个人。”讲这句话的时候，徐盛脸上发热。的确是两个人，但他说出来，别人听上去，两个人就不单单是标记数量，而是突出亲密关系。卢老师笑着点点头，示意他赶快赴约，就像催促儿女相亲的家长。

徐盛望着司徒月兰，心里长篇大论，嘴上却拮据，眼看快要吃完，才挑了一个并不优秀的开场白：“你读丁玲是为考研？”

“我刚上大三，读丁玲是喜欢民国。”司徒月兰打开话匣子，“我认为那是中国历史最特殊的时代。那个时代的作家也有风骨和见识，不像现在的文章，无病呻吟，徒有其表，没嚼头，没回味。”

“我也是。”他不是，徐盛对民国没有投入太多情感，如此附和，显得志同道合。

“那你看萧红吧？《生死场》和《商市街》更喜欢哪个？”司徒月兰期待地望向徐盛。

徐盛知道萧红、萧军，他们的名字和骆宾基、罗烽、白朗、舒群、端木蕻良等人一起出现在中国现当代文学，统称为“东北流亡作家群”，至于该流派的文章，徐盛还没来得及拜读；复习现当代文学史之前，他一度以为萧红、萧军是兄妹。《生死场》名声更大，应该比《商市街》技高一筹，但有些人往往跟大流拧着来，万一司徒月兰小众呢？

“各有千秋。”徐盛拟了一个稳妥的答复。

“你该不会都没读过吧？”司徒月兰盯着徐盛，“你说谎时一点都不自然。”

“我……”

“《呼兰河传》读过吧，这可是萧红流传最广的文章，差不多属于常见的课外读物。”

“其实我对民国不感兴趣，我更喜欢武侠。”徐盛坦白，准备接受司徒月兰的反感，没想到她比刚才还要眉飞色舞。

“我最爱的类型文学也是武侠。”

两个人从还珠楼主聊到《雪中悍刀行》，当然着墨更多的还是金庸、古龙。司徒月兰喜欢《神雕侠侣》，徐盛钟情《天龙八部》，这属于可以求同存异的美丽分歧。

餐厅人声鼎沸，徐盛却觉得安静极了，眼里只有司徒月兰，只能听见她的声音，其他人和物都从他的世界消声、褪色。那天晚上，他有生以来第一次失眠了，舍不得睡。

他们在图书馆读郁达夫的《沉沦》，曹禺的《雷雨》，也读石玉昆的《三侠五义》，读赵焕亭的《奇侠精忠全传》。每个周末，两人不约而同在图书馆相聚，消磨时光，从图书馆出来，他们下个目的地往往是食堂，虽然出双入对，但两个人始终恪守男女朋友的红线。徐盛几次想要张口，又怕破坏现有的美妙氛围。

冬至那天，两人吃了顿饺子，最后一颗徐盛夹住，喂给司徒月兰。自此，两人正式确立男女关系。当时，食堂正在播放万芳的《爱上你》，歌词唱出他的心声：

我想　爱上你　是天注定　是我的命
爱上你　是天注定　是我的命

徐盛手抄几十首民国时期的爱情诗，以新月派居多，间杂湖畔诗社和创造社的诗作，收录最多的就是新月派代表徐志摩的诗歌，其中他最喜欢的一首诗是《我有一个恋爱》。

……
我爱天上的明星；
我爱他们的晶莹：
人间没有这异样的神明。
……
我有一个破碎的魂灵，
像一堆破碎的水晶，
散布在荒野的枯草里——

饱啜你一瞬瞬的殷勤。

……

任凭人生是幻是真

地球存在或是消泯——

太空中永远有不昧的明星！

借助这首诗作，徐盛把司徒月兰比作他心中永远不昧的星辰，即使星星发出的冷光来自几千万、上亿年前，也能照亮他的情感之旅。

冬至过去，考研日期渐近。

两人仍去图书馆约会，只是徐盛没时间闲读，开始刷时事政治，背英语作文。严格来说，不是图书馆，而是图书馆楼道。那里成为考研分子集散地，可以大声朗读，不用担心影响他人。学校有专门的考研自习室，徐盛没有预约成功。司徒月兰搬一只军绿色马扎，铺上坐垫，捧一本《子夜》或者《逝鸿传》，陪徐盛攻坚。

第二年春天，徐盛顺利上垒，拉着司徒月兰一起庆祝，看电影、吃饭、逛街那一套流程走下来，林林总总花费五百多块，徐盛心疼不已，但又不好表现出来。司徒月兰跟他恰恰相反，相反不是说司徒月兰铺张浪费，而是从不在细枝末节盘桓，衣食住行，不过分讲究，也从不将就。两人在一起，为花钱的事闹过不少别扭。谈恋爱嘛，没有不拌嘴的。谈恋爱嘛，也没有谁承诺谁天长地久，尤其到了毕业季，分手总是主旋律。徐盛不是不能接受失恋，是没想到因为一只赝品决裂，就像一代大侠遭人暗算，死不得其所。

6

“那是一九三〇年左右吧，我记得是丁玲写完长篇小说《韦护》前后，她参加中国左翼作家联盟，出任机关刊物《北斗》主编和党团书记。嘻，这是一个考点。”听完徐盛的爱情故事，卢老师首先关注的是民国那段历史，“有个事我没听明白，因为一只假包，你们分手了？你也是力所能及、倾其所有了吧？”

“关键不是假包，是我说谎了，也不是因为说谎，而是目的不纯。”徐盛冷静下来，把这些天的剖析和总结告知卢老师，“我们之前逛街，去过几个奢侈品商店，只是看看试试，不敢入手。一个皮包顶我两年学费！为讨她欢心，我决定买一只，但我攒那点钱没法去专柜，只好找代购。店家跟我保证，绝对是正品，谁知上当受骗。哎，归根结底，还是消费观的差异，再往深处查证，就是价值观的不同。”

“听起来，你也是受害者啊。”卢老师同情道，“我觉得，你的女友有些任性。你已经尽力，她就算不念好，也不应该提出分手。她如此物质，分也就分了，现在分，总好过以后把你吃得倾家荡产。”

“那倒不至于。”徐盛为司徒月兰辩解，他知道她的为人和品行，并不是那种拜金女，否则也不会跟他谈恋爱，“是我追着赶着要送，并不是她想要。”

“你这是何苦？”

“我想给她幸福。”

“她幸福了吗？”

“什么？”徐盛一愣。

“你想给她幸福，就买假包，又用一个又一个谎言掩护，结果如何？”

“结果分手了。”徐盛明白卢老师的用意，他何尝不清楚，司徒月兰跟他分手的原因主要是性格问题，那只包不过是导火索，“老师，你阅历丰富，我们还有和好的可能吗？”

“本来没希望，现在有机会。”

徐盛立刻双眼放光，盯着卢老师，就像三月的风盯着春天。

“关键在于那封民国二十年的回信。”卢老师说，“那只邮筒早就作废，你寄出去的信，司徒月兰不可能收到，但她收到而且回信了。”

“你的意思是——”徐盛张大嘴巴，“给我回信的司徒月兰可能真的来自民国？”

“现在还不能确定。走。”卢老师站起来。

“走？去哪？”

“去见证历史！”

7

师生二人结伴来到逸夫楼，邮筒就像故人，静静等候他们到访。

邮筒一人多高，一抱粗细，均匀的圆柱体，顶端凸出的设计仿佛邮递员帽檐。两人围绕邮筒左转右转，好像施法。徐盛只顾扎着头跟在卢老师身后，前者停下来都没注意到，一头撞在卢老师后脑，双方吃痛大叫。卢老师一手揉脑袋，一手掏出手机，按下开关键，大拇指从屏幕底端往上划拉，点击手电图标，向投递信件的豁口照射和张望。

“不行，”卢老师放弃了，“太窄，根本看不见。”

“看里面干什么？”徐盛傻傻问道，他从刚才起就失去自主判断，亦步亦趋，全凭卢老师牵扯和拉拽，此刻终于撞醒，他写给司徒月兰的信怎么可能穿越到过去，并且好巧不巧，被一位同名同姓女校友收到？这实在有悖于他二十多年夯实的世界观。最合理的解释是司徒月兰恶作剧，不管她承认与否，都无法洗脱嫌疑。“我们还是走吧。”时光怎能倒流？不过是他一厢情愿；是啊，一厢情愿，也许他们的感情本就是一厢情愿。

“你一点都不好奇吗？”

“我相信科学。”徐盛说道。

“你说过我阅历丰富，我可以告诉你，世上有许多事情科学无法解释，当然，大部分奇观是因为我们还没搞懂其中的科学原理。”卢老师怂恿徐盛，“不走出去那一步，永远不知道发生什么。再说了，你难道不想跟司徒月兰重归于好？”

“您还没告诉我这跟信有什么关联。”徐盛仍是一头雾水。

“到时你就明白了。”卢老师却不点透，搞得徐盛“如饥似渴”，魂不守舍。卢老师说完蹲下来，从裤兜掏出一把钥匙，鼓捣邮筒下方的锁眼。徐盛刚想拉他一把，听见咔嗒一声，卢老师打开邮筒的取件门。他再次把手电的光打进去，里面空空如也！

徐盛的世界观轰然崩塌。

他明明亲自把信件投递至邮筒，若邮筒废弃，没人收讫，信件去哪儿了？通过司徒月兰互动的回信内容断定，她一定读过原件——就像推理小说常见的密室杀人事件，门窗从内部上锁，完好无损，罪犯如何行凶（邮递员如何取信？邮递员根本不存在）？

“今天太晚了，你先回宿舍，我们明天图书馆见。”卢老师拍拍徐盛肩膀。

徐盛还想说什么，卢老师转身离开，望望老师逐渐没入黑暗的背影，看看眼前的邮筒，脑中飞舞着成千上万只问号。

回到宿舍，徐盛怎么也睡不着。白天出门的舍友回来两个，凑在一起玩游戏，问及未归者，两人相视一笑，说是去看某部大片午夜场首映。徐盛也喜欢看电影，曾几何时，一旦有心仪的新片上映，第一时间赶往影院，一睹风采。司徒月兰却不喜欢电影，总说太假太直给，不如小说来得隽永、含蓄。徐盛迁就司徒月兰，再也没有踏入过影院。他自诩在两个人相处过程中，做出更多牺牲和让步；这还不够，常常惴惴不安，生怕司徒月兰不高兴。现在想，其实还是自己的问题，为什么会有这样的自惭心理？或者正是因为秉着卑微的心理，才毁掉一份感情。

恋爱是公平的，一旦倾斜，就会不可避免地滑落。

第二天，徐盛回教室上课，好不容易挨到下午，最后一节课结束，徐盛匆忙来图书馆与卢老师碰头，却没有在阅览室见到他。徐盛给卢老师打电话，没人接听。他突然有种不祥的预感，离奇事件背后总是盘踞神秘力量。徐盛正不知所措，卢老师电话回过来，让他来顶楼资料室。顶楼一半是办公区，一半是典籍收藏间。徐盛来到资料室，敲门进来，卢老师拿出一张泛黄卡片，交给徐盛，搞得跟地下党接头似的。

那是一张借阅卡。

书目:《而已集》 作者:鲁迅

借阅人:杨飞 应还日期:1929年5月16日 实还日期:1929年5月27日

借阅人:冯川 应还日期:1929年7月23日 实还日期:1929年7月18日

借阅人:佘曼 应还日期:1929年11月8日 实还日期:1929年12月5日

借阅人:司徒月兰 应还日期:1930年2月13日 实还日期:

实还日期空白，这本书被司徒月兰借走后没有归还。这不是重点，重点是一九三〇年确确实实有一位跟司徒月兰同名同姓者。

卢老师简单跟徐盛科普馆史，校图书馆创建于一九一九年，一九二七年卢木斋先生捐资兴建“木斋图书馆”，一九三七年毁于日军炮火，抗战期间，与北京大学、清华大学在昆明组建西南联大，成立联大图书馆。一九四六年复校，重建图书馆，沿用至今。

“司徒月兰的回信年份为一九三一年，那时木斋图书馆尚未被毁。”卢老师分析道，“逸夫楼前的邮筒很可能是串联两个年代的时空隧道。”

“我之前只听说电话亭可以变身时光机，没想到邮筒还能联通古今。”徐盛无法相信，但在确凿的证据面前无话可说，他一时没了章法，向卢老师求助，

“接下来怎么办？”

“回信！”

“什么？”

“回信！”卢老师语气笃定。

“说什么？”徐盛愁眉苦脸。

“就，实话实说，告诉她，你来自未来。”

“她不会相信吧？”徐盛说，“我自己都不相信。”

“想个办法，让她不得不信。我们站在历史下游，只要投放一件示踪物，她就能明白我们在回溯。你考研时背过那么多现代文学史的知识点，活学活用啊。”

8

徐君尊启：

再次收到足下来信，吾心欢喜非常，感谢足下惦念。

足下在信中说，已与女友分手，从此陌路，让人唏嘘。吾亦心有所属，然，国家危若累卵，民族危在旦夕，吾辈应以报效祖国为首，其他皆可退让。

前者，日本帝国已将溥仪皇帝移出静园，但出行匆忙，落下秋鸿皇后。吾等打探消息，日方间谍正在积极活动，意欲将秋鸿皇后偷偷运出静园，与溥仪在旅顺团聚，助日本成立伪满洲国。吾与爱国校友商议，务必拦阻此事发生。

吾已查明，关键人物是金碧辉，此人恶贯满盈，“皇姑屯事件”与“九一八事变”皆参与其中。金碧辉多在东三省活动，吾等猜疑，将溥仪与秋鸿皇后转移至旅顺，亦为此人之计谋。中华之腐坏除却封建统治，更是被叛国者迫害。

吾时常痛恨不能上场杀敌，此次，吾将静园变为战场，万死不辞，愿以吾辈之鲜血与呐喊，唤醒同胞。

吾最近常读鲁迅先生的集子，先生的话似一盆冷水，浇醒多少国人！足下提到时间与历史，让吾忆起鲁迅先生写道："现在我们再看历史，在历史上的记载和论断有时也是极靠不住的，不能相信的地方很多，因为通常我们晓得，某朝的年代长一点，其中必定好人多；某朝的年代短一点，其中差不多没有好人。为什么呢？因为年代长了，做史的是本朝人，当然恭维本朝的人物，年代短了，做史的是别朝人，便很自由地贬斥其异朝的人物，所以在秦朝，差不多在史的记载上半个好人也没有。"

吾不信足下来自未来。然，足下所言之事，已精确发生，吾不能不信，无奈、悲痛、几欲不生。

吾常听长辈曰，大千世界，无奇不有。足下让吾见识，何为真正之奇。

故此，吾代四万万受苦受难的同胞向足下打问：祖国胜利否？未来光明否？

民国廿年秋末

司徒月兰敬辞

及，女儿自古喜欢梳妆打扮，君莫忘，女为悦己者容！设若吾为足下的"月兰"，最想要的并非释言与誓言，而是行动。

又及，你信中万万不让吾参军，担心吾有性命之忧，但吾早已将生死置之度外。

9

徐盛和卢老师捧着司徒月兰的回信，反反复复把一封短短的书信读长。徐盛没印象在信中写过阻止司徒月兰参军的事情，也许是不自觉地关怀与担心吧。

他们这次特地记录和跟踪邮递过程。徐盛写的信投至逸夫楼邮筒，大约一个礼拜，收到中国邮政取件码。信封古朴，张贴一枚老邮票。徐盛和卢老师追本溯源，发现信件是从市区为数不多的一幢邮筒取出。徐盛给司徒月兰写第一封信时，遵循填写快递单的惯性，在名字后面备注了手机号，民国的司徒月兰照猫画虎，也在徐盛名字后面缀上一串数字，因此他能收到短信提醒。

徐盛没有回宿舍，结伴来到卢老师家。

学校北面盖了几栋教师楼，以远低于市场均价的价格卖给拥有一定教龄的老师。

卢老师家几乎就是一座迷你图书馆，客厅和两间卧室堆满书架，只在阳台挤进去一张行军床。客厅正中有一张书案，同样堆积着如山的图书。卢老师清出一块空地（不过是将书摞在书上），把司徒月兰的回信放在上面。

“你对这段历史了解多少？”卢老师开门见山。

“哪段？一九三一年？”徐盛摇摇头。

“我查阅资料，她所说的事件是一九三一年溥仪和婉容从静园转移到旅顺成立伪满洲国。信里所说的秋鸿皇后就是婉容，至于金碧辉，是抗日史上臭名昭著的大汉奸，她的日文名你一定听过。”卢老师拿出一本书推到徐盛面前，那是由李碧华撰写的《满洲国妖艳——川岛芳子》，“金碧辉是川岛芳子的中文名，她本是皇家后裔，肃亲王善耆第十四女。爱新觉罗的爱新在满语中有金的意思，加上世人以金为贵、为尊，是以民国时期流落到社会的皇亲多冠金姓。”

徐盛当然听过川岛芳子，但他一度以为这是日本女星的名字，比如山口百惠、石原里美，后来看过梅艳芳、刘德华主演的同名电影，才知道她是女间谍。

现在可以肯定，司徒月兰跟徐盛念同一所大学，只不过相差九十年。

九十年前，中国内忧外患，司徒月兰是个激进的爱国学生，计划跟同学闯入静园，阻止川岛芳子转移婉容，延缓甚至叫停伪满洲国建立。一群穷学生，既缺乏名士威望，又没有军队配给，拿什么跟老谋深算的川岛芳子叫板？须知，她身后有整个日本帝国作为后援。从已发生的历史进程来看，他们没有成功，也可能没有付诸行动。他和卢老师查找所有与静园、川岛芳子、伪满洲国、溥仪有关的书籍，都没有司徒月兰的身影。

天津多名人故居，除了静园，还有梁启超的饮冰室、曹禺故居、李叔同故居等，每周转一个，一年不带重样。徐盛去过静园，还记得门口铭牌的简介：静园位于天津市和平区鞍山道，始建于一九二一年，初名乾园，为北洋政府驻日公使陆宗舆宅邸。一九二九年七月至一九三一年十一月，末代皇帝溥仪居住于此，更名“静园”。徐盛对溥仪的了解比川岛芳子多一点，除了《末代皇帝》，还有一本《我的前半生》。前两年电视剧《我的前半生》热播，他还以为改编自溥仪的著作，后来才知道是改自亦舒的小说。小说可以重名，人物也可以重名，历史的河流仿佛产生一个旋涡，过去与未来纠缠。

“我们有可能改写历史！”卢老师突然站起来，神情严肃地对徐盛说，“我们必须改写历史。试想一下，如果我们把当时的机密告诉民国司徒月兰，也许能阻止日军侵华。一九三一距离‘七七事变’还有六年，一切都来得及！”

“可是……”徐盛迟疑道，“如果我们阻止抗日战争，整个中国，不，整个世界的格局和发展都会受到影响。试想一下吧，没有抗日战争，没有国共战争……”

“这不是好事吗？”

“但如果历史走向从此改变，没有改革开放，也没有我们后来的一路高歌猛进，没有今天的民富国强。万一——我是说万一弄巧成拙，我们可能成为历史罪人。还有……”徐盛的担心不无道理，虽然过去九十年（尤其是前五十年）

中国经历许多浩劫，但谁能保证如果跳过这些苦难，会不会遭遇其他打击，以至于影响如今的繁荣与宁乂，“还有，可能没有我们。”

“外祖父悖论！”卢老师眼中的光不再明亮，“我们的所作所为导致我们的消失。你说得对，不能过多干涉历史。但是你的事情还得办。”

“我一直没搞清楚，民国司徒月兰怎么能够帮助我跟女友破镜重圆。”徐盛想了很久，也没有答案，“难不成让她跟月兰通信，用超乎想象的奇遇打动她？”

“跟我们刚才想做的事情一样，只不过反过来。”卢老师提醒他。

徐盛却摇摇头，更加迷惑。

“我们可以影响过去，司徒月兰也能干涉未来啊。”卢老师说，“你跟女友分手的原因是什么？”

“假包。”

“如果没有假包呢？”

“怎么可能，除非时光倒流。”

“时光不会倒流，但我们过去有人啊。”卢老师一副恨铁不成钢的样子，暗示没用，只好明说，“你可以跟一九三一年的司徒月兰讲，让她阻止过去的你购买那只假包，消弭这次纷争，你们就可以维持买包之前的关系。”

“她怎么能活到现在？一九三一年她上大学，就算二十岁，活到现在也有一百一十岁，好吧，我承认有这个可能，但可能性太小，且不说她后来有没有成为战争的牺牲品，有没有因病或意外去世，就算她健健康康活到今天，让一个百岁老人来警告我不要买包，上个月的我肯定难以置信。”

“她本人活着的概率不大，但是别忘了她的子孙。”

“让她告诉后代，乃至后代的后代，在我买假包时出手？我怎么没想到！”徐盛终于明白卢老师的用意，呵呵傻笑两声，仿佛已经看到他跟司徒月兰一起出入图书馆和食堂的画面，“买包之前，我并不知道她的存在，怎么确定？万一把来人当成骗子呢？”

“你可以告诉民国的司徒月兰一件只有你知道的秘密，让她告诉她的子孙，到时候只要说出这件事，自然就会相信。”

“这是个办法。”徐盛本来就佩服卢老师的阅读量，如今对他缜密又机敏的心思五体投地，他总能游刃有余地指出问题、给出方法，如果没有他，徐盛根本不会想到这一层，走出这一步。卢老师说得没错，不走出去那一步，永远不知道会发生什么。

“这个事件也可能影响你一生的故事，试想一下，如果你继续跟女友一起，可能还会分手，也可能步入婚姻生活。你准备好了吗？”

“嗯。”徐盛说，“至少我个人的悲喜不会影响国家命运。”

“看来只能这样。”卢老师多少有些壮志未酬和出师未捷身先死的感慨，“对了，你给民国的司徒月兰透露什么事情，让她笃信你来自未来？”

“一九三一年十一月十九日，徐志摩搭乘邮政飞机，参加当晚林徽因在北平协和小礼堂举办的中国建筑艺术演讲会，途中遭遇大雾，飞机失事。”徐盛说，“我‘预言’了徐志摩的空难。”

“那你想好向她透露什么秘密了吗？”卢老师笑着打探。

“秘密。”徐盛说道。

10

徐盛给民国司徒月兰去信，请她帮忙阻止自己过去的愚蠢行为，并告诉她一个让过去的徐盛无法否认的秘密。司徒月兰提出条件，借助他的历史知识阻止伪满洲国建立。

徐盛跟卢老师商议，分析历史事件。卢老师对那个年代非常熟稔，家里也有不少相关书籍。两人得出结论，伪满洲国建立与否对未来的战局影响并非决定性，况且，溥仪已经到达旅顺，即使婉容无法离开静园，伪满洲国大概率也会成行。于是，两个人讨价还价，最后达成协议，他向民国司徒月兰“泄露”

川岛芳子的阴谋，阻止婉容离园，作为回报，她会叮嘱子孙，代代相传，在徐盛购买假包时，告之分手的后果。

根据史料记载，一九三一年十一月下旬，川岛芳子浓妆艳抹，来到静园——川岛芳子平日多以中性打扮或者戎装亮相——以格格的面貌和身份与婉容见面，随她一起进入静园的还有一名男扮女装的随从。川岛芳子与婉容并不相熟，但此次见面，两个人都报以极大的热情，婉容留川岛芳子久住。当时，人们已经察觉川岛芳子的意图，警惕她把婉容运出静园，宅子四周包括园内都埋了眼线。没几日，静园传出消息，肃亲王十四格格的朋友不幸病逝，需要运出下葬。后面的事情比较戏剧化，川岛芳子把婉容藏进棺材，于光天化日之下运出静园，抵达旅顺。此计最难的一环不是蒙蔽外人的眼睛，而是说服婉容在棺材里躺上数日。虽说，棺材经过改造，留有许多气孔，离开静园，晚上赶路，放在马车上的棺材也会错开盖子，让婉容出来活动、进食和便溺，但棺材毕竟不吉利，活人躺在里面，晦气。何况婉容还是一国之后，让她受这个委屈，简直大逆不道。史料没有记载川岛芳子如何说服婉容，倒是电影给出一种解释。电影里，川岛芳子不是以十四格格和溥仪堂妹的身份进入静园，而是婉容的同学，随从也不再是男扮女装，对外声称为她的丈夫。川岛芳子说丈夫肠胃病发作，需要救护车，把婉容偷运出静园。

“你有什么看法？”卢老师问徐盛，他们最近常常在他家中商讨，有时候卢老师上班，就把钥匙给徐盛，让他自己过来查资料。卢老师家自然没有校图书馆藏书多，但是贵在两个方面：第一，不必担心被他人打扰，或者打扰他人；第二，针对性强。徐盛最近几乎把上世纪初至抗日战争之间的文史资料翻了个遍。

“关键在于运输过程。”卢老师说，“当时出入静园警卫一定会开棺验尸，婉容皇后取而代之的可能性不大。”

“夹层呢？”徐盛虽然没有亲眼见过古时的棺椁，但可以想象大概的体积，设置一个夹层并非难事。

“死人是实，守卫检查了尸体，定会放松警惕，不会想到尸体之下，还有

‘尸体’。”卢老师赞同徐盛的猜测，“目前来看，夹层可能性很大。”

徐盛给司徒月兰写信，告知她历史真相以及个人猜测，事件的核心是棺椁，务必仔细查看、盘问。

没多久，司徒月兰回信，言语间充满惋惜与遗憾，婉容仍然顺利离园，与溥仪在旅顺会合。信中写道：

静园守卫查看棺椁无异样，于是放行。

吾等十余人，故作打闹之状，借故与抬棺人相撞，致棺椁落地，棺盖滑开，尸体翻出。吾之友人趁乱检查棺椁，并无暗层。

“司徒月兰在信中提到抬棺之人，我印象中，棺材应该是由马车运出静园。又不是出殡，为何需要抬棺？”卢老师纳闷道，“从天津到旅顺，路途遥远，不可能徒步，肯定需要借助交通工具。不是马车，就是汽车。当时汽车罕见，车少，司机更少。川岛芳子去静园的时候开着一辆车。有没有可能，婉容假扮司机？”

“婉容裹过小脚，开车可能性不大。”徐盛有自己的看法，“老师刚才提到，为何要多此一举，用人把棺材抬出去，不是直接放在马车或者汽车上面，问题就出在这里。婉容混在抬棺的队伍之中；能够男扮女装，就能女扮男装。”

“你刚才说过，婉容是小脚，一下就露馅了吧？”

“恰恰相反。”徐盛说，“正因为她是小脚，只需裹几层布，换上一双粗布大鞋，就能掩饰，最致命的缺点，反而成为障眼法。”

卢老师叹口气。“我们能做的都做了，剩下的听天由命。”

“还不行。”徐盛把信交给卢老师，“她在信中说，没能阻止婉容离开静园和伪满洲国建立，事情不算完，他们要暗杀川岛芳子，要求我们透露她今后的具体行程。”

两个人面面相觑。

一九四五年日军投降，伪满洲国随之覆灭，同年十月，川岛芳子在北平东四九条胡同私宅被军统特工逮捕，以汉奸罪提起公诉。川岛芳子以日本人自居，如此一来，就不存在汉奸罪名，她的所作所为不但没有叛（中）国，反而是爱（日本）国。一九四七年十月，北平高等法院认定川岛芳子汉奸罪、间谍罪成立，判处死刑。判决文有两条关键信息：一、被告生父为前清肃亲王，无疑是中国人，应以汉奸罪论处，无论她在日本和蒙古待过多久，都不能改变她的出身；二、被告协助日方参与多起破坏中华民族团结的事件，包括将溥仪及其家属接出天津，为筹建伪满洲国进行准备工作。次年三月，川岛芳子于北平第一监狱被执行枪决，终年四十一岁。

徐盛回想电影《川岛芳子》，里面有刺杀情节，川岛芳子在军队训话时，一名士兵向她开了一枪。

“卢老师。”徐盛问道，“你了解川岛芳子是否遭遇过暗杀？”

“我有印象。”卢老师站起来，托着椅子来到一面书架前，站在椅子上，伸出右手，一排排依次掠过书脊。他在书架间游弋，在几个房间穿梭，最后回到座位旁，在书桌翻找。“在哪儿呢？我记得跟京剧有关。”

“猴戏？”

“什么？”

“《川岛芳子》的电影，刘德华扮演一名猴戏名角。川岛芳子跟他有一段感情戏，而且，他是一名爱国人士。”

“不对。”卢老师摇摇头，“是单纯的暗杀。我肯定在哪儿见过。”

“是不是这个？”徐盛举起手机，他刚根据“川岛芳子”“暗杀”和“京剧”三个关键词搜索，点开排在首位的链接，展示给卢老师。

徐盛捧着手机看完文章，写的是一位叫叶于良的军人，专门刺杀汉奸。有一次，得知川岛芳子来戏剧院看戏，叶于良混进去行动。结果川岛芳子包下二楼，闲杂人等禁止上楼，加之随从和保镖太多，无从下手，想着等戏散了，趁乱出击，结果川岛芳子只待了半小时就离开。叶于良追出去，川岛芳子乘坐的汽车已经发动，刺杀以失败告终！文章里面并没有标明日期和地点，只有人物。

徐盛再次发挥搜索引擎的功能，输入叶于良，只有简单几行介绍：**叶于良，祖籍福州，抗战老兵。一九三八年加入北平抗日杀奸团，一九四〇年被捕，一九四五年出狱。**

“看来指望不上这段历史，或者，得让司徒月兰等上几年，跟叶于良联络。”徐盛给出一个合理的建议。

“没用的。”卢老师突然沮丧地坐下来，“司徒月兰活不到一九三八年。一九三二年，她跟几个同学投笔从戎，‘七七事变’后，更是支援前线，一次日军轰炸中，一枚飞出去的弹片钻进心脏，伤口很细，几乎没有流什么血，看上去就像睡着了。”

“您，您怎么知道？”

“我当然知道，司徒月兰是我外婆。”卢老师平静说道，“寻找并接近你，是我与生俱来的使命。”

“怎么可能？”徐盛瞠目结舌地望着卢老师，感觉他十分陌生，好像第一次见面。

“你不相信？”卢老师盯着徐盛，仿佛把他看得透明，“我知道你的秘密。你根本没想购买正品，是那个代购说以假乱真，你就花五百块钱买了假包。这不是最恶劣的，最恶劣的是你的伎俩被拆穿，矢口否认，将自己伪装成上当受骗的被害者，把责任推给代购，以博取同情。你想把自己伪装成受害者，但司徒月兰看穿了。”

这的确是徐盛不可告人的秘密。

他写在信里，向遥远的过去忏悔。

“我试过写信，但是没用。”卢老师说，“我投进邮筒的信件还在里面，我试过不少次，都没用。所以，我一直在等司徒月兰出现，之后通过她锁定你。也许冥冥之中，历史错认了两个同名同姓的女学生。”

“啊？”徐盛顿时萎靡不振，轻声问道，“你根本没有阻止我去买假包？”

“其实我们做什么都没用。”卢老师叹口气说。

“啊？”徐盛觉得自己变成一只陀螺，卢老师不断抛出的观点就是一条条鞭子。

“因为我们的历史啊，我们的历史是无法改变的，如果可以改变，我们也是处于改变之中的人类。你想想看，过去已经发生，如果改变，我们现在也会跟着改变。我们可能处于不断改变、修正的历史中，只是我们没有察觉。”卢老师抠着手指，不看徐盛，“民国司徒月兰如果阻止婉容离开静园，历史就会改写，现在的我们回望那段历史，就会是另一个面貌，你跟司徒月兰的爱情亦然。如果我提前告诉你假包事件，你们没有分手，你就不会写那封信，不会跟过去联系在一起……总之，我们现在看到的过去无法改变。你帮助不了她，她也挽救不了你。不让她参军的事情是我偷偷写了，夹在你寄出的信封中。”

徐盛有点明白，又有点糊涂，就像一个 Y 字路口，从某个节点分岔，他只能按照来时的路回溯过去，假使改变历史，就拐上另一条路，之前的记忆就会被覆盖。

经过这段经历，徐盛恍然明白，就算过去改变，他跟司徒月兰没有分手，也很难善终。只要他跟从前一样，不管过去怎么修正，他们都将面对分手的结局。寄希望于过去，不如从现在改变。

“我再写最后一封信吧。”徐盛叹口气，有无奈，也有解脱，“是时候结束了。”

——原载《中国校园文学》2021 年 6 月上旬刊（青年号）

为了寻找失踪的父亲，物理学出身的女主人公前往贵州的偏僻山村，并在那里结识了一位青年物理学家。结果两人一起发现，这里曾是研究超距传输现象的科研基地。而揭开一切谜团后的最后真相，竟与量子物理和当地神话传说有着密切联系。故事关乎父女之间的情感，关乎科学家的理想与情怀，关乎个人与社会的关系，关乎人类对科学事实与真理的执着追求。

遥远的终结

昼 温

人生的无奈在于存在无解之题。有人终生被死亡的阴影笼罩，有人囿于求而不得的爱情，有人惶惶一生，摸不到理想的边际。对于我来说，“距离”二字才是这世上最难破解的谜题。

1

第一次坐火车时我才三岁，刚刚能被带出门远行的年纪。

母亲背着我，被人群裹挟着向火车走去。

挥之不去的嘈杂吓坏了我。我放声哭着，母亲却只顾往前走，没有像往常一样把我放下来轻声细语地安抚。

我小腿乱蹬，手臂也胡乱挥舞着，一把扯下了母亲脖子上的项链。

断了线的珍珠一颗一颗从半空中滑落，还未落到地面就已像露珠一般消失在了摩肩接踵的人流中。

后来我才知道，那是父亲送给母亲唯一的礼物。但是，那天母亲为了赶上火车，头都没有回。

千千万万次，那串断掉的珍珠项链在我的梦里出现。

我梦到它们落在空无一人的月台上，一遍又一遍高高弹起，每一次撞击都伴随着余音难消的巨大钟声。

我在梦里远远看着，旁边坐着一个哭闹不止的孩子。

从那以后，我更加惧怕旅行了。惧怕近在咫尺的陌生人，惧怕绿皮火车仿佛永无休止的颠簸。

而每次旅行的终点，则是另一个陌生人。

“叫爸爸，快，叫爸爸。”

母亲越往前推，我就越往后躲。

眼前高大的男人也有些不知所措。他保持着半蹲的姿势，伸开的双手僵在半空。

我不知道为什么要叫这个人“爸爸”。

不对，真正的“爸爸”不是这样。

别的小朋友告诉过我，“爸爸”应该在每天晚上给我讲一个又一个有趣的故事，“爸爸”应该守在幼儿园门口接我，“爸爸”应该在我们母女俩受苦受难的时候挺身而出。

可是眼前这个男人呢？为了见他，母亲要多干很多活去支付一次一次令人痛苦的旅行，母亲要在每一个节日里流泪。

更让我想不明白的是，为什么每次都要带上我？

长大一点之后，我有时会想：没有感情基础的亲人，还算是亲人吗？未曾参与我的成长，又何以担起父亲的名号？

2

在飞机上看，云雾缭绕的山岭间藏着条条闪光的缎带，那是反射着阳光的道路。

每见此景，我都能感受到这块博大土地对便捷交通的渴望。高铁奋力将触手伸向每一个方向，机场像蘑菇一样在每一个角落冒出，青藏高原的“天路”上，每一千米都有血肉的献祭。只可惜，与可以通过网络瞬间传输的信息相比，承载血肉之躯的交通工具依然如崇山峻岭之中蠕动的小虫，落后而缓慢。巨人需要遍及全身的血脉，需要反应迅速的神经。也许它也会像我一样思考，如果有一天距离失去了意义，这个世界该多美好……

若非遥远的旅途相隔，我的童年就不会那么痛苦，母亲也不会……

想到母亲，我深深叹了口气。如果不是她，我断然不会重回贵州，重回过去和所谓的父亲相见的地方。

我对父亲的了解有限，在记忆里，他的面容都是模糊的。飞机开始下降，越来越接近那块与他真正相连的土地，那些碎片式的信息也浮出了脑海。

大学毕业后，父亲被分到了贵州丹寨的矿场任职。那里有着丰富的矿藏，当年最有名的金汞矿甚至被称为“丹寨小香港”。不过，父亲工作的稀有金属矿则更加隐秘，藏在大山深处。那里太偏僻了，似乎有什么秘密要隐藏。没有信号，不通网络，所有职工放假的机会更是寥寥。我不明白父亲为什么要选择这里。什么责任这么重大，要他放弃家庭的责任，放弃人生的欢愉，以至于把命都搭上?

十年前，矿场发生了一起事故，能得到的消息只有一百多名员工全部失踪。上面迟迟不给说法，母亲牵头，悲痛的妻儿父母们组成了家属委员会。那时我已经在外住校读书了，每次假期屋子里都挤满了哭哭啼啼的女人和老人，实在头疼，后来干脆就不回来了。

母亲身体本来就不好，父亲失踪后更是备受打击，再加上处理这些劳心费力的事，很快一病不起。恰在这时，上面做出决定，给家属委员会一个去失踪地现场查看的机会。

“安安，这个名额是给咱们家的，你去吧。”

“妈，你知道我对他没什么感情，我……”

“安安，听话，他毕竟是你的父亲啊。”

他可曾履行过父亲的责任？

看着母亲的病容，我把话咽了回去。

“这个名额很难得的，又要政审，又要签保证材料。其实我知道自己的身体，当初申请就是想让你去。”母亲轻抚着我的脸颊，眼里都是爱意。

“我一直觉得，你和他有着很奇妙的联系。不知道你还记不记得，十年前的一个午后，咱娘俩在不同的房间午睡，你突然推门进来，揉着眼睛说自己看见了爸爸。”

“怎么可能……”

“真的，之前你从来不在家里提他的。我还没细问，你又打着哈欠要睡过去了。我觉得你可能梦到了他。多巧啊，那天就是他失踪的日子。”

我没有说话，心想这大概是母亲的一个梦吧。

“对了，你知道吗，你和他的相似之处比你想象的要多。”

“我不信。”

“当年报志愿没有管你，自己决定学物理的对吧？”

“是。”

“你爸爸也是物理学出身呢。”

我很诧异。我一直以为他只是个电工。不过，学物理的在矿场做什么呢？

“物理学哪个方向？”

“粒子物理。”看到我的表情，母亲笑了，“和你一样哦。”

真正出发之前，我才知道这背后另有隐情。上面拒绝了所有家属前往矿场的请求，直到我的资料被递了上去。那些人想了、念了自己的至亲整整十年，至今还在坚持要讨个说法，对独独让我前往颇为不满。我也无法理解他们——距离的遥远不能淡化伤口，时间的漫长也不足以抚平心情吗？

“等你去了，你就会理解了。”

母亲病得太重了，临行的拥抱也是那么无力。她的脸颊两侧都凹陷了下去，瘦骨嶙峋的样子再也背不起一个二十斤的孩子。只有她的眼睛还是亮的，从医院的病榻上望着我，从绵延万里的云海中望着我。我在失重中闭上双眸，还能看见她的眼睛。

飞机落地了。

3

离开贵阳机场，又坐了两个多小时的大巴，我终于在凌晨到达了丹寨。虽说儿时多次来过，但我从未好好看一眼这里。那时我花了所有的精力抵抗晕车的痛苦、跟母亲生气、一路哇哇大哭，记忆中没留下一点儿东西。从某种意义上来说，我并未真正来过。

想到接下来还要赶半天山路，我心中的烦躁有增无减。拿着介绍信和一张贴满防伪标志的车票，我花了好长时间才找到去山里的班车。

不过，这怎么看都不像一辆要在盘山小路上跋涉的车。它太大了，比一般的公交车都大，里面塞满了瓜果蔬菜，还有各式各样的鲜花。剩下的座位上有几个当地人，都抱着大大的零食袋子。还有一个男人占据了最后一排全部的座位，黑色棒球帽压得很低，好像在睡觉。颠簸的山路上，这可不算什么安全的姿势。不过这里似乎也没有人系安全带。我没办法，只能在前排把东西拢一拢给自己腾出一点地方坐。

出发之后，几个苗族小姑娘开心地唱起了歌，一脸即将到家的兴奋。我有点困惑，毕竟从这里到他们那个深藏在大山里的村庄至少要5个小时的车程，还全是崎岖的山路。我要去的矿场也在村庄附近。他们现在精神这么好，怕不是一会儿都要睡倒在车上吧！

事情并没有像我想的那样发展。身后的两个小姑娘一直在嘀嘀咕咕，互相推搡着想要和我搭讪。我有些尴尬，只能装作没听见。又过了一会儿，一个看起来比较有勇气的姑娘坐到了我身边。她个子不高，脸白白的，戴着可爱的猫头鹰耳饰，上面还有两枚珍珠。

“你……你好。我叫杨敏，你是来参观我们村的吗，还是来看大泡的？”

“你好。我只是去矿场看看。什么大泡？”

杨敏露出惊异的表情，又立刻掩饰住了。我听到后面的姑娘在小声嘀咕：“她不知道！”

“没有没有，请问怎么称呼你呀？”

“我叫安玉瑶，叫我玉瑶就行。”

“安？你说你要去矿场……那你认识安麟老师吗？”

“我……我是他的女儿。”

杨敏又露出了那种表情，这次没有掩饰。

“安……安工的女儿？我能告诉其他人吗？”

见我点了点头，笑容像越过山峰的阳光一样在她眼中绽开了。

“喂！大家伙！安工的女儿来了！”

话音刚落，除了躺在最后排睡觉的那位，全车人都放下了手里的饮料零食，围在了我身边。我紧张地朝窗外看看，幸好还没上盘山公路。

“哎呀，多亏你爸爸，我们向羽村才能发展这么好。”

“就是，不然肥料和建材运不进来，稻米和茶叶也运不出去……”

“打住打住，她还不知道……”

我听得云里雾里。父亲在这里究竟是做什么的？搞研究，挖矿，还是……

修路？

还没来得及细问，大客车突然停了。站着的人都一个趔趄，我忙扶住一位差点跌倒的苗族姑娘。

“怎么了？”

我有点惊慌，难道前路出了什么问题吗？

苗族姑娘看到我的表情，又咯咯地笑起来。

“姐姐别怕，我们到站了。”

4

到站了？开玩笑吧，这才行驶了不到十分钟，难道搭错了车？

姑娘们抱着鲜花零食，蹦蹦跳跳下了车。我也跟了下来，发现自己站在半山腰的一块空地上。

一阵清风裹着好闻的味道吹来，眼前的景色让我愣在了原地。

苍黛的山峦环抱着一块谷地，满目都是层层叠叠的绿色。山坡缓缓倾斜进谷底，任淡色的梯田在它们身上画出道道密集的等高线。树木繁茂，花草长得半人高。雾气低低地压在四周的山顶，远处横着一道翻滚而来的乌云。点缀在田园风光之中的，是一栋栋极富设计感的现代建筑。医院，学校，住宅，超市，应有尽有。我还看见了一家花店，大概就是杨姑娘家开的。哦，这个小小的地方还有一家工厂，在山谷的另一头，能看见两个高高的石烟囱在各种各样的绿色里伸出来，十分显眼。

这就是向羽村吧？可是，怎么会这么快就到了呢？

我猛地回头，竟没有找到来时的公路。大客车的后面，只有长满绿植的山体静静拦着我的视线。

我在做梦吗，还是在路上睡着了？这不科学，这……

车上的人几乎下光了，那个躺在后面的男子才慢悠悠走下来。我注意到他年纪不大，不过个子很高，怪不得刚才睡觉时能把整个后排占满。他的装束和其他人不太一样，只是特别简单的黑色T恤和牛仔短裤。没有背包，但胸前挂着一个单反相机。

他在车前停下，面向山谷伸了个大大的懒腰。接着，好像和我一样被这美景震撼了，他愣了几秒，举起相机开始拍照。

附近只有他一个人了，我想了想，上前拍了一下他的肩膀。

没想到，他举着相机一起回过头，对着我就是咔嚓一声。

“喂！”

“不好意思哈。”青年嘴里道着歉，眼睛却忙着看取景框里的照片。我也凑上去看，是自己略带茫然的一张脸。山风吹得发丝乱飞，刘海也没了之前的形状。

“安玉瑶是吧，我是罗凯，搞摄影的，叫我小罗就行。”

他向我伸出手来，丝毫不为自己刚才的装睡行为感到尴尬。

我礼貌性地握了一下，问他知不知道这是怎么回事。

“什么怎么回事？啊，你是安工的女儿，他没有告诉你？”

我摇摇头。

小罗带着我走向山壁，把一枚石子丢了过去。我眼睁睁看着它消失了。

“这……”

“这是谁干的？”

听到第三人的声音，我吓了一跳：只见一个大叔模样的男子捂着额头，从石壁里凭空现身。

5

来人自称赵叔，是父亲当年的同事，也是负责接待我的人。在他的介绍下，我终于知道自己面前正是世界上第一个超距传输站点。

“这个村庄已经封闭百年，是你父亲为它开了一扇门。”

眼前平平无奇的石壁，竟隐藏着一个奇异的空间。我敬畏地望着它，那辆来时的客车闪过脑海。满车的鲜花水果，人们轻松的模样，苗族姑娘欢快地唱歌。在偌大的中国，多少农村因为一条柏油马路打开了致富的通道，多少山区因为细长蜿蜒的盘山公路走出了贫困的怪圈。距离是这个世界上最坚固的屏障，越过它的代价就是消耗最为宝贵的时间。

路，只有路才能打破它：土路，马路，铁道，河道，还有空中和海面的航线。但有了超距传输技术，所有的屏障都瓦解了。怪不得他们如此爱戴我的父亲，他在大山之中凭空修了一条完美的道路啊！

不过，一丝疑虑骤然生起：这样造福人类的技术为何只在丹寨一城使用？当年的事故又是怎么回事？更重要的是，这里的超距传输究竟是怎么实现的？

我问赵叔，他也只是摇头。

“当年的小分队几乎全军覆没，资料也残缺不全。当时我还年轻，处在团队的边缘，除了恐惧也没什么记忆留下。那场事故过后，整个矿场都被上面封闭了，只留下了这个连接向羽村内外的通道。新的研究小队来到这里后对它进行了为期两年的观察研究，虽然还不清楚原理，不过运输能力表现得十分稳定。上面为了向羽村的发展，同意开放使用，但对它的存在严格保密。”赵叔顿了顿，“村民都说，是你父亲向山神献祭了自己，才有了这个好比神迹的‘空间泡’。”

神迹？这个世界上怎么会有神迹。大脑中属于物理学的部分飞速运转，我要揭开这个谜。

“研究了这么多年，有什么进展吗？”

赵叔摇摇头。

“没什么特别的。想要搞清楚真相，必须重回矿场。只是……”

“只是什么？”

“你父亲失踪之前发出过警告，要求所有人不得再次接近矿场。鉴于那场事故实在太恐怖，上面也一直封着。不过前段时间下了几场大雨，通道变得不太稳定，上面才决定……决定派几个人再去看看。”

“这就是只允许我作为家属过来看的原因吗？”

赵叔点点头。

“你的身份……以及专业背景都很重要。”

专业背景？我看不出这和粒子物理有什么关系。

“玉瑶，很抱歉，到了这里才问你。你愿意去吗？可能会很危险。”

为什么不去呢？从童年起，对遥远的怨恨便深入骨髓，如果能看到打败距离的方法，如果能知道父亲离开我们母女的理由……

珍珠一颗一颗落在站台，母亲望着我，眼里都是期待。

6

小分队一共三人。赵叔是当年事件的亲历者，专业素质过硬；我是总工的女儿，物理学专业出身；但罗凯……

看着他一脸轻松，东拍拍，西拍拍，我很是疑惑。赵叔也说不清个所以然，只是含糊表示听从上面的意思。

离厂区还挺远，有两个兵哥哥在必经之道挡住了我们的去路。他们仔细地检查了我们的证件，与手中的文件对了又对。后面的路没法走车，我们只得告别司机，步行前往。

厂区在一个洼地里，一切都是黑色和灰色，还有被岁月腐蚀的锈红。只有两根石烟囱傲然挺立，看不出什么老化的痕迹。

赵叔说这附近容易山体滑坡，下去太危险，案发地点也不是这里，叫我看一眼就走。不过，小罗在远处拍了几张照片。

我没有相关知识，什么也看不出来。小罗把取景框里的照片放大，我注意到厂区里狭小的空地上有几个铜像，形状十分怪异，上窄下宽。

我觉得有点奇怪，但也说不出怪在哪里。看天色不太好，赵叔催我们去住宿区。

那地方离厂区不远，三人直接顺着小路走了过去。说是小路，大大小小的杂草野花早就已经占领了。在草丛的深处还能看见几辆废弃的卡车，锈迹斑斑，只剩空壳。

住宿区的门口，又是一个黑色的铜像。和厂区里的不同，这个铜像规规矩矩，是一位坚毅男性矿工的形象。铜人双手握空，上下举在胸前，好像拿着一柄长铁铲正欲挖掘——不过手中的工具早已不知所终。

“玉瑶，看看它有没有什么异常。”

听了赵叔的话，我凑近仔细观察了一下，发现这个“铜”像似乎并不是铜做的。虽然泛着同样的金属光泽，但这黑色更深、更浓，手感也粗糙些。

人像空握的双手也有些问题。两个圆柱形的空洞并不对齐，也就是说，一开始这个人像的手里就不存在任何长柄工具。那这个“铜”人紧紧握住的，到底是什么？

我凑过来一看，人像手中硬币大小的空隙里早已被蜘蛛安家，结了好几层灰扑扑的蛛网。蛛网之中，隐隐约约有个圆东西。

我勉强把手伸进去，摸出一枚脏脏的——珍珠？这里怎么会有珍珠？我看向另一只手，里面也是脏脏的，但什么都没有。

回过头，赵叔微笑地望着我：“玉瑶，你把珍珠放回去，再看。”

我照做了。什么都没有发生。

“玉瑶姐，你看下面！”一旁拍摄的小罗突然叫起来。

俯身一看，人像的另一只手里竟然也多了一颗珍珠！

“怎么回事，珍珠怎么变多了？”

我想了想，又把上面的珍珠拿走，下面的珍珠也随之消失了。

"并没有变多。如果我没猜错的话，是雕塑的双手紧紧钳住了这个空间泡，迫使珍珠在两个地点飞快传送，而我们看起来就像有两颗珍珠。"

赵叔满意地点点头。

"不愧是安工的女儿。这个人像是用丹寨特有矿物麟铜打造的，是唯一已知能够制住空间泡的东西。"

"哇。"

我抬起头，在这个距离能看清雕像脸上的表情。坚毅，无畏，骄傲，带着上个世纪工人特有的严肃。它一上一下悬空的拳头握着的从来都不是工具，而是空间本身。

"附近的山体富含麟铜，我们认为这就是向羽村通道可以稳定存在的原因。但是，麟铜和空间泡的关系非常复杂，目前只有一个人能够精确计算。就是你的父亲。"

我望着"铜"像，又是父亲的杰作。

"他当年的手稿已经遗失了，如果这次能找到的话，我们才有可能真正掌握空间泡。"

若真如此，距离将再也没有意义。浪费时间和精力的旅程不复存在，这个世界的效率会呈指数上升。而且，只要愿意，所有的孩子都能够和父母团聚。

"手稿……是在这里丢的吗？"

赵叔点点头。

我暗下决心，一定要找回它。

7

住宿区不大，我们又走了好一会儿才碰到了唯一一栋中规中矩的建筑。墙色斑驳，充满时代特色的标语也在风吹日晒中失掉了颜色。靠外的窗户全在里面糊上了报纸，透过间隙能看见里面堆放的文件。

我急着要进去翻找，赵叔却在门口停了脚步，脸色有点难看。

“这么多年了，我还是……”

我能想象得到，百位同僚在几天之内相继死去，当年的阴影大概就像此时的雨云笼在上空，一时令赵叔难以释怀。

“……要不，您在这里等我们一会儿。”

赵叔点点头，如释重负。他迫不及待远离了宿舍楼，拿出手机找有信号的地方。

我和小罗都是第一次来这里，他一脸兴奋完全掩饰不住。我们沿着窗边一间间看过去，只觉最东边的那间有些奇怪：窗户似乎被什么黑色的板子挡得严严实实，一点也看不见里面。进入大楼后，我们决定先去那个房间看看。

门没锁，但我推到一半就感到了阻力。幸而空隙足够我们两个进去了。

尽管是白天，房间里还是一片漆黑。我和小罗都把手机上的手电筒打开，才勉强照清屋子的全貌。

这似乎是一个资料室，四面墙边各摆了一个快顶到天花板的黑色书架，靠窗的那个挡住了所有阳光，靠门的这个则是挤得门只能开一半。

小罗费了不少力气把其中一个挪动了一点，漏一道宽宽的阳光进来，屋子里顿时敞亮了不少。不过，激起的烟尘也让两人咳嗽了半天。

这时，两人才发现房间的地板上也有一摊黑色金属冷却而成的小山。中间有半本书那么高，四散的触手则延伸到了书柜底下。我仔细观察，想确定是不是麟铜。

另一边，小罗已经有了初步发现。他一手护着相机，另一手艰难地在书架底往外拉扯一个工作记录一样的东西。我接过来，心里咯噔一下：这难道就是赵叔说的那本遗失手稿吗？难道这么容易就被我们发现了？

“‘我的假设里不需要鬼怪——安麟’。”

我念着笔记封面上的字，心突突直跳。我不得不承认，他写字行文的方式跟我真的有一点像。不过这内容却是出乎意料：不是工作内容，不是日记也不是账本，这个躲过各个机关多轮搜查的本子里，记录了两个苗族神话。

第一个神话讲的是第一支迁到丹寨的苗族人。他们在路上丢失了谷种，只得打猎为生。但猎物有限，部落很快陷入了饥荒。村子里有一对男女，男子擅长打猎，但也只能替村民们解一时之需。于是他的爱人决定走到天边去找天神寻求谷种。女子走了整整一年才求得了谷种，天神却说这谷种必须在三天内种下。三天时间不可能走过这么远的距离，于是天神把女子变成了一只锦鸡，三天之内跨越千万里回到了家乡，解救了部落。

第二个神话叫“七姑娘”。传说在稻花盛开的季节，村里的人会找来一个年轻女性当七姑娘。施法过后，七姑娘的魂魄就会飞到天上去和祖先讲话。如果七姑娘的意志够坚定，她就会回到世间，用唱歌的方法把祖先的话带回来。

这里还夹着一张黑白照片。一个穿着苗族传统服饰的女子站在正中，四周围了一圈穿着工装的男子。女子似乎在跳舞，身姿婀娜，其他人则似乎在死死地盯着她，场面十分诡异。我试着擦掉照片上的灰土，可包括女子在内，所有人的面容都很模糊，看不出哪个是父亲。照片背后写着二十几个名字，我看到了父亲的名字，还有唯一个女名，似乎是那位苗族女子：罗然。我把照片给小罗看，发现他的眼睛亮了一下。

“这是我妈。”小罗指着照片中间，轻声说。

“你妈妈？”记忆里某个地方动了一下：失踪名单里是有罗然的，但母亲组织的家属委员会里可没有罗凯这号人物啊。

“这应该是她年轻的时候。”

“那他们在干什么，你知道吗？”

“做‘七姑娘’的仪式吧，我猜。”小罗的语气很轻松，只字未提母亲失踪的事——也许一切真的可以被时间冲淡，那些至今还在哭哭啼啼的家属才是异类。

“你的母亲是七姑娘？这不是个神话传说吗？”

"喂，别拿看封建迷信的眼神看着我。现在这就是个民俗活动嘛，和过年吃饺子没什么两样。你看那帮科学家看得也挺起劲。"

我又看了看照片，确实如此。那些人不像是在看热闹，严肃的氛围更像在记录什么实验。

"而且我妈和我说过，七姑娘的传说在古代更玄。被选中的女孩会在祭坛那里彻底消失，过段时间才会出现。"

"消失？消失去哪里了？"

"不知道。不过这种仪式的成功率很低，如果女孩的意志太坚定，她就走不了，但如果意志不坚定，她就回不来。"

"唔……"

我又低头看笔记，想找出父亲记下这两组神话的用意。此时，一连串声响打断了我的思路。

当，当，当，当，当……声音由响及弱，频率由低变高，很快消失了。

8

温暖的季节里，我打了一个寒战。我曾无数次在梦里听到过类似的声音，音色不同但频率相当——那是珍珠掉在地上的声音。

我猛地回头，有一颗珍珠正滚过地板。

小罗也看见了，手疾眼快扑住了它。我还没来得及仔细看，又是一阵类似的响声。

当，当，当，当，当。

我俩同时转身，只见三米之外一颗珍珠正弹落在地，向我们滚来。

小罗低下头，手里的珍珠已经不见了。

"噫？怎么——"

话音未落，珍珠掉落之声又在我二人身边响起。

当，当，当，当，当。

还是那颗神出鬼没的珍珠。

小罗还是一副摸不着头脑的样子，我却突然兴奋起来：这个房间里有一个极其活跃的空间泡！四周的麟铜书架，应该就是为了困住它的。

“小罗，快，快帮我录个像！”

“录像？”

这是一个极其珍贵的实验环境，我的大脑飞速运转起来：如果一个不能自行移动的物体突然出现在另一个地方，可能是什么情况？

假设一，A 物体受某种外力的影响，从 A 地点移动到 B 地点。比如有人在我们看不见的地方把珍珠拿走了。

假设二，A 物体从 A 地点消失，又在 B 地点出现。这可以说是真正的超距传输。

假设三，A 物体从 A 地点消失，B 物体从 B 地点出现。这样的话，传输的代价便是物质消解又重组，世界上留下一个一模一样的副本。

这三个可能性依次递减。

我把假设说给小罗，再次拜托他用相机拍摄房间。我说想看看能不能拍到珍珠移动的轨迹或是消失的方式，也许可以排除一两个假设。

听完以后，小罗似乎没有完全理解。不过，他还是把相机小心翼翼放在了珍珠对面的架子上开始录像。

这次，两个人足足盯了好一会儿，珍珠也没有消失。

“要不咱们先去别的房间看看？”

“不行，我不能离开的我的相机！”

“好吧……”

两个人又沉默了。

9

时间一分一秒过去了，珍珠毫无动静。平常我的时间很紧张，零碎的空闲也被用来看手机、回消息，等待的感觉像夏天燥热的阳光一样令我浑身焦躁难忍。感觉已经盯了一个小时，没想到一看表才过了五分钟。

我突然想起了爱翁那个著名的比喻：一个男人与美女对坐一小时，会觉得似乎只过了一分钟，但如果让他坐在热火炉上一分钟，却会觉得似乎过了不止一小时。

“你在想什么？”小罗问我。

“我在想……环境会影响人对时间的感知。”

“哦，是吗？”

“嗯，在危急情况下，很多人都会觉得时间变慢了。这被视为应激反应的一部分。”

“好像还真是这样。”小罗眨眨眼睛，回忆道，“有一次我从梯田上摔下来，就感觉世界好像调了 0.8 倍速，一切都慢了下来。”

“是的。而且有研究表明，一些精神病人眼里的时间流速和正常人不同。普通人眼里一百毫秒的闪烁在他们眼里可能会扩展到一百二十毫秒。而在动物界这个差距就更大了。比如对于苍蝇来说，人类的电影就是一格一格变化的图片。”

“怪不得我总是打不到它们……”

“其实还有一种解释。我们觉得时间变慢了，并不是认知带来的错觉，而是时间的流速真的变慢了。”

“时间还会变？”不知道是不是我的错觉，小罗的眼睛一下子亮了。我也燃起了科普的热情。

“对。那种理论认为每个人、每个动物、每个物体都拥有不同属性的时间，而人或物体状态的变化也会导致自身时间属性的改变。在你从梯田上摔下来的那一刻，身体里的激素迅速做出反应，很可能就改变了你的时间。”

“哇，这是谁提的，脑洞好大啊。”

“物理学家白振雄，你应该没听说过吧？师从汤川秀树，才刚四十岁。”他还不到载入史册的年纪，但理论多数离经叛道，惹起过学界几次热议。听说本人也很有趣，因为欣赏日本文化而选择在东大任教。我也曾写过几封套磁信，希望未来能够成为白振雄的博士生。所以，看到小罗摇头的时候，我还是隐隐有些失望。

“才四十岁？”

“怎么了，很多人一辈子都达不到这种高度。”听到这话，我忍不住为偶像辩护了几句。

“他的其他理论也很棒。大家一般认为时间是一维的，像一条没有厚度的直线，只能向前走。但白振雄坚持认为时间是二维的。也就是说，时间不是连续的，而是像无数个切片面包组成的长龙，每一个时间截面就是这个世界的一帧……”

小罗打了个哈欠。

看到我的眼神，他赶忙道歉，说自己从小就容易在物理课上睡着。

“唉，还是你们物理学家有文化，时间有这属性那属性，又是面包片又是长龙的，要我就把时间假设成橡皮泥，能随心所欲捏来捏去多好……”

我倒希望是这样。小的时候，我一直渴望能把时间变快。那些路途中的痛苦把时间拉得太长，长到深深印在了我的记忆里，长到填满了我的童年。

“玉瑶，你没事吧？”

小罗喊着我的名字，声音格外轻，却一下子帮我从回忆里抽出身来。

“没事。”

“唉，我知道这是你父亲去世的地方，伤心是很正常的。”

“我……其实我没当他是我父亲。”

“为什么？”他看上去非常惊讶。

“我们基本没怎么接触过，我不了解他，他也不了解我。我们，没什么联系。”

“也许你应该试着……”

“是他没给我机会。后来……后来也没有机会了。”

“物理这块我不懂，不过这个事嘛……其实我和你挺像的。我妈妈也去世得很早，但我还是能感到她就在我身边。她的笔记，她生活过的房间，她留下的照片和故事……我也像她年轻时一样喜欢摄影。我还经常拿我拍的照片和她的做对比……真的，感觉她就在我身边。按理说父母和孩子应该是这个世界上最像的人吧，基因染色体什么的。就算相距再远，你的存在本身就是你们最好的关联。”

我的情况不一样。我在心里对自己说。是他生生切断了这个关联，是他没有选择我。

“玉瑶？”

“嗯？”

“珍珠没了。”

10

架子上空无一物，但我们谁也没听见珍珠落地的声音。

回放录像，珍珠是瞬间消失的。我们放慢了很多倍，直至连续的录像变成一帧一帧的图画，也只能看到珍珠在这一帧完好无损，下一帧消影无踪。

“完全看不到珍珠移动的轨迹，刚才检查的时候也能基本确定是同一颗珍珠。虽然不能完全排除，目前最可能发生的是第二个假设：物体从 A 点消失，从 B 点出现。”我想也应该是这样，不然上面也不会允许向羽村通道的存在。

“那现在珍珠去哪儿了？”

“找找呗，可能是掉在架子上了。”

两个人开始在不大的房间里翻找起来。

“玉瑶，你们做科学实验也这么好玩吗？”

“枯燥多了。要是能出现这种异象大家不知道该多兴奋。”

我真的不忍心告诉小罗，我们的日常是这样的：上午交报销材料，下午开会讨论学院网站的管理，然后去实验室跟高压接头较劲，把电压加到 9000 伏，然后探测器上终于能看到信号了。

“不过，要真的是假设二的现象，除了超自然现象还有什么解释呢？”

“物理学上的解释就很多了。爱因斯坦 - 罗森桥你听过吗？就是虫洞。”

“听说过，不过也就是听说名字罢了。”

“意思是宇宙中存在连接两个不同时空的隧道，通过它可以实现瞬时空间转移。从外部观察，就是一个物体消失，过段时间再从另一个地方出现。”

“这么厉害？难道这里……”

“可能存在微型虫洞。当然还有很多别的可能性。”

我自己不太认同这点。虫洞的产生需要很严苛的条件，如果向羽村通道真的是一个小虫洞的话，驻地科学家应该早就已经得出结论了。

“玉瑶，我找到珍珠了！”

原来这回珍珠嵌在了南面的墙上，就在金属书架的旁边。小罗轻松地把它摘了下来，仔细端详，我则踮起脚，摸了摸那块墙面。

珍珠镶进去的地方形成了一个小小的凹陷，四周一圈微微隆起：坚实的墙面仿佛不是固体，珍珠进去以后把原先的物质挤到了一边。接着，我注意到这面墙上充满了细小的裂纹，源头似乎在被书架挡住的地方。不知道是不是我的错觉，这裂纹似乎还在生长。

“玉瑶？”

“嗯？”

“你有没有听到什么声音？”

正观察裂纹的我还真没注意。两人都没再说话，屏住呼吸聆听。

这个小小的房间里，传来了第三个人的喘息声。

11

辨清这声音的源头在书架附近，小罗一把将我护在身后。一改刚才嬉皮笑脸的样子，他严肃的面容让我感到很陌生。

金属书架开始颤抖，我吓得抓紧了他的胳膊。

我一直相信再诡异的现象都逃不开物理定律的束缚，但和人有关的事却一向很难捉摸。一个偷窥的人，比一百个凭空出现的珍珠更加令我恐惧。

书架抖动得更剧烈了，小罗护着我一直往后退。终于，它重重倒在地上，和满地的金属物相撞，发出震耳欲聋的碰撞声。

出现在我们眼前的是赵叔。

不，是半个赵叔。他侧对着我们，只露出左边的身体——其他部分全都和那颗珍珠一样深深嵌在了墙体之中。额角青筋暴起，口鼻全在墙中，左眼死死盯着我们，手脚像濒死的昆虫般疯狂舞动。在他四周，墙体像海水一样拱起了一圈浪花。

“快，快救人！”

小罗率先反应过来，抡起房间里的金属椅砸向赵叔身后的墙壁。还好这不是承重墙，几下就四分五裂，赵叔也掉了出来，躺在地上重重喘着粗气。

我忙上前扶起他，替他拂去口鼻附近的墙灰。

“快，快跑，孩子们。空间泡逃了！”

话音未落，一道闪电将整个房间照得通亮。我们这才意识到，外面不知已经下了多久的大雨。透过密集的雨幕，我俩都注意到村落的方向闪着耀眼的红光。

“那是空间泡逃脱的警告！十年了，这还是第一次。我想来警告你们，谁想到——”赵叔突然紧紧抓住了我的胳膊，把我吓了一跳。

“——它们已经来了，它们已经回来了！”

12

冒着雨点，三个人好像逃命一般往宿舍区外面跑。不对，不是好像，就是在逃命——吃人的透明怪物就在附近游荡，一步踏错就万劫不复！

更可怕的是，按照赵叔的说法，山体滑坡带来了麟铜分布的改变，更多空间泡很可能已经出来了！而在当年那场事故里，个位数专门传送人体的空间泡就在几天内屠尽了全厂人！

“这么危险的东西，你们为什么不把这里彻底封死！”小罗扶着赵叔，在风雨中大声责怪。

小罗不会懂，但是我明白。这个东西的研究价值太大了，足够让一个国家在历史的进程中弯道超车，雄踞世界很多很多年。何况这是人类的财富，甚至能够彻底改变生产力和生产关系，几个人的牺牲远远不值一提。再说了，这么多年都能保持稳定运转，人们没有理由放弃这个彻底击败距离的有力武器。

只是，失控的为什么是今天？

赵叔体力不支，刚走到“铜”像处就倒下了。我和小罗想把他拉起来，赵叔只是摆摆手，表示自己一步也走不动了。我们只得绕到“铜”像身后去躲避迎面而来的暴雨狂风。

在翻滚的黑云下，双手握拳的工人似乎变得更加勇猛，不惧一切风雨。

“玉瑶，你们先走吧，我还得回去。”

“回去？那里那么危险，您——”

“我刚刚是被恐惧冲昏了头脑才想着一走了之，这实在太不负责任了。你有没有想过，如果我们不去管它，让几个空间泡流窜到村里、镇里会是什么后果？会有多少无辜的人瞬间消失，掉进河里或者像我一样嵌在墙里，甚至像当时稀有金属矿里的所有人一样，尸骨都找不到一具！”

杨姑娘灿烂的笑脸闪过我的脑海，还有满载鲜花的客车和层层苍翠的梯田……这里美好的生活，就要被彻底打破了吗？

“可是，空间泡行踪如此诡异，我们也没有任何办法捉住它，您回去又有什么用啊！”

“其实有办法。”

赵叔告诉我们，父亲曾教过他们做简易的空间泡捕捉器。只需要两片麟铜夹在空间泡两端，就能和“铜”像一样暂时制住它们。但是，即使是麟铜也无法移动空间泡，制住的时间也非常短暂。十年来他们的研究对象都只有联通向羽村内外的那个泡泡，没人敢冒险将它放出，所以并没有实践这个理论的机会。

在赵叔的带领下，我们打着伞在雕像底端用打火机熔化了一部分金属。黑色的液体流淌到地面上，渐渐凝固成一个手掌大小的不规则圆盘。我们先做了六个小圆盘。

“赵叔，和珍珠泡不同，能传输人体的空间泡这么大，这两个小盘能捉得住吗？”小罗问道。

“孩子，空间泡并没有固定的大小，它会根据相同属性物体对自身定域进行相应的变化。不然怎么会刚好有我这么大的空间泡，又刚好符合动作和形状，没让我缺胳膊断腿呢？当然，也有可能它根本没有我们常识意义上的形状，只是一个点，一个空间的裂缝。当然这只是我的假设。”

小罗看起来不是很理解，但他还是点了点头。

“孩子们，我们一人拿两个圆盘。如果有人消失了，一个人就用圆盘围住消失点，而另一个人无论出现在哪里，也要立刻回身围好出现的地方，好吗？这样总能保证有人困住了空间泡。”

“可是，这些泡泡又看不见，我们怎么才能知道自己抓住了它们没有？”

“不用完全抓住。有这种材料在的地方就会限制空间泡的行动。不然雕像的手就会封死了不是吗？”

13

“一进门不是走廊吗？怎么……”

赵叔实在行动不便，再说也需要有人把情况传递出去，所以最终回去的只有我和小罗。一路都没有异常，没想到刚进宿舍楼就遭遇了空间泡。两人瞬间落入黑暗，一时惊慌失措，竟然也忘了围堵的事情。

小罗打开手机上的手电筒，发现一切都变了。空旷的房间散落着不少长胶卷，还有破桌烂椅、各种杂物。窗户一半是黑的，只有上部能看见外面风雨大作，还有不少雨水打进来。

“我们肯定已经不在那栋宿舍楼了。”

“可是来的时候只看到一栋建筑啊。”

小罗拾起一条胶卷，照了照。

“很可能是当时的职工电影院。这里常常山体滑坡，还有泥石流，可能是几年前被埋了。”

我点点头，认同了他的看法。

“门推不动，只能从窗户爬出去了。实在不行还有赵叔，他知道我们在住宿区，出去以后会找人来救我们的——赵叔？”

一道闪电划过，玻璃上映出一张人脸——赵叔正蹲在窗户外面厚厚的积土上望着我们。

他不是走不动路吗，怎么会这么快？

“赵叔！赵叔快救救我们！”我在屋里大喊，拼命冲他挥手。

中年男子的面孔令人捉摸不透。他就这么静静看了我们一会儿，什么也没说，什么也没做，在暴雨中径直离去了。

“赵叔！赵叔！我是玉瑶啊！”

“别喊了，省点力气吧。”小罗说，“你还没看出来吗，他想要我们的命呢。什么为了村民，什么用麟铜片围捕空间泡，估计都是扯淡。”

“为什么，我们才第一次见面，为什——”

话音未落，只听一阵隆隆巨响由远及近，吓得二人又往深处缩。

安静下来后，掉下来的泥土把出口全堵死了，房间彻底漆黑一片。

“别管为什么，先想办法出去再说。”

我很同意。这里的氧气含量很令人担心，不知道够我们两个人撑多久。还有那个空间泡，不知道又跑到哪里去了。

“我们应该顺着房间找找它，说不定就被传到外面去了。”

“对啊，正好传进泥石流里，一了百了。”

“玉瑶姐，别这么悲观嘛……哎，你看这是什么？”

14

小罗在地上找到了一个满是灰尘的油纸包，四块砖头大小，上面一层一层包了好多塑料袋。

我们把四个金属圆盘摆在身边当成护身符，以期空间泡不会飘过来，然后才定下神来研究神秘包裹。

里面的物体露出真容后，小罗激动得叫了起来。

“我的天，是古董机！”

“什么？”

“索尼出的数码摄像机，我看看，DCR-VX1000E，1995年的货，保存得还这么好！”

“你这么了解？”

“当然，我妈当年也是搞摄影的，这种机器有不少，我从小研究到大的。”

“你觉得它还能用吗，说不定有线索。”

“我看看……电池和磁带都是分开装的，都没有损坏，我们装回去试试。”

没想到，这竟然是父亲的机器。

“——滋滋滋——玉瑶，我是爸爸。”

第一段视频里，年轻的父亲出现在了镜头前。

“嘿嘿嘿，你还在妈妈肚子里呢。你知道爸爸在哪儿吗？爸爸在贵州，离家可远可远了。爸爸不是不想陪你和妈妈，可爸爸得工作啊。这里有一个特别好的机会，做出成果来的话，你一辈子就衣食无忧，想干吗就干吗了。当然要是能和爸爸一样学粒子物理最好了，不过妈妈恐怕不会同意，她怕你也跑到大山里来呢……”

“玉瑶？”

“我没事。继续放，下面肯定会有线索。”我的眼泪在黑暗中流下来，但用尽全力保持了声音的平静。小罗轻轻抓住了我的手。

“——滋滋滋——”

画面转向了户外。似乎是雕像刚落成的时候，十几个青年男子围着它，其中一个比较年长的站在高处，手里拿着什么东西。他冲着摄像机方向大喊：“小安！你录了没有！”

接着是父亲的声音。

“录着呢，贾工！”

“好嘞，大家瞧着！”

贾工夸张地抡了一圈胳膊，然后小心翼翼地把什么东西送进了雕像的手中。

“小赵，珍珠过去了没有？”

一个小个子蹲在地上，仔细地往“铜”像的另一只手中看。

“过去了，过去了！”

听到这话，所有人都拍手叫好，欢呼声回荡在山野间。

“行行行，过去了就起开，让小安来拍拍！”

“来了，来了！”

画面晃晃悠悠越来越近，清楚地拍下了每个人因为兴奋而发红的脸庞。最后，镜头对准了雕像的手，里面赫然摆着一颗珍珠。

也是我在雕像中见到的那一颗。不过，那时珍珠还未蒙尘，也没有随着岁月变黄。它是那么纯白美好，一如画面里每一个人的理想与情操。

15

画面一转，似乎很长时间过去了。镜头里像是一间办公室，贾工坐在一张大办公桌后，胡子拉碴，狠狠抽着烟。

他看到了镜头，眉头皱成一团，但看起来没精力管这些了。

“贾工！”

有人在画面外喊他。

贾工望向来人，脸一下子舒展开来。

“怎么样，有什么消息吗？”

“没有。失踪的工人还是没找到，而且，而且小钱也……”

“小钱？小钱不是和你在一起的吗？他怎么了？”

“小钱同志牺牲了，我们是在山里把他挖出来的……”

听到这话，贾工的五官又拧成了一团。

“贾工……”

“唉。可怜的孩子。明天和罗姑娘他们一起葬了吧。还有，最重要的，坐标记下来没有？”

“记下来了。可是……”

“可是什么？吞吞吐吐像个大姑娘，有事直说！”

“贾工，我知道咱们到这儿来一驻就是十年，为的是什么，啊？一个虚无缥缈的超距传输神话！”

“张工，你冷静点！”是父亲的声音。

“小安，这没你说话的份！”

“张工。你我都很清楚，这不是神话。那个珍珠就是证据。”

“十年了，整整十年了。除了珍珠以外，我们可曾有什么进展？原理搞清楚了吗？规律摸清了吗？我们甚至没法移动它！还有最近放出来的那些魔鬼……你是没体会过和墙壁融为一体的感觉！”

贾工浑身颤抖，似乎无话可说。但来人却没有停下来的意思。

“贾工，现在不是我们能处理的情况了，全部撤离吧。让直升机带着金汞液填满这个山坳吧。”

“那我们的成果可就全完了。”

“也比我们这些人全完了好。”

“小安。”

贾工突然看向镜头。

“你说你有办法捉住它们，对不对？”

“我最近在算它们的出现频率和地点，可以一试。”

“好。张工，再给我三天时间。要是捉不到它们，咱就全体撤退！”

画面又一转。

这次的场景很熟悉，是我们进去过的那个房间。闹哄哄的，人很多，镜头似乎好不容易才挤进去，但墙的四周没有黑色的金属书架。

不对，拨开人群后，我看到两个金属书架并排放在房间正中，架子间留着三臂的距离。

书架间的空地上站着一个人。

我认出来那是贾工。他并没有被东西夹住，可手脚却像被无形的枷锁束缚了一样保持着诡异的姿势。他的表情极其痛苦，从喉咙里勉强发出声音。

“别……别过来……”

“张工，怎么办？”我听到有人焦急地问。

“大家别碰他，人一旦接近也会被‘它’影响！现在贾工和那个珍珠一样，两边都被金属钳住了！唯一的办法就是找到另一边的‘它’！贾工，你在哪儿？”

“山……”

“很明显是在矿山里。”是父亲的声音，“肯定是那种金属最致密的地方，所以和珍珠不同，贾工连带‘它’都动弹不得！”

“怎么办，那么大的矿山，上哪儿去找啊？”有几人的声音都带了哭腔。

尽管身在房间，贾工看着快要窒息了。他已经说不出话，眼白布满血丝，眼球缓慢转动，死死盯着房门。

这时，一个气喘吁吁的小工推着一桶缓慢翻涌的金属熔液撞门而入。

“你疯了吗？贾工还没救出来，你拿这个干吗！”

“……倒。”

“老贾？”

贾工浑身颤抖，双唇艰难张开，爆发出最后一个声音：

“倒！”

一个人抢过小工的推车，将整罐金属液向痛苦的男人身上泼去……

我倒吸一口冷气，突然知道厂区里座座诡异的麟铜像是怎么来的了。

16

最后一段视频里的场景正是这个废旧的电影院，出境者则是父亲本人。

那时电影院还没被淹没，不过外面也下着大雨，父亲在一个昏暗的角落趴在镜头前。我从没这么近见过父亲。他看起来疲惫又难过，脸上冒出参差不齐的胡楂，头发混着汗水一缕一缕贴在额上。不过，我还是能在这张脸上看到自己的样子。像母亲说的一样，我们眼睛的形状很像。

“喂，我不知道谁能看见这个录像，但它很重要知道吗。”刚说了一句，父亲就紧张地向后看去。背景只有一片昏暗，我和小罗什么也看不见。

“我们的时间不多了，我该早点录这段的。”父亲的语气很焦急。

“我是安麟，十年前应召来到丹寨稀有金属矿，调查这里的超距传输现象。我们一行人有二十个物理学家，其他都是这里的矿工。现在还剩——”他又往后看，接着很快回过头来。

“——还剩三人。另外还有十几人失踪。凶多吉少。我从头讲吧。五年前，我们发现丹寨矿场存在类似微型虫洞的空间泡，并实现了珍珠的超距传输。这种空间泡很可能是富含稀有金属的矿物激发的，同时这种矿物也能在一定程度上抑制空间泡的移动。但是这种抑制也不算稳定，如果不是丹寨遍布特殊矿物，空间泡将以不可思议的速度扩散。

“起初，我们发现不同的空间泡会特定传输不同的物质，大多都是珍珠类的小物件。但在对空间泡的深度开采过程中，特定传输人体的空间泡出土了。它的活性极大，几乎逃离了土地的束缚，一天之内传输了几十人。他们在河流、半空中出现，甚至深嵌在墙壁和山体之中，生还者寥寥。此外，这种杀人泡的定域性也比较差，人体周边的物品，甚至是相距不远的其他人也会被影响。我们用金属溶液四处围捕，牺牲了很多人，终于抑制住了大部分杀人泡。我们都知道，绝不能让这种看不见、摸不着的杀人魔离开丹寨、扩散到全世界。”

“安工，时间快到了！”不远处有人呼唤父亲。

“知道了！”父亲头都没回。

“围捕空间泡的基础，就是它在整个矿场的运动规律。我记下了所有空间泡出现的地点和时间，分析了移动轨迹，再结合地下矿物的分布，终于能够成功预测它的行踪。”父亲拿着一个本子在镜头前晃了晃，上面写满了复杂的计算。我认出那是记着两个神话的本子的另一半。

“如果我没计算错的话，十分钟后空间泡会从这家电影院西北角出现，我们会站在那里。按照计算我们会被传送到 12 点方向三百米处，那里已经布置好了围捕杀人泡的陷阱。如果我们出现，说明这个地点是对的，那么最后一个杀人泡也能被抓住了。如果在那个地方不行，下一个地点也设置了自动陷阱，应该不会有问题……希望如此吧。”

“安工，快点了！”

“好了！”父亲大声回道。他向镜头伸出了手，画面停了。

但父亲紧接着又出现了。

“对了，我还有个可爱的女儿叫安玉瑶，你要是能见到这个录像，请你告诉她，这么多年来我最亏欠的就是她们母女俩。我……我……wilgangbmongx。”

是苗语的“我爱你”。

画面黑了。我泣不成声，小罗则紧紧把我抱在了怀里。

“玉瑶，玉瑶，你看，还有一段视频。”

我赶紧擦擦眼睛，父亲又出现了。他瞥了一眼身后，声音比刚才小了很多。

“其实，对于整个事件我一直觉得有什么不对。就算是微型虫洞，物体的传输也是需要时间的，但我拍过很多次珍珠的超距传输，都出现了一张照片上有两颗珍珠的状况……如果说距离太短，相机也捕捉不到变化的痕迹，那贾工那次呢？他的尸体在几百米外的山里，可房间里的贾工却是连续的。无论我怎么调慢录像，甚至一帧一帧地看，都没有发现任何贾工不在这里的证据。难道这个世界上出现了两个贾工？难道贾工同时存在于山体内部和我们面前？

“难道这个东西不是什么空间泡，我们从一开始就犯了一个大错误？”

17

这回画面真的没了。在录像机下，我找到了父亲的笔记。

父亲他们没有找到原理，但凭着百余人消失又出现的坐标和时间以及地下矿产的分布状况，连拼带凑地搞出了一个预测空间泡行动的模型。看惯了精巧对称的物理公式，这个庞杂繁复的模型在我眼里就像一个垃圾拼成的机器，丑陋无比。但这是救命的唯一方法，我只能勉强回忆起这几次空间泡出现的情况，硬着头皮计算。

手算能力毕竟有限，再加上不是自己亲自建立的模型，我几次进入了死胡同，只能从头再来。我想细细计算，又担心等我算完了早已错过空间泡出现的时间。我的手越来越抖，汗珠一颗一颗掉了下来……

“我来吧。”小罗突然说。

“什么？你——”

小罗拿过本子和笔，把照明用的手机塞进我的手里，低头开始计算。

只看了几秒钟，我的疑惑迅速变成了钦佩，又转成了怀疑。

在他的笔下，海量的数据被梳理归顺，从密集的雨点变成涓涓细流，温柔地在运算符号的引导下流淌；可憎的变量则圆润成珠，大大小小落入玉盘，然后滚向关键的节点，像星星一样灿灿发光；巨大或极小的数字和长长短短的公式被他替换成希腊字母，转眼纸面只剩一首古语写成的诗；接着诗迅速变成画，美丽而规整的数又出现了。

我看呆了。我曾见过大师推导公式，也曾亲手证明定理。但前者的震撼感和后者的成就感与现在完全不一样：一切都舒服顺畅，一切都本该如此，像叶子随风落下，像溪水往低处流淌。

“小罗，你到底是谁？”

“我呀？一个摄影师。”他轻松回答着，行云流水的数字源源不断从笔尖流出。

“除此之外呢？”

“超距传输的信徒，粒子物理学的求索者，也是一个想查清母亲死因的儿子。”

“你不叫罗凯。‘罗’是你母亲那边的姓。”

“是的。我也没有四十岁。汤川秀树也不是我的老师，我去东大的时候他早就去世了。但他是我的精神导师。”

“你是白振雄。”

还在计算的青年微微一笑。

“可是……为什么？”来丹寨以来的一幕幕在我眼前瞬间闪过，小罗的一举一动突然都变得刻意了。

“什么为什么？”

“为什么不早说，为什么用化名，还有为什么你这么年轻？”

“大部分杰出科学家的二十岁都是产出最高的时候。你不应该不知道。至于为什么隐瞒……其实这次来，我有一个任务，就是考察空间泡研究所领导人的继任者。超距传输的重要性我想你也清楚，领导者的品质至关重要，不仅是专业素养，和这座村庄的羁绊，还有人品……赵叔本来也是考察对象，但他……我想他猜出了上面的用意，认定你是最大的威胁，才利用对空间泡的粗浅认知这样对待我们。”

我想到窗外那张冷漠的面孔，感到异常难过。

18

“好了。约半个小时后，这个地方。”

白振雄圈出几个数字，又在父亲的模型上标出几个错误，随手往角落里一指。

“得救了。”听说半小时之后就能逃出生天，我也放松了不少。

“也别那么乐观，你爸当时出现的地方我们来时见了，比他们那时高了不少，估计是泥石流的杰作。”想到父亲很可能是被一场泥石流夺去了性命，我的鼻子一阵发酸。

“那也比困死在这里好。对了，刚才你爸说犯了错误，你觉得是怎么回事？”

“白老师，您看呢？”

“你看你看，我就知道暴露身份以后会搞成这样——有老师在的地方学生总是会轻易放弃思考。”

“对不起白老师。”我低下头，脸更烫了。

“想什么就说什么。”

“那个，白老师，雕像手里的珍珠，会不会也是两颗，而不仅仅是快速闪灭的一颗？”

“有可能。在那个房间，你提到了我的两个理论，一个是不同物体的时间流速不同，一个是时间有第二个维度。其实我还有一篇关于时间的论文没发表。在丹寨附近的实验室，我曾观测到一个独特的现象：微型粒子移动时，它的物理量有时会短暂加倍。但那一瞬间非常短非常短，短过所有我们能够计量的时间单位。我只能大胆假设，在同一个时间截面出现了两个粒子。而在矿场，看到了两颗珍珠，看到了同时出现在两处的人，还有你父亲的疑虑，我认为我大部分的假设都离真相很近了。”

“您的意思是，超距传输就是一只看不见的手从时间的间隙伸出来，把一个东西从一个地方拿起，再放到同一个时间截面的另一个地方？只有这种情况下才会在同一时间出现两个珍珠。”

这正好符合我们当时所做的第一个假设：有人在我们看不见的地方把珍珠拿走了。只不过这个“人”是超越维度的力量，这个“地方”是时间与时间间的距离。

“如果是从时间的角度考虑，被拿起的可能就是时间本身。”

“时间的间隙，时间有不同属性，在一个时间里移动时间……这也太玄了吧，我怎么也想象不出，到底是……”

“很正常。来到更高的维度后，我们就不能再依靠直觉了。这才涉及五维时空呢，早点抛弃直觉，对你今后的学习有好处。”

我点了点头，大脑飞快地转动起来。我回溯来到丹寨遇到的一切，父亲的录像，诡异的珍珠，可怖的大泡，还有那两个神话……

为什么姑娘不能在三天内跨越千山万水，而锦鸡却可以？这不就印证了每个物体有不同的时间属性吗？不同的空间泡传送有不同属性时间的物体，也可以说得通了。不对，现在不能叫空间泡了——

时间不连续。

时间拥有不同属性。

时间可以移动。

这三个特征摆在一起，答案突然呼之欲出——

“白老师，如果时间是一种粒子的话，就可以解释这一切了呀！”

19

说出这句话的同时，一阵恐慌突然向我袭来。如果不是空间泡而是时间泡，如果不是爱因斯坦－罗森桥而是移动的时间粒子，那么父亲他们的抑制措施还有用吗？在空间角度的禁锢只能禁锢一时，如何才能把这些被激发的活动时间粒子打回稳定的时间场之内呢？

看到白振雄的表情，我知道他和我想到了同样的问题。

“玉瑶，也许我们只能从时间的角度湮灭时间粒子。”

“湮灭？”

“对。物质不可能凭空增加或减少，时间粒子也不能。同一时间截面出现两个物体也就意味着出现了两个时间粒子。那么其中一个很可能就是与其本体时间属性相反的虚粒子。两个粒子互为反粒子，相撞必然湮灭。”

“你是说，在同一时间让两个时间粒子相撞？”

白振雄没有摇头，但也没有点头。他第一次皱起了眉，第一次没有找到答案。

先别说我们根本动不了时间泡，就算动得了，两个粒子出现的时间都只有一瞬，那一瞬还是我们根本感知不到的时间截面。我们这些肉眼凡胎的三维生物能怎么办？我们是能停止时间，还是能折叠空间？

是啊，我们根本办不到。想到父亲，我现在恨不得钻进时间的缝隙，把一个个不老实的时间粒子全部捏碎……

“算了，先别管这些了。时间快到了，我们先出去再说吧。”

白振雄扛起父亲的老式相机，拉住了我的手。我的脸又红了，顺从地和他去了时间粒子即将出现的地点。

“我们出去以后就去求救。我会召集一个考察小组再来丹寨，去解决下面的谜题。玉瑶，你已经比你的爸爸厉害很多了，他会为你骄傲的。”

我望着他点了点头，泪水流了下来。

来到地面后，狂风暴雨直接把我们拍翻在地。我勉强坐起身，感觉雨点像子弹一样打在身上。这时我才想到自己整整一天都没有吃东西了。

我们隐隐听到远方传来奔雷的闷响，像千军万马朝我们奔来。是泥石流。

白老师也同样疲惫。我们跌坐在雨里，带着时间和空间的秘密，却无法再走一步。这个深藏在大山里的村落，就是我们最终的归宿吗？

“玉瑶！”

恍惚间，我听到有人叫我的名字。

“玉瑶！”

“玉瑶！”

“玉瑶！”

声音越来越多，越来越大。但我太累了，无力抬头。

又过了一会儿，我感到一双温柔的手将我轻轻拉起，又为我披上雨衣。

“杨姑娘？”

不仅仅是杨姑娘，当时在客车上遇到的人，还有很多没见过的村民都来了。他们离开安全的家舍，冒着狂风暴雨来找我们两个陌生人。

喝了点水后，一个苗族小伙子把我背在背上，另一个扶起了白老师，一行人找到一所破旧的传达室先行避雨。

吃了两口东西，白振雄又拿出笔记推算。这次，他的眉头越皱越紧。

“怎么了？”

“先别说话。”

我知趣地不再打扰他，转向另一个没有想明白的问题。

“杨姑娘，厂区这么大，你们怎么在这里找到我们的？”

“因为安工当年也在这里出现过呀。”

什么？父亲？

“十年前了，也是暴雨。我妈妈正好在附近采药，那时向羽村非常封闭，很艰难才能活下去，厂子的出现给我们带来了希望。但那几天厂子里却不知道出了什么事，几乎都没人来村里了。妈妈就在附近避雨，看见安工突然出现在雨幕中。”

“父亲？他在做什么？”

杨姑娘摇摇头。

“他看起来很疲惫，和你们一样。妈妈上前想要帮他，安工却让妈妈快跑。当时，他说他要去什么地方，在那里可以推给向羽村一条路。”

“然后呢？”

“然后，泥石流就来了，妈妈只得先走。她说她回过头，只看见安工直起身子，直面滚滚暴雨，举起了……举起了一把刀子……”

我捂住了嘴。

“安工凭空消失了。第二天，全厂的人也都消失了，但山北的通道出现了。直升机带了很多军人过来封锁了一切，妈妈也被叫去问话，这些东西也被要求严格保密。但我们都知道，是安工向山神献祭了自己，才换来了我们今天美好的生活。所以，我们说什么也不能让安工的女儿有事。”

这个世界上不存在山神，但父亲确实为这个村落献祭了自己。他的青春，他的家人，还有他的生命。

父亲确实拯救了这里，不过他是怎么做到的呢？

他到底去了哪里？为什么向羽村的路，是他“推”过去的？

正打算和白振雄讨论，只见他眉头紧锁，死死盯着笔记。

“时间泡马上就要过来了，大家必须逃走，不然这里所有人都会死！”

20

逃？要逃到哪里去？

外面是滚滚山石，是倾盆暴雨，连这小小的传达室都如巨浪中的小舟，随时可能在大自然的重击下瓦解消失。

小屋里的气氛却没那么凝重。村民们没有见识过时间泡的可怕，对即将到来的威胁没有感性认知。他们把我俩围在中间，说一定要保护好我们。

风雨更大了。万钧雷霆四处炸响，耀眼的闪光不断切换小屋的明暗。滚落的山石时时冲击着墙壁，裂缝从各个角落里悄然出现。

更可怕的是，食人泡就在路上。如果什么都不做，我们所有人都会被牢牢嵌进山体，在几分钟内窒息而亡。

现在是留遗言的时候吗？还是……我冷得浑身打战，也怕得不能自已。

这时，白振雄抓住了我的手。他没有看我，但手上力道很大。我也紧紧回握他，感到掌心像太阳表面一般炙热。他在思考，我知道，他永远不会停止思考。

那份冷静也感染了我。迷乱的思绪停止了，事件本身渐渐浮出水面。现如今，只有制住即将到来的时间泡，我们才有一线生机。

可是，那要怎么做到呢?

从空间的角度考虑没用，用物理的手段没用。要从时间的角度考虑，要从粒子的角度考虑……

不连续，有不同属性，可以移动……

时间的截面，时间的湮灭，时间的间隙……

爱因斯坦的名言在倾盆的暴雨中回荡，白振雄的论文在发昏的头脑中旋转……

少女变成锦鸡飞越万水千山，七姑娘舞姿曼妙，在稻花魂的歌声中归来……

七姑娘，七姑娘，七姑娘……

“白老师。”我轻声呼唤。

“怎么了？”他温柔回应。

“我知道了。”

“知道什么了？”

“为什么意志太坚定就走不了，为什么意志不坚定就回不来。”

“什么？”

“因为七姑娘……因为就像您说过的，物体的时间属性会随着状态改变而改变啊。”

我知道了，只要身处时间泡的一瞬间改变自身的状态，就不会符合那个时间泡的时间属性，时间泡就走不了，但在那个时间截面上，时间泡又已经走了。只有这样，同一个时间泡的正反粒子才会出现在同一地点，只有这样，杀人泡才能湮灭。

而人类精神状态最大的改变，莫过于“生死”二字。

所以十年前，父亲才会在风雨里挥刀自尽。他以自己的生命为代价，湮灭了一个恐怖的时间粒子。

不，不仅如此。

我又想起了杨姑娘的话。那时，父亲说自己要去什么地方，在那里可以推给向羽村一条路。

他消失后，所有的食人泡都不见了，山北却出现了可以稳定传输万物的向羽村通道。

这不是湮灭了一个时间粒子就能做到的，解释只有一个，父亲本人进入了时间的间隙！

那会是一个什么样的场景呢？

也许，世界会变得极其安静，风雨雷电，泥石翻滚，什么声音都没有。

也许他能看见雨滴悬在空中，看见闪电禁锢在云层，看见不远处正翻滚而来的石海。当他伸出手，会发现自己像幽灵一般穿过雨幕。

也许他会拥有一种全新的感受。不是颜色，不是声音，不是冷暖。是不同的时间。他能感到自己的时间，和杨姑娘母亲的时间很像，但又和其他死物的时间完全不同。也许所有的时间像不同颜色的果冻块一样压在一起，填满了整个世界。

也许他就是这样推着不安分的时间粒子们前行。把食人粒子一个个推进地下，让致密的麟铜矿藏困住它们；又挑出了最适合的一个，送到向羽村内外，为这个封闭的村庄打开了一扇窗……

也许他还会在这个世界游走，母亲说那天我曾见过他，也许是真的……

那他最后去哪儿了呢？我被时间的长河拥裹向前，他却永远留在了过去的一个间隙里吗？那里还有没有死亡，还有没有希望？

不过没有关系，我马上就会知道了。

21

我把这些事讲给白振雄听，让他把时间泡即将出现的坐标告诉我，求他以后帮我照顾生病的母亲。

但是他没有答应。

“玉瑶，能想到这些你真的很聪明。不过去做这些事的应该是我呀。你知道吗，我从小在向羽村长大，是你父亲的牺牲才让我有机会走出去上学，才能接触到物理学的奇妙世界。我欠他的。”

“可是——”

“还有，经过这次考察，你的天赋远在我之上，更适合带领团队研究时间粒子。我有预感，在未来，你会用时间粒子这个有力的武器彻底击败距离，让人类走进一个崭新的纪元。想想吧，再也没有旅途的劳顿，再也没有等待的艰辛。每个人都不用再在空间转换上消磨时间，这就等于扩展了自己的生命。这不是你最想要的世界吗？”

“可是——”

“还有，今天早上给你拍的那张照片，是我……是我见过最美的人像。”

他捧住我的脸颊，轻轻吻了上去。

“不要为我难过。如果你的假设没错，我不过是像你的父亲一样，永远留在了此刻。”

在众人惊讶的目光下，白振雄打开后窗，敏捷地跳了上去。

我哭着跑向他，但他只是回过头冲我笑笑，便纵身一跃，轻盈得好像一只飞入雨幕的大鸟。

然后，他永远消失在了泥海。

22

小屋终于还是扛住了风雨泥流，时间粒子也没有到来。

赵叔的尸体不久之后被发现了，死因是山间飞石。据说他深耕山区十年却无法迎来升迁，一直对我的到来抱有敌意。

这些都无所谓了。

我不知道白振雄那天看到了怎样的风景，但向羽村的通道又回来了。不仅如此，贵州数百个贫困山区附近都出现了足以运输卡车的万用超距通道。我知道，都是他的功劳。

母亲病好以后，我把她接到丹寨休养。

这里，我们都曾在时间里丢失挚爱；这里，也会是一个崭新时代的起点。

“遥远”二字，将在此地彻底终结。

——原收入《龙的呼吸阀》，中信出版集团，2021 年 6 月这是一篇带有实验性质的作品。主人公从大城市返回荒弃已久的家乡小城，并由此进入超时空的场域。故事的讲述打破时间顺序，在过去与现在之间自由跳跃，古老神话与量子理论科学剧目一起上演，让人跟随作者的叙述，品味主人公少年时的星空遐想以及如今的梦碎声音。

万物之始

彭思萌

我的爱，我的爱。

　　　　　　　我的爱是什么

　　　　　　　　　　你在哪里？

与世界搏斗

　　　　　　　我失去了中心

梦与梦相撞

撞个粉碎——

而我曾试图建立一个地上

乐园。

我一直试图书写天堂

不要动

　　　　让风说话

那才是天堂。

让众神原谅我的

所作所为

让我爱过的人们原谅

我的所作所为。

——艾泽拉·庞德《诗章第一百十七章》

我又见到了那个疯子，这是我从未预料到的，我回到五峰新城见到的第一个人，就是冉疯子。他依然如二十年前一样，独自立在桥头，手上抓着一只破旧的收音机，放出粗粝的歌声，身体随音乐左摇右摆，散乱的头发在风中飘扬，瘦弱的腰肢灵活摆动。如果是在二十年前，他身边一定围满了看热闹的人，幼小的我甚至挤不进一个脑袋。但现在，只有我是唯一的看客。太阳即将落下，空气中弥散着最后的天光，历经八年搬迁引入，入夜之后这里依然像座空城。就算是跳舞的疯子，再跳上最后一段，也要因为降下去的温度，回他栖身的地方去了。

果然，就在太阳光完全消失之时，收音机中刺耳的音乐戛然而止，他的舞蹈随之停下，一头白发服帖地降落头顶。他向我投来一道深深的目光，收起天线，把收音机别上腰带。

我垂下眼睛，躲避他灼灼的目光。他还会吟诗吗？我等待着。

“太阳。”他清了清喉咙，“太阳，永恒的太阳，已经落下，而月亮也不再升起。”

他转身离去，很快就消失在街道尽头，就像从未出现过一样。

我好像被这道目光定在了那里，过了好久，才松开按在方向盘上的双手，拉起手刹，解开安全带，推开车门走下去。一直在空空的街道上走出老远，才记得按下口袋里的车钥匙。我那辆满身是泥的吉姆尼忠诚地眨了眨眼，照亮凋敞得一无所有的街道和我。

狭义相对论认为，物体运动速度越快，时间流逝越慢。如果运动无限接近于光速呢？那时间就停了下来。

我认为，每个场域内的速度都不同。就算共处一个场域，每个人的速度也不同，各自处于各自的时空。时空差距过大的人，永不能沟通。

冉东征在这儿如鱼得水，这座西南山城是他的领地，我是他的猎物，我在上海的那一套，在这儿行不通。这位与我同岁的小学同学在毕业后的十几年里把他唯一的才能发挥得无以复加。上学的时候我们走得不近，唯一的印象是他组织班里几个男生去偷桃子，其中就有我，给农户逮住后他能说得人家不仅饶过我们，还让我们又是吃又是拎地回家去。现在，我已经记不起他是如何迅速打开我的心扉，套出我摸爬滚打十几年从不示人的秘密，然后一边唤着我兄弟一边把我架出酒局，背到五峰国际大宾馆某张又湿又冷的床上。我不得不承认，在这个空空荡荡的国家级贫困县里，他显然属于掌握了核心技术的高级人才。而我这个在上海混了十年的金融从业者，只是个雏儿。

我在床上昏沉睡去前的最后一个印象就是这家伙那张笑眯眯的脸，还有他脑后那盏惨白的灯。

再之前的印象，是那个大而无当的包房，镶着金边的欧式座椅，明晃晃的水晶大吊灯快要伸进盘子里，坐得下二十多人的玻璃台大圆桌，中间是满身碎片假哥窑花瓶，里面插着本地又粗又大的百合花，香味刺鼻。还有那些菜，野猪山鸡岩羊娃娃鱼汤，菜香和花香调和在一起，味道令人作呕。

冉东征跑过来给我倒酒，他先将杯中酒一饮而尽，然后不容置疑地盯着我手中的杯子，见我讷然，手就攀上了我的杯沿，直往我嘴边推。五个作陪的本地官员在他背后齐声高唱："彭老板，帮帮我们，帮帮我们，投点钱，投点钱，弄点项目……"

我昏死了过去。

白虎来找我了，我以为它会放过我，我还是想错了。

我已经回来了。我喃喃地说。

它只是嘶吼，整个梦境摇摇欲坠，它不在乎，它冰蓝色的眼睛盯着我，嘶吼啊嘶吼，不惜撕碎整个梦境。

它高大，它威猛，它背后旭日东升，金光万丈。

我瑟瑟发抖。我害怕，我猥琐又渺小，我眼不能视，耳不能听，口不能言，最后一句辩解也消失在了嘴边。

我醒了，在夜半的家乡，背后的床单几乎湿透，孤独得无以复加。我翻来覆去，想起这个世界上还有我想得到的女人吗？最终还是难以抑制地摆弄起自己的身体。再次昏睡过去。

门在怒吼，我扯着嗓子问了两声都没得到回应，只能爬起来去开。

“你怎么还不起床。”冉东征瞪着两只小眼睛，揽住我的肩膀，这头熊一样的男人，和我亲热得那么自然，“快收拾一下，跟我去吃中饭，都安排好了，还是昨天的包间，搞点新野味吃吃。”

我的脑袋有千斤重，还是拼命摇头，挣脱他的摆布：“不去，我直接去白溢寨。”

“吃了再去。”

“不吃，过去再吃。”

“我陪你去。”

“不用，镇政府的人会接洽的。”

他舔了舔嘴唇：“那里有点邪门啊，你没听说异常光波辐射吗？上头派了人去查，两个技术员去了那么久一去不复返呢。”

这已经近乎恐吓，但我是物理系的高才生，我不相信这个世界上还有比量子物理更疯狂的东西，我要捍卫这个日渐坍塌的经典世界最后一点确定性。

“这只是普通的物理现象，雷电季节在山区形成电场，引起光波辐射太常见了。”

我一边抵挡一边抓起外套夺门而逃，阻止他继续讲下去。

冉东征一直追到车边，死死拽住车门想拉门挤上来，跟我争抢了几个回合才败下阵来。

“下次我去上海一定找你去见识见识。”他近乎恳求。

我胡乱点点头。

我想起来了，几年前我接过他两个热情洋溢的电话，邀我回来看看，我一再推脱后他便再三强调要来上海找我。那是他刚进县政府时候的事情了，最终他也没来上海，还是我先回来了。

“那些如光的风，总是送来耳语，昨晚你又见到了白虎的影子吗？它一样在我眼前奔过。”他忽然梦呓一般地说。

我一时愕然，但他已经换上了油腻的笑容。

我跃马向前，离开这个并没有五座山峰的假的五峰城，向深山行去。

蜿蜒的公路，一路向前，熟悉的山坳，一如二十六年前的初冬，一九九二年，我两岁。

天气很冷，我站在背篓里，用劲蹬在竹片编织的筐底上，双手扒着边边，往外看。

翻过最后一个山岗，已经不再颠簸，背我的父亲停了下来。母亲把头靠在他肩膀上，平时她那张眉毛拧紧嘴角绷住叫我害怕的脸也松弛了下来。太阳西垂，她额前的每一根头发都被照得透亮。

“车什么时候来啊？”

“车快来了。”

“我想快点回去，每次回来探亲都走那么远，我饿死了。你看，小坎也饿了。”

我愕然。我只是舔了一下嘴唇，我不饿。但我还不会说话。

父亲低头看了看手腕，那儿有一个嘀嗒嘀嗒走着的圆东西，一块上海牌手表。他继续安慰她。

“车快来了。”他满怀信心。

眼前是盘旋的公路，车还没有来，车快来了。我睁着模糊的眼睛望向前方。

啊，有温度的阳光，遥远的南方有隐隐的雷声，有人在讲话。

风带来一阵雨滴，然后雨水滂沱而下。我把雨刮器开到最大，大灯全部打开，速度却不减，车身摇晃，数次落入深深浅浅的水坑，又顽强地蹿出来，颠簸向前。

我勉强盯住地上的行道线，坑坑洼洼的路，疏于养护的路，时断时续的白线，摇摇欲坠的视野。

我已经三次走入岔路，又小心翼翼地退出来，重寻方向，黑夜迅速被消磨，天随时会亮。

沿当前道路继续行驶一千米后到达目的地白溢寨。

手机导航播报了这条最后的消息，就关机了，没有电了，在去五峰之前充电线就断了，我想看时间，也不知道。

不过这没有关系，眼前只有唯一的道路，路上只有唯一的白线，我机械地转动方向盘，在山体和悬崖间高速向前，泥水四溅。车外是巨大的黑暗和永恒的沉默，和偶尔被闪电劈开的光亮。

忽然，我看到了一束散射光束，这永寂的山间竟然出现了一束黄色的光束，从地面直射天空。

这就是他们说的异常光波辐射吗？

我一脚油门，想冲向那束光里，只剩最后几百米，终于可以歇一歇这旅途疲惫。

白溢寨已在眼前，木屋、泥地、裸露的树桩和成堆的木柴，包围它的重重森林，全都被车灯照亮。

但那束灯忽然消失了。

我在一块旁边堆着干柴的空地把车停下，打开车门，踏进湿答答的泥地。

数百条红色闪电从天而降，就劈在离我最近的山峰上，接天入地，天地豁然而亮，黑暗一扫而光，对面山坡上一棵粗壮的杜鹃树每一片树叶都清清楚楚。我好像被拽入一个新的星球，浑身的汗毛一起奓开。

我等待着炸耳的雷声。

却没有，我瞪着眼瞧了一会，黑暗中什么都没有。忽然，一只胳膊被人抓住了。

尖厉的哨声在耳边炸开。

我与其说是惶惑，不如说是无可奈何地回头。

田叔叔嘴里叼着哨子，他瞪大眼睛，鼓起腮帮，又吹了一声。

我浑身像过电一样颤抖起来。

“别吹，别吹，大家都睡了！”

“没人会听到的。”

他完全不以为意，把我匆匆拉到一边。

“你也听说了那个消息吧，很好，小彭，我一直觉得你聪明，你和其他孩子不一样，你知道什么是真正的机会。但你得低调，听我说，想发财，第一就是低调，别什么都跟别人说。”

他那顶黄色的鸭舌帽下，一对紧巴巴的眼睛闪着光，眼角紧致，只有几缕细细的皱纹。他年轻到好像还和我父亲在旧城的劳动局共事，年轻到从未得到那些钱，也从未经历那场官司，也从未失去那些钱，也从未再得到它。但他胸前这只哨子又分明是他最终夺取那场旷日持久的官司的胜利之后从道观里求来的，那时他陷入了漫长的和镇政府扯皮的执行期，道长将这只哨子开光后赐予他，说是可以提神醒脑。

“什么机会？什么真正的机会？”

“异常光波辐射嘛。上面派人来查了，我知道是怎么回事，矿石嘛。肯定是这样。说不定是宝石。我早就知道这寨子有戏，但没想到不是旅游是采矿。”

“田叔叔，我没听说过。”

“小彭，别跟田叔叔见外，来了就有你一份。比落在外人手里好。”

“田叔叔，我困了。”

他把我匆匆拉进一栋小屋，让我休息。那屋子很黑，屋前没有灯，屋里的电路好像也坏了，没有一盏灯亮得起来。屋外仍然大雨，月光都不见踪影。我觉得哪哪都不对劲，但又什么都说不出来。服从于田叔叔的哨子，服从于这间黑漆漆的屋子，似乎卸下了我肩上所有的重担。我累了，又冷又困，我就关上门，脱下一身湿漉漉的衣服。床铺又冷又窄，被子像溺死鬼一样赖在我身上却没有半分温度，我哆嗦着勉强入睡。

那夜，白虎凛然奔过，我所记忆的，只有它优雅的虎尾，尾巴尖的每一根银针似的毫毛上都流转着近乎刺瞎我双眼的光芒。

为什么他们总是吵个不停，在我面前，那些利箭又调转方向，一齐射向我？

“你为什么要回去？”母亲说。

“你不应该回去。”父亲说。

“有个机会，我们公司正好有个机会想合作，我们需要这个避税的机会……”我的声音很小，小到近乎没有，我垂下了眼睛。

“借口，跟谁合作都比回去强。”母亲瞥了一眼我那未完全藏起的眼睛，这样就足够把我看穿了，她的眼睛又尖又毒。

“下个月婚礼，你不应该走。”父亲说。

“也快清明了，我想回去看看爷爷奶奶。”

“有什么好看的，回那个国家级贫困县干什么，都是浪费时间。我费了多大劲把你弄出来，你就留在这儿，准备婚礼，托了多少人给你相亲才找着这么合适的姑娘。别学你爸，他不该在那旧城浪费那么多时间，两千年就该跟我们走。”

永永远远地追赶，永永远远地等待，永永远远错过的班车，班车永远不会来。

父亲脸色一凛，被点中了死穴，转而对我说：“所以你不该去，人家上海姑娘愿意嫁给你是你高攀了，你应该哄着她。”

我诺诺，我总是诺诺，就像我放弃物理的那个夜晚一样诺诺。很多时候我也不明白，我管理的员工上百的互联网金融公司运转良好、进账颇丰，在他们面前却总是唯唯诺诺。世界支离破碎而难以把握，似乎只有母亲的指令是唯一的确实，我和父亲一样，只能遵循。

但这次不同，我还是去了，我交代好公司的事，开上我的吉姆尼连夜溜走了。

因为白虎夜夜都在咆哮。

梦里似有隐隐的雷声，醒来却是满室阳光，只有后背难受，仿佛遭了一顿毒打。

我走出小木屋，环顾整个白溢寨。

这儿是山腰间一个顶小的山寨，位于五峰城外五座山峰中最高的白溢峰山腰，白溢寨最高峰雷公顶海拔两千四百米，是县内第一高峰。据说这五座山峰曾为一体，远古时天雷劈开五座山峰，然后有了五座山峰，然后有了这座山城。而白溢寨位于进入山城的要道，也是整座山城聚气藏风之处。古时巴族首领曾在这里筑起军事险隘，与汉人对抗，现在林子里还藏着炮台和寨门。

眼前的寨子有四五十座小屋，都只一两层高。一半由石头、黄泥、木框和茅草垒成，旧得好像随时要散架；一半由粉白的墙和橘红的瓷砖贴起来，只贴正面，侧面还是光秃秃的水泥，新得好像只有一个空壳子。没有温度的阳光照着这些屋子、柴火堆，不平整的菜畦和土堆，还有积着水的小坑。

我就坐在门口的台阶上，不知过了多久，远远走来一对缠头的老人，背着手，驼着背，慢悠悠走着。他们停下来稍微注视了我一会，就继续走过去。我自然不会搭话，他们都是陌生人。

一直到中午，乌云遮住了太阳，一辆方方正正的黑色小车蹿上了山坡，冲过几个积水的小坑，溅满泥点的车身又添新泥，然后停在我旁边的空地，就和我的吉姆尼并肩在一块，一辆普桑。

田叔叔从驾驶座下来，那支哨子在他胸前闪闪发光，他还是那么年轻，但没有吹哨，径直向我走来。

“欢迎光临白溢寨山庄。”他同我握手，郑重其事。

“我来这儿洽谈项目，之前县政府的人说是镇政府的人来接洽。”

“不存在什么镇政府，你就是跟我接洽。”

我的脑子糊涂起来，我记得他是承包了这儿，这个白溢寨山庄，还有整片山坡，九七年起，承包三十年。后来镇政府跟他打官司给收回去了，他又上诉，花重金雇了好几个律师，闹得挺大，官司持续了好多年，最终，最终，是输了还是赢了？阳光从云朵里透露出一点，我觉得恍惚，什么东西吸住了我，扯着我，好像要把我的身体给拽散了架，我觉得昏昏欲睡，阳光不停地抖动。

“官司是赢了。”他看穿了我的心思，斩钉截铁地说。

他的话在这儿总是对的。我点了点头，那个让我寒毛竖起的场放过了我，或者说完全笼罩了我，我又舒服了一些。

“这两位是地质与物理研究所派来的专业研究员。”

两位年轻人不知道什么时候从车上下来了，正把摄像机和三脚架一类的机器从普桑的后备厢往外挪。他们忙着搬机器，眼睛并不看我，我却感觉到目光的重量，想看清他们的眼睛，但他们却更深地低下了头，好像那儿什么都没有。

“走，跟我上山去，我们去白溢峰，上雷公顶，一起去勘探那个异常光波辐射，看看我们的矿在哪儿，到底有多大。”

我张开了嘴，却没有发出一点声音。我想摇头，脑袋纹丝不动。我来此合作的项目和异常光波辐射以及矿山绝无关系，事实上，我脑子里最后一块坚实的区域也在慢慢瓦解，好像一台接触不良的收音机，射频发射器在渐渐崩溃。我来白溢寨洽谈项目的目的，我此行的借口，我头脑中还残存着两个词，是投资和避税。但这两个词也好像白天的最后一丝光线，永远地被黑暗吞没了。

我点了点头。

我的爷爷奶奶都是农民，生于解放前，逝于一九八四。那时距离我的出生还有六年。

长桌上碗筷交叠的声音，白幡飘摇的声音，人群拥挤摩擦的声音。潜藏在黑暗和光明的间隙中倾听跳丧的歌舞声、怯笑声、叹气声、谈话声：

“他们还是过了几年好日子的。”

“是啊，能吃饱，能穿暖，享了好几年福。”

哭声，年轻的父亲跪在地上号泣的哭声。

五年之后，他和县城林业局局长的女儿，也就是我母亲结合，生下了我。

我生于望日，取名为坎。

“彭坎！你又在看月亮了，别看月亮了，看看我。”

“我没有看月亮。”

“没看月亮在看什么？”

“我在听月亮。”

我的女友生气了，她是上海姑娘，不爱听傻话。

没有太阳的夜晚，月亮继续对着我唱，仔细听，就能听到那温润的歌声，那自古以来唱个不停的月亮。

哪怕最麻木的夜晚，我也无法漠视月亮的歌声。我抬起头，想起那些夜晚，那些永恒的夜晚。我们躺在草地上听月亮的歌声，覃皎，我想念她，那个躺在我身边的女孩。那些夜晚之后，月亮再不能唱得那样美，月亮的声音越来越小，

越来越小，小到许多夜晚，我睁大了眼睛也听不到一点歌声。这时候，我就会把眼睛瞪得更大，我怕我不看月亮，也没有其他人看月亮，失去了观察者的月亮会消失，已经没有人关心月亮了，我要把它留住。

两弯小小的月亮躺在她的眼睛，两团毛茸茸的小猫蜷缩在她的耳朵，一条银河刚刚在她的睫毛覆下阴影，蝴蝶振动着她的翅膀……

“别看我！专心听月亮。”

被她发现了，于是我转头继续盯着月亮。

是她教会了我听月亮。她还教会了我许许多多别的东西……

我们在山丘上起起伏伏。

田叔叔走在最前面，大步如飞，把三个年轻人远远甩在身后。

他好像一匹孤狼，迅速潜藏进崇山峻岭，总是率先抵达下一个山包，焦躁地等待。等我们跟上来，就再次迅速地消失在树丛后面，用发绿的目光盯着我们继续前行。

如此行进良久，我前面两个扛着机器的年轻人的喘息声粗重了起来。

翻过山丘，我们进了真正的大山。山路跨过田畴，深入肃穆的丛林。路途越来越窄，越来越陡，然后彻底消失了，我们只能循着田叔叔的背影前行。他毫不犹豫地向前向前，他循着什么呢，路的味道吗？

身旁的松柏竞相变得高大，浓重的影子纷纷而落，空气潮湿、寒凉，直往下坠。石头上生出了青苔，好像河水龟壳上生出的毛，山路陡峭，常常要攀着树干和草茎，手脚并用地爬上去。

“我走不动啦！”

终于，在一个山坳里，一个小伙子——我分不清是两个中的哪一个，他们生得完全一样——宣布。他把肩膀上的器材往旁边一扔，向后一倒，山谷里的落叶马上埋住了他，只露出一个头。

他前面的小伙子马上照样学他，我也学样，跌坐进蓬松的落叶里，真暖和。

田叔叔过了好一会才找回来。

“这是最后一个山谷，我们马上就要上雷公顶，见东门楼！”

他抱着两个胳膊，严厉地瞪着我们，当然没有丝毫效果。他叹了一口气，找了棵树靠上去，抱着两个胳膊。他始终不愿休息，他不愿坐下。

“不可能继续读物理。”

“我看也是。”

“不是钱的问题，读这玩意没有用，教育投资多少钱都没问题。”

“对，我们不在乎花钱，就你一个孩子，挣多少都是给你花的。”

“你跟那导师做那么久超弦实验得到了什么？你导师是有资历的前辈，他连自己的项目都保不住，这说明什么？说明这个超弦没前景。在中国没前景，在国外一样没有前景，你去哪儿读都没用。现在我们国家还能比其他国家差？我打听了，国外大牛的儿子女儿都做生物去了，要是这个有前途他们还不让自己孩子做？一个博士名额轮得到你这个本科生？我看你还是趁早转行，我看你老师也快转行了。”

“老彭，你说句话，你说对不对？你当年不就是死守着那个旧城，最后一个才走吗？我一个堂堂医院院长，独个儿赚那些操心钱，一个人带着小坎，我容易吗？”

“对，对，你说得对，不容易。”

“所以，彭坎，你自己说。你究竟是去读金融，还是读这个弦论博士？”

他们一起盯着我。

月亮升起来了，是我们撒欢的时候。每到晚上，父亲母亲就忙起来了，麻将，卡拉 OK，歌厅舞厅，好玩的那么多，大人们没空管我们。

我们也没空管他们，我和覃皎爬上学校后山的小操场，躺在毯子一样的草地上，听月亮。那天是一轮饱满、油亮的月亮。薄云流过月亮，就像水绕过巨石，好让月亮洪亮的歌声传遍四野。

“小坎哥哥。”覃皎轻轻地说，她的声音流转着彩色的光儿呀，比月光还要悦耳，“你还记得今天自然课本上老师让我们读的那段话吗？”

“灿烂的太阳，皎洁的月亮，闪闪的星星，蓝蓝的天空，广阔的大地，无边的海洋，万紫千红的花草树木，千姿百态的虫鱼鸟兽……这一切，构成了大自然。”

我记得，我当然记得，我为她背下了自然课本上所有的文字，那时候我记得，之后永永远远的日子我也始终记得。我爱大自然，但我已不记得究竟是因为覃皎爱着大自然，还是因为爱着大自然而爱着覃皎。她是我的同桌，自然课代表，她领着我们朗读自然课本比念诗还要好听。

“大自然，多么美啊。月光美吗？”

“美。”我又忍不住转过头，看着这个月光一样的女孩。

“你知道月光是什么吗？”

“月光，是月亮反射的太阳光，是一种自然光。”

“月光，是光，光，是声音，声音，也是光。”

“这，怎么可能？”

“因为它们都是小小的粒子构成的，而粒子，在微观的尺度上都在不停地振动，声波，电波，也都是波，只是它们唱的歌不一样。这些是大自然的秘密，只有知道这些秘密的人，才能听到月亮的歌声。你不懂怎么欣赏月亮，月亮就不唱歌给你听。我们倾听这个世界的方式，改变了这个世界的样子。温柔地倾听，你就会听到整个世界的音乐。”

“你怎么不说话了。”

“这些……自然课本上没有！”

“这些不是自然课上的，是物理课上的。等我们上了初中，会学一门课叫物理，物理会讲更多关于自然的秘密。”

“你怎么知道？”

“我爸爸教我的，他就在县一中教物理，等你升上初中，他也会教你的。”

“嗯！”

明年就可以和覃皎一起升上初中了，明年就可以知道更多她也知道的，这个世界的秘密了。

“二位，你们是专业的勘探人员。你们有没有想过，这座引发异常光波辐射的山上究竟藏着什么？”

“那要经过精密探测才知道。”

“这不好做主观臆断，我们只是观测到了异常光波辐射现象，很多附近居民都报告这里夜间有可见光束。”

“二位，太保守了。我觉得二位作为专业的勘探人员，或者说奋战在一线的地质物理学家，也是我们白溢寨山庄的合作专家，根本不该如此保守。科学探索也需要大胆猜测嘛！”

只有沉默回应他。

“那我就抛砖引玉吧！我从公司图书室找出大量相关书籍，做了细致的翻阅和研究，我做出这个推论，嘿嘿，这座白溢峰上藏着一座水晶矿。水晶在物理性质上只是普通的二氧化硅结晶，但在接电后却可以发出高频振动，这种振动产生了异常电磁波辐射，其中一部分生成了可见光，也就是异常光波辐射。所以雷电季这儿不时有奇异的天光降临，可以说这整座白溢寨山体就是一座水晶山！哈哈哈，我的猜测有没有道理？其实本地农民早在这儿发现零星水晶矿石，但能够惊动中央的科学家，这座山下肯定还有一座更大的聚宝盆。”

田叔叔胆子够用我知道，否则他不会率先辞职，成为劳动局甚至整个机关系统第一个辞职下海的人。他脑子够用我也知道，否则他不会把白溢寨景区开发搞得红红火火，赚得盆满钵满，在相当长的时间里都是母亲数落父亲的参照对象。这种数落通常发生在田叔叔一家请我们一家吃饭后回家的路上，并终止于几年之后。他韧性够用我也知道，否则他不会在官司上和镇政府缠斗良久愈战愈勇精神焕发。但毕竟，隔行如隔山，生意头脑和挣钱雄心越得过科学的崇山峻岭吗？作为一个差点成为科学从业者的我来说，我持保留态度。

“小坎，你怎么看？你小时候自然课一直考第一吧，也说一说。”

“我……你还记得许多年前那场雷电吗？那场雷电之后就不见田姨了，还有小田，他们怎么都不来我们家玩了？”

他们早已离开，缺席的人用缺席证明他们的在场。

“他们……他们在电雨降临前消失了，但那只是暂时的，我想他们不会故意也不会永远离开。他们只是出去散散心，他们是去市游乐园了吧。小田一直吵着说想去，他妈妈一直说要等我一起带他去，我总是忙。”

田叔叔赚了更多的钱，他的身边有了新的面孔，然后旧的面孔消失，田叔叔的名字也从母亲的数落中消失了。

耳旁响起隆隆的雷声。

“是他来了吗……现在可是正午。”

“他的出现总是踏着隆隆的雷声，那是他的战车，那是他的骏马。”

“快跑呀！快跑呀！我们不能在正午见他，会没命的！”

如果你听得到月光的声音，那你也一定闻得到闪电的味道，关键在于知晓那些秘密，当然，没有人能知晓全部的秘密。

雨，没有人知道它们从哪儿来，但在那个夏季，它们就那么来了。它们来了，然后接管了整座山城，从太阳，和月亮的手里。没有太阳，也没有月亮了，总是雨水和浓云的帘幕。

小学五年级的整个七月，我没有再去听月亮，我也没有见到覃皎，我成天坐在窗前，枯对着暑假作业，其实大多数时候只是呆看着窗外的落雨。

这么一个漫长又无趣的假期，她在做什么呢？

空气里流动着不安的味道，这儿那儿都有，从年初的时候就有了。到了夏天，那些叔叔阿姨脸上的轻松和笑意几乎完全消失了。以前我在大院里玩耍看到这些相熟的叔叔阿姨，他们会亲切地和我招呼，但现在，他们眉头紧蹙，他们心事重重，他们从我身边经过却看不到我。

父亲和母亲待在家里的时间也变多了，这很奇怪，他们好像一夜之间对外面那些好玩的失去了兴趣。以前家里空落落的没有人，现在每天他们都在家里，大吵大闹，甚至摔打东西，家里的花瓶一只也没有留下。

那么凶的妈妈会哭，而爸爸只是沉默。但最终，是两个人的沉默。

风雨已来，更大的风雨欲来。

我把头更深地埋进作业本里头。他们在吵什么？很快我就会知道了。

“彭坎，我在想一个问题。”

“什么问题？”

“我们不看月亮的时候，月亮存在吗？”

“月亮不是一直好好地挂在天上吗？只要乌云不太厚，我们抬起头就能望见它。”

“可是，我爸爸昨天跟我说，组成月亮的那些微粒和微波，它们处于一种不确定的状态，既是波，又是粒子，既是月光，又是一曲歌，只有我们在看它们的时候它们才决定自己是什么。那么我们不看月亮的时候，月亮到底是什么呢？如果我们永远不看它，月亮会消失吗？”

“我也不知道……那……那我们就每天看着月亮！这样月亮就不会消失了。”

“没有谁可以每天都看着月亮。”

我怀念那段疯狂求知的日子。

日子有很久很久都淡薄而支离破碎得不曾留下什么记忆，除了物理，那些对世界的探知一道一道在我心上划下刻痕。

我发现这个世界上有一种巨大的建筑叫作图书馆，那里藏着书和知识，那里面记载着物理学家对这个世界许许多多秘密的窥探。确实，这个世界和覃皎说的一样，在普朗克尺度的微观世界中，组成这个世界的基本粒子都表现出既粒又波的特性。那些物体的基本组成，那些能量的基本单位，光子、电子们，一会儿是实实在在的粒子，一会儿只是传递能量的波，而究竟它们是什么又在哪儿，这些取决于观测本身，观测让量子世界坍塌成一个随机的经典实在。一切实在都淹没于疯狂的概率云之中，万物的存在只是概率，概率可以通过波函数求解，却永远无法在时空中确实。量子的疯狂涨落造成了剧烈的力场涨落，那揭示宇宙时空奥秘的广义相对论都在此失效。这个世界的基本定律似乎构筑在一个巨大的主观和不确定性上，一切确定的东西都烟消云散了，就像我身处的这个疯狂的世界，一切美好的、确定的东西都逝去了。连月亮的美都变得可疑了。

我继续在量子世界中寻找一点点可怜的确定性。

科学家们对量子世界的诡异性质提出了各种各样的解释，哥本哈根解释说我们唯一知道的就是我们不知道，多世界理论说波函数从未坍塌，薛定谔的猫既死又活，而观测者和身处的整个世界都因为观测进入量子叠加态，每次观测都会引发一次波及整个宇宙的分裂。甚至，还有所谓的灵魂解释，说那小小的量子微粒真的知道有人在观察它们，因为只有人具有意识，只有人能成为观察者，所以整个世界都是唯心的。

除了钱和母亲的指令，这个世界究竟还有什么是确定的?

冉疯子被落雨冲走了，他是五峰城里我第二喜欢的人。他念的诗那么动听，仅次于覃皎朗读的自然课本上的段落，虽然其他人都说他是个疯子，整天在街头徘徊，嘴里讲着疯话。但我觉得他其实是个诗人。

“梦想的巨大悲剧在农夫弯曲的双肩。”

“风亦属道，月亮妹妹！害怕神及民众的愚昧。而诚的原则，一脉相承。”

“众人皆有余，而我独若遗。我愚人之心也哉！俗人昭昭，我独昏昏。俗人察察，我独闷闷。”

“太阳，终将落下，而月亮也不再升起。白昼，近乎一瞬，黑暗，永恒的儿子，谁会注意阴翳？波动出没半明半暗之间。”

“永恒的潮流中我永恒在场，你怕黑吗？那你也会错过光明。”

“你们走吧！但你还会回来。”

“燃烧，上升，穿越，接近真理。赶在天怒之前。”

“我感到一阵眩晕，孤独的焦渴……再无人与我亲近！天幕坠落之后，已经无所谓翅膀，自然也不存在飞翔。凡人们，是迎战的时候，你们去哪儿？”

……

如果不是被饿扁的肚子驱赶着回家，我将永永远远驻足并倾听下去。五峰的生活过于单调，这样的余兴节目太少，那么多人在桥头把他围住，为了看清他每一次挥手每一个眼神。我站在最后面，什么都看不到，却能听清每一个字，振振地敲打，敲打我的心。

现在，桥头空了，桥沿两边挤满了人，每个人都在说话，好像除我以外的所有人总是在说话。

“太可怜了，他妈妈就这么养了他十六年。”

“他才十六岁？他那头白头发。”

“那是少白头。都说少白头早慧，可他是个疯子！”

“还好，他还有个弟弟，家里总得有个正常孩子。”

“他家里人怎么不救他？”

“他不肯回家，每晚都住在桥洞里。前几天半夜下大雨，他就给水围在桥洞里，差点给冲走！是他家里人用床单拧成绳子救他上来。后来几天雨小了，他就又住进洞里去了。这次是周末，他家里人都去乡下走亲戚了，没人能救他。”

“哎！太可怜了，虽然是个疯子！也让人难过。”

桥下昏黄的河水，带着树枝、家具、肚皮惨白的动物尸体，激越的浑黄的水流，裹挟着泡沫，奔流个不息。雷电，划过天空。雨水沿着黑伞的尖尖落下。

那是十八年前夏天的一场大雨，那么，我在桥头见到的又是谁呢？

雷声滚滚，空气中涌动着奇特的感觉，好像有人提着线，拉扯我身上每一根毛发。身边之人一拥而散，不见踪影，我呆坐原地。

回头去看，树叶簌簌摇动，草茎被踏伏到地上，一步一步一步，近了，一个黑色的影子，鬼魅般现身。雷声，低落下去，低落下去，消失了。

冉东征。

我大惊失色，从落叶中站起，他怎么追到这儿来了，还要问我投资的事情？

“你看到我哥哥了吗？”

“你哥哥？谁？”

“冉西渐。”

“冉西渐又是谁？”

“你们都叫他疯子。”

我想起来了，我都想起来了。是啊，冉西渐，是冉东征的哥哥。疯子的弟弟，却是最正常的人。

“他不是给大水冲走了吗？”

“胡言乱语！吾君从不近水，此等污浊之物。”

“那他在哪儿？”

“雷公顶，东门楼，高台之上，临风览胜。我赶来此地，只为迎他回去。”

“你要带他去哪？”

“回家呀。我们一家人都在找他，我哥哥到底去哪里了？他不会被河水冲走的，对不对？没有人看到他真的被河水冲走！每个人都是听说，每个人都是听别人在说。”

“你们找过他吗？我听说他后来顺着河滩回来了，就在大水退去之后，还常立在旧城桥头依然吟诗。”

“一派胡言！”

“我亲耳听到的，我高考结束后母亲又告诉了我一些故人的消息，她说田叔叔的官司初审输了二审赢了，她说疯子沿着河岸走回来了，她还说覃皎考上了市里的师专……她现在在做什么呢？好像她之后当了老师。”

“此等荒谬之事闻所未闻，吾王怎会涉川？除非……除非他乘坐御辇而来，你所听传闻中可有此物？”

“我没听过。”

“我那亲爱的爸爸妈妈啊，哭白了头，他就算是个疯子，也是他们的儿子，是我一母同胞的亲哥哥，是小我十二岁的亲哥哥。小时候多聪明伶俐，但迟迟不会说话，开口说话以后，说的又都是疯话……但谁会相信，他在家里完全不疯，安安静静。他只是老爱往外跑，不肯留在家里，跑出去以后，越来越搞不清楚时间。那天晚上他本不该去桥洞里的……谁会信呢，从没见过光的盲人也说他很美。”

我信。

因为美无非是可怕之物的开端。

落雷伴着话语。仿佛巨大的车辙缓缓轧过山河大地而印刻下车辙的声音。

“我的哥哥，我辉煌的东君。我劈开了混沌，然后有了他。他是光明的主宰，自生的青春。我寻找他，但无颜见他。”

冉东征缓缓而去。

空气里弥漫着刺鼻的味道。我早先就知道这股子味道，疯子被大水冲走前的几天，五峰城里全是这股子味道。那时我已离开旧城，父母争吵的事情已有了结局，父亲留在旧城，他一直留那儿，二〇〇三年他调入新成立的发改委，还是留在旧城，一直到二〇〇八年县城最后整体搬迁完成他才同母亲在新城团聚。而母亲率先调入新城县医院，任副院长，以私人身份承包数个科室，购入首批新建的商品房。

我趴在新的高楼新的空空的窗前，闻着那股味道。那是上千道天雷一齐轰击五峰城的一天，那股刺鼻的臭氧味道包围小小的五峰旧城，再沿清江河道穿过重山叠嶂涌入下游平原上的新城，甚至继续弥散，污染到遥远的市区人民高贵的鼻子。

我听说那一晚暴雨如注，无数闪电从天而落，五座山峰承受天怒，尤其是那座最高的白溢峰，那白溢峰上的雷公顶。我听说清江水像开锅了一样沸腾，熬成了一锅乳白色的鱼汤，还听说有两鬓斑白的汉子一夜之间长高了十厘米，还听说多年的秃头长出了新发，还有本县母猪下崽数都翻了一倍……

在这些传闻之外，有一件传闻是确实的，还上了本市电视台的新闻节目。节目画面中，十几位旧城的故人躺在县医院病床上，眼睛半睁半闭，嘴里念念有词，头上个个顶块纱布。

“这些人都在雷暴晚上受了刺激，最严重的中断思维过程达一个星期。现在病人都在逐步恢复。这些人的共性是在打雷的时候因为各种原因，有的是被雷声吓醒了，有的是在玩牌，有的是半夜起来上厕所，都没有睡着。人的思维依赖脑电波实现，脑电波作为一种生物电流，醒着的时候比睡着的时候有更高频率，可以推测，这些异常是特定频率的脑电波受强电磁场干扰引起的。这种现象非常罕见，请各位居民朋友在雷暴季保护好自己。”

穿白大褂的张阿姨，是我妈妈以前的一个同事，一本正经介绍道。

更多的传言诞生在病人出院之后。据说这些病人能在耳边听到莫名的耳语，好像刮风一样时有时无，究竟说了些什么又完全听不清楚。他们先是成了本地医院神经科的常客，之后纷纷搬出了五峰旧城，好像搬出去之后就安生了。如果我的记忆没有欺骗我，我不记得那些人里有冉东征。

而不止一个人说在桥头看到了被水冲走的冉疯子，似乎每一次的目击，都只出现在冉东征离开小城的时候。

再后来，整座旧城的人慢慢离开，直到整体搬迁完成，居民一个不剩，所有的传言也就终结了。

很多年后我了解了量子纠缠的特性，若一对粒子曾建立关联，之后即使分隔再远，也会出现超距作用，这种作用无视距离，凌驾于光速。在图书馆埋头读书的我抬头挠了挠头，想起了这对兄弟。

暾将出兮东方，照吾槛兮扶桑。抚余马兮安驱，夜皎皎兮既明。驾龙辀兮乘雷，载云旗兮委蛇。长太息兮将上，心低徊兮顾怀。

冉疯子踱步而出。穿越丛林如闲庭信步。

冉疯子，冉西渐，他有自己的名字。

我想起了十几年前，有那么一些时候他静静立于桥头但并不慷慨陈词，只是安静地站着。因无热闹可看所以身边人迹寥落，我便大着胆子走到他身边，看到他洁白的发丝在阳光下因为带上了静电而向空中根根立起。

现在，他头上是一圈黄色雏菊编织的花冠，压着他整齐而近乎银色的头发。

“都是你们把时间搞乱了！”

他厉声斥责。

“都是大人们的错，当年我没有参与，后来我也没有参与。”

“你好好想想，你没有参与吗？”

我好好想想，却发现这事经不起细想。尤其是在上海那些梦游样的日子，每天对着电脑屏幕，屏幕上全是数字，谁能保证那里面没有时间？谁能保证我的那些买进卖出没有把支离破碎的时间搞得更加混乱？

“哼。我还能怎样，只能饶了你们。你们需要诗人，所以我疯了！反正疯的是我，说话的是我，饶恕的也总是我，必须满足永不满足的你们的也是我。你们吃的是我，喝的也是我，永远索取的也是我。我算是看透了。”

我忽然想起了逃跑的同伴，背上渗出了汗，也想逃跑了。

“你为什么回来？”

“我听到了白虎的吼叫。”

“那是自然。你先父的父召唤你，就像永恒召唤我。”

“你，你究竟是谁？”

“我是光明的主宰，自生的青春，原始生命的初生，无名事物的初名。我昭示战争于你们，你们却不战而溃，天雷本不该来。”

他睥睨于我。

我两腿颤颤，密林之中白虎的影子飞驰而过。又来了，浑身所有的毛发，向上拽起，灵魂已经无法在躯壳内多待一秒，我不应该在这儿。

他收起眼光，焦躁地踱步。

“可我的王妃究竟在哪儿呢？快帮我一起找找。我日日登顶眺望，只为等到她。他们都说我的女朋友生得很美，但我从未见过她。我总是弄错时间，等来等去都是徒劳，这都是你们的错，可她到底躲在哪儿？”

“我是真的走不动了，你恐怕也是真的找不到她了。我听你念了那么多句诗，你也听我念一句吧。”

“相迁变而规物兮，几何雅其远谋。扬规范之场论兮，拓扑衰而复留。”

“大胆！这是什么诗……你怎么敢？”

“是物理。”

因为太阳已经落下，而月亮再次升起。

青云衣兮白霓裳，举长矢兮射天狼。操余弧兮反沦降，援北斗兮酌桂浆。撰余辔兮高驰翔，杳冥冥兮以东行。

我们没有告别，于是我给她写了信。

新城的月亮看起来很瘦，很虚弱，一千个夜晚，九百九十九张空空的幕布。每个信封都塞满信纸。趴在课堂上写，趴在图书馆里写，趴在家里窗前写，尝尝邮票的味道，塞进邮筒。从没收到过回信，一封也没有，很久之后才知道，原来我写错了地址。生源大幅减少以后，旧城的初中并入镇小学，旧址已无人值守。过了很久很久，大概是我本科毕业那年我才从另一个留在旧城念完初一的小学同学那儿听说了这个消息，我还听说覃皎的父亲去世了。但那时我的生活被很多其他看起来很重要的事情占据了，顾不上想这个。那些事一时塞满了我所有的生活，掏空了我，但很快又被抛在了脑后。

最后一封信大概是初二的时候写的，那时候我们终于开了那门新的课，物理。新书发下来我就赶紧翻完了课本，那里没有讲月亮存在的秘密，一学期结束了，老师也没有讲月亮的秘密。我写了一封失望的信给覃皎，然后继续学下去。

高中，我考入市重点，然后考入上海一所著名高校，一贯没有主见的我坚持选了物理专业。

那些关于量子物理的解释哪怕说服了一些物理学家，却始终无法说服我。我不相信，我继续寻找。

大学没有辜负我，我在更大的图书馆里终于找到了——超弦理论。我所确信的最美的解释，超弦理论说若我们能检测最微小的点粒子，我们将会发现那里没有点，而是一根振动的弦。

所有的基本粒子，从电子到质子、中微子、夸克，它们既是粒子，也是弦，它们的不同之处源自弦的振动方式不同。这些弦在空间中卷曲舒展，抹去了普朗克尺度下那些永远无法把握的疯狂的量子涨落。广义相对论和量子力学不再针锋相对，万事万物从可怕的不确定性中解脱出来，重归于一首恢宏的交响曲。月亮既存在又歌唱，这多美啊！

我为此深深着迷，甚至在学校找到了一位研究弦论的物理学教授，我成天去找他，本科期间就跟着他做研究，做他的实验助手，一起向神秘的超弦空间发起攻坚。

超弦理论认为，世界是十维的时空，除了我们生活的四维时空，还有无数个极小的六维空间紧紧蜷缩起来没有展开。弦穿过这些空间上的孔洞，就像丝线串着小珠子。这些六维空间上有三种不同尺寸的孔洞，弦穿过每种孔洞发生的振动，就产生了不同族的基本粒子，这些不同族的基本粒子各自构成了一套完全不同的世界，我们身边的普通粒子只对应着其中最低能量的振动模式，而每种更高级的振动都对应着一个全新的世界，和那些六维空间更紧密地联系在一起。但那个空间还有太多秘密没有被揭示，只有一些数学推论描述其中的一些特性，比如超对称，比如激烈扰动，比如大能量的粒子在其中以亚光速运动。从正常世界观察，那个世界的时间如同静止。

而我的老师尝试构造实验去探索那些神秘的六维空间。

我们试图构造一个强力电场，以 X 射线轰击电流，为电子束充能，希望电子能受到激发升族，形成电子隧穿，随弦振进入六维空间。电子进入六维空间后无法释放能量，所以无法降族返回四维时空，但我们可以通过观察和电子形成量子纠缠的粒子，研究它在那个空间的特性。

实验设计完成，就开始为这项实验做立项申请。这是一个漫长而煎熬的过程，器材耗资多到令人咂舌的程度，弦论研究又一向不被看好，很长一段时间里我为老师忙着处理各种申请文书，而他站在黑板前写写画画，跟我讨论，他称这个为脑内实验。

“如果我们不为普通电流而是为人的脑电波充能，就能让人的一部分意识进入那个神秘的六维空间。而此人的脑电波因为与六维空间中的电子束量子纠缠，他就能，嗯，感应到六维空间的一些特性。如果我们还有办法让这些电子束释放能量，降族隧穿，回到四维时空，那么意识的主人就能记起那个六维世界的全部特性，就好像拼上了一块灵魂碎片。小坎，你说我是不是越来越像科学怪人了？你相信这种可能吗？”

“老师，我信！”

最终，项目还是没有申请下来，上面宁愿批准一些应用性更强的项目，比如最热门的——激光的一百种应用方式，哪怕那些项目平庸到愚蠢。六维空间的秘密依然紧紧藏在帷幕之后。

而弦论的其他秘密似乎也越来越难以被揭示，人们被她的美吸引着走进，又因为她的难望而却步。理论层面，艰巨的数学工作难以逾越，实验层面，超级粒子对撞机因巨大的投资停滞不前。超弦的秘密仅仅被揭示了小小的一角，甚至越来越沦为空谈。

这个世界不屈服于美丽和真实，却总是屈服于母亲的指令，我的老师完全放弃了弦论，而我遵从母亲的指示去做金融，离钱最近的行业。医院效益在民办医院冲击下不断下降，母亲果断提前办理病退转而坐镇上海，指导我的一切，从挣钱的方法到挑选相亲的姑娘，精确有效。

但弦是美的，如果能再见到覃皎，我要告诉她，告诉她这一曲弦歌。我怎么会忘记我窥探这些秘密，是为了对谁倾诉。我怎么想起了这些？我又是什么时候开始忘记的？

黑色的幕布升起来了，星星疯狂坠向原野，月光倾泻到我身上，几乎要将我的眼睛刺瞎，我闭上了眼睛。

“你长大了想做什么呢？”

“想一直看月亮啊，就像现在这样。”

“去哪儿看呢？”

“我哪儿都不去，就在这儿看。”

“你呢？”

“我，我也想和你一起看月亮，但我也想去看看山那边是什么。”

“去吧。不要忘记了回来的路就好。”

“迷路了怎么办？”

“跟着月亮就能找到回来的路。”

“我走，月亮也跟着我走，月亮怎么告诉我回来的路？”

“不要用眼睛去看，不要去看那些迷惑人的颜色，用心去看，走进黑暗，你就能听到那束光。”

我睁开眼睛。

月亮上的人儿走了下来，向我走了过来，披一身月光，覃皎还是那么美。

“我听到了虎啸，就知道你要来。”

她流水一般的手啊，将我的手执起，领我步步登上最后的山坡，穿过带着焦黑印迹的石牌楼——东门楼，踏上一片平坦的草地。

“你什么时候知道我要来的？”

“我从来都知道，在这儿的每一个瞬间都知道，所有的瞬间都是同一个瞬间，但你点亮了这个瞬间。”

我们一同躺在草地上，月亮微微颤动，从没有这样又圆又好过。她看着月亮不说话了，可我还忍不住要说，虽然说出来的每一句都像傻话。

“你还在看月亮？”

“是啊，我要每一天都看着月亮，看这世界上我永远看不厌的东西。这里是离月亮最近的地方。”

“我知道月亮的秘密了。世界上所有粒子里都藏着一根小小的弦，这是我们听见月光的秘密，是整个世界都奏响的秘密，月亮一直存在，它和这个世界一起唱着一曲弦歌。这个世界和你说的一样，是那么那么美！可是我没有继续研究弦论，我怕我们这一代人都找不出那些秘密……我没有带着最终的秘密来找你，但我相信这个世界，相信更多的美藏在未知之中。”

“你还记着这个。谢谢你告诉我这个，多么好的秘密啊。没关系，一起听听月光就很好了。”

“是啊，这月光多美啊。我也要每天都和你一起看着这月亮……要是，要是能再看看那六维空间中有些什么就更好了。”

我喃喃地说。

她从草地上坐了起来。

“彭坎，你说的这些真美啊。你不是一直想看看外面的世界吗？看。”

她伸出手，指向东方。

我也坐了起来，顺着她手指的方向，在东门楼更东边，我记得连片的山峰外应该能眺望到市区，那个闪烁着霓虹的城市。小时候我每次登上这座山顶，只为看看那些七彩迷人的光。但现在我看到的只有一座静默的城，失去了五光十色，整座城市在月光下宁静地呼吸，我似乎只在往昔的辉光中听到过这样恒久的节奏，那是和月光一样的，恒久的歌。

月光渐渐褪色，山那边透出曙光。时间像溪流一样，缓了又急了，空间如回环，上上复下下。

“太阳要升起来了，他们要来这儿朝拜东君，只有我得躲着他。”

我低头回望，西边的山坡爬上来越来越多的人，在一条山路上向这儿靠近的，是那对陌生又熟悉的老人。

“时候到了，该回去啦。”覃皎在我耳边轻轻地说，和无数个听月亮的夜晚催我回家一样。

我想抓住她的手，却好像抓住了流水，只抓住了虚空。

我抬起头，苍白柔软的脸，好像入夜的第一朵昙花，永远不会沾上朝露。

“你……你看不到外面的世界吗？”

她摇摇头。

“我知道了，你还不知道那些外面世界的秘密……你无法跟那个世界调频一致，无法释放能量，也就无法从这个空间退相干。没有关系！我告诉你那些知识，我可以教你！”

“我只想听月亮反反复复地唱，我是夜的女儿，我害怕那些颜色，害怕那些纷繁嘈杂的歌。”

“我可以保护你！”

她笑了，多久了，我第一次见到她的笑，月光的最后一曲，火焰的焰顶闪烁飘摇，没入空气。

我已经登上了最高的山顶，我上了雷公顶，过了东门楼，但此时我在上海图书馆四楼阅览室听雨。二〇一九年盛夏，窗外大雨如注，虎影又从眼前掠过，唤我抬头，西南方新添一道闪电，赤焰在天边熊熊燃烧。

雷声撕破寂静，像一个创世纪的爆炸。

然后是永寂的黑暗过后，一曲永恒的弦歌。

万物之始。

——原载《长江文艺》2021 年第 9 期

红星（即火星）探测器在着陆之后发生故障，前因后果中出现了种种蹊跷，最终各种蛛丝马迹指向孤独症患者陈笑。陈笑与常人不同，拥有独特的奇异能力，他依附于探测器的计算核心“到达”红星，不但修复了探测器故障，还在红星地下洞窟找到了生命的痕迹。

红色星尘

苏学军

生命，让宇宙有了意义。但是，我们的意义呢？

——题记

距联调节点一百二十天，距发射日十个月。

夜，早已深了，庞大的首都陷入沉睡，国家空间技术研究院某重点实验室的研究大楼仍然灯火通明。

全神贯注凝视显示器，双手在键盘上跳动如飞，这种状态楚一飞不知保持了多久，他的生命仿佛进入了迷宫一般的计算机电路内部，与浩瀚的数字海洋融为一体。

数年前，天望·红星探测计划立项，一个涉及各个领域的专业团队便进入有条不紊却又紧张乃至癫狂的工作状态。其中有位至院士的老一代专家，更多的则是楚一飞这样的年轻人，参加工作的时间不长，没有光鲜的履历，也不曾参与过这样的国家级项目，但他们有最前沿的知识储备，更有青春所特有的理想和热情。

时至今日，行星探测器的研制已近尾声，某个白色的洁净厂房内，金白相间的红星飞船静静矗立，蓄势待发。不过要让它顺利升空，跨越漫长的宇宙深空，按计划降落在红星表面展开科考，再把信息传回星空这头的地球，还有着太多的工作需要完成。

作为团队中的一员，楚一飞的职位是星载 AI 架构师，听着高大上，本质上就是“码农”，不仅工作起来没日没夜，肩负的责任还远高于普通的程序员。

意识中一阵恍惚，显示器上的代码变得模糊起来，楚一飞坐直身体，晃了晃头，想把脑海里的困倦赶走，但是收效甚微。他不得不把视线从屏幕上挪开，办公室里静谧无声却座无虚席，同事们都在埋头工作着。

楚一飞有些无奈，他退出系统，站起身，走到卫生间洗了把脸，镜子中的自己显得有些憔悴。他闭上眼睛，做了几次深呼吸，再睁开眼睛，似乎好一些了。

出了卫生间，咖啡机旁接了一杯咖啡，楚一飞回到座位，重新进入系统，眼前还是有些朦胧，像蒙了一层雾。但是他必须打起精神，团队像一列高速飞驰的列车，每个人都必须跟上大家的进度。

他迅速进入状态，一串串代码在屏幕上呈现，忽然，手指的速度出现了停滞，他犹豫了一下，查阅了完成的程式，没什么异常，可他还是感觉有些异样，是错觉吗？还是太疲倦了？他喝了口咖啡，决定继续工作，可是没敲几个字符，他还是停了下来。

不对劲，他清楚记得离开前写下的程式，前后不到三两分钟，现在，一段字符中，两个代码的顺序出现了错位。他判断，有人进入自己的系统，做出了修改。这种情况理论上存在可能，却从来没有发生过。

他调阅系统日志，总师等更高权限是可以进入自己的系统的，但是日志上只有自己的登录记录，尤其离开的几分钟，一片空白，这说明根本没人登录自己的系统。他又做了一次安全自检，没有其他程式侵入的痕迹。

楚一飞颓然坐到椅子上，自己记错了吗，还是……他心率上升，额头沁出了冷汗，一个词在脑海中盘旋，最终，他果断接通了网络安全部的电话。

锁被撬了，意思是出现了泄密级别的网络安全事件，这在实验室内可是头等严重的大事。

胡可的网络安全部属于独立部门，直接受研究院最高层领导，重要性不言而喻。但是院属内部局域网与外部的互联网物理隔离，理论上不存在网络入侵的可能性，对于工作人员的保密教育和日常监督又极为严格，至今还没有出过泄密或入侵事件，因而胡可的日常工作可谓枯燥无比。

有那么一段时间，胡可心血来潮，以全院网络安全大检查的名义，部门暂时改行成了黑客组织，想尽方法攻击各部门的网络，结果不仅没找出问题，还惹得各部门怨声载道，获得了溜门撬锁的诨号。

所以，接到楚一飞的电话，胡可的眼睛一下子亮了起来。

养兵千日，用兵一时，总算到大显身手的时候了。带着几个人，风风火火赶往出事的实验室，一番调查下来，胡可却有些吃不准了，没有发现恶意程序，没有异常访问记录，系统防火墙完好，监控录像里也没人接近楚一飞的工位。

胡可一遍又一遍浏览楚一飞的电脑，终于灰心，尴尬地看了看旁边有些紧张的楚一飞，忍不住问道：“确定这两个字符被修改了？”

楚一飞盯着胡可，觉得对方有些不信任自己，他的表情渐渐变得坚定。“请相信我的记忆力。”

“我相信你。”胡可报以信任的微笑。

“谢谢你。”

楚一飞有些感动，这件事发生得蹊跷，找不到疑点，几个小时里，他承受着周围同事异样的目光。他一再告诉自己，他没有记忆错乱，更没有精神失常，他的系统遭到了入侵。但是渐渐地，连他都有些不确定了，胡可的微笑给了他安慰和支持。

“我们会持续调查的，直到水落石出为止。”胡可说道。

他当然不会告诉楚一飞，网络安全部太闲了，他需要一个理由让手下这帮兄弟动起来。

楚一飞回家好好睡了一觉，重新投入紧张的工作之中，一连几天，一切如常，泄密事件像是投入湖面的一粒石子，荡起的涟漪很快被时间抹平。网络安全部的人来过几次，也没什么线索，很快销声匿迹，楚一飞的工作重回正轨。

这样过了三个多月，网络入侵的事再没发生过，楚一飞甚至忘记了这段经历，他负责的程序已经编制完成，开始进入最后的校对和优化进程。

同样是一个深夜，黑暗中风雨交加，一道道闪电时而在窗外亮起，办公室内异常安静，楚一飞和同事们仍在挑灯夜战，这是人类向宇宙星空发起的又一次冲锋。

人类文明是群体文明，无数个普通弱小的个体，每个人贡献自己那份微弱的力量，汇聚成那巧夺天工的人造物，代替他们去遨游深空，抵达他们孱弱的身体永远无法企及的神秘之处。

楚一飞的目光凝聚在显示器上，脑海中解析着每一个代码的组成。系统联调之前，他必须在浩如烟海的数字中找出可能的错误，否则，即使是一个微小的错误或延迟，也会在三亿千米外被无限放大，造成整个项目的失败。

忽然，他的脑海中似乎响起了一声叹息，似有若无，却带着莫名的惋惜。接着，显示器上忽然出现了一串文字：不是这样的……这样的延时，会导致着陆器硬着陆……

楚一飞的身体刹那间僵住了，锁再次被撬了。这证明几个月前的事并不是自己的幻觉，真的有人入侵了系统，这次还留下了文字。他的第一反应是马上通知网络安全部，但体味那段文字的含义，却犹豫了，对方指的什么，程式吗？

鬼使神差地，他回了一句：怎么了，哪里错了吗？

屏幕上，没有新的文字出现，只有光标停在那里，不断闪现。过了一阵，就在楚一飞觉得被对方愚弄了的时候，一段小巧的程序出现在界面上。他迅速浏览了几行，发现是一个简易的编译器。他的源代码开始逐行导入编译器，而后，时而有某个字符或者参数被修改……

只有两三分钟，楚一飞却感觉过了很久，光标又停在那里不动了。他浑然不觉，思绪沉浸在修改过的程式之中。修改的地方并不多，与原来的区别并不大，更多的只是进行了微调。但是他知道，即便那细微的差别也会导致探测器的运行谬之千里。

突然间，办公室大门砰的一声被撞开，七八个穿着雨衣的人带着一身雨水冲进来，直奔楚一飞的工位。在同事们惊愕的眼神下，两个人往机箱里安装什么设备，另外一人在键盘上不断敲击着，时而紧张地注视着显示器，更多的人则向后面的机房奔去。

楚一飞一时间成了看客，有些尴尬地站在一边，看着几个人折腾他的电脑。胡可走到他身边，一脸激动。“总算抓到他了！”

楚一飞恍然。“你在我电脑里安装了监测程序？”

“这回他一定跑不了！”胡可挥了下拳头，而后摸着下巴自语道，“一直弄不清这家伙怎么做到的，真是个人才，说不定威逼利诱一下，可以弄到我们部门来。”

话说自从上次入侵事件发生之后，虽然表面平静下来，实际上胡可一刻也没放松，什么“鱼饵儿”“猫眼儿”“恶心虫”“捕鲸叉”等监控程序撒得全网都是，楚一飞的电脑更是重点照顾对象，实验室的监控录像也有人在实时布控，一有风吹草动，反追踪程式会循着入侵者的痕迹找到对方老巢去。

胡可自信满满，静等大鱼上钩。楚一飞电脑的镜像一直显示在他的办公桌上，几乎楚一飞发现再度被入侵的同时，胡可腾地从椅子上跳起来，这一天终于被他等到了，然而……收网行动进行得无比迅疾，渔网里却空空如也，什么也没有。整个网络安全部忙乎了一整天，入侵者像是融化在网络信号中了，或者根本就不曾存在，还是如前次一样，对方既没有挥挥手，也没有带走一丝云彩，就这么不留痕迹地消失了。

半个月过去了，胡可不得不接受一个现实，他再次失败了。与上次不同，这一次他做了充足的准备，也及时发现了入侵状况，可谓将对方逮了个正着，可仍然让入侵者从手指缝里溜走了。领导会不会质疑他的能力？其他部门是不是在背后嘲笑？他感到巨大的挫败感，堵在心口，无处宣泄。

一个月后，联调节点如期而至，这是对整个研制团队的一次大考，星箭研制、生产、发射、测控等各部门联动，进行一次虚拟的天望·红星探测。经过一周紧张测试，各项参数和指标均达到甚至好于预期，这也代表研制团队的工作圆满完成，红星探测器从这一刻进入完整状态，静待半年后的发射。

院领导为研制团队举行了系统内部的庆祝大会，以表彰大家这些年来的辛苦努力。毕竟探测器还没有发射，各种荣誉当然没有，物质奖励和职务升迁却少不了。

楚一飞在大会上再次见到了胡可，与楚一飞的意气风发截然不同，胡可龟缩在一个角落里，一脸的落寞和颓然。

“恭喜你了。”胡可看见楚一飞向自己走来，说道，语气里却没有一点恭喜的意思。

“谢谢。”楚一飞并不在意，一屁股坐到胡可身边，有些感慨，“总算可以放松一下了，准备带孩子去迪士尼玩玩，想想还是五年前的承诺了呢。”

胡可侧头看了看楚一飞，又把目光投向远处，沉默了一阵，说道：“挺羡慕你们，虽然累，但是有成就感。”

楚一飞明白他的意思，问道：“撬锁的事，还是没有着落？”

胡可摇了摇头，有些自嘲地笑了笑，道：“我这次是栽了，上面已经不再过问了，而且派来了一个正职。”

楚一飞倒是有所耳闻，网络安全部的老领导退休之后，一直是胡可这个副处长主持工作，不出意外的话，很快就会转正。结果网络入侵事件发生，胡可却查无头绪。上面派来了一位正处长，可以想见，胡可的未来正在暗淡。

楚一飞想劝劝他，却不知该说什么好，最后轻轻叹了口气，命运就是这么无常，胡可因为这次诡异事件而仕途渺茫，自己却得到了莫大的帮助，系统联调结果表明，网络入侵者修改的代码完美地修补了自己可能犯的错误。从这个角度说，应该感谢那个被胡可恨之入骨的家伙呢。

“我一定会把那家伙揪出来的。”胡可在一边狠狠地说道。

半年后，文昌航天发射中心，发射进入倒计时。

楚一飞没在指挥大厅，作为红星探测器的研制者之一，他的工作半年前就完成了。安装、调试、发射、测控，这些工作都有各自的专业团队，自己插不上手。

此刻，他坐在观众席上。由于专家的身份，他获得了一个绝佳的位置，可以清晰地看到已经转移到发射阵位的长征五号，如白色巨人一般矗立在椰树与蓝海的环绕之中。

倒计时结束，橘红色的火焰和乳白色的烟雾从火箭底部喷涌而出，化成一团绚烂的云霞，托举着长征五号缓缓踏上征程，震耳欲聋的轰鸣声席卷大地……

楚一飞心潮澎湃，和周围的观众一同振臂欢呼。这时候，手中的手机传来了震动，他没有在意，谁会错过这样短暂而激动人心的时刻呢。但手机仍在执着地震动着，无奈之下，他匆匆瞥了一眼屏幕，然后眼睛就再也离不开了。

手机挂断了，却发来短信。

“在文昌吗？”

简单的四个字，发信人的信息则是空白，楚一飞立刻意识到是谁了——屏幕后面那个神龙见首不见尾的入侵者。他心跳加速，比观看火箭发射还要激动，立刻回道：“在。”

“今天发射吧？”

“是，它正在升空，就在我眼前。”

“哦……真想去看一看啊……”

楚一飞一怔，马上将刚刚拍摄的火箭视频发送了过去。可能是网络延时，也可能对方沉浸在视频中，手机迟迟没有接收到新的信息。就在楚一飞觉得对方又像从前一般消失了的时候，又一行字显现：“它走了……前往遥远的深空……摆脱了宿命的束缚，去往生命的未知……真想……跟着它……去翱翔……”

看着这段信息，楚一飞有些疑惑，文字断续，有些前言不搭后语，看来对方不常与他人交往，大概真是个宅在家里的网络黑客，可是言语间又显露出强烈的忧郁和迷惘的情绪，恐怕……恐怕对方心理有些问题，想到这里，他回信道：“我使用了你修改过的程序，可以说，天望·红星探测器也是我们生命的一部分。它正在代替我们飞出大气层，前往红星去探索人类的未知世界……没想到收到你的信息，我很高兴，真的感谢你的帮助，我们……可以交个朋友吗？”

这一次，对方沉默了很久，才显示出一行字：“……我不需要朋友……”

这是楚一飞收到神秘人最后的信息，此后无论他回复什么，都如石沉大海，对方又无声无息地消失了。

天望探测器离开了地球，刚接触的神秘人又隐去了，楚一飞怅然若失，好像生命缺少了什么。

从文昌回来，恢复正常工作，不过新的研制任务还没有下来，一时间没什么工作要做，日子清闲得让楚一飞和同事们都有些无所适从。他原本想着把网络入侵者接触的事情告诉胡可，想想还是算了，对方并没有窃取实验室的机密，还给自己提供了意外的帮助。从短暂的接触来看，神秘人的生活似乎也不太如意。另一方面，胡可被这件事弄得焦头烂额，要是能够破案的话早就破了，再提撬锁的事，恐怕是伤口上撒盐罢了。

趁着新的研究任务还没有下来，楚一飞请了年假，带着妻子和女儿前往上海迪士尼游玩儿，这是早就答应女儿的。那时孩子才五岁，一转眼都小学三年级了。这些年来身心扑在工作上，脑海里都是深邃的星空和熠熠发光的探测器，确实亏欠了家人太多，正好补上。

一家人开开心心在南方玩了一圈，回京的时候已经是半个多月以后了。女儿和自己亲近了许多，与妻子的感情本已归于平淡，竟然也因为这段快乐时光，重又体味到了恋爱时的那一丝甜蜜味道。他暗暗决定，以后无论多忙，也要抽时间多陪陪家人。

作息时间恢复正常，新的任务也布置了下来，为天望·金星探测计划进行预研。计划还没有获得正式立项，所以研制工作有条不紊，并不紧张。其实大家的心思还在红星探测器身上，偶尔会有同事在座位上发呆，多半心思已经飘出大气层，在几千万千米外找寻红星探测器的身姿。从某个意义来说，那就是大家的孩子，倾注了数年的心血，又有了仿佛对后辈的期待，去实现自己的遗憾和理想。

断断续续地，有消息从测控站那方面传来，一切正常，也没什么可说的，霍曼转移轨道毕竟是一段漫长而枯燥的旅程。半年以后，探测器进入红星轨道，才会是惊心动魄的时候。减速，被红星捕获，数次变轨，释放着陆器，巡视器行走在红星的红色荒原上，每一步都充满挑战，每一个成功都是国家空间科技的一次进步，而大家的理想也就更接近了一步。

时间一天又一天过去，生活如此平淡，大家的心中都期待着那个时刻。终于，春节临近的时候，探测器靠近了红星，测控信号发出，发动机启动为探测器减速，使之被红星引力俘获……正常，探测器发回了清晰的红星照片。

三个月后，探测器降低轨道，释放了着陆器，漂亮的白色贝壳划着优美的弧线没入红蒙蒙的大气层，消失在轨道器的镜头之中。

大家聚集在会议室的大屏幕之前，紧张地观看直播视频。几分钟过去了，会议室里鸦雀无声，所有目光一动不动地凝视着屏幕。十几分钟过去了，屏幕上仍然没有收到着陆器发回的图像，人群中有些骚动，一些人窃窃私语。二十几分钟过去了，大家有了不好的预感，可能出事了。果然，电视台主持人重新出现在屏幕上，表情却没有了之前的喜悦："我们刚刚得到消息，火星轨道器尚未收到着陆器的信号，有关专家正在尝试解决相关问题……攀登科学高峰的道路上，总会有各种坎坷，但我们仍会砥砺前行，让我们为国家的航天人加油。"

实验室大楼上空铅云低垂，所有人心情沉重，测控部门还在努力恢复与着陆器的通信，但是大家知道，希望渺茫，几乎没有成功的可能。表彰、立功、奖励，这些都不会有了，但是没人在乎，大家的心在哭泣，他们的孩子失落在三亿千米外的异星了。

过了三天，金星探测计划被暂停，原红星研制团队再度集结，开始对天望·红星探测计划进行归零，寻找探测器失败的原因。这是一项艰巨，甚至是无迹可寻的任务，毕竟探测器远在红星表面，轨道器摄像镜头的探测能力有限，连一张着陆器在红星表面的图像都没有。团队利用此前的备品备件重新建造了一艘一比一比例的探测器，而后一个零件一个零件地寻找问题。

归零的过程枯燥而压抑。一个月，两个月，民众接受了着陆红星失败的结局。好在红星轨道器运行正常，并在这段时间里不断传回红星的探测资料。但是对研制团队，不存在部分成功的概念。他们必须从初始设计、零件制造、系统联调等各个方面寻找失败的原因，并确保这样的问题不会发生在后续任务中。

难度很大，甚至超越了重新研制，一个又一个问题被提出来，又相继被否定。最后，故障范围大致被确定在着陆器伞降系统、太阳能电池板展开机构和通信系统上，但是没有人能确定到底哪里出了故障，这个问题大概永远都没有答案了。

有那么一瞬，楚一飞想起了那个神秘人。正在失神的时候，办公室的门再次被撞开，胡可冲到他面前，一脸兴奋。"找到他了。"

"谁？"楚一飞下意识问道。

“你说谁？”胡可反问。

实验室网络入侵事件过去一年多了，大家都淡忘了。听说这段时间，胡可与新领导合不来，经常争吵，后来索性经常迟到早退，职业生涯已经亮起红灯。谁知这家伙一直没放弃，始终在调查，只是办法都用尽了，却没有进展，谁知道突然之间柳暗花明。

楚一飞见到了李利。李利是胡可的高中同学，任职于公安部物证鉴定中心，正在某派出所挂职。一年前，胡可曾求助于这位老同学，李利利用自己的关系进行了调查，同样没有结果，没想到无意之间却有了收获。

李利带着两个人来到派出所辖区内的一家儿童福利院，这里是民政局下属，收留和治疗各地的弃婴或孤儿。

“这些孩子有严重的先天疾病，没有人肯收养，基本上都由福利院抚养长大。他们在这里接受治疗，到了年纪会和正常的孩子一样接受教育，然后步入社会工作，生儿育女，组建家庭。”

王老师带着众人走过福利院宽敞明亮的房间，向大家介绍。

“这么严重也能独立吗？”胡可隔着玻璃窗看着几个畸形严重的孩子，有些难以置信。

“绝大部分都可以。”王老师眼中充满自信，指着一个正在练习小提琴的脑瘫孩子，“每一个生命都会闪光的，虽然生下来就有严重缺陷，但只要你仔细观察，就会发现他们在某个领域会有惊人的天赋，经过刻苦学习之后，他们能在人生中找到自己的位置。”

“陈笑呢？”李利随口问道。

王老师眼中有些黯然，犹豫了一下，没有回答，径直向前走去。穿过福利院主楼，又走过后面的花园，来到一排红色的平房前。这里靠着福利院的后墙，被花园里的几株树木遮挡着，很不起眼，看上去罕有人迹，像是收藏杂物的仓库。

王老师拿出钥匙，打开最左侧一间房门，说道：“这里就是陈笑住的地方。”

房间不大，只有十几平方米，一张单人床、一个衣柜、一张写字台和一把椅子，基本上就是全部的陈设了。写字台上被一块灰色的抗静电布盖着的电脑显得有些醒目。空气中散发着一股霉烂的味道，看上去很长时间没人居住了。

“陈笑是你们福利院的孩子？”楚一飞不明所以，“为什么住在这里？”

王老师有些尴尬。“陈笑二十一岁，已经成人了，大学毕业后，找了几个工作，都是没两天就辞职，后来又找回福利院，不符合规定，院里又不能不管，就在这里暂时住下了，谁知一住就是几年。”

“几年？”楚一飞一怔，“他毕业时多大？”

“十六岁。”

这令大家都有些惊诧，这哪是残疾儿童，天才啊！

“能说说陈笑的事吗？”楚一飞对这个神秘的网络入侵者来了兴趣。

王老师沉默了一阵，眼中似乎闪现出那些年的往事。

“和别的孩子不一样，这孩子是自己走进福利院的，三四岁的样子，衣服还算整齐，脸上泛着红晕，齿白唇红，一看就不是个流浪儿。他就那样，有些蹒跚，有些悠闲地走进福利院的主楼，推开一间教室，自顾自地拿起玩具玩了起来。

“老师们以为是谁家带来的孩子，也没有在意，到了开饭的时候还安排他和其他孩子一起吃，可是一直到了晚上也没人来领孩子，而陈笑竟然自己爬到一张空床上，看样子要在这里过夜。老师们这才着急了，连忙通知院领导，询问陈笑，这孩子却一个字也不说，不得已只好报警。连续调查了几天，失踪人口、妇幼医院都查过了，还在各大媒体登了寻人启事。过了一个多月，仍然找不到孩子的父母，甚至有关孩子的任何信息。

“院里给孩子做了体检，身体非常健康，而且这孩子发育良好，长得也很可爱，很好看，哪有父母会抛弃这样的孩子，何况陈笑的年纪已经可以记住父母和居住地的相关信息了。”

“孩子自己没有透露过家里的情况吗？”李利忍不住打断王老师说道。

“没有，从来没有，我们问过很多次，除了叫陈笑，什么也不说。”王老师摇头。

“这正常吗？”李利反问。

“不正常。”王老师回答，“我们开始以为是什么事导致孩子出现了心理障碍。碰到这样的情况，一般来说，越是追问，情况会越严重，所以我们就不再问了。”

陈笑就留在了福利院，过了两年，他的身份仍然没有着落，就给他办理了入院手续。这孩子非常聪明，七岁的时候自学了全部小学课本，所以他没有上过小学，直接考的中学。成绩没那么高，但完全达到了标准，开始在福利院对口的中学上学。也是在这个时候，我们终于确定，这孩子不太说话的原因，他有严重的心理疾病，除了一两个院里的老师，基本不与任何人交流，偶尔会喃喃自语，更多的时候就是坐在那里发呆，典型的孤独症症状。”

“星星来的孩子。”楚一飞叹息道。

王老师看了眼他，微微点了下头，继续说道：“而且他的症状非常严重，这样的情况根本没办法在社会独立生活，这也是我们让他继续生活在福利院的原因。”

“他这个情况，上学没问题吗？”李利问道。

“除了不与人交流，陈笑的自理能力还是很强的。初中、高中、大学，直到毕业，福利院除了提供经费，基本没费什么心。大家都很高兴，还以为他的病出现了好转呢。拿到毕业证书那天，院里还为他举行了欢送会，谁知道……陈笑毕业之后却一直没法融入社会。”

胡可的孩子才出生不久，刚看了大量育儿的书，此刻喃喃道：“孤独症，医学上到现在也没弄明白，基本上是不治之症。很多时候，心理疾病比身体疾病还要可怕。”

王老师也露出忧心的神色，叹道：“唉，多好的孩子，怎么得了这么个病。其他老师还想着是不是这孩子的专业太偏门了，不好找工作呢。”

“他学的什么专业。”楚一飞随口问道。

“好像是什么天体物理之类的。”王老师不确定地说道，“听说太小众，很难找到工作。”

楚一飞和胡可同时望向对方，眼中满带震惊，原想着陈笑应该学习的计算机相关专业，没想到……

这个答案既在预料之外，又在情理之中。

“那他的计算机是在哪里学的？”胡可追问。

“大学里就有计算机课吧。”王老师不确定道，“这大概是他唯一的个人财产了。除了偶尔到食堂吃饭，整天也不见出门，都是在捣鼓这台电脑，着了魔一样。”王老师大概事先从李利那里知道了一些事情，看了看胡可和楚一飞，继续说道，“不知道给国家造成了什么损失，但是在我们眼里，这孩子除了不说话，不理人，从来没做过出圈的事情，要说对不住的……恐怕只有他自己。”

“说一说后来的事吧。”李利并没有理解王老师的担忧，有些职业病地说道。

王老师看了李利一眼，显得有些怕，弄得李利连忙露出微笑，道：“没什么大事，陈笑网络上去了一些不该去的地方，没造成什么后果，连最轻微的犯罪都算不上。”

王老师稍稍安心，平静了一下情绪，接着说道：“说起来快一年了，那孩子突然给老院长发了一条短信。哦，老院长已经退休了，一直很爱护陈笑。短信上说，他知道父母的消息了，他要去找他们。之后，这孩子就消失了，除了一个手机，什么也没带走。我们多次拨打电话，总是无法接通。老师们想着，这孩子恐怕回到父母身边了吧，那应该是他最好的归宿了，大家也就接受了这件事。他房间里的东西也没动过，也许他哪天会和父母一起回来看大家呢，谁知道，这么突然就出事了呢！”

楚一飞被李利和胡可带到儿童福利院，一路上只说是找到了网络入侵者，并没有谈及细节，此时对整件事还是一头雾水，看看胡可，他也是一脸迷惘，想必是李利的职业病在作怪，嘴严得很，不禁问道：“出了什么事？”

王老师的眼中露出惊恐的神色，声音微微发颤。“一个月前，陈笑突然从福利院的楼顶掉了下来，就落在楼前的草坪上。”

楚一飞不解，问道：“他不是找父母去了吗，不是离开福利院了吗？”

王老师的声音愈发颤抖：“谁说不是啊，没有人看到他回福利院，也不知道他怎么上的楼顶，又为什么掉下来，直到大家在草坪上发现一个人趴在那里，一看，才知道是陈笑。”

“死了。”听到这个消息，胡可的脸色有些惨白，没想到自己花费了一年的精力，竟然得到这么一个结果。

“没，那倒没有。”王老师摇头，“开始我们也以为没救了，那么高的地方掉下来。结果送到医院，除了多处骨折，就是一直昏迷着，倒没有生命危险。”

胡可松了口气，看向李利。“怎么发现的陈笑侵入了空间院的内部网络？”

李利没有回答，王老师却说道：“大家都觉得这件事发生得蹊跷，也不知道陈笑是怎么掉下来的，是跳楼，还是被人推下来的，所以院里报了警。”

王老师说到这里，李利终于主动开口道：“接到报警后，我们进行了调查。监控录像显示，陈笑其实事发前天的凌晨就回到了福利院。那时候还没上班，大概没人看到他。就是一个人，显得有些疲惫，没带行李，径直进了后院自己的房间，再也没出来过。直到两天后，他来到主楼，沿着楼梯爬到了楼顶，此后走出了监控范围。经过对楼顶的现场勘验和前后录像对比，只有他一个人在楼顶。至于说是跳楼还是失足，要等他醒来才能知道了。到这里已经可以证明并非刑事案件，不过按照惯例，我们还是对当事人的房间进行了检查，那台电脑的硬盘也被带回了所里，不过……那硬盘使用的加密技术比较了得，一直也没有解锁，直到昨天，不知为什么，硬盘的加密锁竟然自己开了。我们在里面发现了大量天文相关的内容，还有就是关于红星探测计划的，包括侵入你们实验室，和一些不知用途的软件代码。”李利看着胡可笑道：“你瞧，让你废寝忘食的入侵者就这么浮出水面了。”

胡可有些唏嘘，张了张嘴，却不知该说什么。情况与他预想中的场面截然不同，怎么心里面仍然沉甸甸的呢？

人民医院，他们见到了陈笑。

病房里很干净，或者说很简单，没有什么医疗设备，空气中也没有药水味儿。一个陌生的大男孩躺在病床上，没插着一身管线，也没裹着绷带，穿着病号服，就那么静静地躺着，睡着了一样。

楚一飞仔细端详着陈笑，身材消瘦，显得很柔弱，脸庞清秀，像个女孩，但微微上翘的嘴唇又显露出倔强和坚强。楚一飞看了好一阵，仍然无法把他和那个屏幕那端、手段诡异的网络入侵者联系在一起。

胡可的心理反差想必也极为巨大，指着陈笑，几番犹豫，才问道："不……不是从楼顶掉下来了吗？"

"也是这孩子命大，可能是草地比较柔软，上面的灌木丛起了缓冲作用。"王老师回答，"只是内脏有一些挫伤，断了几处骨头，现在也好得差不多了。就是，就是一直昏迷着。"

"大概什么时候能醒？"李利问道。

王老师摇摇头，有些为难道："大夫说，这种情况，可能今天，也可能永远都醒不来。"

三个人面面相觑，原本诡异得不可思议的网络入侵案件，胡可为此丢掉了原本可期的前程，红星着陆器失去联系说不定也与此有关，结果，结果演化为一个患有孤独症的大男孩的人生悲剧。在众人的心里，这件事彻底变味了。抓住入侵者，恢复自己的名誉，物理隔离、防护严密的内部网络如何被洞穿的，随着这个大男孩的沉睡，都变得没有了意义。

见大家不作声，李利缓缓说道："好吧，你们得到了真相，我尽到了发小的情分，这件事，就到这里吧。"

带胡可和楚一飞来之前，李利就已经知道了事情的结局。

该离开了，这个男孩毕竟与他们毫无关系，但是楚一飞仍然望着对方，陌生，忧郁，怜悯。忽然之间，他感觉，他们之间似乎建立了一种似有若无的联系，这感觉让他难以放手离开。

“走吧。”胡可碰了碰楚一飞的手。

楚一飞站在床前没动，喃喃道：“他该怎么办？”

这是一个没法回答的问题，在以血缘和家庭构筑的基本单位里，他们和这个男孩没有任何关系，甚至说不上认识，也就谈不上哪怕一点责任了。况且这是个孤独症孩子，不会与其他人沟通，即便他们愿意帮助，也有心无力。有些事情，人力难为，只能说命运使然吧。

谁知道，楚一飞的犹豫却带来了意外的转机，李利忽然说道：“我认识一个人，或许能帮上忙。说起来，这个人也是从儿童福利院出来的呢。”

还是在陈笑的病房，几个人见到了苏丁丁。同样是个清秀的男孩，二十多岁年纪，眼中却带着与年龄不相称的成熟。楚一飞注意到，苏丁丁的双腿膝盖以下是缺失的，不过由于戴着假肢，走路的姿势也很自然，不注意根本看不出来。

“介绍一下，这位是苏博士，我们公安部的特聘顾问。”李利很熟络地和对方握了手，对其他人说道，“他有一项特殊的能力，可以进入一个人的大脑，看看他的记忆，或者在想什么。”

楚一飞不禁看了胡可一眼，目光中带着疑惑。

有这么高的科技了？

不知道啊，胡可同样迷惘。

听起来怎么那么玄乎？

……不知道啊。

苏丁丁带着一个不大的手提箱，记忆追溯记录仪。打开来像一台普通的笔记本电脑，还有两个布满电极的盔帽，一个戴在陈笑头上，一个则自己戴上。调试了一番，然后坐在椅子上，找了个舒服的姿势，开始闭目养神。

楚一飞和胡可好奇地看着那台神奇的仪器，屏幕上写着“记忆追溯记录仪2.0版”，以及一些不断变换的图标和虚拟控制面板。看不出什么玄奥，看文字也认识，可是想到它的作用，又那么难以理解。

房间里安静下来，都望着苏丁丁，等待着接下来的结果。过了不到二十分钟，苏丁丁缓缓睁开眼睛，脸色有些苍白，像是消耗了过多的精力，眼神显得愈加沧桑。

没人说话，都等着苏丁丁，他还半躺在椅子上，像是在自言自语：“奇怪，从来没见过这样的情况。”

“情况很严重吗？”楚一飞问道。

苏丁丁看着众人，又像是回想着刚才的情况，露出很奇怪的表情。“我进入了他的记忆，当然，这是有严格限制的，只能截取短时间的记忆，否则双方大脑都会出现不可逆的严重损伤。可是，我在他的大脑里什么也没有看到……”

胡可脱口道：“不会这仪器不准吧？”

苏丁丁还没回答，李利却说道：“苏博士帮助我们调查了很多案件，请相信他的权威。”

“好吧。”胡可无奈，“看不到他的记忆，以前有过这样的情况吗？”

“从来没有过。”苏丁丁严肃地回答，“这，这不正常，就好像他的记忆……被加密了。”

“其实记忆无所谓，我们只想知道他什么时候能醒过来。”楚一飞说道，目光从陈笑的脸庞上划过。作为一位父亲，他对陈笑有着莫名的恻隐之心。

他站起身，走到电脑前，敲击了几下键盘，屏幕上显示出十几道不断跳动的连续波形。“你们看，人类睡眠或昏迷时的脑电波差不多是这样的，可是陈笑的……”他又点了一下键盘，一个如山丘般缓慢起伏的波形出现，与之前的截然不同。

隔行如隔山，看出不同，却不知所以然，看着苏丁丁表情严肃，胡可问道：“这说明什么，他醒不过来了吗？”

“哦，这倒不是。”苏丁丁斟酌着措辞，“我的意思是他昏迷的状态不对，就好像……是进入了极度深眠……对于人类来说，这种沉睡状态极为罕见，绝大多数人一生也不会有，即使出现也只能持续很短时间，短到以秒来计算。我们所只是在理论上猜测会有，从来没有记录到过，这真是新的突破，谢谢你们。”他露出惊喜的神色，但是看了看周围诸人严肃的表情，有些歉意道，“至于他什么时候醒来……要不我们问问医生，看有没有更专业的意见？”

网络入侵事件终于有了一个面目全非的结局，那个入侵者，患有孤独症的大男孩处在昏迷之中，没人知道何时醒来。胡可终于得到了一个答案，可以洗刷自己的职业耻辱了。对于楚一飞来说，心里却说不上什么感觉，如果非要说的话，那是……淡淡的忧伤，为了失落在异星的探测器，为了那个迷失在社会中的孩子。

连续几个周末，楚一飞带着妻子和女儿出去游玩，孩子开心得不行，爸爸突然之间变好了。妻子却有些狐疑，丈夫是个工作狂，为了理想不顾一切，怎么突然重视家庭了？

时间就这么过了一个多月，天望·红星的归零报告终于完成。虽然无法求证在某个点上，但想必对未来后继计划的实施有重要的借鉴意义。只是人类航天探索是一件耗资巨大的工程，新的计划什么时候进行，稍一耽搁，就可能是下一代人的事情了。

楚一飞抽时间去医院看了陈笑两次，没带什么礼物，就是静静地陪着他坐上一阵。当然没有言语的沟通，也不会在电脑或者手机屏幕上出现诡异的信息了。楚一飞总觉得自己和这个大男孩有着说不清的感应，也许，是一样的对星空的热爱吧。他忽然觉得，这孩子和红星探测器的命运是那般相似，一个群星中，一个人海里，迷失了自己。

随着时间推移，楚一飞渐渐从沮丧的情绪中走了出来，生命享受的是过程而非结果，他觉得天望探测器以及陈笑的事情就这样过去了，谁知没过多久，一个电话打了过来。

“抱歉，当时没留你的电话，还以为不会联系了呢，结果问了几个人才找到。”

“哦，苏博士？”楚一飞问道。

“是我，楚……先生，你能不能到我这儿来一趟，就是有点远。”听苏丁丁的措辞，恐怕也是不经常与人打交道的宅男。

“我这里工作比较忙，有什么事，电话里能不能……”看了看周围忙碌的同事，楚一飞低声说道。

“是关于陈笑的，相关的信息需要设备支持，所以……要不您以后有时间再说吧。”

“等等，陈笑？”

苏丁丁的单位确实有点远，出租车费竟然花了两百多元。楚一飞来到了怀柔区雁栖湖畔，中科院人类记忆图谱研究所。

研究所红墙黑瓦，典型的中国古典建筑，规模宏大，气势壮观，奇怪的是，楚一飞一直上到五楼，来到苏丁丁那宽敞明亮的办公室，竟然一个工作人员都没见到。

楚一飞无语。“你这里，条件真不错啊。”

“是吕老照顾，”苏丁丁露出小男孩般羞涩的笑容，“我一个人哪儿用得了这么大地方。”

一个人，吕老，难道是国家天文界的那位泰斗，科学院院长？这位苏博士的背景突破天际啊。楚一飞张了张嘴，这话没法接了。

两位都不太擅长社交，苏丁丁连杯水都没倒，径直带着楚一飞来到他的实验室，里面摆着两座胶囊形状但体积巨大的睡眠舱和一些不知用途的机器。打开电源，房间里响起轻微的机器运转的嗡嗡声。

苏丁丁指了指墙上的大屏幕，里面显示着一间病房的远程视频，楚一飞认出躺在病床上无知无觉的陈笑，视频周围是各种图表和指标动图。

“我在陈笑头部安装了远程记忆传输装置，他的情况值得好好研究。”苏丁丁说道。

“哦，医院和福利院同意吗？”楚一飞诧异地问道。

“科研需要嘛，”苏丁丁有些随意地说道，“科学院会和有关方联系，院里承担了陈笑的医疗费用。”

楚一飞却皱眉。“不会对陈笑造成影响吗？”

“不会，只会有助于他的病情。”苏丁丁笑了笑回答。

“嗯。”楚一飞放下心来，继而有了期待，“有什么发现吗，他要醒来了吗？”

苏丁丁没有直接回答，而是自顾自说了起来：“安装传输装置之后，这些天一直没什么变化，就像你曾经看到的那样。”他指着那道平缓得几乎看不出起伏的曲线：“直到昨天傍晚还是这样，谁知今天凌晨的时候，忽然有了变化。”他又调出了一条曲线：“你瞧。”

楚一飞仔细瞧了一阵，明明是一样的曲线，根本看不出区别。

苏丁丁看出楚一飞的疑惑，耸了耸肩膀。“好像……不太明显，我们还是换一种方式来体验吧。”他挥了下手，房间中央的那两台胶囊式睡眠舱开启了透明舱盖，“可能会有点晕，第一次都这样。”

躺在睡眠舱里，头上戴着电极软帽，看着舱盖合拢，楚一飞忽然有种孤独的感觉，但是没过几秒钟，随着一种缥缈的声音在耳边萦绕起来，他感到疲倦，恍惚间便进入了睡眠。

恢复意识之后，楚一飞发现自己丧失了时间和空间感，不知道睡了多久，也不知道置身何处，甚至失去了对身体的感知，好像只有意识漂浮在无尽的虚空之中。

他等待着改变，等待着苏丁丁的提示，或者进入陈笑的世界。但是，什么也没有，只是永恒不变的黑暗。

开始的时候还没有什么不适，可是渐渐地，焦虑、不安、孤独、绝望、愤怒、抑郁，这些负面情绪不断积蓄，以几何级数增长。他竭力压制着，他隐隐感觉到，一旦无法控制，自己的精神会在瞬间崩溃。然而越是担心，心中的压力就越沉重，渐渐地，他的意识愈发模糊，心头的那一点清明，如豆大的烛火，随时可能熄灭。

“放松，什么也不要想，彻底放开心神。”一个声音轻轻在黑暗中响起。

楚一飞忽然看到了苏丁丁，就在身边，似乎刚出现，又好像一直都在那里。

终于有了指引，没有那么慌张和无助了。奇怪地，那些负面情绪也在潮水般退去。

“记忆探索，是人类最为凶险的科技前沿，我的导师和众多师兄师姐，不是进了精神病院，就是成了植物人。”苏丁丁的声音有着与年龄不相称的低沉，“我们现在身处于陈笑的思维世界，只有完全地放松，才能融入其中。”

“陈笑的世界……这里明明只有黑暗和虚无。”楚一飞愕然。

“他的思维进入了假死状态，几乎是永寂。”苏丁丁回答，“不过你完全安静下来，仔细感知，还是能发现些许变化。”

楚一飞不说话了，面对着黑暗，静静地观察。果然，好像有一道微光划过。过了一段时间，第二道微光划过。楚一飞逐渐适应着，那微光逐渐有了韵律，或者说在以某种节奏跃动。

“这是什么？”他问道。

“不知道。”苏丁丁回答，“昨天之前，就是沉寂的黑暗，今天才有了这样的变化，应该是某种思维的扰动。但这不是人类的思维，还从来没见过这种情况。”

“这意味着他要醒来吗？”

“不。”苏丁丁摇头，“正常人类的思维，比这要丰富多彩得多，那是无数光影与世界的叠加，连我也不敢轻易涉足。而这……只比死亡好一点点。”

“这些微光代表什么？”

苏丁丁无语，沉默了一阵才道："所以我才请你过来，这不是期待你能有答案吗？"

不是思维，不是记忆，那能是什么？难道其中有着特殊的含义吗？楚一飞迷惘，自己可是外行，对陈笑又不了解，能有什么办法？可是……脑海里闪过病床上那张清秀的脸庞，文昌时，手机里那些流露出对星空对自由渴望的信息，还有男孩那命运的遭遇，都在触动楚一飞的心弦。他决定多观察一下，看能不能有所帮助。

全神贯注，微光似乎变得有那么一点熟悉，可是无论怎么想，也想不起哪里见过。

流星雨，星空，心跳，音符？都不是。

"经过对比分析——"苏丁丁在旁边说道，"在两个时间段内微光有着高度的相似性，所以这不是偶发的脑电杂波，一定隐含着某种意义，如果能够找到原因，说不定就能唤醒陈笑。"

"隐含的意义？"楚一飞迷惑。

"思维层面，人类即使深睡眠的时候，大脑皮层也会保持足够的活跃性，像是……凡·高的那幅星空。可是陈笑，你也看到了，是沉寂的永夜，这不正常，这些微光可能是唯一的密码？"苏丁丁又说道。

"密码？"楚一飞失声道。

"大脑嘛。"苏丁丁轻笑，"需要我们有足够的想象力……"

"你是说，密码？"楚一飞打断他。

"哦……我就是随口一说……"苏丁丁语塞。

楚一飞却不再管苏丁丁，他突然知道那是什么了，源代码。他也马上知道该怎么做了，脑海里出现了一段简单的程式，陈笑的编译器，尝试着将这些微光导入编译器。片刻之后，一些发着微光的文字出现在黑暗中：碟形……天线……万向轴……卡死……

苏丁丁也看到了这些文字，却一脸疑惑。"这……这什么意思？"

“好了，我们可以出去了。”楚一飞心中泛起莫名的酸楚，低声说道。

从睡眠舱中醒来，迈腿走出来的时候，不知是脑海中的眩晕，还是思绪有些失神，楚一飞险些摔倒。苏丁丁连忙扶他坐到椅子上，又倒了一杯白开水。

“那是什么意思？”苏丁丁仍在追问。

楚一飞慢慢把水喝完，一滴没剩，然后深吸一口气，解释道：“你肯定知道，不久前，红星探测器登陆失败了……这段时间，我们一直在进行归零审查，寻找可能的故障原因，其中一个可能就是：猛烈的登陆撞击，导致碟形天线万向轴卡死，碟形通信天线无法对准轨道器的接收天线，造成信息不能回传。”

这回轮到苏丁丁惊讶：“这……这怎么可能呢？”

楚一飞重重地叹息一声。“我们寻找陈笑，是因为他非法入侵了我们空间技术实验室的内部网络。这在安全部门，可是如临大敌的大事。不过说回来，这孩子就是一个纯粹的航天爱好者，不，应该说是专业爱好者。他的造诣很深，不知道怎么学的，还是本身的天分。说起来，他曾经给我的工作提供过帮助呢。”说着说着，楚一飞的眼睛有些红润，“这孩子，父母不知所终，又有严重的心理疾病，命运多舛，没想到，昏迷之中，心心念念的竟然是流落在红星的探测器……”

苏丁丁当然认识陈笑，而且非常熟悉，毕竟是一个福利院长大的。脑海中闪过陈笑的面容，薄薄的嘴唇，望向天际的失神目光。苏丁丁想说些什么，最终只是喃喃道：“那是……星星来的孩子。”

楚一飞也释然：“或许，星空深处才是他的归宿……”

楚一飞花了一晚上，修改了归零报告，着重分析阐述了碟形天线万向轴故障，并认为它是火星任务失败最有可能的原因。这也算是对陈笑的一生，对人类世界一个无人知晓的贡献吧。

报告递交上去，却出了问题，楚一飞负责的是探测器自控系统软件开发，并非机械硬件，却指向了万向轴故障，这有些不合时宜，甚至不专业。后续的验证实验中，经过数十次跌落实验，万向轴并没有发生问题。这下子，非议多了起来，万向轴制造厂家甚至点名质疑楚一飞的论述。

不得不说，楚一飞的做法草率了，这让他陷入被动，而且无法辩解。不能提及陈笑的缘由，探测器又失落在红星，无从验证。

一连几天，楚一飞身处舆论旋涡。作为一名研究人员，这让他焦头烂额，甚至有些心灰意冷。

苏丁丁打来电话："没事的，总会过去的。"

这样的安慰，楚一飞并未在意。没想到，过了几天，身后的那些非议，果然迅速地销声匿迹了，难道是苏丁丁的后台发挥了作用？正想打个电话，没想到苏丁丁的电话先进来了："来一下吧，有新状况。"

新的状况，陈笑？

睡眠舱内，陈笑的思维世界。

楚一飞看到，银色的微光更多了，也更亮了，不再那么倏忽不见，它们在黑色中明灭，像是无限远处射来的微弱星光。这代表着更多的思维信息，说明陈笑的脑部活动更活跃了。他，要醒来了吗？

这一次轻车熟路，楚一飞在脑海里调出编译器，星光汇集，文字浮现：

我找到办法了。

目前的情况是这样，巡视器已按照自主程序，展开太阳能板，对周围环境进行了探测，还行走了零点六米。只是由于未能接到进一步指令，处于待机之中。目前情况良好，不过电池板上的灰尘积累较多，需要自主清理。

问题在于，碟形天线在展开途中卡死，呈三十二度倾角，不能与环绕器轨道交会互传信息。

我的方法是这样：巡视器机动到着陆器左后侧，利用着陆器基座结构，将巡视器上的碟形天线顶起至预定角度，恢复通信。

此方法的难点在于，自主程序不支持此类动作，我正在修改源代码，难度很大，不知道能否顺利顶起碟形天线。万向轴卡死原因未知，如完全卡死，则此方案失败。

这应该是唯一可行的方案了，预计完成时间，十月一日，准时上传。

睡眠舱出来，楚一飞和苏丁丁相对而坐，表情严肃。

“真是个偏执狂！”苏丁丁骂了一句，“这家伙把全部的思维算力都用在如何拯救你们的红星探测器上，恐怕都忘了自身的存在，这很危险，他……很可能醒不来了。”

楚一飞仍在沉思，过了好一阵，才沉吟道：“我怎么感觉，似乎陈笑就在火星上……探测器上有他编制的代码，他借此化身为人工智能，操纵着探测器试图去修复故障。”

苏丁丁没有说话，用审视的目光盯着楚一飞，这家伙是不是和陈笑一样走火入魔了。

“你说，有可能吗？”楚一飞试探着问了一句。

“不可能，这偏离了起码的科学态度。”苏丁丁严肃地回答。

“可你们这记忆研究不就像巫术似的？”

“这只能说，大众对我们的研究还陌生，我从事的是严谨的科学研究，为此有太多的同事付出了巨大代价。”

“好吧。”楚一飞苦笑，感觉自己触痛了苏丁丁内心某处柔软的地方，但是仍有些不甘心，“可是……陈笑说的十月一日，是什么情况？”

“这很好理解。”苏丁丁恢复了平静，“他陷入了自己虚构的‘红星探测’之中，这么下去，说不定他能造出一艘飞船，遨游宇宙呢。”

苏丁丁说的是对的，人工智能还处在初级阶段，至于什么数字生命更是无稽之谈，陈笑不可能凭借着一小段源代码而随着探测器偷渡到火星。仔细想来，是苏丁丁的记忆研究，让初次接触的楚一飞有了一种未来科技的虚幻感。对陈笑的惺惺相惜，又让他有了不切实际的幻想。这一切不过是一个孤独症患者内心的挣扎与坚持。

可是为什么，楚一飞的心里偶尔还会想起那黑夜中的微光。

距离十月一日没几天了，随着这一天的临近，他愈发魂不守舍，一边反复告诫自己那是不可能的，一边又无法抑制地想着这件事，这是无形的煎熬。他感觉再这样下去，恐怕自己离“建造飞船”也不远了，索性和妻子商量好，一家人国庆节去“草原天路”游玩。

沿着京藏高速一路向北，城市的喧嚣逐渐远离，大地渐渐开阔，天渐渐高远，没想到京畿近地有这么一块美丽的丘陵草原。

一整天，他们在草海中徜徉，感受着温暖的阳光、和煦的微风和那清新的大自然的味道。一家人沉浸其中，楚一飞也忘记了心里的烦恼和牵挂，全身心地融入家庭的幸福之中。

夜晚，他们宿在一间蒙古包内。吃过晚饭，一走出门，就看见满天星斗悬挂在天，唾手可摘。

这时候，楚一飞想起了星空那头的牵挂，不禁自嘲地笑了笑。这一天即将结束，早过了测控站的通信时间，什么也没有发生。这才是真实的世界，他告诉自己，要是陈笑的话真的应验了，人类文明科技的大厦就将坍塌。

第二天又玩了多半天，这一夜楚一飞睡得并不好，情绪有些低落，下午开始回返。

他们没有原路返回，而是从“草原天路”东段继续向东，沿 111 国道北返。至于这样选择的原因，楚一飞没有多想。

汽车行驶到北京与河北交界的群山中，一个电话打来，部门的王主任：“你在哪儿？”

“回北京的路上。”

“马上回单位，巡视器复活了。”

“啊？不应该是昨天的事吗？”

“你怎么知道？”王主任狐疑，接着解释道，“昨天恢复的通信，但信号存在断续，回传资料又大，测控部门忙了一天。”

真……真的发生了……陈笑做到了。可是，这不可能！楚一飞心里受到强烈冲击，大脑一团混乱，一会儿欣喜，一会儿迷惘，一会儿又感到恐慌。车子不自觉地加速，动作变得粗暴起来，几次险些与前车追尾。

他现在的情况已经不适合驾驶了，在前面的停车区换了妻子开车。

“探测器恢复正常，这不是好事吗？”妻子担心地说了一句。

楚一飞没有回答，根本没有听见。他的目光呆滞地直视前方，脑海完全被震惊、眩晕、怀疑甚至阴谋的感觉占据。

一个多小时，车子驶出山口，巨大的平原出现，城市耸立而起，这里正是怀柔区的边缘，雁栖湖畔。楚一飞远远地看到了记忆研究所的那座红楼，他瞬间改变了主意。

望着妻子带着女儿驾车远去，楚一飞扭头走进了红楼。红星探测器复活了，在陈笑预言的时间点，他现在急切地要进入陈笑的思维，去探知真相。

不巧的是，苏丁丁的办公室竟然锁着门。拨通了他的电话，电话那头很是吵闹。苏丁丁正在忙碌着什么，简单听了一句，把门锁密码告诉了他，便匆匆挂了电话。

输入密码，走进苏丁丁的研究室。来了两次，这里的设备，楚一飞已经会基本操作了。他没有犹豫，打开了睡眠舱。

楚一飞出现在陈笑的思维意识中，一如此前，视野里是无尽的黑暗。不，他很快就发现了不同。一道黑影，与周围的黑暗同色，只是被微光勾勒出轮廓，低着头，静静站在那里，像是思考着什么。

楚一飞的出现被察觉了，陈笑的头部微微偏转了一个角度，而后，陈笑的声音，在虚无中响了起来，像喃喃自语，又像是低声诉说：

“我看到了，这片红色的荒原……

……恒寂的荒原……远山的虚影……轻纱样的雾霭……高远的微红天空……

我凝视着它，我的世界。

人类诞生了我，养育了我，教育了我，让我对这个世界有了认知。老师、同学、朋友、同事，每一个人，他们都是我的同类。我们应该惺惺相惜，亲密无间，可是……为什么我的情况如此不同。

我是一个孤儿，在福利院的时候，这没有什么特殊，可是到了学校，我才发现，只有我一个人没有父母，没有家庭。好吧，其实也没有什么大不了的，福利院的老师可以看作是父母，其他孤儿是兄弟姐妹。然而，我很快发现，不是这样的……

同学王晓宇带我去他家玩，我见到了他的父母，在他们望向王晓宇的目光中，我感受到不一样的光彩。王晓宇给我玩他的玩具，翻看他的图书，这些都是父母给他买的，只属于他一个人。玩了一阵，记不得是什么原因，我和王晓宇有了分歧，吵了起来，甚至动了手。此前还和蔼可亲的叔叔阿姨突然间像是变了一个人，他们不分缘由地偏袒王晓宇，斥责着我，推搡着我，看向我的目光里充满敌意，好像我伤害了他们最宝贵的东西。我感觉自己置身于一个危险的世界，狂风骤雨，电闪雷鸣，大地崩裂，火山喷发……弱小的自己随时都会被撕成碎片。

这是我第一次也是最后一次去别人的家。

逃离了王晓宇的家……奇怪的是，我并没有感到委屈或愤怒，我只是一直回想着他们看向王晓宇的目光，那样的光彩，在无形血脉的联系之下，蕴含着无与伦比的温暖和爱怜，可以照耀寰宇的光彩！

我有些羡慕，有些渴望，那样的光彩。我竭尽全力，在最初的记忆里搜索。我并不是石头里蹦出来的，我一定也有自己的父母，他们……哪儿去了？最初的记忆，也是我最不愿触及的，那是一团泥沼一样的黑暗，阴暗、冰冷、充满了绝望和恐惧，每一次想起，我都会不寒而栗。这一次，我不顾一切地探寻，渐渐地，我似乎看到了一些身影，似乎也感受到了那样的光彩。但是，我不确定，那应该只是我的希望。

我想了很久，很多天，想呀想，一直没有结果。终于有一天，我被那黑暗的泥沼感染，我决定不再想了。说到做到，我用了一秒钟，就把它忘了，那光彩，从此消失在我的世界之中。

源头是黑暗的，那么我看向未来，每一个生命都有他的快乐，也有他的意义。我默默地寻找，在历史，在数学，在人类文明的每一个分支……我在不起眼的角落，在所有人的视野之外，每时每刻都处在探索之中。

我成了神童，学习成绩遥遥领先，不断考试，不断升级，那种感觉……好吧，没有感觉，我只是在不知疲倦地探索。最后，我的目光落在了星空深处。

一次又一次，我坐在福利院的楼顶，看着星辰一颗颗从暮色中泛起，交织为一天璀璨的图景，又一颗颗在晨曦中隐去……

渐渐地，我感觉有什么吸引着我，召唤着我，在那亿万星辰的最深处。我意识到，那是我命运的归宿，我将在那里自由地翱翔……

我上了中学，上了大学，转眼又大学毕业了，我没有继续深造，因为……没有什么可学的了，我不知不觉间走到了科技树的尽头。前方的路断了，可我距离星空还无比遥远，遥远的像是一场梦。

我必须找到办法。

我身在地球，孑然一身，不在任何人眼中，如同隐形，如同世界上本没有我这么一个人。回想起来，我的世界里只有独行，同学，老师，他们都像是一道道光影，迅速掠过，没留下一点痕迹。还能让我记得的，只有安校长和王老师了吧。

我毕业了，不能赖在学校里了，按照人类的生活方式，我要自食其力了，像其他毕业生一样。我找了工作，租了房子，但是很快发现，我没法像正常人一样进入社会。我仍在追求我那独一无二的目标。迟到早退并不在我的社会准则中，困得不行了才睡，然后睡到自然醒，饿得不行了，就随便弄点吃的，实在没有，就饿着吧。我把生活弄得一团糟。

这个时候，一个人出现了，一个女孩子，叫什么来着，多大年纪，是哪里人来着？已经想不起来了，只记得那道看向我的温和的目光，目光中流露着我曾经追寻过的光彩。我并不傻，我知道，那是爱恋。

但是很遗憾，很多年前，我已经把那光彩忘记了，不在乎了，我有了新的目标。

这个女孩子给我收拾房间，给我买吃的和其他一些小礼物，她还坐在我身边，看似不经意地说着一些不着边际的话，其实是想走进我的心里。这些我都懂，但是我对她的所作所为是那么冷静，冷静得像是一个旁观者。我不语，我漠视，我根本不在乎她。

女孩在我这里什么也没有得到，一句虚假的感谢，一个不在意的拥抱，都没有，更别提拉着手去散步，共同在厨房里做一顿简单但温馨的晚饭。

女孩消失在社会人海，这或许是我回到芸芸众生中的唯一机会，但是她独自消失了，我呢？我不在乎，我没有一点感觉，我不需要谁的呵护，谁的陪伴，谁的理解。嗯，我太特殊了。曾经有那么一刻，我忽然问自己，我还是一个人吗？我想了一下，不确定，我不在乎。

我全身心地追寻遥远的星空，我终于发现，自己的追寻恐怕有些不切实际了，目前的人类文明层级太低了，即使最远的星际探测器也还没真正飞出太阳系，人类还是行星生命。地球给了人类一个生存的伊甸园，生命的每一个细胞都根植于大地之上，对水、空气、食物的需求，让人类无法成为星空生物。倾尽了文明之力，也才让几个人匆匆在月球上留下足迹。那么，我如何走向星空深处呢？无论从哪个角度来看，都是不可能的。

我冥想，我癫狂，我发散自己的每一缕思维，终于有所收获。

数字，没有重量，没有形体，没有自然界的限制，但是数字有意义。我与众不同，我与数字有着无与伦比的亲和力，或者被人类称之为天赋。这或许是我唯一的机会。

在数字领域的畅游，从小学接触第一台电脑的时候就开始了，到大学的时候，互联网成了我自己的领地。我自由地访问每一个节点，专门寻找那些最难的防火墙攻克。这让我第一次体味到生命的快乐。

然后某一天夜晚，我记得很清楚，夜浓得化不开，雨在黑暗中瓢泼，风在黑暗中呼啸，只有偶尔划过的闪电让变得狰狞的自然界显露出来。我还在电脑前操作，突然间，视野中一片雪白，而后失去了知觉。我想我应该是被雷击了。醒来的时候，身上一团焦黑，电脑也烧毁了，冒着黑烟。这么严重的雷击，我竟然死里逃生，不过这不重要。

我发生了质变，在那之后，我发现自己的一部分意识可以进入网络之中，与那些混杂着数字或代码的电流融为一体，自由地流淌、渗透、蔓延、翱翔……这是一种新的生命形式吗？一次大自然的浩劫，解锁了我生命深处隐藏的能力，所有人都可以这样吗？还是只有我一个？

奇迹般地，我离自己的目标更近了一步，最重要的一步。我可以着手把计划付诸实施了，于是，我遇到了你。

陈笑的思维世界里，那团流溢着微光的黑色空间中，楚一飞望着陈笑的轮廓，静静倾听着他的自白。可是陈笑说到这里，忽然停顿下来，然后侧过头，看向楚一飞的方向。

那一刻，楚一飞一惊，而后惊喜道："你，你醒过来啦？"

"我一直都醒着啊。"陈笑回答，"只不过，你在医院看到我的时候，我的意识去了红星，这边只能沉睡了。"

楚一飞一时间不知该如何回答，去了红星，意识吗？随着天望探测器去了红星，本体则陷入沉睡？真的像他说的那样，身体发生了质变，意识可以自由进入数字世界？如果没有昨天发生的奇迹，楚一飞连一点相信的可能都没有，只会说这孩子疯了，孤独症发展为严重的妄想症。可是这段时间的经历，诡异的网络入侵事件，天望探测器准时复苏，还有苏丁丁这个神奇的大脑机器，都让楚一飞陷入科学认知的自我矛盾。

“知道你无法相信。”陈笑轻笑一声，像是得意，又像是自嘲，“发生在我身上的事超出了人类科技的认知。我想了很久，也没法找到合理解释……我找到了你，给了你目前最先进的 AI 程式。你不知道的是，我在程式中留下了意识，只是很小的一部分，相当于一只眼睛。我想亲自去看一看红星，当然，也是为了做个实验，看看我的做法可不可行。结果，我成功了，人类却失误了，天望巡视器通信天线无法展开，与地球失去了联系。探测器上的意识太薄弱了，什么也做不了，害得我只能一动不动地凝视着这片红色的荒原。没办法，我只能离开自己的身体，让意识踏出地球，前往红星。这很危险的，离开身体很危险，一不留神就会迷失在星空里，幸好有那部分意识的指引……”

听着陈笑自顾自地说着，楚一飞心里忽然说不出的酸楚，这个可怜的孩子，孤独症让他远离了人类的社会，一个人龟缩在自己编织的世界里。这是一个天才，继续走下去，说不定会在学术上颇有建树，然而却在他的偏执与痴迷中迷失了。想到这里，他忍不住打断陈笑：“我明白了，你做到了，挽救了天望计划，完成了人类的壮举。你做得足够多了，该回来了。”楚一飞尽量让自己的声音平缓：“我终于知道你是谁了，我们也共同经历了很多。以后，我们可以交个朋友，一起去探索共同的理想。”

陈笑不语，默默地对着楚一飞，过了好一会儿才幽幽地说道：“我说过的，我不需要朋友，你也不相信我真的做到了。好吧，通信终于恢复了，我可以向你展示一些东西了。”

楚一飞正欲分辩，忽然听见陈笑说了句什么，声音不大，却似乎蕴含着澎湃的能量，泛起无形的涟漪，向无限远处扩散。陈笑的大脑世界陡然间有了变化，光，更多的微光出现了，从虚无中来，像是一簇簇流星雨，划过无边的黑暗，把陈笑的身影映照得更加真实，并且在陈笑的身后汇聚为一道明亮的晨曦。接着……

如同开天辟地一般，黑暗被晨曦撕裂，一个充满光明的世界展现开来。红星，距离地球三亿千米，在夜空中明灭了无数年，如今袒露在楚一飞的视野中。

微红的大气层，宛若轻纱的云絮，远山、荒原、干枯的河谷……

“这……这是……”

楚一飞心潮澎湃，对异世界的无比憧憬，他和团队的同事们多少个日夜的奋斗，此刻就这么呈现在眼前。

陈笑点头。“这就是红星，天望探测器着陆的这片火星荒原。这些天来，我就这么默默地看着。当然，失去了地球的控制，探测器也只能这样。”

他向旁边侧了下身，露出身后的天望探测器，还如新的一样，只是外壳上沾染了一些红色的灰尘。巡视器停在着陆器的后端，红星土壤表面留下了清晰的车辙。楚一飞靠近了一下，看向巡视器天线。

陈笑明白他的意图，指着碟形天线根部，说道：“这里，在着陆过程中遭到了撞击，万向轴卡死，导致天线无法展开。我来到这里之后，终于拥有了指挥探测器的控制权。按照我说的方案，进行得很顺利，不过很遗憾，万向轴没法修复，只能固定在特定角度了，每天的通信时间大幅缩短。这一点，你要告知上级部门。”

楚一飞点头认可。“看来这是最好的解决办法了。”然后侧头看着陈笑，“还是那句话，你的计划完成了，可以说你一个人拥有了一颗行星，这真让人羡慕。接下来你有什么打算？我们已经开展天望・金星探测计划，有没有兴趣加入？”

“加入你们？不！”陈笑有些神秘地摇了摇头，“虽然这曾经是我的理想，可是我已经展开了我的翅膀，不再受到行星的束缚，也许有一天会回地球看看。但现在，不，我需要的是翱翔，况且……我是深度孤独症患者，可不代表我不了解你在想什么。”

楚一飞摊开双手，坦诚道：“正如你说的，我们是人类，应该惺惺相惜，亲密无间。我从王老师那听到了你的经历，在医院里见到了你，当时我就想，如果来得及，我愿意帮助你。我是真心把你看作朋友，虽不相识却志同道合的朋友。这不，我相信你在这里等着我，向我展示你的成就。”

“你可能想错了。”陈笑摇头，“我能感受到，你是真心希望帮助我，但我也真心不需要。而且，也请收起人类的同情、怜悯、爱心等情绪。请注意，我没有把自己当作另一种形式的高级生命，但，我的确不再是人类了，至少不是你认为的人类了。我确实在地球的思维世界里等你，但不是为了展示、证明或者炫耀什么。我等你，是想让你做一个记录者，原原本本地记录我身上发生的事情。来，带你去看看我的发现。”

陈笑离开天望探测器，迈开脚步，在红星荒原上向前行去。

楚一飞不知道自己该如何劝说陈笑，面对这个孤独症天才，需要丰富的心理医学经验。也许，现在最好的选择就是闭嘴吧。他只有默默跟上了陈笑的脚步。

“我在这里一动不动地待了一个月，即便是我也开始有些厌烦了。当我真的来到这里并且没有了探测器的束缚之后，我开始在红星的大地上巡视……”陈笑自顾自地说着。

楚一飞低头看着脚下的荒原，裸露的岩层，风化的土壤，河床里的鹅卵石。他曾经仔细判研过许多红星的高清照片，这里所见的，包括颜色、质地和微观细节，都与真实的世界一模一样。按照陈笑所说，这是他本体意识在火星上的真实所见，完整地投影到他的思维世界中。可是，楚一飞无法分辨出真假，这需要多么强大的算力，才能够拟真出这样的环境。他不禁抬头看了下陈笑的背影，即便他说的都是虚构的，也足以骇人听闻了。

“我走遍了这里的每一个角落，然后，我失望了……”陈笑的声音在天地间回荡，“平原是贫瘠的，河流是干涸的，群山是沉寂的，大概几亿年都这样吧。这是一个死去的星球，或者说，地球的未来。所以，我想离开了。”

楚一飞适时说道：“也许，我们梦想中无数个瑰丽的世界，最终只是虚妄，地球，才是人类的家园。”

陈笑没理会楚一飞的话，继续说着：“就在我失去兴趣的时候，我来到了这里……”

视野里忽然一暗，楚一飞发现自己已经不在红星的荒原上面了，面对的是一个巨大的地下洞窟，厚重的岩层从头顶上压下来，四周的石壁上满是岁月的斑驳，而脚下是一片银白色的冰层……

正当楚一飞惊愕的时候，陈笑站立在冰层上面，闭上了眼睛，缓缓张开双臂，像是在感知着什么，嘴里呓语般地说道："你能感受到吗？我在这里遇到了他们，这个星球上的生命，或者说，生命留下的印记。

"他们在这里无声地诉说……

"他们是太阳系最古老的智慧生命，那个时候，星系形成不久，红星最先稳定下来。

"由于水量充沛，这里始终是一片海洋世界，没有形成一块陆地。所以，红星的生命在初期与地球相似，后期却走向了截然相反的进化方向。

"酷似海豚和鲸鱼的智慧生物成了红星进化之路终点的产物，但是因为没有陆地，他们也就无法解放出双手，更没有创造出与人类相近的物质文明。相反，食物的极大丰富和安逸的生存环境，让他们有漫长的时间进行生物与精神方向的探索。

"类似互联网这样的网络世界，很早就在红星智慧生物之间构建完成。他们既是独立的个体，又是一个巨大生物网络中的节点。他们，进化出了别样的精神文明世界，或者说，整个红星生命就是一个行星般庞大的智慧生命。

"这个生命没有固定的身体和四肢，却以海洋为载体，遍布星球表面。他是永生的，只有个别节点的更替。他有近乎永恒的时间去思考生命的意义，以及星球之外那个浩渺的宇宙星空。总有一天，他会纵身一跃，以群星为海洋，畅游在整个星海之中。但是，文明的前进，从来都是充满坎坷的。

"红星的体积较小，让它在诸行星中率先诞生了智慧生命，也赋予这些智慧生命更小的负荷，更为天马行空的大脑，但也带来了致命的恶果。较小的重力让它无法束缚住大气甚至海洋。随着时间的推移，海洋的蒸发量越来越大，一部分随着雨水回到红面，还有一部分逸散到太空之中。大气层也遭遇到相同的情况。虽然比较起来，逸散的部分微乎其微，可是随着时间的积累，行星的环境开始恶化，海平面降低，大气日益稀薄。

“智慧生命注意到了这个不祥的征兆，他集中全球的算力去模拟未来的前景，结果出来了，海洋消失，大气层近乎虚无，生命，将死去。他无法接受这个结果，一次次地重新计算，每次的推演虽然有些许差异，结果却是相同的，理论上永生的红星智慧生命终将随着红星死去。

“红星的荒芜无法避免，智慧生命开始寻找自己的生路。去往别的星球吗？这是智慧生命的终极之路。

“他们必须与时间赛跑，抢在红星荒芜之前，摆脱自己的身体，摆脱所有的节点，登上繁星！

“他们集中全球智慧生命的算力，寻找一种办法，让自己转化成没有身体，仅仅依靠能量而存在的精神体。这个设想在人类看来肯定无比荒谬，违反了科学界的所有规律，但是对于一直擅长思考与思想的红星智慧生命来说，这么想无可厚非。只是，如同永生一样，这仅仅存在理论上的可能，能不能做到，则是一件虚无缥缈的事情。

“无论如何，红星智慧生命已经没有了退路，虽然前路渺茫，他们还是开始集中所有算力，开始向那个方向进化。

“那是一个无比缓慢的过程，却终会迎来终点。

“曾经波涛汹涌的海洋一天天干涸，大片荒芜的陆地显露出来，海洋中的生命大量死亡，智慧生命不断失去一个又一个节点，算力大减，但是那个目标还相差甚远，遥遥无期。

“智慧生命的时间不多了，随着节点的失去，他的算力下降，终会失去所有的智慧。他下定决心，开始了那一进程，对于人类来说，是无法详细描述的，那是属于极微观层面精神领域的颠覆性革命。

“智慧生命成功了，他脱离了全部的身体，每一个节点。但是他仍旧存在，他仍然能够感知到红星的运动，仍然能够依稀辨明群星的存在。

“他像是一条硕大无朋的大鱼，从海面跃出，腾入空中，舒展开无形的翅膀，摆脱了所有的束缚，进入了广袤的星空，向着群星的深处飞去……”

不知道为什么，楚一飞完全沉浸在陈笑的诉说之中，仿佛看到了红星生命那鱼跃龙门般的一跃。过了好一阵，他猛然警醒过来，他发现周围又变成了虚无的黑暗，数不清的微光都退到了无限远处，像是一个个微弱的没有丝毫热力的白点。陈笑的身影也变得模糊不清，他正随着那大鱼消失的方向一步步走去……

楚一飞在后面喊了几声，却没有任何声音发出来，这里是陈笑的世界，或者说，他曾经的世界。他显然舍弃了这里，没有留恋，没有告别，他的身影就这么无声无息地消失在群星深处。

楚一飞慌张地从睡眠舱爬出来的时候，发现房间里满是焦煳味，服务器机柜没有了嗡嗡声，正在冒着黑烟。但是他顾不得这些了，他颤抖着拿出手机，拨了出去，是医院的电话。手机接通了，却没有人来得及说话，听筒里是医生护士们慌乱的抢救声。

两天后。

一行人走出殡仪馆，儿童福利院王老师的眼圈微红，刚刚在看到陈笑遗容的时候落了泪。因为不熟，她匆匆和其他人招呼一声，便低头离去。楚一飞抬头看着青色的天空，心里说不出的惆怅。胡可拿出烟给了李利一棵，两个人默默地抽了起来。苏丁丁站到楚一飞的身边，说道：“研究所机房瞬间过载，烧了很多服务器，损失惨重。”

楚一飞支吾道：“这个，我恐怕赔不起。”

“没要你赔。”苏丁丁随意道，目光中又有些失神，“只是有些遗憾，错过了最精彩的一幕。”

“到现在还像是一场梦。”楚一飞长长地叹息一声，喃喃道，“你说，我看到的，是真的，还是陈笑的臆想？”

“你认为呢？”苏丁丁反问道。

“在他的思维世界里，我看到的红星表面和天望探测器，都与我认知的符合。探测器上的有些细节是绝对保密的，也都一览无余地显露出来。即使在地下洞窟中看到的红星生命，也都无比真实，至少我辨别不出。何况天望探测器的修复，也佐证了他的行为，可是……他说他的意识脱离身体，去往了红星，这……这简直是无稽之谈，显然是他的臆想。”楚一飞愁眉不展。

苏丁丁说道：“孤独症的孩子大都拥有超常的天赋，别忘了，他的大学专业可是天体物理学，天文方面的知识不会弱于你。所以，臆想出一个拟真的红星，并不是不可想象的。至于如红星生命那样的存在，都是幻想的成分，你们俩有共同的爱好，很容易引起共鸣。此外天望探测器复苏，归于巧合也没有什么不对。探测器的细节对于他那样的网络高手，也不一定难以获得。这些都不难解释，我只是无法理解，为什么实验室的机群会过载，一个人的大脑算力，无论如何也不可能有那么高的能级。”

楚一飞和苏丁丁都抬头望天陷入沉思。

胡可在一边插言道：“瞧，你们两位研究员都钻了牛角尖。在我看来，这件事情的真相，就是陈笑进入研究院专有网络，在楚一飞编制的AI程式中潜伏了一部分意识，哦，一只眼睛。他想随着天望探测器去看一看红星的风光，结果着陆失败，探测器失联。陈笑失魂落魄之后，决定从福利院楼顶跳下，借助那瞬间的心灵冲击，意识脱离本体，飘出大气层前往红星，身体则在医院里昏迷过去。到达红星之后，他的意识控制巡视器展开了天线，恢复了与地球的通信，天望计划成功了。而他则发现了红星远古生命遗留的痕迹，最后追随着红星生命，走向了群星深处。”

说罢，胡可发现楚一飞和苏丁丁正在不屑一顾地望着自己，他浑不在意地晃了下肩膀。“作为研究人员，你们有自己的判断标准，你们习惯于质疑并发现问题。但是，这世界有多少无法解释的事情，我们为什么不能相信一个孤独症患者的呓语呢？”

“好了，你们三个这么争论下去，永远也不会有一个结果，”李利把手里的烟蒂扔进垃圾箱，“我这里有一件事，是关于陈笑的。”

其他人的目光一下子望向他。

李利的声音有些低沉：“这些天，我调取了早年间与失踪人口相关的卷宗，其中有一份，有一年五月七日，晚十时左右，在顺昌路与新兴路交叉路口发生一起交通事故，一辆保时捷卡宴超速追尾了一辆正在等候红灯的出租车。出租车损毁，之后起火燃烧，司机和两名乘客均死亡。由于事发地处郊区，两个小时之后交警赶到，出租车和乘员已经烧为灰烬。两名乘客为一男一女，二十七八岁，现场没有找到任何可以证明他们身份的物品。此后交通电台和其他媒体都发出了通报，但是这些年来，始终没有找到死者的家属。”

“这和陈笑有什么关系？”胡可不解。

李利从公文包里拿出一张照片。“这是现场照片，这是女性死者，你看，她的双臂和胸腹蜷缩成一个奇怪的姿势。我找了几个老交警问过，这显然是在车祸发生的瞬间，女性死者想用身体护住什么。什么这么重要？孩子！”

“你是说，那孩子是陈笑？”楚一飞皱眉，“可是，这孩子怎么能在火灾中幸存？事发地距离儿童福利院有十几千米呢，他又怎么走到那里去的？”

“从现场情况来看，女性死者那边的车门是半开的。有可能追尾之后，车辆着火之前，女性乘客还没有丧失意识，挣扎着打开了车门，把陈笑推了出去。至于说一个三四岁的小男孩漫无目的地跋涉了一夜，恰好走进了福利院，也不是不可能。当然，当时的真实情况，永远没有人知道了。”

“没有目击者吗？”胡可问道。

李利摇了摇头。“事发在郊外，没有找到目击者，交警抵达后，当然也没有见到陈笑。”

“肇事车，那辆卡宴上的司机呢？”

“两个富二代，喝多了，出来飙车，就受了点轻伤。撞车之后，没管出租车上的伤者，更没救火，搭了同伴的车就跑了。第二天找到肇事者的时候，还躺在家里睡觉，酒还没醒呢。”

胡可的脸色一下变得惨白，咒骂了一声，眼角有点泛红。

几个人之间的气氛变得凝重起来，晴朗的天空仿佛汇聚起无形的阴云。

良久，楚一飞喃喃道：“也许，陈笑真的找到了他存在的意义呢。愿他在群星中，一路走好。”

——原载《科幻世界》2021 年第 9 期

古罗马灭亡迦太基的三场战争，如果拥有了太空时代的载具和武装，会更加文明还是格外惨烈？来自在迦太基“外省”的三千孤儿，在各方势力相互碾压的反复动荡之中，加入哪一方才能苟活？抑或只能像超高温等离子体在疯狂的托卡马克装置中被绞碎并聚变成能量？也许在这部“太空罗马史”里，隐藏着上述问题的部分答案……

官道岭

杨贵福

我小时候有一段时间生活在官道岭。官道岭这个地方小到你可能从没有听说过，但是左近的巨城迦太基你一定如雷贯耳。

那时候迦太基还没有被罗马毁灭，没有被轰得渣滓也不剩，没有为了防止形成新的聚落在整个星系里布满半衰期极长的放射性元素，而且周期地远程补充投放。我亲自督导亲眼所见，四十八枚行星级炸弹在迦太基星系的深空中散布绽开，照亮的所有区域都曾是繁华的空港和都市。曾经的迦太基巨城是宇宙的中心，而我们，是苟且在到达这个中心的必由之节点里的鼠辈或者蛆虫。

所谓的我们，包括萨朗波，我，还有其他三千无父无母的儿童。

什么时候第一次见到萨朗波，是个有争议的问题，我俩各执一词。

她说，我是她从第二拉格朗日点核燃料废弃堆旁边的破旧飞船里捞出来的。那时我还是个裹着尿布的婴儿，连眼睛都没有睁开，手指都没能力准确地放在嘴里，所以哈喇子淌得到处都是。那架破旧飞船锈蚀得只剩了最粗大的几根框架，其余的早被鼠辈们瓜分得一干二净。继电器里的黄金、CPU 里的高纯度硅、导线里的铜全都拆解析出，甚至连液压千斤顶里的油都早已被放出来卖了钱，换成嘴里的吃食和五毛钱一根的烟卷。她就是从这堆破烂里捡回了我。

我听到此处，每次都哈哈大笑。“在这样荒凉的地儿，你编造的那个小毛头是怎么活下来的啊，他吃什么？”

萨朗波总是很为难的样子，一口干掉马提尼，有时还呛得咳出眼泪。“总之要不是我，你早就饿死了。”

我就再也没法辩驳了，她能比我大上十岁吗？在我婴儿的时候……而且，在我的印象里，我们第一次见面，分明就是另一个故事。

那一天夜黑风高，我挂接在一架即将脱离牛顿空间的超光速飞船上。它满载迦太基巨城的文明成果，不知道要运送到宇宙的哪个角落去。我已把些许货物抛出窗外，沿途撒了一路，数量拿捏到值得我冒险，对于他们而言会疼，但是不值得减速追击。我正准备脱钩得胜回家，惊讶地看到一架小飞船先我释放。奇怪，刚刚扒东西往外扔的时候也没有看到什么别的人，一定是要先跳出去抢我的胜利果实。

紧跟其后，几次钩锁到，但是仅能阻遏没能固定住。我俩速度如此之快，纵然技术精尖如我，从亚光速到牛顿空间时也差点撞碎舱壳，连滚带爬才稳住坐标。我趴了半天，只等对方一动就开火，但是氧气都快消耗光了，毫无迹象。再拖下去骑警一到，就会把我人赃俱获，所以得赶紧跑。

跑之前我还是控制不住好奇心，想看看什么人能这么快脱离亚光速而不死，就凑过去看。怪不得这家伙如此迅速，原来是硬着陆，摔得还剩一分残血而已。检查日志发现，不像是盯上了我偷的宝贝，而是在离开那艘飞船时就已经被袭击失去意识了。这位被我救了的重伤的配角，就是萨朗波。

“你编得真精彩啊，不仅我欠你救命之恩，而且还突显了你的技术超凡脱俗。”萨朗波先是跟我认真探讨脱离亚光速时的双曲线盘旋操作细节，如同在真实的故事背景下品味细节，然后突然大喝，“我的那艘逃生飞船哪里去了，还有宇航服呢。我不会是穿着公主裙被你从城堡里救出来的吧，然后咱俩就这么到真空里了？”

“卖了嘛，飞船和宇航服都卖了，后来给你买医买药全花光了。”

“你还因为倒卖制式快艇差点被骑警盯上吧。”

“对啊，幸亏我头脑机灵，好几次逢凶化吉。”

“逃生飞船是什么型号的？”

“型号？忘光了，那时候我还小，你知道，六七岁的样子吧，还不认识字母，数字似乎有三和八……”我还想说“大光头当时看到货时眼睛都直了，我一看就知道值钱得很，指定够你治病的了”。但是没有机会说，她目光恶毒，显然是注意到了我在数字上做的手脚。我只好改口：“数字不是三八，不是，不是，可能是二八吧，嗯，就是二八妙龄的那个二八。”

她又去喝酒，马提尼，我松了一口气。

最初，到底是她救了我，还是我救了她，我俩谁也想不清楚了。因为后面有太多次彼此相救，最初的那一次反倒淹没在后来所有这些经历里了。那些故事都模糊不清，不知道是哪一次彼此相救的变形，也许是很多次掺杂在一起。我们在编故事的时候，有意略过悲惨的那一面，彻底地嘲弄对方和自己哪怕刚刚露出一点尾巴的害怕，免得回忆把我们吓得真的发抖起来。

那些我们还没有能力嘲弄的，就只提一星半点。在布儒斯特角，她为了破拆夹住我的飞船框架，牺牲了大好爱情，眼看着马托这个能在光盾上跑马的英俊少年被捕入狱。大光头拷问逃生飞船上的人到底哪里去了，扒着我的眼睛让我看他一节节地切断我的手指。这些细节我们都会粉饰得连自己都看不清出处，要么，就完全不会提到，连此刻在这里我也不会说一个字。每一次作战总结，如果我露了怯，如果知道了我也恐惧，她下一次是不是还敢以死犯险去挣得一口吃食？她总是壮怀激烈地大口喝酒，也是为了假装平静，而且不会承认，而我连喝酒也不必，就能保持平静。

当我嘲笑萨朗波需要借助酒精才能假装平静的时候，她不否定也不肯定，只是抿一口酒嘿嘿地乐。她知道我能识破她，所以我再也不敢提这个话题。我们彼此如此熟悉，我们知道对方的每一道细小的皱纹是在十几岁二十几岁的哪一天里生出来的，最微小的淡得看不清的伤疤是哪次战役或者盗窃时留下的愈后不良。

一次，她说我一撅尾巴她就知道我拉几个粪蛋，我撅起屁股离开椅子挑衅，她大笑："零个！"

马托揽着她的肩起哄，对我喊："你就当真拉两个粪蛋给她看看嘛，让她知道有多么不了解你。"

"这批货真的不能出手，太危险了。"萨朗波转移话题。

"危险？"马托松开她的肩，手在桌子上敲，"我们强行阻断目标运输船跳入爱因斯坦空间的进程，连框架都给烧得七零八碎，就为了这点货物，这不危险吗？抓到迦太基巨城里去，咱们每个人都能判好几个无期徒刑了吧。"

"是谁提供的情报？我们事先并不知道会是这样，也不知道船上居然还有乘客。"我担心今后的命运，盗窃和武装抢劫致死，对我们人生影响的差别太大了。

"是托卡马克亲自交代的。"萨朗波转动酒杯，盯着酒里的漩涡。

"托卡马克是吗，通信时你检验了他的密钥吗，非对称加密？"我问。

"是面谈。"

"所以连交易记录也没有，是吗？"马托跳起来对着萨朗波挥拳头。他只敢挥舞那么几下，近身格斗或者持械，萨朗波都能在几秒钟内杀死他，我毫不担心甚至连眉头都没有动一下。

据说远古时代，曾经有位将军在与国王争吵的时候把腰刀从背后转到了身前。这是身为武士下意识的动作，刀柄转到身前才方便随时拔刀暴起，而平时出于礼仪悬着的刀柄都是朝向身后的。朋友按住他的手斥责："你这样做是非常失礼的！"我甚至不会去按住马托的手，萨朗波会记住我的抉择，她会记住我在他和她之间保护了他。

“托卡马克的目标是运输船上的人吧，他不是为了货物。”我正在想着的是将来。分明有一只大手正捏住我们的喉咙，我想推算他会什么时候闭锁我们的呼吸。

“致死的那位，行程的目的是护送货物，所以这货物多么值钱。你猜那是什么，重型行星级舰船的核心，还是远距恒星……”马托的眼睛又亮起来。

“我不想知道那是什么。”萨朗波打断他。

“我也不想知道那是什么，我只想知道自己还能活多久。卖多少钱不重要，更重要的是还有没有命去花。”我对马托还心存一点好感，但是也只能提醒他到这种程度。

“托卡马克是想害死我们。”马托总算回到了重点，生命更重要，不再想货物的事了。

萨朗波直直地看着马托，一言不发，也没有表情。

我突然一个激灵，不出声地想：“马托，是托卡马克派来的吗，他是不是在观察我和萨朗波的态度？”

我静静地听着，只有心跳，又确认了一遍确实没有发出声音。我想看马托的表情，但是不敢把视线从萨朗波的脸上移开。我也不知道一直看着她是不是合适，应该保持什么样的表情才显得自然。

很多年以后，在托卡马克的纪念碑下，萨朗波很轻声地说：“你当时面色如常，就像喝多了酒那种木然，我根本没有想到你有这么复杂的心理活动。你真是冷静，怪不得两千轻骑也拦不住你。”

那一天接下来我们没有讨论货物、托卡马克、以后的命运这样沉重的话题，我们纵情欢饮达旦，回顾过去一起出生入死的日子。

我隐约记得我提到了马托操纵轻骑飞船的怪异技术。“你能躲开激光炮，难道在牛顿空间里能比光速移动得还快吗？”

马托说：“并不是比光快，而是感知激光发射前一瞬炮口的指向。而且，也并非百无一失，不是有一次烧断双腿被你拖回来的吗。”

萨朗波说：“后来又都长上了，感谢科技。”

马托说：“他为了拖我回来，被迦太基的巴尔舰追击差点送了命。”

我说：“所以托卡马克把巴尔舰炸成了框架，差点连我一起送上天。”

萨朗波口齿不清地说：“托卡马克是个好人。”

马托说：“不是。”

我说：“萨朗波说得对。”

马托说：“他会带我们所有人去死。”

我想说：“凡人皆有死，要么现在，要么是去看大千世界以后，你选哪个。”

我问他选哪个，我知道他没得选择。

马托既没有当时就死，也没有去看大千世界。第二天我们刚一分开，他就被捕，即刻被送往迦太基巨城。我们全都接到匿名来源的任务半路拦截马托。但是押送的飞船一直没有脱离牛顿空间，就这样慢慢走了三个月，谁也没有能耐出手。我们都是些扒船绺窃的小贼，谁也不敢公然挑战迦太基，只敢伏在官道岭。

官道岭横亘于迦太基巨城的引力阱边缘，飞船通常在这附近跨越牛顿空间和爱因斯坦空间的边界，是以名为“岭”。官道岭是迦太基最后的天然屏障，是进出星系的通道和良港，因此称为“官道”。我们利用超光速引擎跳离牛顿空间加速到超光速的一瞬，在亚光速吸附在飞船上，趁机干点越货的勾当，连杀人都不敢。飞船预热一次耗费金银无数，不值得为我们而停机，他们跳入爱因斯坦空间，我们带着些微货物再落入凡尘。只有这个特别的点，是我们能切入的角度，除此以外，别无他能。迦太基选择牛顿空间押送马托，应该是举报的人连袭击的路线也一并透露了，所以才有此防范。是为了防止我们抢人，还是为了保证马托不死在我们手里？

我们都想知道把马托卖给迦太基的人是谁。我们，指萨朗波和我，也许还有托卡马克和官道岭那三千彼此依赖的越货小贼。

“不是你？”萨朗波问我，盯着我的眼睛。

“会是托卡马克吗？”我不敢直视她，也不敢回避她的视线，只好也盯着她，评估着眼影的色号和睫毛膏的涂抹角度。我知道不是托卡马克，他会选择杀死马托，而不是将他关进监狱保护起来。匿名任务可能正是他发布的，我甚至考虑过要不要申领一下以证自己清白。

“他怎么可能什么都知道。”萨朗波含糊不清地嘟囔着，喝下半杯酒，把杯子往桌上一蹾，“走吧！”

“去见托卡马克？”

“投奔。”

托卡马克是个大块头，他死以后做雕像的时候铜材料都比别人用得费。活着的时候坐在那里，转椅的扶手刚好卡在他的屁股两侧，起坐都小心翼翼防止撑裂。他手指粗壮，我一直没有弄明白他怎么做到能精确控制面板上那几十个开关按钮。同样令别人惊奇的是，他后来如何统领三千精锐轻骑舰，这三千孤儿建制成立时就像从地缝里冒出来一样突然，以后的攻击策略也是如此，突然出现、突然攻击、突然消失。

他如此强大，动力十足，机械一样精确，二进制一样坚决，很久以前人们就忘记了他的名字，用核动力融合装置中的环形容器称他为 Tokamak（托卡马克），意思是环形、真空室、磁、线圈。缠绕在真空室外的线圈通电后产生巨大的螺旋磁场，约束超高温等离子体，从而完成受控核聚变。

消耗氘氚，产生能量，而他本身不动分毫。

我和萨朗波去投奔托卡马克的时候，他正在与一群少年做战棋推演，目标星域是迦太基外城至官道岭附近，战役即将迎来高潮。

那些少年中有几个我认识，也是官道岭的小贼，颇有名望，收货的贩子大光头也位列其中。他们向萨朗波点点头，面色严肃。萨朗波先向托卡马克敬礼，然后注视几个少年，站立在旁一起看战棋。

“将 A3 钛矿区隐蔽的三艘轻骑舰推出，方向东北，速度 6，奇袭切入干道。”大光头说。原来操作战棋并不需要手指很细，甚至不需要手指，下指令就行了。

群星稀疏，战舰林立。大光头的指令下达以后，星图看不出有任何变化。

“放大官道岭路口，这位小兄弟看不清楚。”托卡马克注意到我，声音温和地说。看来所有的变化，都在与会者的头脑之中，星图并不需要视觉可见，只有我这新手还不行。

官道岭路口，大图之下，分毫毕现。三艘快舰以亚光速接近在那里减速的敌方空天母舰，在防卫圈内抵近攻击。这是整个战役的转折点，自此以后我方开始屠杀失去指挥中心的敌人。

“但是，速度 6 是不可能的。即使选最快的轻骑舰改造发动机，达到速度 6 也只有在苛刻的竞赛环境下才有机会。实战绝无可能。”

提出异议之前，我注意到萨朗波和小贼中知名的那些，也有困惑表情。

大光头阴沉沉地看了一眼我的方向，没有吱声。他的眼睛隐在高耸眉骨之下的阴影里，我看不清他瞳孔的确切方向。

“技术上可能，如果不带回程的燃料。”萨朗波说。

和她同列的小贼们表情各异，有的惊讶这种铁血残忍的手段，有的恍然大悟这居然可行，有的恨自己恍然大悟得太慢，有的恨萨朗波恍然大悟得太快，有的装作早已知道只是没有锋芒毕露。

“这位小哥怎么看？”托卡马克显然已经知道所有其他人是怎么看的，他也将了解我，只是还需要时间。

“壮士断腕。”孙子是这么说的，马基雅维利是这么说的，克劳塞维茨也是这么说的，感谢迦太基的义务教育。萨朗波也是这么说的，感谢马托率先垂范。所以，我也这么说，虽然我并不是这么想的，因为我并不知道不带回程燃料的三艘快舰上的乘员会怎么想，他们愿意作为断腕吗；经历了这场战役而活下来的战士们会怎么想，他们会不会担心以后成为断腕而不是壮士。

“好！”托卡马克说得一点也不动容，就是平常的声音，但是有不容置疑的态度，“就由你们三人去执行这次任务。”

无须继续说明，托卡马克喜欢这种隐晦的表达方式，更多的细节由下属去理解领会实施。

“你们三人”是指萨朗波、大光头、我。

我们各驾驶单人轻骑快舰，从三个方向由隐蔽处突然冲出攻击，攻击时机是敌母舰转瞬即逝的亚光速阶段。我们在这个阶段吸附在敌舰上，然后登舰作战。一切按计划行事，但是与战棋推演有三点不同。

一是角色不同。

观看战棋推演时，我是观众，现在我是演员。观看推演时我同情被“断腕”的那几位，舞台上战场中我就是“断腕”本身。

战棋推演失败了可以重来，我们在挂接货船偷包的时候，从来都是推演各种可能，在活着回来以后再推演一番。这次是真实世界，空天母舰本身并无舰炮，但是从来都是随炮舰群出航。潜伏期是否会被发现，冲击的行程中是否会被炮舰回身向内击中，亚光速母舰带来的时空乱流会不会把我们的轻骑舰拉进爱因斯坦空间里，我们可没有燃料和装备退回到牛顿空间，那就有去无回了。

我开始考虑中途逃跑的可能，马托的归宿也未免不是个好的选择。以往的偷盗数额较小，都是民事行为，即使误炸杀死了货舰上的乘客也只是刑事责任，攻击空天母舰是无可辩驳的军事行动。一旦踏上这条路，永无回头之日。

二是星图不同。

我们要攻击的不是迦太基，战棋推演时使用官道岭星图只是掩人耳目。我们，托卡马克精锐轻骑团，不再是松散的游击分子偷盗的小团伙，而是受雇迦太基将军哈密尔卡，作为正规军辅助兵种，打的是西西里保卫战中的一环，虽然没有多么重要。

与其说是梦想中的战役转折点，不如说是对我们三人的一次试探和试练。

哈密尔卡将军人称“闪电”，擅长运用当时尚不成熟的超光速远程投放，蛙跳式攻击我们的敌人罗马的星站。

有的时候，几千个星站同时发现我们的舰队，敌人一度认为我们应用了相对论量子力学，能借由玻尔空间同时在不同的坐标出现。事实上，哈密尔卡只是快而已。他总是在敌人还没有反应过来以前，在光速的消息还没有到达的时候，就带领千军万马突然从星站的天空掠过。舰队巨大的影子遮蔽了人们能看到的整个寰宇，只有微量的星光能从舰队的缝隙间漏出。很多星站等不到罗马的救援，在几天之内就举城投降，失去中央供给的整个星系瞬间崩溃。然后我们受命离开，由穿着平民服装的迦太基人接管，宣传“我们为和平而来”。

统计下来，我们的主要职责并不是作战，而是在宇宙的各处出现和消失，主要的训练和任务就是行军，火速精确地投放到指定地点。与近身格斗完全相同，用自己最硬的最不会疼的关节痛击敌人最脆弱最致命的部位，位置和时机至为关键。

当然，无论战略多么正确都会有牺牲。牺牲主要来自偶尔个别的战役，当敌人不自量力地想抵抗一下的时候。这个时候，我看着萨朗波喝的马提尼似乎是红色的，她的名字也应该改叫托卡马克，绞磨的是血肉，源源不断地输出的是能量和勇气。跟着她的突击营，除了最初官道岭带出来的八百人大部分活成了老兵，后来补充的新鲜血液全消耗掉了，一直补充，一直消耗。

我带的人，也是一样。

我们受哈密尔卡雇佣，由迦太基支付薪水，整天也就是满宇宙跑来跑去，并不比在官道岭更辛苦。当面对罗马人时，“我们”一词包括迦太基人。当面对迦太基人时，“我们”一词仅包括官道岭一起出来的亲兵。当面对萨朗波时，“我们”一词就只是指她和我，再不包括任何一人。当我俩出现在托卡马克面前时，“我们”一词也包括托卡马克，虽然我并不这么认为，萨朗波也应该是这样想的吧，但是我们从来都这样指代。

征战，持续了十年。

后来的结局众所周知，迦太基败于罗马，失去了西西里星系。罗马人因此得到了巨量的食物补给，殖民西西里星系多达数万人，这些人全都成了农业工人。迦太基倒是并不觉得有多大损失，仍然物资富足，每天载歌载舞。

尽管物资富足，迦太基却以我们打了败仗为由，由哈密尔卡出面拒绝支付拖欠托卡马克团的薪水。想来，他们也拒绝了其他团队的报酬，不然怎么会有后来的联军围城。

这是后话，要想走到这一步，走到参加联军围城，还需要一个重要的条件，就是活下来。在托卡马克手里活下来的必要条件是要达成试练战斗任务。在这次接舰任务中，出击速度 6，不携带返程燃料。因为托卡马克的战斗方案与萨朗波断腕计划的细节并不相同，所以这个任务还有个附加条件，就是全身而退，活着。

三是方案不同。

作战的目标并不在官道岭，而是西西里附近，正是战火最旺的地方。大部分作战方案都与大光头提出的非常类似，除了个别细节。

他对此颇为得意："不还是用了我的方案吗，是你这毛头小子否定得了的吗？"

在远程投放以前，他还捏着我的肩膀说："你的手指头长好了啊，敢在托卡马克面前否定我的方案。"

"反正切他手指时，你只是想让他疼。"萨朗波冷冷地说。

"记着点。"这是大光头最后一句话，然后我们就脱离爱因斯坦空间，回到低速度。

以超光速或者亚光速接近隐蔽点是不可能的，会留下横跨大半个天空的尾迹，如果雷达值班不是瞎子都能看到。

进入牛顿空间，回到低速度，我们就开始分别行动。

大光头在分开之前狠狠地看了我一眼。我知道，那还是"记着点"的意思。

跟萨朗波没有什么可说的，她也是依依不舍的眼神，意思是"不知此生还能否再见”，但是她喊出来的是“服从一切命令”。这个场景足可供以后调侃二十次。

我正这样想着，她冲过来紧紧抱住我，把我的头盔都撞掉了，发出巨大的声音。她的嘴紧贴在我的耳边，声音非常低，“跟紧我”。

同时我哈哈大笑，掩盖住所有的声音。

我们都关了动力，散开，分别乘常规动力筏以低速度慢慢爬一样飘向单人轻骑座机的坐标。非常接近的时候，才打开转向火箭，只敢轻轻喷出一点气体，然后等上半天，等它们消散，避免在敌舰火控雷达上留下显眼的大片亮斑。不仅气体泄漏非常谨慎，无线通信也绝对禁止。

我进入静默状态，希望从整个世界上消失，无论是从敌人还是从友军的视界中。连热量都要尽可能避免外逸。宇宙飞船通常都装着大面积的风帆，并不是像传说中那样为了从恒星补充能量，那也太慢了，而是为了散热。在真空之中，热传导和对流都没有介质，只能靠热辐射这种低效的方式。热辐射的效率严重取决于散热面积，所以我们把表面积缩得尽可能小。但是热量还是源源不断产生，只要你思考、计算、活着。

从脱离爱因斯坦空间开始滑行，我花了七天时间，中暑昏厥不知道有几次。脱水、恶心、力竭，我无数次怀疑托卡马克因为马托摆脱了他而想整死我们，并且希望过程漫长而痛苦一些。我骂了无数次脏话，直到发现自己词汇量太少，又开始循环下一遍，托卡马克的所有亲属和他的未来都被我诅咒了。也许他后来的不幸与此不无关系。

但是，在敌区我不敢呼救，会呼叫来炮火覆盖，也没有任何其他办法，只有等待。

在不知道第多少次推理确认托卡马克的罪恶动机，赌咒发誓座机的坐标那儿一定是一块嘲笑我们去死吧的大标识之时，我看到了轻骑舰，崭新的。

崭新的程度与载我来的单人胶囊运输筏形成鲜明对照，包裹我七天之久的这破玩意里面满是臭气，我发誓在我登筏以前就是这样。有不少密封阀是用胶带加固的，在七天的航程里我好几次想把胶带揭了把臭气和酷热放出去。只是最后一丝冷静告诉我外面是真空，我才没有这样作死。

后来才知道舰只之所以崭新，是因为这是作战的工具，维护程度高利于有效打击敌人，并不是为了使我心情舒畅。运输筏只是载具，人所处的环境是无所谓的，只要保证战斗时活着就好。所有的部件不是都有工作环境和储存环境的区别吗。崭新，也只是为了作战时提高成功率，对人这种零件，更宜居只是副作用而已。

既然有这么崭新的轻骑舰，托卡马克就不是为了让我们死，不然他的折磨计划就过于曲折了吧。我这样想着，花了几个小时慢慢地靠近、接驳，不发出一点声响。

轻骑舰停泊的位置非常巧妙，令我这个老贼也拍案叫绝，投放这船的一定是个中好手。正在一颗凹凸不平的小行星巨岩的阴影之下，如果不是事先知道坐标，连我也不会觉察到它的存在。小行星大小适度，没有小到翻滚和飘移剧烈的程度，也没有大到被敌人注意到而被清除。

我进入轻骑舰，又潜伏了七天。在这七天里，我把脏话又重复了很多次。这次咒骂的是泊船的那位高手，他显然只考虑了作战需要，而根本没有注意到我作为人的存在。

这是一颗纯铁小行星，轻骑舰外壳与铁石紧密嵌住，导热极佳。在这么大的尺度之下，小行星热力分散，单个人体的温度不会被敌人侦测到，所以散热效率高些无妨。但是，我从极热的地狱换到极寒的冰洞，又静伏了足足七天之久。

除了不敢把行动时的燃料烧了，我做了所有让自己变暖的尝试，包括跑步、蛙跳，这才活了下来。在烧掉衣服时，我颇为犹豫，到底是要长久保暖，还是要一刻温热。我最终烧掉了所有的衣服，没有此刻，就活不到长久。

终于，敌空天母舰如约而至，滞留在爱因斯坦空间的巨大质量横跨星河，光芒四射。

护卫舰队全在我所在位置以外，我可以安全出击。出于保密考虑，萨朗波和大光头他们俩的坐标对我而言是绝密的，不知道是否处于安全的出击位置。在安全位置出击能活，在非安全位置出击必死。

很久以后当我独立指挥舰队时，有一天回想起来这次行动，才突然明白了能活下来需要多大的幸运。在这种尺度之下，因为无法预知敌空天母舰探出到牛顿空间的位置，精度无法保证我们的攻击位置安全。但是那一天我们三个人接到的任务都是全速出击，并且在出击前受无线静默限制不会接到新的命令。也就是说，即使位置不安全，也会出击，只是作战的目的会转变为吸引敌人的舰炮火力。

我们对于作战目的变化将一无所知，而且将永远也没有机会知道。那一次，我们三人居然都处于安全位置，完全是运气。

也正是这次行动以后我才知道，军事行动与我作为小贼时的巨大差异。一切都是由组织安排妥当，我们只需要服从一切命令，好运就会到来。

远程投放、静默漂流、铁星潜伏，还有轻骑舰就位、敌空天母舰的路线，都已经在组织的计划之内。我怀疑那七天火海和七天苦寒，甚至我有能力忍受这些、我会咒骂都已在托卡马克的预料之中，连我会骂些什么他恐怕都早有预料。

只是在此刻，由潜伏到攻击，才需要借助我个人的技能。在极微小的转瞬即逝的亚光速时机吸附到敌空天母舰上，需要我身为官道岭的小贼时长期训练的精湛技能。凡是没有这一身本事的，在官道岭都活不到脱离亚光速回到牛顿空间。所以我们在官道岭所受到的，不是训练，而是被筛选。活下来的，就是合格的。

空天母舰即将进入西西里空港，准备精调切入牛顿空间，有那么一瞬间它在亚光速停留。那是直升机离开地面的一瞬，是鹰隼扑翼的一瞬，是巨龙张开口腔而热浪尚未出膛的一瞬。

就是此刻！

整个铁质小行星都被我当作发射的基座，从而得到更高的初速度。在空天母舰到达之前，我向它的预定位置，就是由爱因斯坦空间向牛顿空间切换的那一点瞄准。我没有它那么高的速度，必须留有足够的提前量。

如果提前量不足，会和它擦肩而过。这是在官道岭我们初学时常做的事情，那时不过是一次失败而已，下次可以再来。但是如果这一次我没有准确挂接，就会暴露在空天母舰的航迹里，被后面赶来的护卫舰射成筛子。如果提前量过高，我会暴露在空天母舰航道之前，由于空天母舰的残速也远高于我，就会从我身上碾过去。百万倍以上的质量差，死亡的时间短到我连痛苦都不会感觉到。

脱离铁质小行星，初速度足够。空天母舰已经发现我的存在，护卫舰开始聚集，我猜得有数十舰炮正在预热。接下来的几秒，要么是我隐藏在空天母舰的护盾之下从而避开舰炮；要么就是被护盾阻住，刚好赶到的舰炮把我轰得四散开花。

“抛掷副油箱，提高机动速度。”事先存储在轻骑舰里的作战指令适时播放。

我的手指比大脑来得更快，后背感到巨震，一声巨响以后，副油箱以及备用燃料全炸在铁质行星表面。

同时，我的余光看到左前星区有个亮点一闪，然后拖出一条尾迹。

蛇行机动，那是萨朗波逃过一枚舰炮。雷达显示空天母舰另一侧也有辐射，应该是大光头在抛掷副油箱。

空天母舰正从强光转变为实体，它会在我预定的范围浮出牛顿空间，速度高于我的估算。

加速冲击。

速度还是不够，我在拍向全力喷射按钮的同时余光瞄到了燃料存量，犹豫之下慢了半拍。如果全烧掉喷出去，我就没有机会逃脱，后面可是有数十门舰炮等着我呢。这正是我质疑大光头方案之处，燃料够吗？

半拍节奏，就是能活下来的极限。

在这半拍的时间里，作战指令序列更新，“抛掷舰体外壳”。

时间太短，连我骂托卡马克时的脏话都来不及说完整一个单词。我全身精光，更不用说宇航服，早就烧成温度用来度过七天苦寒了。抛掷机壳，就是皮肤直面真空。

“再见吧，萨朗波。”

我向她的方向望去，以为此生再无相见的可能。“希望你也正看向我，愿我的花火作为你下次跟谁吹牛的素材吧。”

亚光速，整个世界都是模糊的，只有与我速度接近的空天母舰遮蔽星空，还有萨朗波清晰异常。

我看到萨朗波在蛇行机动的末段尚未结束的时候突然加速，看那气旋一定是全力喷射，油门大开，燃料涓滴不剩。

她的舰壳从机头爆裂，整个座舰像纸一样撕开。只有她一个人固定在巨大的发动机顶端，后面是喷射长达数十千米的尾焰，前面是张牙舞爪管线密布的核弹。全力加速之下，机壳像在狂风之中卷曲的纸张，瞬间剥脱。有那么一会儿机壳是燃料喷射的第二基座，迅即翻滚着向后飘开。一枚舰炮触到脱落的机壳，爆炸的冲击居然追不上已经加速的萨朗波。

她从火里诞生，如同一根针直刺向越来越清晰正在实体化的空天母舰。

“跟紧我！”萨朗波的声音在我脑中响起。

我毫不犹豫全力喷射，同时拍向解体按钮，来不及想真空以后将会如何。

死就死吧，还和萨朗波在一起，死后可以一起吹牛，吹牛这一次有多么傻，一起诅咒托卡马克。

在那一瞬，空天母舰从光蜕变为物质，在我之侧浮现出来。同一速度，我像鲫鱼一样悬浮在空天母舰之侧。

还活着，没有死。

后来在军事院校短训时，有教官试着解释了在这种极限条件下的物理现象。

有的认为因为时间非常短，只有几秒，空气外逸刚刚开始，因为紧张所以我们连风声也没有听到。也有的认为在三分之一光速以上至亚光速，虽然距离和时间都短，但是相对论效应非常明显，时间应按洛伦兹收缩计算，所以时钟拉长，表现在热力学上的现象就是包括空气分子在内的运动速度都极度下降。因此，速度越快越安全。还有的认为，我们应该是短暂地跳入玻尔空间，或者在玻尔空间和亚光速间振荡。

总之，我和萨朗波都没有死于真空。

大光头比我多犹豫了半拍，超过了临界值。带着舰壳他的速度不能更快，在空天母舰的护盾外被追尾的舰炮炸得连一个比特也没有剩下，只有事后我们的追忆。

如他所说，我们会“记着点”他的。

萨朗波说，绝对服从命令。

托卡马克说，组织会为你计划一切。

我心里重复萨朗波的话，“跟紧我”。

空天母舰的护盾在我身后直直切下，燃料舱切断猛烈爆炸把我抛起砸向空天母舰。

我的舰载核弹就扎在我旁边两米的地方，整个没入空天母舰的壳体，留下个深黑的大洞，里面不知道嵌入有多深。

我浑身都燃烧着，自带强氧化剂的燃料把我变成火炬。如果不是整个赤裸没有一丝宇航服，可能就是自带棉芯的火炬，燃烧得更猛烈了。我一只眼睛已经彻底报废，另一只仅剩光感，看到明亮的光闪耀不息，那是数十舰炮反复喷吐，轰在空天母舰的护盾上无声地炸开。

我身在亿万灿烂骄阳之中。

我倚靠在空天母舰的外壳上，温热的触感，这时疼痛才刚刚开始。

我整个身体抖如筛糠，那是空天母舰动力系统切换，因此振动模式变更。

凭着在官道岭做小贼的丰富经验，我知道它即将再次脱离牛顿空间，加速至爱因斯坦空间。

我头脑在那一瞬间异常冷静，它要逃跑。我座舰已毁，即将赤身化为一束光，然后死在再入牛顿空间的真空里。

官道岭的花香，萨朗波的微笑，悬浮的巨城迦太基，还有漫天星辰，在一瞬间里我短短的一生浓缩着在我脑海里掠过。最后剩下的两个念头，一是我没有活够，二是再次回忆确认核弹延时起爆已经激活，所以我有空天母舰作为硕大无朋的陪葬棺材。

有人拉动我的上身，努力了几次，我倍感疼痛，喊叫却听不到声音。那人再一用力，我粘在空天母舰壳体上的双腿和一只胳膊就此与我脱离。我感到断肢的血喷射而出，接着断口被那人用激光封闭。

是萨朗波弃舰来救我。

她把最后一支促生长激素给了我，因为当时我虽然烧毁了声带和耳膜，但是用行动表明希望放弃，不想连累她。这一支促生长激素比什么未来的美好生活都更能给我力量，就是咬着她的手指头也要跟上不掉队。她在最后一刻把我一块块扔进座舱，刚好来得及在作战指令指定的位置从空天母舰中弹射出来。

我们是一束强光劈裂出的一丝，在空天母舰战斗群跳出爱因斯坦空间以前提早脱离，滑行减速重入牛顿空间，远离舰炮群，又刚好靠近托卡马克派来接应的大胡子小队的位置。作战经验丰富如大胡子，也从来没有见过如此惨烈的情形，萨朗波和我的血肉在座舱里绞成一团。在以后喝酒的时候，大胡子开玩笑说，是一摊一块盛出来的。

托卡马克原来的计划，是我们会投掷核弹，然后无一幸免吧。但是如果是这样，为什么要在空天母舰加速至爱因斯坦空间时给我们脱离的指令，并且派了大胡子接应呢。萨朗波从无这样的好奇心，我也没有问。马托怀疑过托卡马克，大光头也怀疑过，他们提问的答复我已经看到了，一个入狱一个火葬。

所以，托卡马克的计划无比完美。

敌空天母舰遇到我们三人偷袭的同时，护卫舰队的外围也受到了托卡马克派出的卡西乌斯分队袭扰。当两枚核弹嵌入舰体时，敌彻底放弃了躲入西西里防线的决心，采取了脱逃行动。

这样一个即将投入的大规模战斗群的脱离，使我军佯攻西西里的哈斯德鲁巴尔军团压力减轻，因此几乎演变成为主攻。当然最后还是放弃了，因为会吸引敌火力聚集，即使攻下西西里也守不住。

不过火爆的不惜一切代价的决心还是震惊了罗马军，我们参与的托卡马克团的努力，使战局短时间内向着哈密尔卡将军的设计方向前进了。

进入爱因斯坦空间以后，空天母舰就发现那两枚核弹没有危险，徒具外形而已，但是他们已经没有机会回头了。托卡马克成功完成了他计划的战术行动，即使在没有得到上级哈密尔卡原本承诺支持的三枚核弹的情况下。有条件能上，没有条件制造条件也能克敌制胜，不惜一切代价，这也正是托卡马克军团能不断得到哈密尔卡将军赏识的原因。

兵行诡道，在与战友、与友军、与敌军作战的过程中，我们践行这古老的训条。

在敌军一个个倒下去以后，我们活了下来。在友军一个个倒下去以后，我们成长为将军。在托卡马克的带领下，我、萨朗波、大胡子，随着死掉的下属越来越多，我们也逐渐阶级上升。无论是哈密尔卡还是活着的下属，都相信从死人堆里爬出来的我们比别人更能带领士兵胜利并且活下去。托卡马克在我们的托举下，逐渐成长为与哈斯德鲁巴尔比肩，仅低于哈密尔卡的将军。雇佣军团中如他一样，自带军队、自带给养、独立成军的，比比皆是。

在雇佣军的海里，我们，我和萨朗波就像水滴一样，从此以后几乎再无谋面。

我此后见到了很多不同的兵种，他们有不同的技能和特性。

努米底亚人比官道岭人更擅长奇袭；叛逃来和俘获来的罗马人比我们更擅

长亚光速挂接和吸附；埃及人长于投放巨舰，甚至能从行星间拖曳而过；叙利亚人能精准计算远程攻击，位置不差分毫。他们中凡是没成为炮灰的，全都成了我的股肱。

我试着联系过几次萨朗波，长期沉默以后，她终于非常隐晦地答复我，如果想多活几年，最好别让托卡马克以为我们有集结兵变的可能。

只有一次主动联系我，是她被怀疑勾结敌国罗马，查无实据身复原职以后，也许刚刚大醉，说的是："活下去，只有活得足够长才能相互保护。"

想来，陪她喝酒吹牛的家伙定然不够幽默，她才会说出这么丧气的话来。她应该不会知道，为保护她，我和大胡子所做的努力和招致的损失。

能够有机会再次见到她，已是十年以后。

那时，罗马一方所称的第一次布匿战争之后，我们，或者说我们的雇主失去西西里星系，防卫以西全线敞开。

雇主迦太基说，他们只想和平地做生意，来往于各大银河系之间，无意与罗马争锋。所以，在哈密尔卡仍有优势的情况下，召他只身回迦太基述职。我们这些雇佣军则被要求在三分之一光速以下蜗牛航行，去往官道岭以外集结。

这是自古以来的惯例，带甲回师之军不得兼程，以确保万一变生肘腋，首都有足够时间准备以策安全。

在官道岭，我又见到了萨朗波。见萨朗波以前，我们就都已接到托卡马克的要求，围城迦太基。

大军在牛顿空间缓慢返程的途中，以托卡马克为代表的雇佣军联盟首领们已先期光速抵达，并与迦太基一方哈密尔卡将军会谈，谈判几近破裂。迦太基政府财务困难，公民极尽奢华，财富藏于民间，在向罗马偿还战争赔款以后，迦太基没有能力支付雇佣军的报酬。

托卡马克说："所谓没有能力，不过是迦太基认为他们应付罗马力有不逮，但是对付我们能力足够而已。我们需要向雇主展示能力。"

托卡马克军团切换到爱因斯坦空间，忽略来自迦太基的降速警告，反正接到命令实施拦阻的也就是雇佣军同盟而已，他们也正欠饷。

迦太基本城的民众都想做和平的富家翁，除了哈密尔卡闪电家族，已经没有多少人服兵役了。大胡子和我分别迁移一颗恒星到官道岭附近，摆出十足的架势准备为接下来的大战提供源源不断的能量。

原本从属于哈密尔卡的雇佣军队，也纷纷跟随效仿，往来的商船报告整个星系的引力场扭曲。

大战即刻来袭，迦太基全城震恐。

迦太基派出与雇佣军联盟谈判的高级议员，被扣留，极尽折辱后放回。

迦太基开始各个击破，与托卡马克，甚至他的属下我、萨朗波、大胡子等单独谈判，有的承诺，有的先行付款，意图分裂雇佣军，以其之几部攻击其余。

同时，迦太基全星系锁城，内港大开，从引力波变化可见恒星间调度频繁。据传说，迦太基不惜毁城一战，所有的行星毁灭级别的舰只全部出库，尚在研发仍未稳定的恒星毁灭者也开始列装自卫军。

托卡马克召开远程军议会议，说："我们也接到了迦太基的议和邀约，但是因为实力并不突出，所以条件也与原来相比并无多大改观。"

我说："那么，展示一下实力如何？仅仅恒星部署到位，没有实质性攻击，说服力不足吧。"

大胡子说："如果其他部队不动，我们主动出击，会不会对接下来的谈判不利？"

萨朗波说："小代价袭扰比较适合。"

"好。"托卡马克说。

萨朗波向托卡马克申请我部与大胡子部出力配合，托卡马克说："好。"

接下来托卡马克属下们的远程会商中，萨朗波给出了她的小代价方案。

她说："你还记得我们第一次出击吗？"

我说："大光头壮烈牺牲那次？"

她说："为什么需要派出三架轻骑？"

当然不是为了给萨朗波机会救我，我心想，所以她需要的答案是正规的估算。

答复如下："已知只要一人得手就计为整体成功，其余不论。所以，攻击失败的概率可由三人全部失败算得。设每轻骑成功概率为十分之九，可得每轻骑失败概率为十分之一。三人全部失败的概率是十分之一连乘三次，即千分之一。因此，成功概率为千分之九九九。以可能多损失两舰的代价，换得成功率提高。"

这不会是她考我的正文，在官道岭做小贼的时候我们每天都要算上几遍，而且我们都是概率中活下来的那部分。

"由官道岭攻击，达到袭扰的程度，考虑到被迦太基远程拦截的概率，我们需要多少舰只才能达到可见的攻击效果？"她问。

"如果迦太基不惜代价以大搏小地拦截，那么，单舰的命中率微乎其微。每增加一艘能微小提高总体命中率。"我估算着需要多少血肉之躯，"3000人左右。"

"你我三人各出三分之一如何？"她问。

"好。"我率先赞同。

出多少血，就有多少权力收割。这就是赌命，萨朗波邀我下注，会大赢吧。

大胡子也只能说好，如果他不跟进，瓜分的时候就没有他的份。有托卡马克在，容不得他不出血来争抢。

断了通信以后，我闭上眼睛想了一会儿。

我需要出1000人，几乎都会死，他们都是谁呢。1000个像我当年一样能识别利用牛顿空间和爱因斯坦空间罅隙的青年，1000个曾经在官道岭出生入死的无父无母的儿童。是杀死当年的自己吗？开终端做战棋推演，一张张脸在眼前飘过，我发现都很模糊。切换成名字，也记不清谁是谁。改为编号、作战属性，然后归到某个番号之下，考虑哪个分队战损多少，如何补偿，会否兵变，计算起来容易多了。

大局已定，心里有了数，准备召各分队长军事会议。这时，萨朗波的口信到了，不是远程传送，也不是机要线路，由一位军官亲自转达。

他说，萨朗波约我本人面谈，去她的辖区官道岭。

“哈哈，她这么有雅兴，还有别的口信吗？”我没有问她想谈些什么，如果这位军官能转达，就不用当面谈了。

“她说……”军官站起身向我走来。

特勤战士立即围住他，我大喝“怎么能这么对待客人”，笑着问军官：“她有礼物让你转交啊？”

“没有，她有话要求我单独告诉您。”军官张开四肢配合特勤战士搜查。

快搜查完毕时，我说：“不用搜不用搜，都是自己人。”

特勤战士仍然完成了最后的搜查科目，才示意军官可以靠近，同时一直追近跟随。快要贴近到能触及我的时候，特勤战士再次阻止了这位军官。

我表示非常无奈，“就在这里说吧，没事的，都是自己人。”

“她说：跟紧我。”他的声音非常低，难以分辨，我刚刚能够听到的程度。

“坐坐。”我摆手，“她没说具体约在哪里见吗？”

“她说：和马托分手的地方。”

“叙旧叙旧啊，十年老友，难得一见，你们可都不能跟着。”我哈哈大笑，转身告诉分队长和特勤战士们，他们面有难色。

出发前，我单独约见三位分队长中的每一个，也单独约见两位直属特勤连长。

我分别问了他们五人同一个问题：“如果我此行不利，你准备怎么做？”

有的说会忠诚于我，有的说会退隐山林，有的非常惊讶不知如何回答，有的痛哭流涕。

我略过他们的答复，每个人都分别叮嘱了同样的话：“你是我最信任的骨干，记住，如果我身遭不幸，你投奔萨朗波。”

叮嘱的时候，我紧盯着他们的眼睛，也有意让他们知道我在注视。其中有三人的表情说明他们已经料到我会这样交代。

我补充说：“全力佯攻托卡马克，不惜一切代价打散大胡子。告诉其余分队长这是我的命令，略不服从，即斩于军中。”

特勤战士随我到官道岭防线外围，被要求止步，只我一人进入，所有护卫转由萨朗波部负责。特勤组表示，如果有消息萨朗波不利于我，就即刻全力攻进官道岭救我。

“你当官道岭是大市场吗，想进就能进去？”我哈哈大笑，“这是迦太基巨城唯一的防线，正规军集结两颗恒星能量全力一击也不能遽然得入，你们几个格斗尚可，连重武器都没有怎么可能救我。”

战士们面面相觑，不知道该做什么样的表示。

“如果万一有什么不好的消息，你们马上跑，越快越好。”

战士们觉得我是在考验他们，纷纷做出愤慨的表情，与我俱亡。

“我孤身一人能有何用，如果身遭禁锢，那么敌人一定是为了队伍。所以队伍安全我就安全，队伍打得越好我越安全。该打谁，队伍早就知道了。消息也比你们跑得快，不必送信，你们逃得命在就好。”我拍着战士们的肩膀，他们年轻的脸上感激涕零。

带我进入官道岭的是一组精干的内卫军，飞船和装备新得像刚出厂一样。小伙子们的神态也稚嫩得很，军姿挺拔，一看就不是在西西里附近被太阳风吹过十年的老兵油子。但是训练有素，战术动作准确流畅，握手有力，彬彬有礼。

悬浮在官道岭防线入口上空时，我问领头的青胡楂，贴近行星以后气流如何。

他打开实时地图开始查看台风和降雨。“有热带强气旋，会有颠簸吧。您需要镇静剂吗？”

青胡楂人倒是体贴，以后会是个不错的警卫秘书助理。不过，如果进入之前还需要别人提醒才查看天况，甚至到了此时才想到查看天况，被护卫的人早就连同运输舰被打穿成筛子了吧。

官道岭由真空过渡到重入大气，我十岁以前就已经能闭着眼睛跑上几个来回，而且还是掐着亚光速的缝隙。

这些士兵应该都是炮灰，萨朗波特意派他们护送，一旦有危险，我能立刻下决心舍弃他们自行逃掉，既不寄希望于他们，也不会有一点同情。在一望可见官道岭的地方，给我一舰在手，怎么可能有任何危险。

还有一种可能，他们不是萨朗波的人。初见面和他们握手时我就注意到，他们掌间的茧子是使用什么武器磨出来的。他们是特勤出身，以刺杀为业，主要技能是在室内训练获得的近战和冷兵器施用，没有见过多少阳光雨露，长于城市潜伏和偷袭，缺乏野战经验，短于长途奔袭。

进入气旋，高气压和低气压剧烈变化，即使是军用飞船外壳也难以承受压强的颠簸，内外互渗，啸叫环伺。

舰只主要是为了在真空中飞行设计的，并无对付气旋的需要，所以壳体薄得很，应力保持的能力也不必太强。所有的舒适都是要付出代价的，特别是在托卡马克发现亚光速飞行时空气不会外逸以后，壳体和框架就更是可以减负。官道岭为了对迦太基向内作战，行星工事加固以后，质量提高重力变强，空中又多了两颗恒星，热带气旋明显变得比十年前更急促而猛烈。

整个飞船上的人，除了船长和我，全都吐得一塌糊涂，我不停地安慰照顾萨朗波派来的几名护卫队员。

终于落到地面上的时候，大家走路全都发飘。连船长也两腿叉开着才能站立，他已经不习惯稳固的内陆了。他就这么叉着腿随便敬着礼送别，帽子挡着强烈的阳光，看不清表情。

“停好船时刻待发，你，萨朗波将军让你跟我走。”我指示船长。

整个官道岭现在都是要塞，所见几乎全是军人，全在萨朗波所辖之下。即使这位船长是平民，我此刻也要征用。《孙子兵法》导论课攻防一节中老师说“善守者藏于九地之下”。官道岭藏龙卧虎，有如此人才，能在热带气旋中冲击硬着陆而不呕吐，当真人才，怎可不笼络在手下。

大家吐够了以后，个个面如土色，由队长引路前往集结点。在辽阔的官道岭行星表面，我们的车队踽踽前行。

是我熟悉的山地，大的地形未变，旧的轮廓仍然依稀可见。有些悬崖被踏平了，原本的绿色阔野上铺满战备公路。重型装甲自行炮川流不息，一望可知，为 3000 突击队或者称为敢死轻骑提供的后援火力还在部署中。沿途的各种植物都高大异常，很多蕨类的孢子体绽开成绿色的丛林遮天蔽日。小时候路边的仅齐膝的狗尾草现在拔起两人多高，人从底下望上去，末端的毛毛狗奓开得像天使燃烧的剑。看来两颗恒星带来的积温极大改变了官道岭的植被分布。

不知道萨朗波是否依然。

堵车严重，护卫小伙子们一个个被晒得垂头丧气。我借来望远镜，四下看看远处适合狙击的位置，再看看在轨卫星的分布，觉得他们这么大大咧咧也有道理。虽然官道岭现在是个要塞，列装战备，但是内部一片祥和，就像没有武装力量一样。所有运转着的装置，有效射程最近也在一两光秒以外，内卫部队形同虚设。

我抻脖子看看青胡楂队长的地图，说：“去这里是吧？有近路，我来驾驶。”

青胡楂队长有点惊讶，他似乎没有料到我是官道岭本地人。

我像个鲁莽的将军想要在年轻人面前展示身手，夺过控制，冲上一个缓坡。然而，权威并不能等同于技术，我也没有想到这个上坡可以背手步行的山地，下坡居然如此陡峭。我似乎无意地途经一些沟壑，糟糕的减震颠得一车人七荤八素。终于又开回公路上的时候，车队只剩了我们一辆车，其余的几辆都被甩得远远的，我在后视镜里还看到有一辆似乎翻到了山涧里。

《单兵战术基础手册》绪论中就提道："集中优势兵力，各个歼灭敌人。"护卫队似乎没有学好。

队长遥控指挥，要求大家跟上，不停更新我们的坐标，就差抢我的方向盘了。

《孙子兵法》导论课说："能而示之不能，用而示之不用。"看来他们也没有好好听。

一处立交桥下积水太深，车抛锚了。队长叹口气："就这里吧。"

"无恃其不来，恃吾有以待之，无恃其不攻，恃吾有所不可攻。"这也是《孙子兵法》导论课里的吧，同学们补考也够呛能及格，只好重修了。

我应声好，下车领先开路，青胡楂队长就在我的身后。船长倒数第二，走路一直歪歪斜斜，他后面一名战士已经累得七零八落得像没能拉紧的牵线木偶。中间的五名队员也都脸色惨白。

我们涉水前进，青胡楂队长说已经联系总部，通过涵洞以后有人接应。

涵洞内照明不佳，积水也越来越深，每踏出一步，隐约能看到涟漪慢慢荡开。我根据涟漪的回波估算着前方拐角以后的地形。两处可以隐蔽，一处可以急闪入内。我听到了轻微的水声，流速在那里加快了，应该有个小下坡，如有必要可以加速脱离。

此处甚好，我回过头来。

"这里连在轨卫星也看不到，你认命吧。"队长把帽子掼在水里，又吐上口水，"大胡子将军让我替他向你问好。"

水声猛然剧烈掀起，如同有炮弹在旁边炸响。船长像一条大鲸从齐膝深的水里一跃而起，重脚向后踢在身后队员的头上，那位队员仰面摔进水里，估计来不及听到自己颈骨折断的声音。

船长落地的时候，队长正拔枪回头。

这比亚光速的裂缝可宽得多，有足够余度供我玩味。近身和持械格斗，在整个官道岭上，我也只畏惧萨朗波一人而已。

我冲上半步，顺步劈拳斩在队长的喉咙上，再上半步夺下手枪。

节奏正好，中间的五位中刚有两位探向腰侧，还有三位仓促遇袭还在发愣。退步滚翻，拐角，我滑到事先相中的第一个隐蔽处。

转身，刚好一名队员冲到。连续击发，那队员脸朝下倒进水里。

拐角外响四枪，在涵洞里震耳欲聋。

我从隐蔽处举枪对着拐角，看到船长慢慢地举着手走出来，一只手指挂在扳机护圈里。他咧嘴一笑，露出满口白牙："你还是那么小心啊。"

他绕过拐角，如果身后有人，他已经进入那人的射击死角中，不会受到我以外的任何威胁。我轻轻放下枪，弹夹已空，不过是虚张声势。

"马托，好久不见，家人可好？"我走过去拍拍他的腿，"腿是怎么了，五年前作战负伤以后没有接上？"

"家人承蒙你关照着，都还好。"船长转身向外走，挡在我的身前。

他刚刚腿部用力所以走得更歪歪扭扭了。"腿接不上了，成年以后细胞间质不足，神经生长速度达不到要求，以后也只能如此了。"

从小一起出生入死，我身边的人一个个变老，经常觉得只有自己还很年轻。远方的朋友，因为久不谋面，印象里仍是年轻的脸，觉得也跟自己一样还年轻。

马托，只能跛着脚度过他的下半生。那个曾经能够在光盾上跑马的轻骑，那个曾经和我们一起大口喝酒吹牛的萨朗波的恋人，那个被出卖给迦太基的小贼，已经不再是少年了。

当少年成熟，也就是青壮年衰老的时候。

托卡马克躺在病床上，空洞地睁着双眼，目光呆滞地望向天花板，对我们的谈话充耳不闻。他的四肢全都不在了，齐根截断，只剩了巨大的胸廓在薄薄的床单下撑起来，随着呼吸起伏，胸骨和肋骨隐约显现。与呼吸同一节奏的，是机械进气排气，还有痰液尚未达到清理程度时的丝丝拉拉的声响。

初一相见，我难以把托卡马克此刻的形象与远程会议时的威权形貌联系起来，更不用说我印象里少年时代所见的意气风发。

那些，都是幻象吧。

“多久了？”我想拉着老人的手安慰，才想起那里空无一物。拍拍他的肩膀？他一个平淡的“好”字就能占领大半个星系或者断送无数大好男儿的性命，那是叱咤风云的枭雄，岂能随便触碰。

“五年。”托卡马克毫无反应，萨朗波代答。

我瞬间想起了五年前那场战役，马托的腿伤看来是出自同一事件。

“就是你一直处理所有事物？”

“慢慢就成了这样。”萨朗波答。她显然已经早就不再震惊，习惯了这种身份的转变。

“不能修复了？”

“跟马托的腿一样，年龄太大，不再具备修复条件了。”萨朗波叹气，“年轻时用了太多促生长激素，现在不仅不能再生，连尝试接驳到外骨骼的时候生化指数都不能达标，溃烂已经开始蔓延了。”

我坐向床边，又小心地在腿上用力，屁股搭上一个角。相比此时的托卡马克，我太重了，直接坐下去会令他翻转过来。我伸手在他的脸上抚摸，胡楂子都已经软了。他的脸木无表情，就像生活在另一个世界。

我突然感觉鼻子很酸，泪水就在眼底。

这个人，带我们杀出官道岭，带我们游弋西西里星域，和我们一起承受罗马军的行星级重炮，带我们一起杀回迦太基讨要公道。这个人，就是我们，我、萨朗波，以后的样子。只要我们不停征战，不停地作为血肉流过核聚变发动机成为战争的动力，不停地更新战损肢体，为了能暂时活下去而不停地使用促生长激素，为了能继续战斗而接驳各种外骨骼。只要这样下去，也只有这样下去，我们就是——核聚变发动机的核心——我们必将成为托卡马克，这堆躺在那里无知无识的胸骨和头颅。

“不如……”我握紧拳头。

“不行，”萨朗波断然说，“他对我们还有用。”

“鲸落。”我喃喃地说。

“什么？”她问。

在地球有种巨大的海洋生物，从洋面浮过时，像太空中展开全部风帆的空天母舰。当它每次深长呼吸，彩虹会在它的气息和水的微尘里闪现。它跃起在半空中，张开鳍尾，落下的水幕如同羽翼垂云般覆盖宇宙。

“鲸落。”我一字一顿地重复了一遍。

这大鱼死去的时候，会在水上漂浮十年，然后缓缓地下沉至大洋深处，在暗无天日的淤泥里慢慢腐烂。腐烂时间长达五百年。在这五百年里，这曾经的霸主成为其他微小海洋生物的食物来源。

“啊，我知道，就是涅槃。”萨朗波感慨地点头，“五百年一生，五百年一死，集香木以自焚，从灰烬中重生。”

涅槃重生的是凤凰。鲸落，就只是死了，没有未来。但是我没有纠正，将来我们会亲眼看到亲身体会，到时候萨朗波会懂的。

“还能瞒大胡子多久？”我问。

“他随时可能进攻。”她说。

大胡子没有进攻。

他确实在萨朗波部防区外集结了1000突击队员，全副武装，枕戈待旦。这1000突击队员都是经验丰富的轻骑，但是战略训练全无。他们的战术毫无瑕疵，但是在战略上十足愚钝地把我放进官道岭见到了萨朗波。

萨朗波以她自己的生命相逼，阻拦我回到自己的部队中。

这触发了双重警报。

一是静候在萨朗波防线外的特勤战士。特勤战士大部如我命令及时脱离，有十人小分队舍命冲击试图救我，无一幸存。

二是我在离开时对五个属下分别下达的命令。我的部队在无头指挥的情况下，五个下属先互相兼并杀成了三个分队，然后远程奔袭全力进攻大胡子，萨朗波夹攻。在后果仍可逆转的情况下，大胡子与马托面谈，与我和萨朗波分别建立联盟。

内战未燃，大胡子的1000突击队员因此得以保命，没有损耗在与萨朗波部的冲突中。他们，与我部和萨朗波部各1000人，在对迦太基冲锋作战中全部阵亡。历史牢记官道要塞轻骑英雄，3000壮士舍生取义，死得其所。

接下来雇佣联军中的叙利亚人精准计算，埃及人远程投放重骑至迦太基星门。重骑浮出牛顿空间时，已抵近至低于敌行星级武器有效射程。迦太基防卫线上的重炮成了摆设，望洋兴叹。防卫线内的轻武器投射对于埃及重骑来说，毫无侵彻力。

我们先前冲锋的是官道轻骑，迅捷有余，防护不足，所以全军覆灭。大胡子感慨：“想要分肉，代价昂贵。”

“如果失去联军的信任，死不得其所，就是转眼的事。”我说。

这句话萨朗波以前也说过，只是她那时把联军换成了托卡马克。

联军抢劫了迦太基星系的外城，我们最先进攻的部队分得了最多的战利。

大胡子领了薪酬，带队脱幅而去。我和萨朗波追击未果，担心后方军营不稳又迅速返回驻地。后来，再也没有他的消息。也许，隐藏到了宇宙的哪个角落，也许，在归途中被联军中的哪支部队吞灭了。

埃及重骑对迦太基巨城无差别轰炸，无论军事设施还是平民。联军说，战争之中，没有冤魂，迦太基城里，你们每个人都参与了赞同拒绝支付我们的薪酬。

战术上，我们占尽先机，战略上，却尚幼稚。

虽然我们掠夺了迦太基无法及时保护的所有属地和盟邦，但是我们不事生产，最终军事补给线渐渐枯竭。迦太基宁可一战，在战争中消耗本应付给我们的军资，也不向我们低头，甚至不惜向曾经的宿敌罗马借兵。

罗马陈兵官道，准备与迦太基内外夹击，大战一触即发。联军给养断绝，无路可退。

托卡马克挣扎着说话，字句模糊。我们还是猜出来带他到官道岭最高的山上。我扶着他坐起来，他完全靠在我的身上，没有一点自主的力量。他已经看不见任何东西，只是睁大双眼，感受扑面而来的疾风。

他说，虽然是奇袭轻骑的统帅，但是他并不是官道岭人。他的故乡在遥远的努米底亚，他在那里每日驾太阳风帆在气流里冲浪。努米底亚的风是甜的，土是红的，地平线延伸至无限遥远的尽头，是金色的。在无限遥远的尽头，那些起伏的沙丘后面，耸立着烈风构造的空气墙。那以外，是断然结束的边界，是人类不可达的坐标以外。

他说，他再也不能踏着轻骑去追赶亚光速的巨舰了。他想，最后再飞翔一次，去往故乡努米底亚。他反复看着我们，看我，看萨朗波，看马托。最后，他的目光停留在我的脸上，说，“好”。

萨朗波为他推注了百倍的促生长激素，托卡马克微笑地闭上眼睛在想象的世界里驰骋。我从托卡马克的后脑进刀，绞碎了他的每个细胞。长眠于此，与山岭同在。

战争的终局时，我们已经耗尽了所有的战备。马托像很多无名的轻骑一样战死，尸骨无存。哈密尔卡闪电般攻击他曾经的属下，官道岭满目疮痍，只余下高耸的钢铁架构上缠绕着深绿的热带藤蔓。

最后的单人舰，我和萨朗波前后是 2000 轻骑追击堵截。

萨朗波说：“其实，我也只是想活下去而已。”

我说：“我也是。”

我们都明白，降低载荷，在同样的喷射之下能得到更快的速度，逃得更远，活下去的概率更高。我们只是不想把这么残酷的事情说出来，因为还没有想好如何开这样的玩笑，只好沉默。

最后，追兵迫近，合围就在眼前。

我说："我会割下你的头，带到伊比利亚，另外拼个身躯。"

她说："我会割下你的头，带到伊比利亚，另外拼个身躯。"

我们早晚会消耗到托卡马克那样，但是，不是今天。我拥抱她，抚摸她的脸颊，替她擦掉泪水。她也替我擦干眼睛。

在单人轻骑舰狭小的空间里，我把长刀立起，这是必胜的起手式。在官道岭，近身和持械格斗，我又怕过哪个，除了萨朗波。

我们都没有死，浴血杀出重围以后，靠着促生长激素和外骨骼一直活下来。朝着托卡马克的结局，我们义无反顾地前行。要么现在死，要么看尽大千世界以后。除此以外，还有别的什么选择吗？托卡马克有我们送行，我和萨朗波，最终将是哪个送别哪个呢。

别日尚远，且顾眼前。

很久以后，在伊比利亚，我们终于又得以相聚饮酒，就在托卡马克的纪念雕像下。

纪念雕像为钛金所铸，为迦太基巨城出资建造，耗资巨费。英雄昂首挺胸，骨节突兀。作为对抗罗马的英雄，作为率先出击反叛雇佣军的英雄，作为捍卫迦太基繁荣的英雄，托卡马克的精神永远与我们同在。这是历史书里写着的，细节也许有出入，大节绝不会错。

我说："如果托卡马克能活到现在，该有多好。"

她说："你真是冷静，怪不得两千轻骑也拦不住你。"

其时，我们已经在伊比利亚落脚。伊比利亚星系里到处散落着钛金富矿，以及稀疏的不堪一击的原始城邦。我们据此得以生息。

其时，哈密尔卡将军已经阵亡。他是曾经率领我们迦太基与罗马对决的不世将军，他是引导我们托卡马克军团在迦太基巨城外官道岭防线固守拒阻反叛雇佣军联军的统帅，他是闪电家族的先辈和光荣。在转战伊比利亚时，他陷在整个行星构造的巨盾的重力阱中未能及时脱离，坠入太阳里与核聚变一起恒久燃烧。

我和萨朗波追随哈密尔卡将军的儿子，准备再次进攻罗马，不再争夺弹丸之地西西里星系，而是计划出奇兵绕行险路，过波河星云穿阿尔卑斯黑洞，把战火烧到罗马本土。

我们所追随的，他是常胜将军，是伟大的战略之父，他的名字将永载史册，他的名字是汉尼拔。

“追随汉尼拔，让旗帜插上罗马的城门。”当时我这样说。

“无论多么艰难，我们一定要活下去。”当时她这样说。

后来，我们追随汉尼拔在世仇罗马的本土作战，战火遍及整个星系群的每个角落，杀敌无数，令敌人闻风丧胆，小儿不敢夜哭。凡十六年。此番征战，即被罗马人史称为第二次布匿战争，以迦太基再败告终。

在最后一战中，我们受命回驰增强防御和决战，当时罗马已然围城迦太基。

远程投放时，萨朗波部从罗马启航，消失后再没有浮出牛顿空间，永远迷失在宇宙中不知哪个角落，踪迹全无。官道岭子弟所存寥寥，大家不知何时才能再次相见。

战后，托卡马克部在我带领下投奔了罗马将军西庇阿。从组建到此刻，托卡马克部的战士已经不知道换过多少批次。托卡马克这个名字，聚变的核心部件，绞碎了多少血肉，自己却从未有任何变更，勇往直前。

后来很多年，战火又起，迦太基再败，为罗马灭国。

从汉尼拔第二次布匿战争最后一战失去萨朗波，到迦太基覆灭，这期间有很多年。具体是多少年，我已经不再记得。也许是日渐年迈，时间忘记了我。也许，是没有萨朗波在一起喝酒的日子，无聊到没有什么值得记住。

失去萨朗波以后的这次争斗，罗马人称为第三次布匿战争。我们已经站在伟大的罗马一方。我们，不包括萨朗波，只有我一人而已。

迦太基再败以后，罗马彻底摧毁了这座巨城。为了防止形成新的聚落，罗马在整个星系里布满半衰期极长的放射性元素，而且周期地远程补充投放。

投放由我负责实施，边界就设计在巨城之外的重力阱关口官道岭。

重回官道岭，一人饮酒我醉。马提尼，依然赤红如血。萨朗波，我终于和你一样，需要用酒才能掩饰自己。

我亲自督导亲眼所见，四十八枚行星级炸弹在迦太基星系的深空中散布绽开，照亮的所有区域都曾是繁华的空港和都市。曾经的迦太基巨城是宇宙的中心，而我们，我和萨朗波，就苟且在到达这个中心的必由之节点官道岭。

你可看到巨大的礼花在广漠的夜空里绽放不息。即使年迈如托卡马克也看得到，即使马托在狱中也看得到，即使我粘连在空天母舰的巨盾下张着失明的双眼也看得到。萨朗波，你看到了吗？

我在这里，在官道岭，喝着你一直喜欢的马提尼。无论此刻你身在宇宙的哪个角落，我们一起努力地活下去吧。

——原载《科幻世界》2021 年第 2 期

历史的断续片段，被融入一个梦幻般的童话故事当中，最终却以一种科学的阐述来解读这一切。在亦真亦幻之间，个人的内心与真实的宇宙以克莱因瓶为渠道被紧紧地连接在了一起。

葫芦里的人

超 侠

1

火把组成的强盗们，从黑夜的大门上跳下来，整个寨子燃起晃眼的火光。

寨子里的男女老少，也都看清楚了，那是邻寨的小扑帽（少年）岩保，带着他的一队人马，故意来找碴儿呢！

他们赤裸着胸膛，身上的刺青如龙虎风云，暗藏星际旋涡，潜伏山精海怪。火把的光，将飞龙狂虎照得油亮油亮，快要跳出虬结的肌肉，猛扑过来一般。

这种情况不是第一次遇到，我们尽管害怕，还是瞪大了双眼，躲在大人们的后面，从他们的裤裆和缝隙里，瞧着岩保和他的兄弟们，凶神恶煞地吵吵嚷嚷，腰间别着明晃晃的尖刀，手中晃着黄澄澄的火把。他们像一群杀人放火的“绿林好汉”，也像一群抢劫偷盗的江洋大盗，或者是同一种人，我们感觉前一种人比后一种人要好得多。

然而，他们也许只是仗着人多来吵架的，他们不会拔刀，但打架却免不了。

岩保叫起来：“哏三呢？哏三呢？叫他出来！”

我们寨子的寨老老金，叼着旱烟袋，明明灭灭的烟丝，照着他阴沉沉的脸，喝问道："怎么着，他干了什么好事？"

岩保虎着一张脸，黑气像几条壁虎，在上面一动不动，他用火把指着老金，怒道："你问他吧！今天他若不出来，我们景喊寨今天就烧了你们印金寨！"

老金抽了长长一口烟，花白的胡须耸动，白烟从胡须缝中钻出来，扩张成了一团灰蒙蒙的盾牌，似把自己和寨里人都保护在内了，然后，他轻轻地说："你敢！"

岩保瞪着那双大眼睛，像是两团凌空的鬼火，鬼火绿，鬼火怒，他叫道："兄弟们，准备好，今天不交人，就把这寨子烧光光！"

一大队火把们，昂头耸动，像闪亮的金色蛇头，齐刷刷地吐着青蓝色的芯子，它们盯着寨里高高的竹楼，土基墙房上的油毛毡，还有茅草屋的脑门。这要一咬过去，整个小村寨，还不成了火的海洋？

老金冷笑一声，道："到底什么事？说清楚了！"

我觉得老金是有点害怕了，他的声音很有力量，但很干涩。他转而低头，对着躲在后面的我们交代一句："快把哏三找来！"

我和阿和、刀亮等听到命令，便往哏三哥家里跑。

我们穿过一大片葫芦地，钻过黑压压的葫芦棚，葫芦像深沉的绿灯一样挂着。我们砰砰地敲门，门没开，哏三哥是不是又偷喝酒，睡不醒了？我们便翻墙，沿着他家屋外的葫芦藤往上爬，往他卧室里钻。

哏三哥果然又喝醉啦，像条死鱼睡在竹地板上，我们用一瓢水将他泼清醒，他像是浮出水面的鸭子般摇晃着脑袋，我们焦急地将情况告诉他："他们打来了，他们打来了！"我们还把他家墙上挂着的长刀、土猎枪，还有铁钳子都拿过来了。他却哈哈一笑，说："你们先去报信，我换身衣服马上就过来！"

我扭头就走，一路叫嚷："哏三哥就要来了，他就要来了，他扛着打鸟枪呢！"

人们群情涌动，宛如潮水，似要掀起壮阔波澜。我从人缝里、从人与人的脚之间，钻到了最前面的位置。

眼前一亮，啊，我看到了酣哩姐姐！他们说，她是附近这几个寨子最漂亮的小扑少（少女），我不觉得她有什么好看，她比我大不了几岁吧，就是看着很亲切，像是山上流下来的清幽幽的泉水。她满脸通红，娇羞又愤怒地拖着岩保的手，要他往回走。

岩保大怒："你还是不是我妹妹？你说，是你丢脸还是我丢脸？今天不把这事情整清楚，哏三如果不给我个交代的话，我没完，我把他们村都烧了！"

酣哩姐姐水汪汪的大眼睛里，就像涌着两道潭，水波荡漾，仿佛要流溢出来，她跺脚顿足，不知怎么办才好。

岩保狂烈得如一头黑牛，推得妹妹噌噌往后退了好几步，都快要跌到我们这边来了。

这时，一个人从人群中缓步走出，轻轻扶住了酣哩姐姐纤细的腰，说了一声："没事吧？"

酣哩姐姐脸上绯红，连头也不回，就埋怨起来："你又喝酒，每次喝酒就会闯祸！"

那人说："还不是因为你！"

酣哩姐姐深深埋首，耳朵红如蝴蝶。

我激动地吼起来："哏三哥来了，哏三哥来了！"

哏三哥穿着白色的衬衫，头上端端正正地戴着包头布。他将酣哩姐姐拉到身后，对岩保说："你想干什么？酣哩的事，我会负责！"

岩保一见他，眼睛里火光更炽烈。他怒意纵横，冷哼一声，道："哼！你终于来了！来得正好！"他抽出了长刀，刀锋明晃晃的。

这时，阿和与刀亮，扛着哏三哥家的打鸟土枪来了。这是哏三哥的武器，他怎么都没带着呢？

哏三哥笑了笑，从后背取下他的那个大葫芦。那个大葫芦有胳膊长，小腹宽，金黄色，泛着有包浆的光，底部有三根粗细不同的竹管，每根插入葫芦中的竹管部分都镶着一枚银色的簧片，中间的竹管是主管，粗如儿臂，上面有几个笛子上的那种小音孔，两边各有一根附管，稍微细小些，不开音孔，只放簧片。

岩保的火光与刀光，就像老鹰的鹰爪和翅膀，几乎同时向哏三哥扑过去了。

谁都没想到岩保那么虎，那么快，那么野蛮，那么凶悍。

谁也想不到哏三哥会那么屃，那么傻，那么呆。

他眼里虽有惊慌，却来不及退缩；他手上虽有武器，却无法抵挡；他只能像引颈受戮的鹿一样，临走前，拿起葫芦，轻轻地吻了一口。

葫芦发出了呜呜悠悠的声音，好似一声叹息："唉——"

刀光和火影，突然停顿。

叮叮两声，葫芦里弹出了一把刀、一把剑，它们交叉如闪电，它们扫射如激光，它们架住了火与刀，它们架住了气势汹汹的魔鬼。

这是怎么回事?

我又惊又奇，我看到了什么?

这神奇的葫芦，它会变魔术。

哏三哥继续吹那葫芦，他的嘴唇轻轻薄薄，对着葫芦嘴吹过去；他的手指，化为了一只只跳动的蛐蛐，从这个气孔跳到那个气孔，葫芦里流淌着一股琤琤琮琮的水声。

天哪，那葫芦里，喷洒出了一股清泉，像是一条晶莹的大鱼，往高空一跃，长出翅膀，越飞越高，变成了瀑布，倾泻直下，哗啦啦，哗啦啦，变成了雨，变成了雾，将刀光隐没，将火焰扑熄，将我们身上的汗珠、疲劳、狂躁，都冲得干干净净，一点不剩，透心透气地爽快。

接着，清风吹来了花香，百花齐放，围绕着酣哩团团转，花团锦簇中，酣哩是最艳丽的那一朵。月光，如一注流动的钻石，洒满了她婀娜的身姿。她摇摆着双手，妖娆着娇躯，像一株凤尾竹，从波光粼粼的水面上升起、绽开，像是一只鸟、一只凤凰，她飞翔，她低吟，她浅唱。四野渐渐黑暗，火把们收起了亮，只有一圈清韵的音乐之光，笼罩着她，徐徐声声慢。

这是一只会变魔术的葫芦，丝竹般动听的乐声里，装着无限事物，幻化着无穷的浪漫。

火气没有了，愤怒没有了，有的只是瞠目结舌，有的只是侧耳倾听，另外一个世界的窗口，像是完美舞台的幕布，慢慢拉开，一个朴素而优雅的世界，一个柔和而清凉的夏天，一个迷离而绚烂的幻境，走进去，都走进去了，用耳朵走进去，耳朵是思维的翅膀，带着我们在里面飞呀飞的！

哏三哥的气息不断不绝，他似乎不需要换气，他一口气可以吹到天荒地老，葫芦里卖的是迷人的药，吁吁之音，濯濯之灵，萦萦绕绕，兜兜转转，一圈又一圈，绕着酣哩姐姐，拉着她的手，合着她的步，她曼妙的腰肢随之扭动，她的手臂舞动成潇洒的弧，她的眼睛闪着圣洁的光。

于是乎，刀光剑影都放下，丢到墙脚锈成了泥，火把聚集、堆起，像一群红色的绵羊，熊熊烧，哔哔响。

象脚鼓，嘣嘣敲起来；黄铜镲，锵锵嚓起来。

两个寨子对峙的人都放下了武器，拿起了乐器，围绕着火堆，围绕着吹葫芦的哏三哥哥，围绕着酣哩姐姐，一同欢歌、舞蹈。竹筒酒来了，烤干巴来了，他们大碗喝酒，大块吃肉，大声划拳，这是一个多么欢快的夜晚。

那是我第一次听到葫芦丝的声音，看到葫芦里会变出那么多奇妙的东西来，看得我眼花缭乱，如在云端飘。

2

其实我刚来这里的时候，就见过这东西，我见到他们拿着一根葫芦放在嘴边，我想着那是什么好喝的东西，他们在用管子吸，我便嚷着要吃，爸爸摇摇头，给我带来一个葫芦，划开了，里面空空如也，但能做瓢、能打水。

妈妈曾说，那是箫，一种葫芦做成的箫，本来应该叫葫芦箫，傣语叫筚朗叨，通常叫它葫芦丝。

鹭鸶？我听着就想起了田间地头那种长着长腿、在沼泽泥泞里健步如飞的大白鸟。它们的尖嘴像锋利的鱼叉，时常从稻田里啄那些小鱼儿。

我发誓，我和许多小伙伴，都曾经看到哏三哥从葫芦里吹出一个白白的大鹭鸶，它向着太阳的方向展翅飞翔，张开的翅膀像白云抹上了金色的晨晖，如一双张开的手，托起了阳光。

后来，哏三哥和酣哩姐姐结了婚，不久，有了一个小宝宝。我们去他家看小宝宝，小宝宝哭，哏三哥不哄也不抱，拿起那个葫芦悠悠地吹。他吹出了一只小青蛙，围着宝宝跳又跳；他吹出了一只巴掌大的小马鹿，在宝宝脸上跑来跑去；他吹出了一只滑稽的小鸟，在宝宝跟前翻跟头，摔了一跤又一跤……宝宝咯咯笑，我们也拍手叫。

我回家告诉妈妈，哏三哥从葫芦里吹出了这样、吹出了那样，妈妈不相信，他们也从来没看到过。

我们去找老金，说出了我们看到的神秘的事实，老金吐着烟圈说："我以前看到过，现在却看不到了。"最后他说："小孩能看到大人看不到的东西！"

他说这话的时候，我感觉很惊悚，我问："那会不会是鬼？"

老金倒说："不是，那比鬼厉害，能对付鬼！"

我多少次想去摸摸哏三哥的葫芦丝，他从来不让我碰。别家也都有葫芦丝，就是从来没见吹出过什么东西来，只是干巴巴的、普通的，像放牛的小牧童吹笛子那样的声音。

我问哏三哥："你家的葫芦丝，是从哪里来的？为什么这么厉害？"

哏三哥说："这个筚朗叨，当然是祖传的啦！"然后他兴冲冲地说起了它的由来，他说："很久很久以前，山洪暴发了，大水冲得傣家寨子都垮了，猛兽也到处横行。我们的祖先的祖先的祖先，还是一个小扑帽，恰好看到一个大葫芦，就抱着它，掉到了水里，翻过惊涛骇浪，不畏艰险，将围困在山洪里的小扑少给救了出来。他的这种精神，感动了天上的神仙，神仙就把竹管插入葫芦，送给了他。他轻轻一吹葫芦，里面就传出好听的乐声，那些洪水猛兽，也都散开了，山上淹死的花儿重新开放，被冲走的孔雀也飞了回来，展开了漫山遍野的屏，我们又能在这里安居乐业了。就这样，那个神奇的筚朗叨一直流传了下来，就是这个了！”说着，他拿起葫芦丝，喁喁吹了两下，我又迷迷糊糊，仿佛闻到了一股烤鸡的香味。

哏三哥家的葫芦丝能吹出玩具，吹出小动物，还能吹出好吃的，特别是有几年收成不好，米也没有，肉也没有，我们不是吃棒子磨成的渣渣，就是偷偷吃些打猪草。

我们好饿啊，就央求哏三哥给我们吹好吃的东西，哏三哥那段时间骨瘦如柴，酣哩姐姐已经疯疯癫癫，家里没东西吃，四处山林里的鸟和鱼，也都打光捞光了，他们家的孩子也夭折了。我们问哏三哥为什么不给孩子吹东西吃，哏三哥摇摇头，喝了些老酒，不停地咳嗽。我们等着他有力气了，就舀了一大瓢水，咕嘟嘟灌进肚子里。

哏三哥开始吹葫芦丝，呜呜，不一会儿，葫芦丝里就吹出了一只巨大的烤猪，有桌子那么大，有房子那么大，它是金黄色的，外酥里嫩，张大了四条腿，架在了院子里，旺火烘烤着它。它还在膨胀、扩大，香酥得油滋滋地冒着泡泡，冒着小火星，像是鞭炮爆炸，像是电光闪烁。

我们这些面黄肌瘦的孩子都跳起来，咬着它，大口大口地吃，大块大块地咬，怎么吃都吃不完。我们满嘴都是油，腮帮子鼓鼓的。我们跟着它一起飞到了高处，吃得肚子饱饱的，而后沉重地落了下来，像醉倒了似的，沉沉地睡了过去，直到我们再次被饿醒。

那段最难熬的日子，我们反而是最幸福的。哏三哥吹出了许多好吃的给我们吃，我们吃得一个个脸上都是笑。

又过了一段日子，渐渐有了些东西吃，我们就很少来哏三哥家了，他也软绵绵的，没有力气吹葫芦丝了，他再也没能从中吹出什么东西来，葫芦丝也被村里的无赖少年偷去玩，失手摔碎了。

好可惜那个葫芦丝。我看了《阿拉丁神灯》后才意识到，那是比阿拉丁神灯更厉害的东西，哏三哥想要什么都能吹得出来，只要音乐声一响起，这个世界就会开始改变，许多新奇好玩、前所未见的事物，就会从葫芦里钻出来。直到我长大，学了物理之后，我才知道，这个世界除了我们所能见到的，还有额外的维度、额外的隐藏空间，还有卷曲紧致化的小宇宙。那个葫芦丝，就是能打通它们与我们这个世界的通道，而开关的密码，就是哏三哥吹奏的独有的音符。

3

我长大了之后，要去城里读书了。临走之前，我去找了哏三哥。

我看到他坐在桌边，桌上放满了一个个大小不一、黄澄澄的干葫芦，他的身边还放着许多的竹管，他拿着锯子、量尺、线笔，在那儿画来画去、锯来锯去。他时而试试葫芦嘴，时而又敲敲葫芦的肚子，听听里面的动静，好像一位爸爸，能听出妈妈肚子里的孩子是不是在踢腿。而酣哩姐姐，在他旁边，一脸娴静地看着他，她的疯病好了，她的肚子又大了，像揣着一个大葫芦。他们俩又有孩子了。

没过多久，我们全家都搬到城里去了。

我再也听不到那神奇的葫芦丝的声音，我再也看不到那神奇的葫芦丝里的怪事。我无法想象那些东西是我的想象，我问过童年的玩伴，他们都说那些都是真实存在的，大家都看到过的，特别是那只飞到天上去、我们用牙啃食的大烤猪，想起来，至今都口水直流。

再后来，我时常在广播里、电视里，听到、看到哏三哥。那几首熟悉的葫芦丝音乐，一听就知道是他吹的，只因隔着广播，看不到那些变戏法一样跳出来的奇状异象。他胖了不少，满脸的大胡子，脸上爬满了冷漠的沧桑。他在电视上演奏时，时而眼睛里火花绽放，时而又萎靡不振。他穿着金色绣花的服饰，看着有几分滑稽，口中的葫芦丝，依旧闪光。

那时，他开始自己制作乐器，自己创作歌曲，自己演奏。怎么一下子就火了呢？

听说是那年有几个日本音乐学者，到云南乡村去寻找音乐，行到梁河地界，突觉脚下山摇地动，一条金鳞惊起乍现。他们站在那不知是巨龙还是巨蟒的身上，穿过草地与竹林，越过高山和沟壑，就到了哏三哥家门口。听那仙乐飘飘，音符跳动，他们也情不自禁地手舞足蹈起来，而后虚脱，动也动不了，在哏三哥家一连休息了好几天，似乎是赖着不走。

哏三哥改了葫芦丝的音域，扩为十四个音，又用自制的六孔葫芦丝，吹了单音、双音、单旋律加持续音、两个和音旋律加持续音。反正我也不知道是怎么的，那个葫芦丝的音量、音域，都大了、爆了。里面吹出了会跳舞的小人、婀娜多姿的小扑少，她们翻着跟头，跳到茶桌上，跳到碗筷上，飞到房梁上，像是一群快乐的小精灵，不过没有翅膀，她们是利用弹跳力，利用轻功，如此飞檐走壁。她们长得与酣哩姐姐一模一样，她们都是酣哩姐姐，是她的克隆体、她的镜像、她的微缩版本。

算起来，酣哩姐姐都去世好几年了，这一切只是老人们的说法。

我去哏三哥家问的时候，哏三哥指着大葫芦丝上的大葫芦，说酣哩姐姐躲在里面玩捉迷藏，怎么都不肯出来，他要吹响葫芦丝，她才会跑出来，还化成了好多个影，要他不知道她是哪一个，捉也捉不住。

总之，那几个日本人如痴如醉，迷了好长的时间，哏三哥吹出了一辆磁悬浮高速列车，直接将他们推上去，送回了老家。这件事谁也没有见到，是他告诉我的，我自然相信。那时我正在看科幻小说，我也知道是怎么回事，他必定又借助葫芦丝，开启了什么通道，比如说爱因斯坦－罗森桥，再用葫芦丝内转载的各种不同时空的交通工具，将他们送回老家去了。他对这些人的印象十分不好。

报纸上对这件事的解释是，中央民族乐团访问日本期间，用了哏三的葫芦丝为日本乐迷演奏，受到了非常高的评价。哏三哥从此就经常被拉去北京、上海、香港、东京、纽约等大城市，给世界各国的人演奏。

我生怕他将葫芦丝里的秘密敞开了说、敞开了吹，要是全世界都知道他的葫芦丝里，能吹出另外一个世界的东西，那岂不是要翻了天。还好他只是收着，并没有把那些神奇的东西吹出来，他教大家制作的葫芦丝，也没有那样的功能。

我依稀记得他说，那样的葫芦丝只有一把。

我说："那把不是几十年前就被毁了吗？"

哏三哥说："毁了以后，我又拼合了，它的灵魂，重新注入了新的葫芦丝里，我找了一个几乎和它一模一样的，它就活下来了。"

关于这一点的科学解释，其实我也说不明白，而科学家说是脑微管的量子纠缠，如果葫芦丝也能复刻同样的记忆能量，那么就应该是了。那个逝去的只是外壳破碎，新的又在哏三哥的手中重生了。

哏三哥开始没有人管，他忙得不得了，飞到这里，飞到那里，到处喝酒，到处吹奏。请他喝酒的人有好多好多，哪个国家的王子，某个企业的CEO，还有艺术大师什么的，他的朋友越来越多，他的酒量越来越大，他不清醒的时候比清醒的时候更多，他的房子也越盖越大。他从村里搬到了县里，从县里搬到了市里，从市里搬到了省城，他的孩子也去了国外。

哏三哥已经老了，而我还是没有长大。我还在研究他那个神秘的葫芦丝，我去问过童年的伙伴，他们却已经不记得了，就连那块从葫芦里飞出来的香喷喷的烤肉，他们也不记得了。

4

哏三哥老了以后，没有去国外，也没有住省城，他回到了老家，在那座破落的小村庄，在那片葫芦地里，在自家的小竹楼上，又开始种葫芦，满屋顶上，都爬满了绿油油的葫芦藤蔓。

孩子们围坐在他的身边，听着他讲："右手无名指、中指、食指的第一指节控制第一、二、三个音孔，看到了吗？拇指在主管下面，左手的无名指、中指、食指，用第一指节指肚分别开闭第四、第五、第六音孔，拇指控制前下方的第七音孔，看到了吗？"孩子们回答："看到了！"然后都跟着捏。他笑着开始吹，吹一阵告诉孩子们："深呼吸，气息下沉，均匀地往外吹，稳稳来，慢慢来。好的，来，高音时吹的气要减小，低音时，吹的气要加强。"孩子们认真地跟着学，有些不听话的，他就抄起葫芦瓢，朝着屁股上打。送过来学习的孩子，家长都是签了约的，不敢管，有些孩子哭，哭哭闹闹后，也就习惯了，服从了他的威严。他教孩子们吐音，什么单吐、双吐、三吐，教孩子们连音、滑音、震音、颤音、叠音各路法门，孩子们学得很快。

不久，院子里就飘荡起不同的葫芦丝的声音，像一条条丝带，在音乐的风里盘旋。

这个贫困的小村庄，又引来一轮关注，新来的扶贫书记，带着许多媒体记者来这里拍哏三哥，采访他，还有不少自媒体记者来偷拍。他也不理会，自顾自地教孩子们吹奏，教大一些的孩子种葫芦、种竹子、砍葫芦、晒葫芦、砍竹子、钻竹洞、做簧片、贴簧膜、雕花、烫画、做哨口等。做好的葫芦丝，村里人拿去网络上卖，配合着音乐，加上孩子们表演的场面。好多游客也慕名而来，这里变成了葫芦丝村，成了旅游景点。村里村外，家家制作葫芦丝，家家会吹葫芦丝，小视频、购物网，都有他们的信息，拥有无数点赞。村支书一次次送来锦旗，说又获得了什么什么奖，获得了国家的什么什么扶持。哏三哥也听不懂，也不理会，还是自顾自地吹葫芦丝、制作葫芦丝。

在夜深人静的晚上，他开始呜呜地吹那一只藏在屋檐下、与众不同的有灵的神奇葫芦丝，他从这葫芦丝里吹出了许多小葫芦丝。小葫芦丝们像是一个个人参果，悬浮在院子里、星空下。它们有的吸收月光，有的吸收星光。吸收月光的就会变成大葫芦丝，吸收星光的就会变成小葫芦丝。第二天，它们都成熟了，制作完毕了，就挂在屋檐下，自己叮叮地撞得响，也会被风按着和弦吹成一首歌。

后来这些葫芦丝都漂洋过海，去了很多国家，有美国、英国、法国、意大利、日本……也有动物王国、精灵王国、矮人王国、外星酋长国、蒸汽赛博朋克国……还有阿布鲁里国、西涯死格里国、玛丽达游戏国、布要虾边国、乱起巴早国……

他把葫芦丝们吹到了世界的每一个角落，葫芦丝们用音乐给他送来了许多金币、美元、欧元等，这些钱币都沿着神奇的大葫芦丝往下掉，丁零当啷，稀里哗啦，全都堆在村子里，这家分一点，那家分一点。寨子里家家户户都乐开了花，过上了幸福快乐的生活，天天都烤肉，天天敲锣打鼓，天天都过泼水节。

哏三哥又要走了，他已经老迈得迈不开腿了，只能借助轮椅。他的轮椅是两个大葫芦，喷气式的，能够带着他凌空飞翔，任意转弯。它们都是人工智能的葫芦，它们当然还会讲话，用的是葫芦丝的音乐，而哏三哥要和它们沟通，也采用音乐，要它们往东，它们绝对不可能往西，只是偶尔有点偏北。

这些事情，都是哏三哥的那些小徒弟跟我说的，我相信他们的话，我不相信大人的话。

哏三哥后来去了哪里，没有人知道。

哏三哥在国外的孩子曾来接他，他也没走，他说这里就是他的根，葫芦的根在这儿。他说他是一个葫芦，那些孩子们都是葫芦娃，全村都是葫芦，整个城市都是个葫芦，整个世界都是个葫芦，整个地球，整个太阳系，整个宇宙，都是个葫芦。这是一个克莱因瓶宇宙，大里有小，小里有大，无尽无穷。

他们不知道他去了哪里，大人们都以为他死了，小孩们以为他去了天上，他们说他喝了一葫芦一葫芦的酒，他那时仿佛就预感到了什么。

5

超强病毒袭来时，像风暴一样，村村寨寨都紧张得不得了，医院里的病人在痛苦中挣扎。哏三哥吹着葫芦丝唱着歌，哄着他们安息，平静地闭眼，舒舒服服地去了该去的地方。

口罩那时候是紧缺品，生产商怎么加班加点，还是供应不足。还有些地方，将运送的口罩给拦截了。村子里陷入紧张的时候，哏三哥一边喝酒，一边吹着葫芦丝，葫芦丝里飞出了许许多多的口罩，都是顺风送来的，将村子里家家户户都护住了。他干脆吐了一口血，用最后一口力气，吹出了一个巨大无比的口罩，宛如乘风破浪的大船上的风帆，好似一堵飘荡在山里的白色的墙，沿着墙，能爬到云上，因为它本来就是用云编织的。

大人们给他立了个碑，我不相信他会死，因为孩子们偷偷告诉我，说哏三爷爷最后变成了一条酒鱼，蹦进了酒的瀑布里。他在里面自由自在地游泳，再也没有什么牵挂，想喝就喝，想醉就醉，再也没出来。

其实他走之前还见过我，问我为什么还是长不大，还是小孩，他却已经老了。

我说我从小听他的葫芦丝，我见过这个世界上最不可思议的事，我的时间节点已经被他的葫芦丝音乐给固定了。所以至今，我还能看到他的葫芦丝里吹奏出来的那个神奇的世界。

孩子们告诉我，他把一个礼物，留给了我。

我接过了礼物，是那个能吹出世界上一切想象与真实的神奇葫芦丝。

小时候，我笨笨的，怎么都学不会，现在，我和他的那些小徒弟，一起按着小孔，一起鼓着气息，轻轻吹动，呜呜，苏苏，咕咕，嘟嘟，嘶嘶，时高，时低，时而柔软，时而细腻，时而像是在山间小道弯弯绕绕，时而像在高速公路狂飙，时而有古典仙子舞动柳腰，时而有机甲战士大战山妖……

我问孩子们，你们看到了吗？你们看到了吗？

看到了，看到了。

我所说的，他们都看到了。

我突然明白，这不是我在吹奏的葫芦丝，而是哏三哥，用生命吹出来的葫芦丝。

我知道他去哪里了。

他不就在这里面吗？

我没有用显微镜而是用望远镜，对着他留下的葫芦丝里看，天哪，不得了，他哪是在酒池里游泳，他是在又香又醇的美酒的大海上，和酣哩姐姐乘风破浪呢。他们坐着巨鲲般的一头生物，就在这小小的、无边无际的葫芦里，一会儿从大海游向太阳，一会儿又穿越银河来到了仙女星系。

他依然悠悠地吹着葫芦丝，酣哩姐姐在前面跳着孔雀舞，他们旁边不但有孔雀，还有凤凰，还有麒麟，还有龙，以及恐龙，每一个生命，都有一个葫芦，都有一个葫芦丝。

他甚至吹出了一个星系，小的那头是月亮，大的那头是太阳。

从此，我把这支神奇的葫芦丝，挂在了风里，挂在了云端。

——原载《中国校园文学》2021 年 6 月中旬刊（青春号）

一群半人半机器的个体，在疲惫与艰辛中谋生度日。小说所描述的，是他们的生活状态，以及他们所处的时代，以及他们所在的世界，以及他们的思考与抗争……

掘理人

刘 洋

掘理人的生活既辛苦又毫无保障。在大古往蒸汽掘理机里铲进最后一堆煤后，这个老古董似的笨重机器总算颤动了起来，像饱餐之后的野兽，蹲伏在原地打了个嗝儿。他已经在蒸汽机的进料口工作了一下午，炉口辐射出的热气已经快把他融化了。这台机器还是他爷爷留下来的，早就超过了正常的工作年限，但他一直不舍得去买一台新的。好在这台老古董虽然计算很慢，发动起来像要把屋子震塌，但一直坚持着没出什么大毛病，所以也能将就着继续用。此刻，随着打孔机在齿轮的带动下最后一次咬合，烟囱里顿时冒出了一股浓重的黑烟——那是煤燃烧不充分的表现。随后，一条纸带从打印口缓缓吐出，上面全是密集的针尖大小的细孔。

“看看这次是啥玩意儿。”大古把纸带递给女儿叶子，然后迫不及待地在水缸里舀起一瓢水，泼在自己胸口上。随着“刺”的一声，大古胸口的铁壳上立刻升腾起一片水雾。

“说了多少次了，不要这样用冷水降温，容易裂开。”叶子白了他一眼，露出无奈的神色。

“没事，裂不了，你老爹我身体结实着呢。”大古憨憨地笑着。

叶子接过大古手里的纸带，瞥了一眼。纸带上的小孔按照特定的规则排成一个阵列，那是蒸汽机的程序语言，和自然语言大相径庭。但叶子可以把它翻译出来。在学校里，程序语言是她最擅长的一门课。

“咦？”叶子带着惊疑之色，再次仔细看向纸带。大部分情况下，掘理机吐出来的都是一些简单的公式，一眼就可以看懂，而且大部分都是对现有公式体系的一些可有可无的补充。可这次明显不同——那是一个全新的公式，叶子甚至一时间无法将其翻译出来，因为其中有些符号需要重新定义。

“怎么样？”大古也凑过来，一脸认真地看着纸带，虽然什么也看不懂，“这次能卖个好价钱吧？”

叶子皱了皱眉，并未回答。

去往交易所之前，大古先用轮椅推着叶子去了老胡家。

老胡是这个区最有名的焊接医生，也是大古不多的朋友之一。由于长期使用电焊机，脸上被飞溅的火星烧得坑坑洼洼的，像雨后的泥土坑。

“我早跟你说了，你闺女这病我治不了。”大古一开口，老胡就直截了当地说，“她的动力弹簧严重受损，焊是焊不了的，除非……”他突然住口不言，向大古挥了挥手，继续忙手里的活。那是一块胸甲，上面有一条曲折的缝隙，从颜色和花样看去，像是个女人身上的零件。老胡低头看了看自己的胸甲，上面灰扑扑的，什么花纹也没有。

“除非什么？”他不甘心地问道。

“没什么。”

大古沉默了片刻，然后把手里拿着的弹簧直接放到了老胡面前的工作台上，也不说什么，就这么看着他。老胡抬起头，把电焊机放到一边。他叹息一声，无奈地说道：“除非换根新弹簧。”

“新弹簧？”大古眼睛一亮。

“其实，只要型号一样，换上一根新弹簧可以彻底解决问题。据我所知，王老爷家就经常这么干。当然，都是偷偷换的，毕竟这是犯法的。”

“那……要去哪里买新弹簧？”

“黑市。”

“多少钱？”

老胡说了一个数字，大古顿时沉默下来。老胡有些后悔跟大古说了这些，他上前安慰了几句，说叶子只要减少运动，延缓弹簧的磨损，再活个十年也没问题。大古一直愣愣的，只是看着桌上的弹簧发呆。老胡一把抓起弹簧，重新安装在叶子的胸腔里，然后把胸甲合上。

几秒钟后，叶子睁开眼，看了看四周。看见老胡，她一点也不意外，老爹隔三岔五地就会来这里一趟。

“大根在家吗？”她问老胡。

“我在呢！”不等老胡回答，一个小伙子就从旁边的储藏室里窜了出来，朝叶子眨眨眼睛。

“你带叶子出去转转吧，我和大古聊聊。”老胡吩咐他的儿子。

“好嘞。”大根熟练地推着轮椅出了门。

从老胡家出来，大古便向着交易所的方向去了。经过育儿院的时候，他向里看了一眼，脑子里又想起了叶子刚出生时的场景。那一年，自己和妻子在经过十几年的摇号后，终于拿到了生育指标。当天晚上，他们几乎激动得整夜没睡，一直商量着给孩子起个什么名字。第二天一大早，他们就来到育儿院，第一次看到了熔炉。熔炉一共有五个，被炭火烧得火热，里面装着五种生长必需的金属材料纳米颗粒。负责人先检查了他们的指标，然后接过他们的特征芯片，插入两个接口里。通过接口，两人的特征向量被读取和运算，最终生成了一个新的特征向量。五个熔炉的喷口快速喷射出纳米颗粒，冷却成型，真空组装。然后，特征向量被注入其中，女儿睁开眼睛，好奇地看着他们俩。

他转过头，继续向前走。转过街角，便是力矩中心。这里人头攒动，像在赶集似的。人们从各种地方汇聚而来，进入扭力仓，投入积攒良久的牛顿币，通过力矩传递重新上紧自己身上的发条。力矩中心背靠着大风车。风车高耸在地面上，叶片穿过穹顶，一直伸到了外面。在外面，始终呼啸的大风持续不断地推动着风车转动，为下面的力矩中心带来源源不断的扭转力矩。这地方永远都是这样熙熙攘攘。他远远地绕过这里，沿着河边走，这里人少清静。

河水浑浊不堪，金属冶炼厂排出的富含亚铁离子的污水把它染成了不自然的蓝绿色。他记得小时候，河水还是清澈透明的，但不知不觉中，就变成这样了。有人说，自从王家包下了冶炼厂以后，为了节省开支，废水处理装置就被弃用了。他一边走一边观察河水，一条鱼也没有看见，心里不自觉地感到有点难过。

“我们马上就要发动了。”大根尽量控制自己的情绪，但叶子还是很敏锐地发现了其中带有的一丝不安。

“如果没有准备周全，为什么不延后一些时间呢？”

“等不了了，王家已经有点警觉了，再拖下去更容易坏事。”大根突然觉得有些烦躁，“你为什么一直不肯加入我们呢？你不相信那些电波里说的？”

“我相信。”叶子看着头顶的半透明穹顶，“自从那些电波信号出现以后，我跟你们一样，一直在偷听。他们用的频段很巧妙，非常接近我们耳蜗的固有频率，但又有所偏离，必须要用力压着耳朵，才能听见那些声音。”

“我就知道你会这样！”大根有些激动，“你和我们想的是一样的，对不对？”

叶子用手敲着轮椅的扶手，并不说话。她的确被那些电波所打动了。电波里提到了创造者，也说到了创造者们曾经的历史，其中有些阶段和他们现在极为相似。既然创造者们能够最终克服这一切，一直以其文化继承者自居的大根和自己，又能否做到呢？

“我知道，你在担心你父亲。”大根的声音变得低沉起来，“他会不会不同意，加入以后会给他带来什么影响。你在想这些，对不对？”

叶子终于点了点头：“你知道，我父亲和胡叔叔不一样。他是个老实人，而且特别传统……”

“可是，你也要为自己想一想啊！”大根用力握住轮椅的把手，“那王家在城里作威作福已经几十年了，早就该被‘清算’了。而且——”大根犹豫了片刻，“根据情报，王家的仓库里有好多崭新的弹簧，各种型号的都有！”

在河岸边，紧挨着金属冶炼厂的地方，有一家殡仪馆。大古经过这里的时候，正好碰上一支送葬的队伍。他默默地贴着路边站着，把路让出来。逝者被一副担架抬着，身前身后跟了不少人。大古稍微瞥了一眼，认出死者是另一条街上的老陈头。他和老陈头不熟，只知道他一直在城西的铬矿工作。铬是一种极好的东西，添加在身躯里可以防止生锈。那里的矿工从来都出手阔绰，一度让大古心生羡慕。但看着老陈头现在的模样，他心里只有悲凉。

老陈头的眼睛已经闭上，显然脑部的齿轮已经停止转动。但手脚偶尔还抽动一下，那是躯干弹簧还有剩余的势能没有释放完毕。人体的动力弹簧会随着时间逐渐疲劳和老化，当它无法再产生足够的弹性力矩去带动大脑和躯干中的次级弹簧和齿轮时，就意味着人的一生走到了终点。在无法得到动力弹簧的势能后，大脑会首先停止运转，而四肢则要慢得多。有经验的送葬领队会控制行走的速度，让死者在从家里到殡仪馆的这段时间里，刚好释放完躯干中残余的弹性势能。走得快了或慢了，都不吉利。

大古看着送葬队伍走过，心里却一直想着老胡之前说的话。王家的老祖已经两百多岁了，却一直健在，这难道不奇怪吗？

大古走了以后，老胡一直在心里自责，不应该告诉他弹簧之事。从小时候的同桌，到现在的街坊，他对这个老伙计再熟悉不过了。不管是上学时，还是在生活中，不管受了谁的欺负，他都是傻笑一阵就算了。但这次不同，事关叶子，希望他不要做什么傻事。

或许，这次失言和自己近期的心绪不宁脱不开关系。

大根最近在忙些什么，他一清二楚，虽然儿子从来不曾告诉自己。一开始，他想阻止这件事，但后来发现，整件事已经像一辆启动的列车，无法再停下了。他开始思考，自己可以帮他们做点什么，但他早已经过了冲锋陷阵的年纪了。

这两天，他终于下定了决心。他应该为这些年轻人准备一条后路。

他敲了敲胸口，听到其中传来空洞的回响。每人的胸口里，都有一个不大不小的空隙，似乎自古以来就是如此。曾经他也这么以为，但现在他已经知道，并非如此。在上古时代，那里本来有一个极其重要的部件。

一颗锂电池心脏。

交易所在整座城市的正中心。在穹顶笼罩的圆形区域中，它位于圆心位置，可见其地位的重要。事实上，整个城市有八成以上都是掘理人。他们用各自的机器从数据中心下载原始数据，然后进行分析梳理，希望从中总结出新的公式和定理。据说，在掘理机没有发明的年代，这一行当最早被叫作科学家。但掘理机的出现让一切变成了枯燥乏味的体力劳动，从业人员的身份地位一落千丈，现在甚至连矿工都看不上那些掘理人了。

王家的审查员站在交易大厅的门口，依次检查人们手上的纸带。他们把这叫作内容审核，目的是防止人们用自制的伪造纸带进行交易。但谁都知道他们意不在此。一旦审查员发现某个纸带上的公式有较高的价值，就会找出各种借口将其拦截，或者用少量的钱把它直接买下来。这种时候，掘理人根本没有直接站上评估台的资格。

大古在进门的时候非常紧张，特别害怕被审查员拦下或买断。但审查员似乎觉得这张纸条没什么价值，只是瞥了一眼便放他进去了。难道这次又是一个废公式？他不仅没有放松下来，反而更紧张了。几百年来，从掘理机中吐出的公式，废品率越来越高了，其中大部分是过度拟合的结果，根本卖不了几个钱。

大厅里没有几个人，他随意选择了一个评估台，站了上去，把纸带放到扫描区域。一道亮光闪过，纸带内容被读取，评估台发出了像打鼾一样的咕噜声。台面因为使用太久，早就被磨得看不出颜色，只剩下银色的金属板裸露在外。

在约莫十秒钟的焦急等待后，台面下方的盖板打开，一个崭新的牛顿币从里面吐了出来。

大古稍微愣了一下，似乎在等着更多的硬币吐出，可是机器已经停止运转。他强忍着失望之情，把硬币拿起，突然觉得有些不对劲。这硬币比他之前所有拿过的硬币都要重。翻到背面一看，上面赫然印着一万元的字样。

大古惊呆了。就这一个硬币，已经超过了他这十多年来的总收入。他慌乱地把硬币揣进口袋里，向四周望了望，像偷了什么东西似的。

老胡站在穹顶的边缘向外看去。在不远处，地势升起，形成一个平缓的土丘，阻隔了视线。土丘外面是什么，没人知道。有很多关于外界的传说，但大多荒诞离奇，并不可信。但有一点现在已经可以确定，那就是外面还有更多的城市和更多的穹顶。近期收到的神秘电波已经证明了这一点。

他从口袋里掏出一个沉甸甸的黑色方块。这样的方块，他手上还有十几个。一年以前，他在翻修地下室时，从坍塌的墙壁里面找到了这些东西。这一年来，他一直在琢磨这些方块到底是什么。这些东西非常古老，但保存完好，像是先祖们有意留下来的。祖上一直是医生，他看到方块的第一眼，就近乎直觉地断定，这些东西一定是人体的某个部分。可是找遍体内所有部件，都没有与之类似的。

直到他想到了胸口的那个空洞。他仔细对比了两者的形状，发现这个方块正好可以完美地嵌合进去。

他突然想到了爷爷曾经对自己说过的一个传说。爷爷说，在上古时代，每个人都有一颗心脏。有了心，便有了好奇和探索的力量。那时候，人们可以自由出入穹顶，去自己想去的任何地方。他曾经对此嗤之以鼻。谁都知道，穹顶外是死地，任何人一旦离开穹顶，就会立刻死亡。死状很诡异——明明弹簧的扭力还存在，主动轮也运转良好，可大脑就是会突然停止运转，失去意识。有传言说，外面的空气会阻止大脑中的齿轮转动，可为什么躯干中的齿轮却能正常运转呢？随着时间流转，这种特别的死法渐渐被笼罩上了一层神秘的面纱，有一些人甚至声称这种死法是最纯粹的，死后一定会上天堂。因此，每隔一段时间，就会有人冲出穹顶自杀。那些人疯狂地向着外面跑去，然后在穹顶边缘陡然倒下。人们只有叹息着用钩子把他们的身躯从外面拉进来，稍做整理便直接送去殡仪馆。

这个小方块，真的能让人离开穹顶，得到自由吗？老胡看了看手里的东西，沉默了很久，终于下定决心，一把掀开了胸甲。

周五这天，叶子一直心神不定。和大根约好了下午去集市逛逛，但他始终没有过来。父亲大古也不知道干吗去了，吃过午饭就出了门。太阳已经变成了一个毫无热度的红色大饼，眼看着就要降落到城外的土丘下面去了。叶子终于忍不住小步挪动到门外，花了半个小时才爬上了路边的高台。每次躯体大幅动作的时候，眼前就一阵发黑。她明白，这是因为自己受损的动力弹簧扭矩不足的缘故。父亲一再交代自己要减少运动，出行也都是推着轮椅，不让她下地，可是现在她已经顾不上这些了。

突然，她看到一道浓烈的黑烟在城内升起，接着，大火猛然蹿上了天，把半空中的穹顶都映得通红。起火的地点正是王家的大宅院，周围全是王家的工厂。她这才意识到，大根他们提前动手了。人群的喧哗声夹杂在风声里，从远方隐约传来。过了片刻，一声刺耳的枪鸣声陡然响起。她浑身一震，感觉那一枪像是打在自己身上似的。

她就这么站在高台上望着，一直望着。

一个小时后，喧嚣渐渐平息了，比她预期的要快很多。接着，她终于看到了大根。

他满脸焦黑，大概是被烟火燎烤所致，身上的漆色也多处脱落，感觉像经历了激烈的碰撞，或者打斗。一拐进这条巷子，他便一脸焦急地向着自己这边跑来。在他背上，还背着一个人。仔细一看，那人竟然是父亲大古。叶子慌忙地从高台上爬下来，差点摔倒。

“这到底是怎么回事？”一回到屋里，叶子就连连发问，“你们的行动结束了？你受伤了吗？为什么我爸会跟你在一块？他怎么样了？”

“机油！”大根没有回答叶子的问题，只是用手指着一边的架子。叶子连忙从架子上拿过一瓶机油，递给大根。大根把大古扶起来，打开他的胸甲，叶子看到父亲的主动轮转得非常缓慢，就像随时要停下来一样。大根找准几个关键的传动点，挤了一些机油进去。慢慢地，在机油的润滑下，轮子的转动终于顺畅了起来。

“失败了。”大根这才长长地叹息了一声，满脸沮丧，“他们早有准备，肯定是哪里走漏了消息。”

“你受伤了？”

“我没事。但是大叔可能是在混乱中磕到了一下。那时候很乱，很多人横冲直撞的，谁也顾不得谁。长枪队围捕的时候，我从仓库的方向逃走了。在那里正好碰到昏迷的大叔，就把他带回来了。”

父亲为什么会在王家的仓库？叶子正疑惑着，突然看到了父亲手上拿着的一个纸盒子。即使是在昏迷的状态下，他也紧紧拽着。她正试图掰开父亲的手，这时候大古突然醒了过来。

“叶子？”大古先是迷茫地看着女儿，然后像是想起了什么，连忙把手里的盒子拿起来，仔细检查了一番，见没有什么损坏，才又放心地躺下，“这是你的新弹簧。”他把盒子递给女儿。

“你去王家仓库偷弹簧了？”叶子惊讶地睁大了眼睛。这完全颠覆了她对父亲的认识。

“胡说！我没偷！”大古激动地反驳道，“这是我花一万块在黑市里买的。”大概是体力还没有恢复，每说几句话，大古就得停下来歇一会儿。就这么断断续续地说了大半天，叶子才明白了事情的经过。

原来，在黑市里卖弹簧的正是王家仓库的管理员。他经常偷偷从仓库里拿一些东西，到黑市里卖掉。黑市其实就在距离仓库不远的地方，这儿平日里是一个赌坊。和大古交易的时候，突然有人大喊起火了，然后便有枪声响起，现场大乱。在混乱中，那个管理员突然把大古一把推倒，拿着弹簧和大古的硬币便跑。大古挣扎着爬起来，跌跌撞撞地向前追。一直追到王家仓库，终于在混乱的人群中一把揪住了那个管理员，和他扭打了起来。这时候的大古状若疯狂，大概也让那个管理员吓了一跳。外面似乎有很多人正向着仓库袭来，他终于放弃了，把那盒弹簧扔给大古，自己独自跑掉了。大古抢回弹簧后，终于松了一口气，这时候才感到身体有些乏力，勉强走了几步便昏迷了过去。

“现在怎么办？”叶子问。

“不知道，”大根有些迷茫地摇了摇头，“先躲一阵子吧，避避风头。他们暂时应该还找不到这里来。”

“这里不能再待了！”这时，房门被猛然推开，老胡突然出现在众人面前，“长枪队正在全城搜索，马上就到这里了。”

“那……那我们赶紧走。”大古挣扎着站起来。接着马上又转身把那个装着弹簧的盒子拿在手里，这是他的世界里最重要的东西。

“城里就这么大，还能去哪里呢？”大根苦笑一声，表情渐渐狰狞起来，“干脆，跟他们拼了！”

“跟我走。”老胡扬了扬手里鼓鼓囊囊的麻布袋，其中装满了沉甸甸的金属方块，“趁现在天黑，我们出城去。”

一行人选择了最偏僻的南部山路，从城郊一直走到了穹顶边缘。在几米之外，一层淡淡的光幕浮现在半空中。穹顶并非实物，它就像一个虚幻的肥皂泡，包裹起整座城市。此刻朝阳东升，不知不觉，众人已经在赶路中度过了一夜。阳光下，空气里的微尘都在闪闪发光。那是一些极为细小的金属颗粒，从附近的金属冶炼厂的烟囱里冒出来，然后缓缓降落在大地上。

叶子愣愣地看着那些微尘，像是入迷了似的。她发现，同样的一粒尘埃，在穹顶两侧飞舞的轨迹却完全不同。在外面，微尘几乎是直直地飘落，可是一旦进入穹顶的笼罩范围，它就像受到了某种无形的驱动之力，再也无法保持直线运动，而是沿着螺线形的轨迹，绕着圈飞落而下。

“在看什么呢？”大根问她。

“没什么。”她想起了前几天父亲从掘理机上得到的那个奇怪的公式。准确地说，那是一个由四个方程组成的公式体系，它似乎描绘了电场和磁场的一切性质。这几天，她一直在思考那些公式的含义。现在，她终于明白了。

切割磁场的带电物体会受到力的作用，就像这些飘浮的金属颗粒一样。进一步说，切割磁场的金属丝线中，就会形成电流。这就是那些公式所要表达的。

穹顶是一个封闭的局域电磁场网络。只有在穹顶里，人们才可以生存。

从来就没有脑部齿轮！与弹簧和齿轮驱动的躯体不同，驱动人们脑部零件的并不是齿轮，而是电流。通过胸部的主动轮，带动头部下方的金属线圈旋转，由此产生的电流，才是大脑真正的能量来源。

“准备好了吗？”老胡再次确认电池已经完美地嵌入胸口，眼光转向其他人。

“好了。”其他人也都陆续安装完毕，但语气中有明显的犹豫。

“不用担心，我已经试过了，绝对没有问题。”老胡再次安慰大家。众人一起来到光幕的边缘，彼此看了看，然后一起向外迈了出去。

外面没有电磁场，线圈无法产生电流，这东西真的有用吗？叶子正在忐忑不安之时，突然感觉胸口一热。心脏开始工作了。她睁开眼，光幕已经被所有人抛在了身后。

他们终于走出了穹顶。

现在，他们自由了。

“一千多年以前，暴戾的城主强制收回了所有人的心脏。从那以后，人们就再也无法离开穹顶了。”老胡一边说着那些从爷爷或者祖爷爷那里听来的故事，一边带着大家向着土丘的顶部攀爬。土丘并不陡峭，山势平缓，但长满了杂草和灌木，需要一边走，一边拨开荆棘。毕竟，这里已经一千多年没有人经过了。

心脏暖乎乎的，感觉很舒服，像是待在温暖的壁炉旁边。

坡顶有一块不小的平台。众人一个接一个地登上了平台，收缩眼部的晶状体，向远处眺望。

“看那里！”大根首先喊了出来。顺着他所指的方向，大家很快就看到了一个半球状的光幕。那是一个新的穹顶，一座新的城市！

果然，在穹顶外面还有其他城市存在，那些电波是他们发出来的吗？看到光幕之后，叶子再次调节晶状体的焦距，想把那个城市看得更清楚一些。突然，她浑身一抖，转头看向大根，后者也正激动地看着自己。显然，他也看到了那个东西。

那是竖立在城市中心的一面旗帜。

旗帜上的象形符号，与电波中描述的一模一样。

——原载《文艺报》2021 年 3 月 24 日

这是一个创造世界和生命的故事，制造者只是一个近乎游戏心态的儿童。但他却是认真的，耐心设计这个世界，悉心呵护这些生命，眼看着生态圈中的简单生物进化成庞然大物。不过他也一次次失望，失望于恐龙族群难以发展出智慧，失望于智慧生命不惜自相残杀，失望于脆弱的文明毁于自身……

这个世界怎么了？是否存在真正的高等文明？这是包括这个孩子在内所有人都要面对的一个问题。

梵天的梦

陆　杨

小梵同爸爸和妈妈生活在被称为异次元的结界中，这里拥有组成物质的一切元素，它们飘浮在空中，只要进行一定的排列和组合，就能凭空创造出万物来。

爱美的妈妈在结界里制造了一个奇特的植物园，里面生长着数不清的五颜六色的花朵精灵，它们能歌善舞，活泼好动，歌声犹如百灵鸟般动听，舞姿好似敦煌飞天般婀娜多姿，它们给小梵和爸爸妈妈带来了很多的欢乐。

每一天，攀附在植物园周围篱笆上的藤蔓都会结出各种各样的水果，小梵摘下其中一颗椭圆形的蓝色水果，轻轻一咬，顿时觉得香甜爽口，回味无穷。

在植物园周围，还有着玉液琼浆形成的河流与湖泊，那是爸爸的最爱。

在小梵印象中，爸爸吃饱喝足后，最喜欢做的事情就是睡觉。

爸爸每次睡着后，呼噜声大得惊人，犹如轰隆隆的滚雷在耳边炸响。从爸爸的嘴里会飞出很多的物质元素，在半空中碰撞、融合为梦境。

小梵悄悄来到爸爸身边，看着周围的虚空正在一点点变得有了质感。

先是有了一个点，然后瞬间爆发出灿烂的光芒，在须臾之间，亿万星辰散落到了四面八方。

那些星光照亮了原本黑暗的空间，五彩斑斓的色彩充斥着视野。

“哇，好漂亮！”小梵觉得爸爸的梦境真美，比自己过去创造的一个个小生态球里的景色好看多了。他创造的生态球有很多形状，大的小的、圆的扁的，其中有规则的几何体，也有毫无规则的。它们表面要么覆盖着猩红色的熔岩，要么就是如煤炭般的黢黑。每一次，爸爸看到他创造的生态球，都会夸张地哈哈大笑。

“小梵，别急，虽然丑了点，但总归是创造出来了。”

眼下，小梵在爸爸的梦境空间中游弋着，满脸惊喜地穿梭在那些闪闪发光的螺旋形星系和如油画般的星云之间，他被燃烧着熊熊火焰的恒星所吸引，也对那些全身覆盖着厚厚冰层的行星很好奇。还有那些被浓浓气体所包裹的星球，像极了他无聊时创造的泡泡，它们会飘浮在他的身边，闪烁着五颜六色的光彩。一些气体星球上还有巨大的斑纹在不停旋转，仿佛一只变幻莫测的蝴蝶。

不知道过了多久，小梵在爸爸无边无垠的梦境中感到有些寂寞了。他看着周围的景象，虽然有着无数发出光和热的星体，但却没有一个星星会说话。他希望星星能够说出对这梦境的看法，因为这梦境是那样绚丽夺目。

小梵想叫醒爸爸，让他来制造一些能说话的生命。但他马上想起了上一次自己叫醒爸爸后受到的责罚。他被关在一个白色的空间中，周围什么也没有，他也不能玩生态球创造游戏。

最让他难过的是，爸爸还封印了他的想象力，使得他失去了“想”的能力。后来还是在妈妈的劝说下，小梵才被爸爸从白色房间中释放出来，但那种被囚禁的痛苦却给他留下了很深的印象。

于是，小梵决定在爸爸的梦境中进行一些改变。他要创造一些生命体。

“得先选好一个生态球，然后再创造。”

与爸爸动不动就能创造数不清的星体相比，小梵还太稚嫩，他只能创造和改变一个星体。

然而，要想选好一个用于创造生命体的星球却很艰难，小梵在成千上万的星体上进行了改造，然而，那些星体因为距离燃烧的恒星太近或者太远，要么太热，要么太冷，都无法产生任何生命体。即便能有一些生命体侥幸存活下来，也都是一些肉眼看不到的微生物。在严酷的生存环境下，它们再难有任何的进化空间。

一次次的失败，一次次的重来，小梵在这浩瀚星空的星系之间乐此不疲地寻找和试验着。

直到有一天，他看到了一颗奇特的星球。它是如此与众不同，仿佛是爸爸梦境孕育出的一颗蓝色的珍珠，在这寂寥的时空中绽放出了自己的光彩。

“就是它了。”他轻轻叹道。

小梵靠近这颗被大气层包裹的蓝色星体，他发现它的表面有一整块黄色的陆地，还有环绕陆地的蓝色海水。好奇之下，他透视了这颗星体的地壳、地幔和地核，他看到了蓝色星体耀眼夺目的内核正澎湃激荡着高温熔岩。

过去，他创造的生态球从来没有这样的结构。一时间，他对父亲充满了敬仰。父亲只是打了个盹，就能创造千奇百怪的星体，它们拥有不同的构造，物质成分也完全不一样。这样的魔法，他不知道什么时候才能学会。

在看到这颗蓝色星体之前，小梵对自己此前培育生命体的千万次失败都不以为意，但当他看到了蓝色星体的海洋后，他明白了自己过去想在沙漠或者岩石中培育出生命是多么愚蠢的一种行为。

小梵决定在这片海水中注入自己的创意，他将飘浮在空中的物质元素进行了数千万次的排列和组合，终于创造出了宝贵的生命元素。而后，他将自己创造的一些生命元素投入了蓝色星体的汪洋大海中。紧接着，他就像一个播撒希望后期盼着种子发芽的农夫般蹲守在星体周围，时刻等待着奇迹的降临。

不知道过了多长时间，当蓝色的星体绕着明亮的恒星旋转了四十三亿次后，他看到海水中有了一些细微的变化。一些小小的藻类诞生了，它们努力生长着，不停地进行着光合作用，吸收二氧化碳，释放氧气。蓝色星体的气体构成开始发生改变。

看着藻类们开始改造周围的环境，小梵激动得热泪盈眶，他围着蓝色的星体旋转了不知道多少圈。

然而，他似乎高兴得太早了，因为在这些藻类诞生了很久后，他所期待的生命体并没有出现。这些藻类始终还是原来的样子，虽然它们很努力地生存着，却没有半点要进化的样子。

“为什么还是不能孕育出来……”小梵嘟囔道。

他决定再次干预生命的进程，紧接着，他又将自己创造的一些生命元素投入这片海水中。这一次，他的创造魔法产生了作用。海洋仿佛被点燃了一般，万千生命如火山喷发般涌现出来。

当生命的舞台拉开了帷幕，各种生物便开始登台亮相——三叶虫、奇虾、怪诞虫等海洋生物在海水中欢快畅游。没过多久，海里就充满了各种大大小小的生命体。

看着眼前生命大爆发的场景，小梵开心地手舞足蹈，他将头潜入海水中，仔细观察着那些生命体的繁衍生息，他觉得奇虾在海水中游动的姿态，就像是结界植物园中的花朵精灵在舞蹈，而那些在海底爬行的三叶虫，看上去更是无比可爱。

这样的观察又持续了很久，直到他再次觉得无聊。

因为，他没有在这片蓝色的海洋中听到任何的声音，虽然这些生命体已经占据了整片海洋，但它们却还是不会说话。海洋仍然没有他想要的那种生机和活力，这里没有歌声、没有争吵声、没有智慧的问答。

“原因在哪里呢？”小梵用手托着下巴，仔细观察着蓝色星体上的海洋和陆地。很快，他找到了原因。

“也许它们需要到岸上来，在那片空气中进化。”

为了让海洋中的生物能够主动地爬上岸，小梵想了一个巧妙的办法，他将一些海洋植物的种子播撒在岸边，让这些海洋植物慢慢开始适应陆生。

很快，海里的生物注意到了这些生长在海岸周围的茂密植物，为了香甜可口的食物，它们试探着爬上岸，一边咀嚼着植物的根茎与叶片，一边努力地去适应空气和陆地环境。

它们慢慢长出了能够呼吸空气的肺，但还是保留了能够在水中呼吸的鳃。这样一来，它们就可以自由出入陆地和海洋。白天，它们在深蓝色的海水中翻滚，成群结队，追逐嬉戏；夜晚，它们在轻轻绿草间爬行，舔舐着滴落在草叶之上的晶莹露珠。

看着最早的两栖生物诞生，小梵双手叉腰，脸上充满了得意的神色。

“如果爸爸看到这样的场景，一定会夸奖我的。”自从咿呀学语开始，他就在爸爸的教导下学习制造生态球，他创造过很多的生态球，但与眼前的蓝色星体相比，那些生态球都太过丑陋。虽然这颗蓝色的生态球是爸爸梦境的产物，但有了小梵培育的那些生命体，这颗星球在宇宙中变得更加璀璨。

在小梵眼中，生命的交响乐正在按照他的指挥棒奏响。这乐曲悦耳动听，充满了无数奇妙的变奏。

眼下，他不需要太多干预，只需要静静地观察和等待，他坚信，自己很快就能同这些生命体对话。

随着树木枯荣，沧海桑田，最初爬上岸的生命体越长越大，最终变成了犹如小山峰般高大的巨兽。

它们遍布整片大陆的山川与河流，以及海洋的各个角落，它们的吼叫声充斥着小梵的听觉器，令他下意识地皱起了眉头。它们走动时，大地随之震颤。那些矮小一点的动物仰起头时，看到的全是这些巨型动物的肚子。

因为体形巨大，它们每天只做一件事，就是不停地吃着树上的叶子。

它们没有时间思考和进化，也没有时间去说话和歌唱。

看着那些在草原上追逐厮杀的霸王龙和食草恐龙，小梵满脸愁容。这些生物唯一感兴趣的似乎只有食物，无论这个食物是树上的叶子，还是能跑能动的其他恐龙。

为了引导这些生物走向智慧的进化之路，他不停地对它们讲话，但它们却根本听不到。他用风声、雨声、惊涛骇浪声去提醒它们，他就在它们周围，但这些低等的生物却无法感知到他。

他试了很多次，想要教导它们去关注四季的变化，去思考生命的意义，但最终，他都失败了。在蓝色星体绕着恒星转动了三亿圈后，恐龙并没有太大的进化。它们只是在外表和形态上发生着改变，智力却仍然停留在了单细胞生物的境界。

眼见这些巨大的生命体抛弃了智慧之路，只剩下了杀戮与繁衍的本能，小梵有些难过地低垂着头。

这时候，他看到爸爸出现在了自己身边。

爸爸轻轻抚摸着小梵的额头，缓缓说道："孩子，你得有耐心，还要学会承受失败。"

"爸爸，你不是睡着了吗？"小梵仰起头，瞪大双眼，诧异地问道。

"我是睡着了，但我也是清醒的。"爸爸笑道。他的笑声竟然引发了蓝色星体的剧烈震动，那些火山喷发出了浓烈的烟尘。黑色的浓烟遮天蔽日，让地面的动物惊慌不已。

"那我上次叫醒你，你为什么要责罚我？"小梵不解地问道。既然爸爸在睡着时也可以保持清醒，那他为什么还要生气。

"我惩罚你并不是因为你打扰了我的梦，而是因为你总是缺乏耐心。如果没有耐心，你就永远只能创造一个个小小的生态球。你再看看周围这些星体，如果我也缺乏耐心，它们根本就不会产生。我并不是在睡觉，而是在思考和创造。"

爸爸故作严肃地说道："好了，我要继续睡觉了。希望你能创造出属于你的奇迹。"

爸爸离开后，小梵将目光再次转向了蓝色星体上的那些巨型生物，它们依然在为了一口食物而互相撕咬。小梵摇了摇头，歪了歪嘴，抱怨道：“它们怎么看都不像能进化成有智慧的生命体的样子……”

当他这样说时，脑海中产生了一个念头。过去，只要他觉得自己创造的生态球失败了，他就会毁掉。但与此同时，他又想到父亲刚才对他说的话：“要有耐心。”

“那我就只毁掉恐龙吧，给其他生物一些机会。”

小梵思考着如何消灭恐龙时，这些巨型生物还无忧无虑地生活在裸子植物丛林以及青青草原、幽幽河谷之中，梁龙正昂起长长的脖子吃着高大铁树上的叶片，它们懒散地咀嚼着树叶，对身边发生的一切事情都漠不关心。

而迅猛龙则三五成群地追捕着自己的猎物，这些恐龙时代最聪明的生物，还是将大量的智慧都运用到了捕猎这一件事上，如果它们去思考制造工具，说不定就能进化成为恐龙人了。

天空中，一些巨大的黑影划过，那些都是神奇的生物翼龙。它们站在高高的山巅，不时外动着头，敏锐的目光注视着草原上奔跑的一些小型恐龙，它们已经做好了俯冲和猎捕的准备。

就在这时，小梵看到了那些在星系之间游荡的小行星。它们犹如宇宙中迷路的旅客，在虚无中四处漂泊。

“我们来玩一次撞击游戏吧。”

小梵伸出手，轻轻抓住一个直径一千米的小行星。他闭上一只眼睛，瞄准了蓝色星体的一片海洋。

“力度要刚刚好才行，如果重了，这个星体就被砸坏了，上面的生命将不复存在。”

打定主意后，小梵扔出了手上的小行星。

下一秒钟，正在吃草和捕食的恐龙们看到了天空耀眼的巨大火团，那是小行星与大气层发生摩擦后爆发出的熊熊火焰。

当剧烈的碰撞发生后，大地震动不已，蓝色星体表面腾起了巨大的蘑菇云，冲击波裹挟着海水汹涌着奔向陆地，成千上万的恐龙在冲击波到来的瞬间灰飞烟灭。碰撞发生后，产生的烟尘遮蔽了阳光，幸存的恐龙在暗淡无光的核冬天苟延残喘。

当陆地上存活的植物越来越少，食草恐龙慢慢绝种了，紧接着是那些食肉恐龙。

蓝色的星体告别了巨兽时代，弱小的哺乳类等生物登场了。

自从恐龙灭绝后，蓝色星体上的各种动物陆续登场。一直到冰河时期，小梵并没有看到任何有潜质的生物。这些生物没有恐龙那么高大的身躯，智力仍然很低下，完全不具备同他对话的条件。

他觉得所有的生物都只是蚂蚁的放大版本，每日的终极目标就是吃和睡，不具备任何的奇思妙想，更无法读懂他融入万物中的秘密。

直到看到一种浑身长满长毛的古猿出现，小梵眼前一亮。这种生物的造型同他过去创造的一些玩具很接近。虽然那些玩具能动能跑，但却不能说话，也没有灵魂。但看着那些成群结队、咿咿呀呀叫喊的古猿，他觉得它们一定能进化出更高一级的生命体。

然而，这种等待又延续了很久，古猿还是古猿。它们仍然只是饿了就采摘果子和香蕉食用的原始生物。

“难道它们还没有准备好吗？”小梵自言自语。

他转过头看了看熟睡中的爸爸，爸爸的呼噜声响彻天地。

小梵决定继续干预生命体的进化，他在爸爸的魔法植物园中折腾了很长的时间后，重新创造了一些生命元素，然后，他将这些生命元素通过雨水降落到了古猿们生活的河流与湖泊中。

没过多久，喝下智慧水的古猿发生了奇特的改变。这些古猿从最初害怕野外燃烧的大火，到快速学会了使用这些火源，再到发明钻木取火以及各种捕食技巧。

渐渐地，古猿中出现了文明的迹象，它们分工明确，逐渐建立了最初的部落。

蓝色星体上，随着古猿部落的大量产生，他们相互间展开了攻城略地，逐渐成为一个个更大一点的部落。

当进化之门被打开后，语言、绘画和舞蹈等艺术逐渐在部落中出现，那些手握石刀的原始人将战争场景与动植物的形象用植物的颜料绘画在了岩石上，他们用粗野的舞蹈来表达丰收的喜悦，他们用简短的发音来交流思想。

为了祈求战争以及捕猎的成功，他们开始观察惊雷闪电，倾听风雨的声音，他们还通过烤炙兽骨和龟甲，从裂纹中读取天神的旨意。

“很好，他们已经在试图与我交谈了。”小梵暗自得意。

当进化的脚步越来越快，人类开始讨论如何接触小梵这个创造一切的天神。

此时的人类都说同一种语言，因此，他们很快团结起来，打算创造一座可以无限接近天空的巴别塔。

“真是一种有趣的行为，难道他们认为我存在于大气层中吗？”俯瞰着如蚂蚁般勤劳工作的人类，小梵捂嘴笑道。

人类的巴别塔越建越高时，爸爸不知道什么时候来到了小梵身后。在看到那座高耸入云的塔，以及满脸笑容的小梵后，他轻轻叹息了一声。

“孩子，我告诉过你要有耐心，你还是忘记了我的忠告。他们现在还不具备与你交流的基础，所以，这座塔也没有任何意义。就像是一把梯子，虽然能让他们站得更高，但他们能看到的仍然还是眼前的那些景色。”爸爸想了想后说道，“我会让他们的语言混乱，你再看看他们会有什么反应吧。”

当爸爸施展了自己的“魔法”后，那些建塔的人类突然发现自己听不懂别人说的话了。每一个部落似乎都有了属于自己的语言，他们比手画脚了大半天，还是不能理解对方的建造师和工人在说什么，很快，人类之间的矛盾发生了。起先只是争吵和怒骂，最后各方就大打出手。他们从塔顶一直打到塔底，从肉搏战升级到了兵刃战。

他们最初想要见到天神的共同愿望消失了，转而开始追求世俗的安逸与享乐。最初的城邦开始形成，人类社会出现了不同的阶层。

没过多久，小梵眼中看到的就是无数贪图享乐的生命体，他们整日痴迷于各种声色犬马和灯红酒绿，完全忘记了存在的意义。

看着自己创造的生命体变成了这个模样，小梵很难过，他甚至开始怨恨爸爸。

过去，他每一次创造出能跑能动的玩具，爸爸都会说他造的不够完美。虽然爸爸能够创造整个宇宙和时空，但他造的玩具就不算是一种奇迹吗？

就像这一次，他好不容易让古猿变成了智人，让他们能够团结起来寻求与他对话。但爸爸却用魔法让他们变得蠢笨起来，而且他发现爸爸不光改变了人类的语言，还将许多的基因漏洞植入了人类的大脑中。

他想过很多办法想要去除爸爸植入人类大脑中的“魔法”，最终却徒劳无益。

在爸爸面前，他只是一个成天只知道哭哭啼啼的小孩。

但他对自己创造的生命体还是很有信心，他认为他们一定能通过进化的脚步净化心灵，从而破除爸爸对智慧的封印。

当城堡越建越宏伟，服装越来越华丽，美食越来越丰盛，人类开始信奉越来越多的神，战争一次又一次爆发了。爸爸再一次来到了小梵身边。

他生气地看着蓝色星体上战火纷飞和纸醉金迷的小人们，脸上的怒气越来越重。

“三天后，我将降下大洪水毁掉那些污浊的存在。孩子，你最好准备重新进行创造吧。”爸爸丢下这句话，转头离开了。

小梵看着爸爸离去的背影，脑海中却想起了那些古猿在经过他的魔法改造后，第一次从树上下到地面的样子，他们对整个世界充满了好奇。还有他们第一次学会使用火的喜悦，他们第一次吃到烤肉的兴奋。

“是我创造了他们，谁也不能杀死他们！”小梵准备偷偷反抗爸爸，他决定以人类的样子去拯救这些弱小的生命体。

在迅速观察了蓝色星体上的所有人后，一个叫诺亚的人进入了小梵的视野，他决定告诉诺亚怎么拯救人类。他将意识投影到了一个人类的大脑中，然后找到了诺亚，告诉了他天神将降下洪水的时间、刻度以及如何拯救世界上的万事万物。

诺亚是个聪慧的人，他按照小梵给他讲的方法，建造了巨大的方舟，将人类和许多动植物的胚胎和种子带上了方舟。

三天后，当人类正沉醉在享乐时，天空出现了许多巨大的窟窿，无数的水柱从天而降。这些不知道来自何方的洪水很快淹没了陆地，无数的村庄、城堡和城市被淹没。从此，全世界各个民族的记忆中有了洪水的记忆。

不知道过了多久，洪水终于退去，人类开始了新生。

“小梵，我知道你做了什么，但你所做的一切并没有意义。这种生命体从诞生之初，就有瑕疵，无论他们怎样进化，都无法成为真正完美的生命体。”爸爸冷冷地说道。

“爸爸，难道生命体一定就要完美吗？你的梦境是完美的吗？”

“梦境无所谓完美与不完美，因为这一切都只是虚空……你看到的这些星球和生命体其实并不存在。”爸爸冷冷地说道。

“但我就喜欢看这些生命体努力进化的样子。”小梵据理力争道，“并非所有人类都是贪图享乐的，他们中间也有拯救苍生的人，也有艺术家、行吟诗人和画家，他们画出的画很美，他们吟唱的诗句很动听！”

“你是我的孩子，难道你就是这样定义美的。从小，你就看过我做过无数的梦，难道在我的梦中，没有美存在吗？而你现在只看到了那个尘埃般的星体上的一点美，就来质疑我的智慧和创造？”

“爸爸，无论是极大的宏观还是极小的微观，都应该得到尊重。你可以创造万物，但万物也应该骄傲地活着。”

“总有一天，你会失望的……因为，我见证了太多的虚幻泡影破灭的瞬间，同它诞生之初一样炫目。”

“永恒和刹那本来就是一样的，也许，爸爸和我还有妈妈都是其他人梦境中的存在呢？”小梵反驳道。

“荒唐，我们怎么可能是别人梦中的产物！”爸爸气愤地说道。

“爸爸，你又怎么确定我们不是被创造出来的梦境呢？”小梵说。

“刚才还好好的，怎么又争起来了？”妈妈走到小梵身边，轻轻将他揽入怀里。

“这孩子都被你给惯坏了。”爸爸无奈地叹了一口气。

“不是你说的要让他多看看不同的梦境，以后才能创造更多的梦境吗？”妈妈笑道。

“可是你看看他现在每天都在关注些什么？那些如蚍蜉般弱小的存在，却让他痴迷不已。”

“你小时候好像也是这样。”妈妈嗔怪道。

“我像他这么大的时候，梦境中已经能创造出很多的生态球……而他现在仍然没有掌握要领。”

“你不是一直告诉他要有耐心吗？但你为什么没有耐心了！”妈妈生气地说道。

“我说不过你，我继续睡觉。”爸爸闭上眼睛，呼噜声再次响起。

“别生你爸爸的气，他其实很爱你。”妈妈安慰小梵。

“妈妈，我就想看看人类能不能同我说说他们生存的感受以及对万事万物的看法。”

“他们不是一直在展示给你看他们的文明吗？”妈妈轻言细语地说道。

“但他们的进化还远远不够，我希望他们能进化出更高等的文明。”小梵急切地说道。

“好的，你可以等等看。说不定哪一天，他们就发现你的存在了。”

人类接着的进化令小梵越来越失望，地面的小人一次又一次地发动了战争。

绿色的雾气弥漫整个山谷时，他看到趴在草丛中的士兵脸上呈现出极度难过的神情。他们不停呕吐起来，最后在嘶吼中痛苦地死去。

“是毒气……为什么要发明这样残忍的武器……”小梵使劲摇着头，他创造的生命体应该是善良的，而现在，他看到那些所谓的聪明头脑却将这种智慧用到了战争中。

坦克、飞机和大炮，每一次的轰鸣带来的都是死亡的哀号，没有了文明的鲜花和歌声，只有兽性的掠夺和厮杀。

看着眼前的死亡和鲜血，小梵突然间意识到，眼前的这些小人儿其实比恐龙时代的巨兽们还要原始。恐龙们还遵循万物生存的法则，它们有着严格的狩猎之道，绝不会滥杀与贪婪。而现在他创造出的人类，却能为了美色、金钱、财宝、城池和权力大开杀戒。

“这根本不是进化，而是退化！”小梵有些绝望，他捂着双眼大哭起来。

一时间，蓝色星体下起了瓢泼大雨。

战场上的敌我双方士兵正在泥泞中挥舞刺刀互相拼杀，鲜血喷涌之时，天边响起了震慑人心的雷声。一道道闪电划过长空，照亮了士兵迷惘的脸颊。

“为什么要有战争，为什么要伤害别人？”小梵想不明白，他觉得这一定是爸爸的魔法改变了人类的进化轨迹。原本他创造的人类都是善良的，而现在，他们经过了石器时代、青铜器时代、铁器时代、蒸汽时代、电气时代和互联网信息时代，马上就要进入星际文明时代时，却仍然还是原始的思维方式和头脑。

丛林法则主导着这颗星球的最高智慧生物，人类还是被爸爸植入的基因漏洞束缚着，他们还像当年造巴别塔一样，在爸爸的魔法下变得不可理喻，完全失去了自我。

“若他们能够团结起来，人类应该早就能够触摸宇宙的本质和万物的秘密。而现在，他们把大量的时间用到了毫无意义的事情上。”

又经过了一段时间的进化，他看到人类发明了越来越先进的宇宙飞船，他们将旗帜插在了遥远的火星，逐步飞出太阳系，向着最近的比邻星前进。

小梵脸上又恢复了一些笑容。看来，他们终于找到了正确的路径。

“如果他们能搞清楚宇宙的本质，就一定能读懂我留在各个星体上的文明符号。”

然而，小梵还是高估了人类的进化之旅。没过多久，他看到人类的一个个殖民行星上爆发出耀眼的光芒，人类再一次开启了战争模式。

这一次，爆发的是毁天灭地的星际战争。人类发明的歼星武器直接摧毁了一个又一个的星体，最终，人类的母星——地球也被歼星武器重创。

霎时，万物凋敝，生灵涂炭，文明在朝夕之间毁于一旦。

看着一个个星体爆炸时闪耀的耀眼光芒，小梵沮丧地蹲坐在蓝色星体一侧，他将身体蜷缩成一团，止不住地瑟瑟发抖。

这时候，爸爸慢慢走到他身边，缓缓蹲下身来。

“孩子，不要难过。文明的进程就是这样，周而复始，无始无终。正如我的梦境一般，没有开始，也没有结尾。只有一个又一个绚丽的泡影。你不用执着于奇点的大爆发，也不要懊恼最终的大坍塌。”

“爸爸，为什么他们不能像我们一样，成为神级文明。”小梵抬起头，眼里充盈着泪水。

“因为他们的基因中存在漏洞……”

“这并不能怪他们呀！是你混乱了他们的语言，破坏了他们的团结，并且在他们的基因中注入了乱码！”小梵哽咽着，嘟着嘴抱怨道。

“孩子，你看到的都是表象，难道你忘记了你曾经一次次给予他们帮助，教导他们如何治愈和弥补这些漏洞吗？你教导他们追寻真理，他们在听吗？你让他们仰望星空，他们在看吗？你让他们团结起来，他们仍然还是热衷于自我和独立。从你制造他们之初，他们就不完美，因而他们才会被我的魔法改变。只有当一个事物有了缝隙，病毒才能入侵。”

“可是，我不甘心看到文明就这样终结……”小梵不服气地说道。

“文明并不会终结，它还会继续，只要你给予耐心和等待。这一次，我希望你不要再干预，当然，我也不会再施加任何的魔法，我们都静静地看着他们进化。”爸爸笑着说道。

“还有文明？人类不是已经被自己发动的战争毁灭了吗？”

“在万千生灵中，人类也只是一种生物。在这颗蓝色星体上，不是还有那么多的飞禽走兽和花鸟虫鱼吗？”

“难道那些圣甲虫能进化成为文明？他们只在埃及法老的陵墓中展示着自己的高贵。”小梵惊疑地说道。

“昆虫有昆虫的文明，动物有动物的聪慧。我已经看到了过去、现在和未来，只是我希望你自己去验证。”

“爸爸，你的意思是，今天所发生的一切都是你知道的？”

“对的，因为这一切都发生在我的梦境中，而我能预知每一个量子的轨迹。他们的诞生到灭亡，他们的进化和退化，一切都逃不过我的眼睛，这就是神级文明的能力。”

“那会有什么样的文明诞生呢？”小梵很想知道答案。

“这需要你去观察，如果你不观察，我告诉了你，也许结果就不一样了。”

“爸爸，我一定会努力观察的！”小梵破涕为笑，将目光投向了地球。

这颗历经磨难、尘埃落定的地球，似乎正孕育着新生。阳光穿过黑沉沉的密云，将一缕光照射到大地，一棵绿油油的嫩苗破土而出，在微风中轻轻摇摆。

——原载《红树林·科普少年》2021 年 6 月

2021 年选系列封面绘图画家介绍

黄菁 广西艺术学院美术学院教授，中国美术家协会会员，广西美术家协会理事，漓江画派促进会理事，中国南方油画山水画派研究院研究员，北京当代中国写意油画研究院理事。

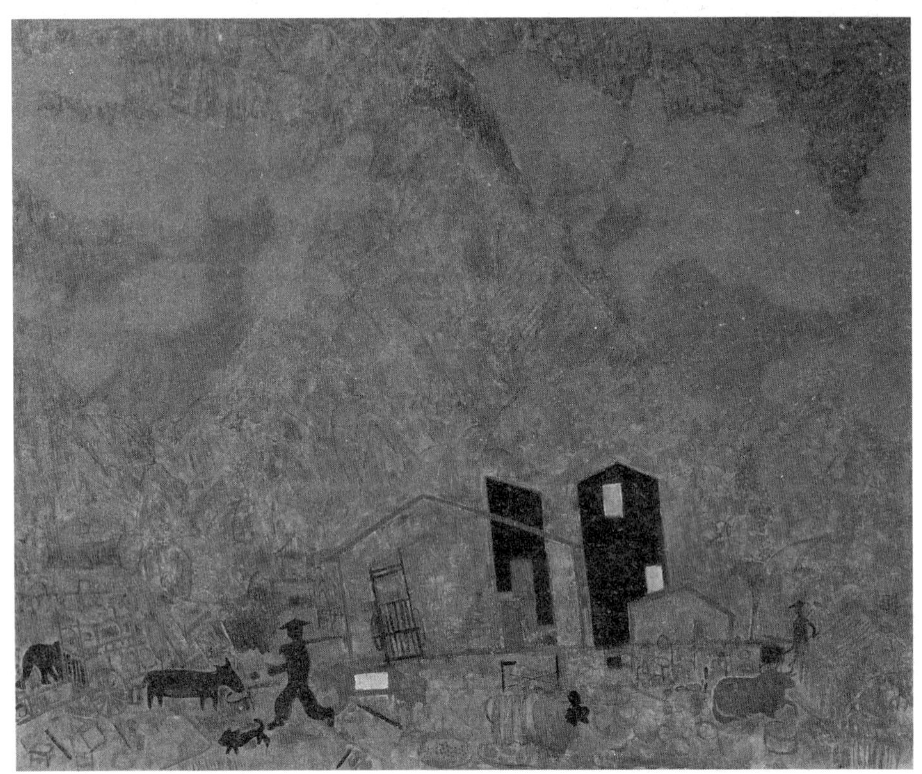

《日复一日　年复一年》 黄菁　140 cm × 170 cm　布面丙烯、油彩　2010 年

黄菁画作短评

（黄菁）不会把自己设计在一个既得的视觉符号里，以此换得所谓风格的建立，即便建立了符号或图式，他也会在有新鲜视觉到来时搁置它而另开新局。因为黄菁忠实于自己的感受，相信作品的独立价值。他认为每个画家都有一定的概念惯性和思维，这其实是风格、特点确立的基础。然而好画家却往往是在建立概念后，打破概念，再建立概念的循环渐进中确立自己并找到快乐的。因而黄菁选择一个题材一种画法的时候，也会很在意它是否可持续发展，是否有开拓专题的前景。

——刘新（广西艺术学院教授）